김남주
문학의
세　계

김남주 문학의 세계

초판 1쇄 발행/2014년 2월 28일

엮은이/염무웅 임홍배
펴낸이/강일우
책임편집/이상술
펴낸곳/(주)창비
등록/1986년 8월 5일 제85호
주소/413-120 경기도 파주시 회동길 184
전화/031-955-3333
팩시밀리/영업 031-955-3399 편집 031-955-3400
홈페이지/www.changbi.com
전자우편/lit@changbi.com

ISBN 978-89-364-6342-7 03810

김남주 문학의 세계

염무웅 · 임홍배 엮음

창비

| 책머리에 |

이 책은 김남주 시인 20주기를 맞아 그의 시세계를 올바르게 평가하고 계승하자는 취지에서 기획되었다. 제1부는 주로 시집 해설 원고를 모은 것이고, 제2부와 3부는 주제별 쟁점을 다룬 것이며, 제4부는 외국 시인의 영향관계를 짚은 것이다. 여기에 실린 원고의 대부분은 시인 생시에 또는 타계한 이후 발표된 글들을 각 필자의 수정 보완을 거쳐 재수록한 것이지만, 생생한 현장비평의 목소리를 되새겨서 후속 논의의 출발점으로 삼을 만하다고 여겨져 엄선한 것이다. 또한 최초 발표 원고를 전면 개고한 경우도 있고, 김남주에 관한 논의에서 꼭 필요하다고 판단되는 주제에 관해서는 새로 원고를 청탁하였다.

이제 역사의 일부가 되어가는 김남주의 문학을 우리 문학사에서 제대로 자리매김하는 일은 생각처럼 간단치 않아 보인다. 김남주는 1974년 『창작과비평』에 시를 발표하면서 시인으로 데뷔하였다. 그후 1979년 말 남민전 사건으로 투옥되기 전까지 씌어진 초기시에는 농촌생활의 체취가 배어 있는 민요조의 가락과 서구의 혁명적 투사 시인들의 영향이 느껴지는 지적 실험, 그리고 부분적으로는 김수영 등 선배 시인의 영향이 두루 혼재해 있다. 그런 점에서는 그의 시적 개성이 과연 어느 쪽으로 발현되어 무르익을 것인지 선뜻 판단하기 어려운 습작기의 암중모색 양상을 보인다. 그렇지만 1973년 유신반대 투쟁으로 처음 투옥되었을 당시의 경험을 토로한 「잿더미」「진혼가」 등을 보면 한치의 타협이나 가식도 허용하지 않는 정직한 양심과 견인불발의 투혼이 고스란히 응축되어 있어서 훗날 옥중시의 원형이라 할 만하다. 그런가 하면 농촌생활의 애환을 담은 「추곡」 같은 시는 80년대 김용택 등의 농촌시 계열을 선취하고 있다는 평가도 있다. 어떻든 1974년부터 1979년 투옥 이전까지 발표된 시는 30편이 채 되지 않으므로 김남주의 시세계 전반을 평가하는 준거로 삼기에는 아무래도 미흡한 편이다.

김남주는 모두 510여편의 시를 남겼는데 그중 360여편이 옥중에서 씌어진 것이다. 10년 가까이 감옥에 갇힌 상태에서 필기구조차 없이 우유갑이나 담뱃갑 은박지에 새겨 적은 원고를 면회 온 사람을 통해 밖으로 내보내는 식으로 그의 옥중시는 세상에 알려졌다. 가혹한 옥중 상황에 맞서 처절한 고투를 벌이면서 현실의 불의와 모순에 온몸으로 항거한 가열한 시정신의 실천은 세계문학사에서 유례가 없는 것으로, 김남주 문학에 대한 평가에서 이에 관해서는 재론의 여지가 없을 것이다. 요컨대 김남주의 옥중시는 일찍이 김수영이 "지금의 가장 진지한 시의 행위는 형무소에 갇혀 있는 수인의 행동이 극치가 될 것이다"라고 주문했던 바로 그 혼신의 실천이자 투쟁이었다.

그런데 김남주가 시를 쓰는 일과 변혁을 위한 투쟁을 가혹할 만큼 철저하게 일치시켰다는 사실은 그의 시에 대한 평가에서 가장 첨예한 쟁점이기도 하다. 아무리 시창작을 혁명적 투쟁에 귀속시킨다 하더라도 김사인이 말하듯 모름지기 시라는 것이 작가가 의도한 '유위(有爲)의 의미' 차원만으로 성립되지는 않을 터이기 때문이다. 아닌 게 아니라 순결한 혁명적 열정으로 눈부신 김남주의 시 자체가 실은 시의 효용조차 계산하지 않는 무사(無邪)의 경지에서 비로소 진정한 시적 혁명을 수행하고 있는 것이다. 가령 "전후좌우 살피지 말라 시를 쓸 때는/시를 쓸 때는 어둠으로 눈을 가리고 써라"고 하면서 "네가 쓴 시가 깍부기가 될지 보리밥이 될지 그것은 농부에게 맡기고 써라"(「시를 쓸 때는」)고 말하는 시정신은 그런 맥락에서 이해된다. 그러나 다른 한편 시인의 투지가 강고해질수록 선명한 이념만으로는 재단할 수 없는 현실의 복잡다기한 모순을 도식화하고 단순화할 위험도 따라오게 마련이다. 그런 이유에서 김남주는 대지와 노동의 기반을 빼앗긴 옥중 상황에서 자신의 시가 '앙상한 증오의 뼈다귀'로 메말라가는 것에 대해 회한을 토로한 바 있다. 감옥을 아무리 '정신의 연병장'으로 삼았다 하더라도 푸른 하늘 아래서 흙을 밟고 밭을 갈며 대지의 숨결을 호흡할 수 없었던 질곡의 유폐 상태는 그의 시에서 싱그러운 삶의 기운을 앗아간 참담한 고통이었으리라. 이런 점들을 감안하여 옥중 상황이 시창작에 어떻게 작용했는가를 면밀히 검토하는 일은 향후 연구에서 다루어야 할 숙제가 아닐까 한다.

김남주의 시사(詩史)적 맥락을 점검하는 것도 긴요한 과제의 하나다. 가령 김수영과 김남주의 접점과 분기점을 면밀히 천착한 임동확은 "그 어떤 거짓이나 허위도 용납하지 않으려는 양심의 치열성이 그들 사이의 진정한 연결점"임을 전제하면서도 "다분히 개인적이고 실존적이며 관조적인 양심의 완성에 초점을 맞추고 있는 것이 김수영이라면, 김남주는 역사적이고 집단적이며 행동적인 양심의 확보를 우선시한다"는 변별점을 밝히고 있다. 그렇지만 두 시인에게 공통된 더욱 근원적인 시정신의 핵심으로 "그들의 시엔 무엇이 옳고 잘못되었는가 판단하기 이전의, 인간의 본성에서 나온 내면의 목소리가 담겨 있"음을 강조하고 있다. 바로 그런 문제의식이 특정한 역사적 경험에서 탄생한 김남주의 시가 그 발생적 배경의 제약을 넘어 후대의 독자들에게 과연 어떻게 읽힐 것인가를 규명하기 위해 유념해야 할 사항일 테지만, 그것은 온몸으로 시와 혁명을 동시에 수행하고자 했던 김남주의 진정한 독보성을 궁구하는 일과 일맥상통하는 것이기도 하다.

김남주가 옥중에서 번역을 통해 학습한 외국 시인들의 영향도 눈여겨볼 대목이다. 브레히트의 망명시와 김남주의 옥중시를 비교한 정지창의 글, 브레히트의 변증법적 세계인식과 창작 원리가 김남주에 미친 영향을 분석한 김길웅의 글, 그리고 러시아 시인들의 영향을 짚으면서 시와 혁명의 관계를 새롭게 조명하고 있는 이명현의 글은 보다 진전된 연구를 위한 훌륭한 밑바탕이 되리라 여겨진다.

제한된 지면상 일일이 언급할 수는 없지만 옥고를 주신 필자들께 감사의 말씀을 드린다. 모쪼록 이 책이 앞으로 본격적인 김남주 연구를 위한 하나의 시발점이 되기를 기대한다.

2014년 2월

염무웅·임홍배

차례

제3부

제4부

제1부

예언정신과 선언정신

『진혼가』론

김진경

70년대 문학을 살펴볼 때 인상적인 것은 거의 모든 작품의 밑바닥에 짙은 죄의식이 깔려 있다는 점이다. 이 죄의식은 농촌의 희생 위에, 사회경제적 불평등 위에 추진되어온 경제적 근대화가 남긴 정신적 상처이며, 특히 농촌이나 하부계층 출신의 지식인에게 중대한 의미를 지녔던 것임은 물론이다. 60, 70년대에 어떠한 계기에 의해서든 (대부분 교육에 의해서) 계층상승을 실현한 하부계층 출신의 지식인들에게 옛날 그대로 혹은 더욱 피폐한 채 남아 있는 고향은 한편 되돌아보고 싶지 않은 곳이면서 어쩔 수 없이 되돌아볼 수밖에 없는 죄의식의 원천이었던 것이다. 70년대 문학의 탁월한 업적이 예외 없이 고향을 잊어버리고 도시의 일상적 삶 속에 함몰되었다가 문득 깨달음처럼 고향을 되돌아보는 순간을 포착하고 있음은 따라서 전혀 우연이 아니다.

고개를 숙여
내 초라한 그림자에 이별을 고하고
눈을 들어 이제는 차라리 낯선 곳

마을과 숲과 시뻘건 대지를 눈물로 입 맞춘다.
온몸을 내던져 싸워야 할 대지의
저 벌거벗은 고통들을 끌어안는다.
(…)
키 큰 미루나무 달리는 외줄기
눈부신 황톳길 따라 움직이는 숲그늘 따라
멀어져가는 도시여
잘 있거라 잘 있거라

—김지하 「결별」 부분

도시의 일상적 삶은 "대지의/저 벌거벗은 고통"을 댓가로 하여 이루어진 것이기 때문에 그것 자체가 죄이며, 그러한 정당하지 못한 도시적 삶에 빠져 있는 나는 "초라한 그림자"에 불과한 것으로 느껴진다. 따라서 이러한 죄의식을 극복하는 길은 도시의 타락한 삶과 결별하고 고향의 대지의 벌거벗은 고통을 자기 것으로 하여 싸우는 것이다. 이러한 발상은 70년대 시에 다소간의 편차를 보이며 다양하게 나타나고 있는데, 김남주 시의 출발점도 바로 이곳이다.

우리 아닌 곳에 껍데기가 판을 치고 있듯이
우리 안에도 惡貨가 주먹을 휘두르고 있다고 이를테면
16일 이전의 우리 생활이 생활인 것처럼
17일 이후의 우리 생활도 생활이라고

—「동물원에서」 부분

아 그들은 누구와 함께 자고 있는가
디룩디룩 배불러터진

거머리와 함께 자고 있는가
대창에 찔린 개구리
피와 함께 자고 있는가 고달프고
애절한 사랑과 함께 자고 있는가

—「그들은 누구와 함께 자고 있는가」 부분

「동물원에서」는 도시의 일상적 삶을 희화화한 것이다. 삶은 "껍데기가 판을 치고 있"는 삶이다. 외면적으로 그럴 뿐만 아니라 우리의 내면까지 병들게 하는 삶이다. 우리는 그 삶에 의해 병들어서 점점 그 삶을 당연한 것으로 받아들이게 되고 쳇바퀴 돌듯이 반복되는 그 삶 속으로 빠져들어 간다. 그리하여 도시의 일상적 삶이란 동물원의 갇힌 삶을 방불하게 하는 것이다. 그런데 이렇게 도시적 삶이 훼손되어 있다는 자각은 '그들'에 대한 죄의식에 의해 일깨워지는 것이다. "청자 밑의 새마을에/눌린 한봉지 풍년초"(「그들은 누구와 함께 자고 있는가」)를 사내려고 애를 쓰는, 거머리, 모기, 파리에 시달리며 사는 그들은 오래지 않은 옛날엔 우리가 그들 중의 하나였던 사람들이고, 순사나 면서기 그것보다 더 높은 무엇이 되어 웬만한 어려움은 막아주리라는 기대감 속에서 허리를 졸라매어 우리에게 배움의 기회를 주었던 사람들이고, 그러한 기대를 여지없이 배반당한 채 우리의 나태한 삶을 위해 희생당하고 있는 사람들이고, 우리가 항시 잊어버리고 싶으면서도 결코 잊을 수 없는 사람들이다. 그들의 존재는 그림자처럼 우리를 따라다니면서 우리로 하여금 이 사회의 모순을 직시하게 하고, 그들의 고통 속으로 되돌아갈 것을 끊임없이 요구하는 양심의 목소리가 된다.

그러나 '그들'에게 일치되어가는 일은 그리 쉬운 것이 아니다. 그것은 우선 자기 자신과의 싸움이다. 우리는 이미 '그들'이라는 호칭을 사용할 만큼 이질적인 삶 속에 휩쓸려 있는 것이다. 그리고 그것은 거대한 조직과의 힘에 부치는 싸움이기도 하다. 체제가 경직되어 자신의 모순을 은폐하기에 급급할수록 '그들'의 존재를 일깨우고 '그들'의 고통을 자기 것으로 하려는 지식인들은 위험시되기 마련이고, 때때로 체제 유지를 위한 희생양이 되어 고난을 치르게도 된다. 김남주 역시 그러한 희생양이 되어 고난을 치렀던, 그리고 치르고 있는 사람 중의 하나이다. 그러나 이것보다 더 큰 어려움이 있다. 그것은 아이로니컬하게도 오래지 않은 옛날에 우리가 그중의 하나였던 '그들'의 계층방어의식이다. 이에 대해서는 상당히 섬세한 고찰이 필요하겠지만 여기서는 김남주의 시를 통해 간략하게 살펴보기로 하자. 아마도 그의 초기시만큼 이러한 제 과정을 전형적으로 드러내고 있는 시도 드물 것이다.

총구가 나의 머리숲을 헤치는 순간
나의 양심은 혀가 되었다.
허공에서 헐떡거렸다 똥개가 되라면
기꺼이 똥개가 되어 당신의
똥구멍이라도 싹싹 핥아주겠노라
혓바닥을 내밀었다
(…)
참기로 했다
어설픈 나의 양심과 나의
미지근한 싸움은 참기로 했다
양심이 피를 닮고
싸움이 불을 닮고
피와 불이 자유를 닮고
자유가 시멘트 바닥에 응집된
피 같은 불 같은 꽃을 닮고

있다는 것을 알 때까지는

—「진혼가」 부분

우습지 않느냐 덕종아
너의 형이 우습지 않느냐
대학까지 구경하고 그도 모자라
감옥까지 구경하고 이제는 돌아와
탄식이 되어버린 고질
푸념도 고질이요 넋두리도 고질
생활까지 탄식이 되어버린
얼씨구! 너의 형이 우습지 않느냐
돈이라면 반가운 줄이나 알았지
애타도록 기다릴 줄 모르는 주제에
돈벌이를 한답시고 담배를 빨아대며
궁리를 짜고 있는 내가 우습지 않느냐

—「우습지 않느냐」 부분

「진혼가」는 한 지식인이 그 사회의 모순과 맞서 싸우려 할 때 부딪치는 고통을 잘 드러내고 있다. 그 고통의 근원은 우선 밖에 있다. 그것은 "아내는 호랑이로 扮하고/호령을 하고/남편은 고양이로 扮하고/호령을 받"(「동물원에서」)는 매일매일의 생활이기도 하고, "낮밥을 사고 친구가 되어/술을 권하고 담배까지 사주고/아내가 되어 잠자리를 다 걱정하고/나라가 되어 장래를 걱정하"(「영역」)는 듯싶은 감시의 눈길이기도 하고, "오 지하의 시간이여 표독한/야수의 발톱에 떨어진/살점이여 살점으로 뒹구는/육신이여 영혼이여"(「눈을 모아 창살에 뿌려도」)와 같은 영어생활의 괴로움이기도 하고, 극단적인 경우 "총구가 나의 머리숲을 헤치는 순간"의 공포이기도 하다. 다시 말해서 우리가 그것에 대해 회의하기 시작하는 순간 우리의 생활, 우리를 둘러싼 모든 조직들은 우리에게 적대적으로 돌변하여 우리를 위협하기도 하고 달콤한 미끼로 유혹하기도 한다. 우리의 안전을 지켜주는 듯싶던 여러 조직들은 돌변하여 우리를 감시하는 무수한 눈길이 되고, 이제까지의 자유는 찬성하는, 순종하는 자유임이 밝혀지면서 우리를 구속하고 위협하는 구실이 되어버린다. 우리는 순식간에 적대적인 세계 속에 놓여 있는 자신을 발견하고 당황하게 된다. 그리하여, 이러한 외적 위협들은 내적 갈등으로 치환된다. 사실 외적 위협들은 그것 자체로서 대단한 위력을 지니는 것이 아니라, 그것으로 인하여 우리의 내면에 형성되는 세계로부터의 고립감, 단절감에 의해 위력을 발휘하는 것이다. 양심, 즉 지식인들의 관념은 이러한 고립감 앞에서 무력하게 무너져버린다.

그래서 "솔직히 말해서 나는/아무것도 아닌지 몰라"라는 생각과 "기다려 봄을 기다려/피어나고야 말 꽃인지도 몰라라"(「솔직히 말해서 나는」)라는 생각 사이에서 자기확인을 위한 갈등을 겪어야 하고, "똥개가 되라면/기꺼이 똥개가 되어 당신의/똥구멍이라도 싹싹 핥아주겠노라/혓바닥을 내밀었다"와 같이 굴욕적인 자기확인을 하게 되는 것이다. 사실 "총구가 나의 머리숲을 헤치는 순간"의 공포는 육체적인 것이 아니라 실존적인 것이다. 세계로부터 영원히 단절되리라는 위기감의 극단적인 형태가 공포이며, 그러한 실존적 위기 속에서 자신을 세계에 밀착시키는 유일한 방법이 '혀로 핥는' 육체적 행위인 것이다. "나의 양심", 나의 관념은 이러한 실존적 위기 앞에서 무력하게 무너져버리고 육체적 행위만이 유일한 확실성으로 나타난다. 김남주는 그렇기 때문에 "어설픈 나의 양심"과 "미지근한 싸움"은 믿을 수 없다고 말한다. 세계로부터의 극단적인 단절감으로서의 죽음에 대한 공포를 극복할 수 있는 확실성을 양심과 싸움이 지닐 때까지 차라리 관념적인 양심과 관념적인 싸움은 참는 것이 낫다고 그는 말한다.

그러면 '양심의 관념적인 한계를 벗어나는 방법'은 무엇일까? 그에 대한 대답은 뒤에 인용한 시 「우습지 않느냐」에서 구할 수 있을 것이다. 앞에서 필자는 옛날보다 더 피폐해버린 고향에서 어렵게 살아가는 사람들의 존재가 지식인에게 죄의식의 원천이 되고 있다고 말했었는데, 그 죄의식의 다른 이름이 양심일 것이다. 그런데, 양심은 본질적으로 개인주의적이고 관념적인 속성을 지니고 있다. 양심은 어느 한 개인이 다른 개인 혹은 집단에 대해서 느끼는 도덕적인 책임감이다. 따라서 그것은 한 개인과 다른 개인 혹은 집단과의 거리감을 전제로 한 것이며, 실제적인 생활의 요구가 아니라 관념상의 요구이다. 그렇기 때문에 실존적인 위기가 닥칠 때 "양심은 혀가 되"어 쉽게 굴복해버리는 것이다. 그것은 양심이 고립된 개인을 전제로 한 것이기 때문에 당연한 귀결이다.

이렇게 살피고 보면 대답은 분명해진다. 양심의 관념적 한계를 극복하는 길은 어렵게 살아가는 그들과의 거리를 없앰으로써 개인주의의 한계를 벗어나는 것이다. '그들'에서 '우리'로의 변화만이 세계로부터의 단절감을 극복하고 관념적 한계를 벗어나는 방법일 것이다. 그러나 '그들'과의 거리감을 없애는 데는 가장 큰 어려움이 가로놓여 있다. 그것은 '그들'의 계층방어의식이다. 아마도 이러한 면이 포착되어 있는 것이 김남주 시의 가장 유니크한 점인 듯싶거니와, 그것도 그가 훌륭한 리얼리스트이자 실천가였기 때문에 가능했던 것으로 생각된다.

대체로 농민을 비롯한 하부계층과 그 계층 출신의 지식인과의 관계는 어미 우렁이와 새끼 우렁이와의 관계로 비유해볼 수 있을 것이다. 예를 들어 한 농민이 아들에게 고등교육의 기회를 준다고 할 때, 그가 그것을 통해 이루고자 하는 것은 "순사 한나 나고/산감 한나 나고/면서기 한나 나고/한 집안에 세사람만 나면/웬만한 바람엔들 문풍지가 울까부냐"(「편지 1」)이다. 즉, 그 농민이 이루고자 하는 바는 스스로가 속한 농민계층을 부정함으로써 도달할 수 있는 자기소외적인 목표이다. 그리고 그 아들이 받게 되는 교육이나 삶은 실제로 그 아버지로부터 소외되어가는 과정이다. 그리하여 그 아들이 더 높은 학력을 갖추면 갖출수록 아버지와 아들 간의 의사소통은 불가능해지고, 또 자신의 의사와는 상관없이 아들은 자기가 속했던 계층에 대해 아무런 혜택도 줄 수 없게 된다. 그가 속한 사회구조가 그것을 허락하지 않을 것이며, 거꾸로 그로 하여금 자신도 모르는 사이에 자신이 속했던 계층의 희생 위에 서 있게 할 것이다. 따라서 고향에서 어렵게 살아가는 사람들에게 쉽게 되돌아갈 수 있다고 생각하는 것은 지극한 환상이다. 십여년 이상을 하부계층과 그 계층 출신의 지식인은 서로를 소외시켜왔기 때문에, 그 지식인이 자신이 속했던 계층으로 돌아가려 할 때는 그 계층의 자기방어벽에 부딪히게 될 것이다. 이것은 가족이라고 해도 더 심하면 심했지 덜하지는 않을 것이다. 가족들이 이루고자 하던 바가 그를 자신들이 속한 계층으로부터 소외시키는 것이었기 때문에 그가 자신들이 속한 계층으로 복귀하는 것은 가장 큰 배반으로 받아들여질 수밖에 없는 것이다. 김남주의 시는 이러한 점을 날카롭게 포착하고 있다. 앞에 인용한 「우습지 않느냐」에는 가족과 고향으로 돌아간 그와의 소외된 관계가 '우스움'으로 표현되어 있거니와, 다음과 같은 시에도 양상을 달리하여 나타나고 있다.

차마 부끄러워
밤으로 찾아든 고향
달도 부끄러워 숨어버렸나
보이는 것은 어둠뿐
들판도 그대로 어둠으로 깔리고

—「달도 부끄러워」 부분

식구마다 논밭 팔아
대학까지 갈쳐논께

들쑥날쑥 경찰이나 불러들이고
허구한 날 방구석에나 처박혀
그 알량한 글이나 나부랑거리면
뭣한디요 뭣한디요 뭣한디요

—「아우를 위하여」 부분

「달도 부끄러워」에는 나와 고향과의 소외된 관계가 '부끄러움'으로, 「아우를 위하여」에는 나와 가족과의 소외된 관계가 아우의 '분노'로 표현되어 있다. 김남주 시가 새로운 진전을 보이는 것은 이러한 소외된 관계가 극복되면서부터이다.

가을을 끝낸 내 얼굴은
부황 뜬 빛깔의 누룩이다
서울을 바라보는 내 눈깔은
어물전의 썩은 동태눈이다
그리고 보따리를 쥔 내 손은
짝짝 벌어진 가뭄의 논바닥

—「고구마 똥」 부분

위 시에서의 '나'는 고향 혹은 고향의 사람들과 일치되어 있다. "내 손은/짝짝 벌어진 가뭄의 논바닥"이라는 구절은 그러한 일치를 잘 표현하고 있다. 고향과 고향의 사람들로부터 거리를 두고 있을 때 고향과 고향의 사람들은 나의 밖에 있는 대상으로, 분석하고 관찰할 수 있는 그리하여 나로 하여금 죄의식을 갖게 하는 대상으로 나타난다. 그러나 내가 그들과 일치될 때 그들은 이미 대상이 아니라 나와 혼융된 주체이며 그들은 나와 나의 세계를 구성한다. 따라서 그들의 욕구나 고통은 그들의 것으로

서가 아니라 나의 것으로서 나타나며, 관념상의 요구가 아니라 나의 삶 전체의 요구가 되는 것이다. '짝짝 벌어진 가뭄의 논바닥'의 고통은 이미 내 손의 고통인 것이다. 이렇게 고향과 고향의 사람들에 일치해갈 때, 고향과 고향의 사람들은 우리와 무관하게 이루어져온 역사가 아닌 우리가 부딪쳐 이룩한 역사를, 우리의 삶 속에 살아 숨 쉬는 역사를 개시해준다.

이 두메는 날라와 더불어
꽃이 되자 하네 꽃이
피어 눈물로 고여 발등에서 갈라지는
녹두꽃이 되자 하네
(…)
이 들판은 날라와 더불어
불이 되자 하네 불이
타는 들녘 어둠을 사르는
들불이 되자 하네

—「노래」 부분

"이 두메"와 "이 들판"이 제시해주는 바는 이 시대가 근본적으로 훼손된 시대이며, 고통의 시대이며 좌절의 시대라는 것이다. "피어 눈물로 고여 발등에서 갈라지는/녹두꽃"은 이러한 좌절과 고통을 상징한다. 우리는 이 좌절과 고통을 자기 것으로 하여야 한다. 좌절과 고통은 "어둠을 사르는/들불"의 시작이기도 하기 때문이다. 다산의 시대 이후, 동학의 시대 이후 오늘날까지의 시대는 전봉준의 좌절과 미완성의 혁명이 지속되는 시대인 것이다. 이러한 역사인식은 김남주의 다음과 같은 시에 잘 표현되어 있다.

이백년 전 그대는
한 왕조의 치욕으로 태어나
이 겨레의 자랑으로 살아 있습니다
살아 가슴속에 핏속에 살아 흐르고 있습니다

귀양살이 18년 혹한 속에서 그대는
만권의 책 탑으로 쌓아
고금동서 두루 살피셨습니다
다시 그 위에 압권을 올려
시대정신의 거봉으로 우뚝 솟아 있습니다
(…)
그러나 어떤가 이백년 후 오늘은
여전히 백성은 토지를 밭으로 삼아 땀 흘려 일구고
여전히 벼슬아치는 백성을 밭으로 삼아 등짝을 벗기고

—「다산이여 다산이여」 부분

대지로부터 곡식을 거둬들이는 농부여
바다로부터 고기를 길러내는 어부여
화덕에서 빵을 구워내는 직공이여
광맥을 찾아 불을 캐내는 광부여
돌을 세워 마을의 수호신을 깎아내는 석공이여
무한한 가능성의 영원한 존재의 힘 민중이여!
(…)
바위 같은 무게의 천년 묵은 사슬을 끊어버려라
승리의 세계가 있을 뿐이다

—「민중」 부분

위의 시들에서 김남주는 탁월한 역사인식에 도달하고 있음을 보여주는데, 그것은 민족어 속에 맥맥이 살아 울리고 있는 목소리들에 뿌리를 내리고 있으면서도 그와는 약간 성격을 달리하는 것이다.

"이 겨레의 자랑으로 살아 있"는 다산과 미래의 "승리의 세계"를 통해 현실의 훼손을 직시하고 어둠으로 규정하는 위 시의 목소리는 우리에게 퍽 익숙한 것이다. 그것은 우리가 만해 한용운(韓龍雲)에게서, 신채호(申采浩)에게서, 이상화(李相和)에게서, 이육사(李陸史)에게서 공통되게 발견할 수 있는 정신에 뿌리를 두고 있다. 그것은 바로 민족이 위기에 처했을 때 과거 민족사의 영광과 강렬한 미래의 비전을 통해 현실의 훼손을 직시하고 경고하는 예언의 목소리인 것이다.

그러나 김남주의 목소리는 또한 그들의 목소리와 구별된다. 이것은 그들의 시대 이후 우리가 겪은 민족 분화 과정을 생각할 때 필연적인 것이라 할 수 있을 것이다. 오늘날과 같이 복잡하게 분화된 사회 속에서는 민족이 우리에게 여전히 유효한 개념이기는 하지만 다소의 추상성을 면하기 어렵다. 따라서 만해나 신채호, 이육사의 목소리는 다소 추상적이고 과거지향적인 것으로 우리에게 느껴진다.

김남주의 목소리는 구체적이고, 역동적인 미래에의 의지를 품고 있다. 이것은 그가 우리와 동시대의 시인으로서 훼손된 현실 속에서 괴로워하고, 그러한 훼손을 자신의 훼손으로 받아들여 극복하려 애쓰고, 그 훼손됨에 대한 리얼리스트로서의 구체적인 시각을 잃지 않았기 때문일 것이다. 필자는 그가 다시 시작(詩作)에 전념할 수 있는 기회를 빠른 시일 안에 되찾기를 간절히 바란다. 그리하여 예언자적인 거시적 안목과 리얼리스트의 구체적인 시각이 더욱 튼튼하게 그의 시 속에서 결합될 수 있기를 바란다. 그때 우리는 우리 시의 전통 속에 맥맥이 흐르는 예언의 정신에 뿌리를 내리면서 그것을 초극하는 한 정신을 만나게 될 것이다. 그것을 혹

'선언의 정신'이라고 부를 수 있다면, 김남주 시의 양식은 이미 일관되게 그것을 지향하고 있다. 단정적으로 던져지면서 살아 꿈틀거리는 그의 말들에 기대를 건다.

(『진혼가』 해설, 청사 1984)

김진경 金津經 시인, 동화작가. 시집 『갈문리의 아이들』 『광화문을 지나며』 『우리 시대의 예수』 『별빛 속에서 잠자다』 『슬픔의 힘』 등, 장편소설 『이리』 『굿바이 미스터 하필』 등이 있음.

풍자정신과 투쟁적 리얼리즘

『조국은 하나다』『사랑의 무기』

윤지관

1

빈농의 아들, 고교와 대학 중퇴, 『함성』지 사건으로 2년형, 남민전 사건으로 15년형, 그리고 국내외에서 벌어진 그에 대한 석방운동. 이 간략한 소개만으로도 이 경력의 주인공이 시인 김남주임을 모를 사람은 이제 없다. 80년대가 기울어가는 지금에 이르러 김남주는 어느 누구보다도 80년대의 현실을 대변하는 인물이 되고 있다. 그의 이름은 5월의 학살로 막을 올린 5공 치하의 폭압적 현실, 민중의 수난과 투쟁으로 점철된 지난 10년의 어두운 현실을 상징하는 보통명사가 된 것이다. 그 때문에 그가 시인이라는 사실은 그가 견딘 10년 수형생활의 상징적 의미에 비추어볼 때 부수적인 일인 듯 보인다. 그 자신의 말 그대로 그는 시인이기 이전에 '전사'로 여겨져야 할 충분한 이유를 가지고 있다.

그러나 '전사'로서의 그의 최대의 무기가 바로 그의 시라는 사실 또한 중요한 의미를 가진다. 그의 대부분의 시는 감옥에서 씌어졌다. 그가 감옥에서 쓴 시는 군부파쇼정권에 대한 항거의 무기지만, 동시에 그것은 80년대를 사는 모든 사람들에게 날카로운 양심의 통각이었다. 그는 「이 세상에」라는 시에서 이렇게 선포한다.

> 사슬로 이렇게 나를 묶어놓고
> 자유로울 사람은 없다 이 세상에
> 압제자 말고는 아무도 없다
> 벽으로 이렇게 나를 가둬놓고
> 주먹밥으로 나를 목메이게 해놓고
> 배부를 사람은 없다 이 세상에
> 부자들 말고는 아무도 없다

고통이 배어 있는 이 수인의 외침은 그의 수난이 전복된 80년대적 삶의 질서에 대한 피할 수 없는 변혁의 다그침으로 존재하고 있음을 말해준다. 그가 감옥에서 꿋꿋이 살아가고 있다는 것 자체가 당대 현실에 대한 완강한 부정이다. 그가 '건강 만세'를 외치며 열악한 환경과 싸우는 것이 감동적인 까닭은, 그것이 바로 독점자본과 독재정권과의 치열한 싸움의 한 과정이기도 하기 때문이다.

이제 그는 석방되었다. 그의 시는 세인의 새삼스러운 관심의 초점이 되고 그가 감옥에서 쓴 편지는 책으로 묶어져 서점가의 베스트셀러가 되었다. 그는 말하자면 신화 속의 영웅처럼 일반 대중들에게 널리 알려지고 있다. 아이로니컬하게도 그는 그가 그토록 증오해 마지않았던 물신숭배적인 자본주의 시장에서 상당한 성공을 거두게 된 것이다.

그러나 그의 싸움은 과연 끝난 것인가? 아니, 결코 그렇지 않다. 그는 이제 그 자신도 일부로 편입된 자본주의적 현실 속에서 변혁을 위한 일상적 싸움의 출발점에 서 있는 것이다. 그는 이제 그에게 드리워져 있는 신화의 베일을 벗어젖히고 대중들과의 직접적인 만남을 통해 자신의 시의 무기를 더욱 날카롭게 벼려나가야 할 필요가 있다. 그의 시가 객관적인 평가의 대상이 되어야 할 당위성도 바로 이와 같은 필요에서 비롯한다.

지금까지 김남주에 대한 평가가 적지 않았지만, 그 대부분에서 그의 오랜 수난과 굽히지 않는 저항정신에 대한 인간적 경의가 어떤 방식으로든 시 평가에 영향을 주어왔음은 부정하기 어렵다. 대부분의 평자들이 해방전사로서의 그의 치열한 투쟁정신에 주목하고 때로는 뜨거운 애정과 찬사를 바치기도 했다. 그런 한편 그의 시에 대한 평가 자체는 오히려 그의 초기시에 집중되는 경향을 보여왔다.

그러나 필자가 보기에 그의 시의 중심적인 성과는 분명 감옥에서 씌어진 시들에서 이루어지며, 거기에는 그의 개인사의 위광을 배제하고 나서도 여전히 남아 있는 뛰어난 시적 자질이 있다. 비평의 문제는 그의 시를 그가 표방한 이념이나 양심적인 행동의 차원에서가 아니라 문학적 창조물의 성과라는 차원에서 읽어내는 일이다. 이것은 무엇보다 그의 시를 리얼리즘의 관점에서 검토할 필요성이 있음을 말해준다. 이 글의 목표는 그의 시가 과연 리얼리즘의 성과에 값하는 것인가, 그리고 그 성격은 어떠한 것인가를 따져보는 데 있다.

지금까지 출판된 김남주의 시집은 모두 네권이다. 1984년에 출판된 첫 시집 『진혼가』는 그의 초기시를 모은 것이며, 이후 남민전 사건으로 본격적인 수형생활을 하던 중에 씌어진 시들은 1987년의 『나의 칼 나의 피』, 1988년의 『조국은 하나다』, 1989년의 『사랑의 무기』에 수록되어 있다. 이 가운데서 『조국은 하나다』는 당시까지 씌어진 시의 대부분인 202편을 수록하고 있고, 시선집인 『사랑의 무기』에는 편자가 선한 대표작 57편 외에 그의 근작시 14편이 포함되어 있다. 이 글은 이 두 시집을 고찰의 대상으로 삼고 있다.

2

김남주의 시가 전체적으로 지향하는 바는 인간이 인간을 억압하지 않는 해방된 사회의 실현이다. 이러한 궁극적인 인간해방은 무엇보다 민족해방을 통해 가능하며, 민족해방을 위한 투쟁은 매판자본을 등에 업은 파쇼정권과의 싸움을 매개로 하여 이루어진다. 따라서 그가 내세우는 변혁의 구체적인 과제는 반제자주화 및 반파쇼민주화이며 이를 위한 투쟁은 결국 자본주의의 철폐와 평등사회의 실현을 전망으로 하고 있다.

김남주에게 민족·민중문학의 일차적 과제는 반제민족해방투쟁에 기여하는 것이다. 그는 한 편지에서 이렇게 반문한다.

> 동지여!
>
> 만일 반제민족해방투쟁을 노래하지 않고 피압박대중을 대변하여 그들의 입이 되어주지 않는다면 당신이 말하는 민족·민중문학이란 무엇이란 말인가.

민족해방을 지향하는 그의 이같은 입장은 그의 시들 곳곳에 반영되어 있다. 가령 「어머님께」「나에게는 갚아야 할 원수가 있소」 같은 시에서는 매판자본가, 매판관료, 매판군벌 들을 통칭하여 매국노라고 부르고, 「삼팔선의 밤에」「병사의 밤」 등에서는 양키의 용병인 '식민지' 군인의 모습을 형상화한다. 이러한 그의 입장 때문에 김남주는 종종 민족주의적 편향성을 띠고 있다는 비판을 받기도 한다.

그러나 그의 시에는 반드시 민족해방의 이념에 한정되었다고 볼 수 없는 시적 성과가 드물지 않게 눈에 뜨인다. 특히 『조국은 하나다』의 제3부 '노동의 그날그날'에 실린 시편들에는 노동계급 해방에의 지향과 계급모순에 대한 날카로운 인식이 자리잡고 있다. 최근 월간지 『노동해방문학』과의 인터뷰에서 그는 우리 사회의 성격을 신식민지국가독점자본주의 사회로 보는 데 동의하고, 변혁운동에서 노동자계급의 지도성을 확립해야 할 것을 역설하고 있어 주목을 끈다. 이같은 발언은 그의 시세계의 복합성을 고려할 때 그다지 놀라운 일은 아니지만, 그의 사회인식이 식민지 조국의 해방을 기치로 남민전에 참여하던 당시의 인식과는 상당한 차이를 보이는 것만은 분명하다.

그러나 이 글의 목표가 김남주의 이같은 이론적 입장을 검토하자는 것은 아니다. 오히려 시 속에 표명된 이념이 한가지 입장만으로 정리되지 않는다는 것 자체가 시적 창조성의 한 징표가 된다. 그의 시의 지향점을 몇편의 시에 나타난 경향이나 그의 단편적인 발언에서 찾는 것은 무리이기도 하거니와 합당한 방법도 아니다. 중요한 것은 그의 입장을 그의 시적 성과와 관련하여 전체적으로 이해하는 일이다. 우선 김남주의 경우, 시적 성과가 한두편의 뛰어난 시의 가치가 아니라 그의 작품 전체가 전달하는 힘과 무게에 있다는 사실은 지적될 필요가 있다. 개별적인 시의 성과가 고르지 않음에도 불구하고 그의 시세계는 전체적으로 압제로부터의 해방이라는 논점을 충분히 감당한다.

200여편에 달하는 그의 시들은 다양한 방식으로 그의 논리를 강렬하게 표현한다. 그의 시집에 일관하여 흐르는 이같은 강렬성을 지탱하는 정서는 한마디로 분노와 증오다. 이 백열의 감정은 이 시들 전체에 생명을 불어넣는 에너지이다.

가뭄의 자식 칠년 옥살이에도 시들지 않고
주먹밥 세덩이로 살아 있습니다
철창 끝을 때리는 북풍한설이 나의 숨결입니다
내 어머니 노동의 착취에 대한 증오가 내 명줄입니다

증오 없이 나 하루도 버틸 수 없습니다
증오는 나의 무기 나의 투쟁입니다

—「명줄」 부분

김남주의 증오는 자신을 감옥에 가둔 자들에 대한 개인적인 감정의 차원이 아니라, 부당한 사회현실에 대한 공분에 근거한다. 그에게 자신의 투옥 이유는 오직 한가지다. 그것은 "부자들과 가난뱅이들과의 싸움에서 내가/부자들의 편을 들지 않고 가난뱅이들 편을 들었기 때문"(「어머님에게」)이다. 부자들이란 산업자본주의사회에서는 자본가들이며 이들과 그 주구들인 매판군부와 매판관료들은 "죽음을 불사하고 갚아야 할" "민중의 불구대천의 원수들"(「나에게는 꼭 갚아야 할 원수가 있소」)이다. 따라서 그의 증오의 이면에는 그 못지않은 강도의 민중에 대한 사랑이 타오르고 있다. 즉 그에게는 녹두장군의 모습이 그러하듯 두개의 눈, "양반과 부호들에 대한 증오의 눈과/가난한 민중에 대한 사랑의 눈"(「녹두장군」)이 있다. 이 순수하고도 강렬한 사랑과 증오의 정서는 그로 하여금 불의와 화해하고 타협하는 소시민적인 허위의식과 단호하게 결별하는 투철한 정신을 유지하게 해준다. 그것은 그가 혁명가의 품성을 닦고 '전사'로서의 자기수련을 게을리하지 않게 한 원동력을 이룬다. 그에게는 그가 즐겨 읽는 체르니셉스끼의 소설 『무엇을 할 것인가』에 나오는 혁명가 라흐메또프의 극기주의와 엄격성이 있다.

그가 그의 분노와 증오를 직설적으로 분출시키기보다 문학적 장치를 통해 더욱 단단한 힘으로 압축시켜 보여주는 것도 그의 이같은 정신적 자질과 관련이 있다. 그가 사용하는 주된 문학적 장치는 바로 풍자이다. 이 풍자의 형식을 거침으로써 그의 증오는 더욱 통렬한 파괴력을 가진다. 그는 풍자를 사용해서 지배권력의 야만성과 가증스러움을 여지없이 폭로하는 데 탁월하다. 그의 풍자의 주된 대상은 자본가와 매판파쇼권력, 그리고 관료와 경찰 등 폭력적인 공권력을 비롯한 그 하수인들이다.「어떤 관료」라는 다음의 시는 대표적인 본보기이다.

일제 말기에 그는 면서기로 채용되었다
남달리 매사에 근면했기 때문이다

미군정 시기에 그는 군주사로 승진했다
남달리 매사에 정직했기 때문이다

자유당 시절에 그는 도청 과장이 되었다
남달리 매사에 성실했기 때문이다

공화당 시절에 그는 서기관이 되었다
남달리 매사에 공정했기 때문이다

민정당 시절에 그는 청백리상을 받았다
반평생을 국가에 충성하고 국민에게 봉사했기 때문이다

나는 확신하는 바이다
아프리칸가 어딘가에서 식인종이 쳐들어와서
우리나라를 지배한다 하더라도
한결같이 그는 관리생활을 계속할 것이다

국가에는 충성을 국민에게는 봉사를 일념으로 삼아
근면하고 정직하게!
성실하고 공정하게!

이 시는 관료들의 비도덕성과 비인간성을 여실히 드러내는 동시에, 파쇼권력하의 관료들의 매판성·반민족성을 여지없이 폭로한다. 시인은 공무원들이 즐겨 사용하는 용어인 '근면' '정직' '성실' '공정' 따위의 덕목들을 반어적으로 사용하여 관료주의의 형식성과 허위성을 효과적으로 풍자한다. 시인이 에피그라프에서 쓰고 있듯이 이들 관료들은 자본가들이 주는 봉급을 마치 주인이 주는 개밥처럼 받아먹는 '개들'이다.

경찰이나 관료를 '개'로 비유하는 것은 그다지 새삼스러운 일은 아니다. 그러나 김남주는 이 익숙한 비유를 명쾌하고도 예리하게 구사하는 데 단연 뛰어나다. 「개들의 습격을 받고」 「쪽지」 「어느 개에 관해서」 등에서 두드러진 성과를 거둔 이 작업은 최근작인 「개들의 경쟁」에서도 이어져 김남주 시의 중요한 한 테마를 이룬다. 이 가운데 「개들의 습격을 받고」는 개들의 소굴과 그 두목에 대해 묘사하면서 두목의 긴 변명을 통해 경찰과 관료들의 폭력성의 배후에 가진 자들의 지배와 민중의 항쟁이라는 계급투쟁의 현실이 숨어 있음을 폭로한다. 이 시는 이 점에서 거의 정치적 우화에 가까운 깊이를 지닌다. 그의 풍자는 「원숭이와 설탕」 「폭력배」 「맨주먹 빈손으로」 등에서 군부 출신의 권력자를, 그리고 「옳지 옳지」 「알다가도 모를 일」 「함정」 등에서 반공 이데올로기와 냉전논리를 겨냥한다.

김남주 시의 주된 특성 중 하나인 풍자의 형식이 이전의 민족주의적이고 진보적인 시의 전통과 닿아 있다는 사실은 흥미롭다. 풍자의 정신은 바로 60년대의 김수영(金洙暎)이나 70년대의 김지하(金芝河)의 시를 일관하여 흐르던 정신이기도 한 것이다. 김남주의 풍자를 두 선배 시인의 그것과 비교해보는 것은, 김남주로 대변되는 80년대의 시정신을 더욱 선명하게 드러내는 데 도움이 될 것이다.

김지하가 1970년에 발표한 「풍자냐 자살이냐」라는 글은 이 대비를 위한 효과적인 자료이다. 김지하는 이 글에서 김수영의 시적 성과를 짚어보는 가운데, 풍자야말로 이 폭력의 시대에 대응하는 유일한 문학적 도구라고 역설한다. 그에 따르면 우리의 삶을 지배하는 물신의 폭력이 시인에게 해소되지 않는 비애를 축적시키며, 이 격한 비애가 격한 시적 폭력의 형태인 풍자로 전화한다. 그런데 이 비애는 무엇보다 피억압계층인 민중에게 집중된다. 따라서 풍자는 "현실의 악에 의해 설움 받아온 민중의 증오가 예술적 표현을 통해 그 악에게로 퍼부어 던지는 돌멩이"와 같은 것이다.

김지하는 김수영이 시적 형식으로 풍자를 선택한 것을 올바르다고 본다. 그러면서도 그의 시적 폭력의 방향이 자신과 자신이 속한 계층, 즉 민중의 일부로 파악된 소시민에 대한 부정·자학·매도의 방향으로 나가고 있는 것은 비판한다. 김지하는 그래서 "풍자를 민중에게 가한 김수영 문학의 정신적인 동기만을 긍정하는 방향에서 젊은 시인들은 이제 풍자의 가장 예리한 화살을 특수집단의 악덕으로 돌려야 한다"고 주장한다. 김지하의 이러한 주장은 김수영에게 두드러지는 소시민적 자의식을 벗어나 문학을 민중의 시각에 정초하려는 70년대 민중문학론의 한 단초를 보여준다. 김지하는 나아가 그의 민중적 시각을 창작방법의 문제와 연결시켜, 민중의 시라 할 민요의 형식을 되살림으로써 민요 특유의 풍자정신을 활용할 것을 주장한다. 이러한 그의 민중문학론이 70년대 초의 중요한 문학적 성과인 담시「오적」「비어(蜚語)」등을 낳았던 것이다.

그렇다면 김남주의 풍자시는 이들과 어떤 관계에 있는가? 김남주의 시는 전통적인 민요나 판소리 등을 활용한 민중 형식을 채택하지 않고 서구의 서정적 자유시의 전통을 받아들이고 있다. 이 점에서 그는 김지하보다 서정시의 형식에 리얼리스틱한 내용을 담으려 한 김수영의 방식에 접근한다. 그러나 한편 그는 소시민적인 비애의 서정성을 철저히 배격하고 민중의 우둔함이나 한계보다 권력층과 가진 자들에 대해 예리한 풍자의 비수를 들이댄다. 이 점에서 그는 김지하의 충고, 즉 풍자의 방향을 민중이 아닌 특수집단의 악덕에 돌려야 한다는 권고를 받아들이고 있다.

이처럼 김남주가 김수영이나 김지하의 시적 전통의 일부를 흡수하고 있음은 분명하다. 단순화해서 말한다면 김남주의 풍자시는 김수영의 형식과 김지하의 내용을 결합한 것이다. 그러나 흥미롭게도 이 결합으로 인해 그의 시의 내용은 김지하의 그것과도 다른 면모를 보이게 된다. 김지하의 민중 형식은 특권층의 악덕을 폭로하고 야유하는 데는 뛰어난 성과를 보이나, 이 폭로와 야유를 일종의 신명 속에서 민중의 한풀이로 용해시키는 경향이 있다. 화해할 수 없는 현실의 모순이 시 형식의 유장한 흐름에 파묻혀 해소된다. 김지하의 담시 형식이 모순이 격화되는 80년대에 이르러 별다른 성과를 거두지 못하는 것은 주로 이 때문이다.

김남주의 풍자는 김수영의 소시민적 내용뿐 아니라 김지하의 한풀이적 요소조차 배격한다는 데 그 핵심이 있다. 그의 풍자에서 분노와 증오의 정서는 결코 해소되지 않을뿐더러 더욱 가열되고, 현존하는 모순에 대한 인식은 더욱 날카로워진다. 김지하가 던진 질문 '풍자냐 자살이냐'는 김남주에게 더이상 양자택일의 문제가 아니다. 김남주의 풍자는 자살을 대신하는 것이기는커녕 오히려 사회적 모순의 실체에 직접 칼을 들이대지 못하기 때문에 선택된 싸움의 방법이다. 현실에 대한 그의 대응은 자살이라는 자멸적인 것이 아니라 생생하게 살아 있는 생명체로서 투쟁하는 것이다. 「솔연(率然)」이란 시에서 그가 노래하듯

대가리를 치면 꼬리로 일어서고
꼬리를 치면 대가리로 일어서고
가운데를 한가운데를 치면
대가리와 꼬리가 한꺼번에 일어서고

하는 식의, 말하자면 뱀 같은 생명력과 치열한 저항정신이 그의 특성이다.

그는 비애를 되새기거나 누적된 한을 풀어내려고 하지 않고 해소되지 않는 증오와 분노의 정서를 적에 대한 공격의 무기로 전화한다.

그의 풍자시는 이런 의미에서 지배계급과의 싸움의 현장이다. 그렇기 때문에 그의 풍자는 직접적으로 지배계급을 향한 것이지만, 실제로는 피지배계급인 민중 자신들을 위한 계몽 내지 의식화의 방편이기도 하다. 풍자는 지배권력이 유포한 지배 이데올로기의 허구성을 효과적으로 폭로하는 이데올로기 싸움의 일익을 담당한다.

김남주의 시적 풍자의 이같은 전투성은 개인적 기질의 문제에 국한되는 것이 아니라 바로 80년대의 현실에 대한 첨예한 시정신의 대응양식이라는 점에서 사회적 의미를 가진다. 80년대는 무엇보다 광주의 5월에서 시작한다. 광주민중항쟁은 우리 사회의 증폭된 모순과 더욱 가시화된 폭력의 현실을 단적으로 입증한 것이다. 5월 광주민중항쟁을 노래하는 김남주의 시는 엄격하면서도 강렬하고 절박하면서도 단호한 어조로 참혹한 현실에 맞서는 전사의 비장한 마음을 전한다.

바람에 지는 풀잎으로
오월을 노래하지 말아라
오월은 바람처럼 그렇게
오월은 풀잎처럼 그렇게
서정적으로 오지는 않았다
오월은 왔다 비수를 품은 밤으로
야수의 무자비한 발톱과 함께
바퀴와 개머리판에 메이드 인 유 에스 에이를 새긴
전차와 함께 기관총과 함께 왔다
오월은 왔다 헐떡거리면서
피에 주린 미친개의 이빨과 함께

두부처럼 처녀의 유방을 자르며
대검의 병사와 함께 오월은 왔다
벌집처럼 도시의 가슴을 뚫고
살해된 누이의 웃음을 찾아 우는
아이의 검은 눈동자를 뚫고
총알처럼 왔다 자유의 거리에
팔이며 다리가 피 묻은 살점으로 뒹구는
능지처참의 학살로 오월은 오월은 왔다 그렇게!

—「바람에 지는 풀잎으로 오월을 노래하지 말아라」 부분

광주민중항쟁은 군사정권의 폭력성을 적나라하게 표출한 사건이면서 우리 사회의 변혁운동에서 하나의 분수령이기도 했다. 1980년 5월을 거치면서 노동자를 중심으로 한 기층민중이 변혁운동의 실질적인 주체로 등장하고 미국의 제국주의적 속성이 뚜렷이 드러나면서 반미자주화운동이 대중적으로 확산되었다. 이와 동시에 우리 사회의 성격에 대한 과학적 이해에 근거한 변혁의 논리를 정립하려는 움직임이 광범하게 일어났던 것이다. 김남주는 이처럼 현재화된 적들과 대응하는 객관적이고 엄정한 전략에 따라 그의 풍자의 무기를 배치한다.

김남주 시의 이러한 특성은 문학의 선전성과 예술성의 관계라는 난감한 문제로 우리를 이끈다. 진정한 선전성은 예술적 성취와 결합되어 있기 마련이라는 것이 리얼리즘의 기본 인식이라면, 김남주의 시는 과연 어느 정도 리얼리즘의 성취에 도달하고 있는가? 필자는 다음 장에서 김남주 자신의 시관과 그 실제의 성과를 검토함으로써 이 질문에 답하고자 한다.

3

김남주는 그의 편지 여러곳에서 그의 시관을 피력하고 있다. 한마디로 김남주는 시를 혁명의 무기로, 그리고 시인을 투사라고 본다. 시는 민족과 민중을 억압하고 착취하는 무리들의 비행을 폭로하고 민중들의 의식을 일깨워 이 억압자들에게 항거하도록 부추기는 전투의 나팔이다. 이 싸움은 계급사회가 철폐될 때까지 계속될 싸움이며, 결국 시는 '혁명을 이데올로기적으로 준비하는' 데 목적이 있다.

시의 의미가 이러한 이상, 시에 요구되는 형식도 이에 걸맞은 싸움의 형식이 되어야 한다. 김남주에 의하면 억압과 착취가 극에 달한 80년대적 현실에서 시가 이같은 무기의 역할을 가장 잘해낼 수 있었던 것은 그것이 압축과 긴장을 그 생명으로 하기 때문이다. 그러므로 격동기에 대처하는 시는 결코 길어서는 안되며, '촌철살인의 풍자이어야 하고 백병전의 단도이며 치고 달리는 게릴라전'이어야 한다.

무기로서의 시라는 김남주의 시관은 시에 대한 일반적인 관념을 송두리째 무너뜨리는 혁신성을 가진다. 김남주에게 가장 '시적인 것'은 가장 '혁명적인 것' 이외의 다른 무엇이 아니다. 따라서 그의 시론이 구현하는 최고의 성취는 비수와 같이 날카로운 풍자나 폐부를 찌르는 직설이다. 예컨대 다음의 시행을 읽어보자.

학살의 원흉이 지금
옥좌에 앉아 있다
학살에 치를 떨며 들고일어선 시민들은 지금
죽어 잿더미로 쌓여 있거나
감옥에서 철창에서 피를 흘리고 있다

그리고 바다 건너 저편 아메리카에서는
학살의 원격조종자들이 회심의 미소를 짓고 있다.

당신은 묻겠는가 이게 사실이냐고

—「학살 3」 부분

이 통렬한 시에서도 가장 힘찬 효과는 첫 두행에서 나온다. 이 두행은 80년대의 그 어떤 시도 달성하지 못한 바를 단숨에 달성한다. 그것은 단 두줄의 시구로 80년대적 현실의 본질, 즉 국가권력의 총수가 바로 대학살의 원흉이라는 끔찍스러운 국가적 허위성을 백일하에 폭로한다. 이 시는 날카로운 비수의 끝을 왜곡된 현실의 한복판에 겨누어 아무도 감히 들추려 하지 않는 진상의 핵심을 스스럼없이 찔러버린다. 그래서 이 시행은 어둠을 헤치는 진실의 힘으로 독자의 정신을 사로잡는다. 다시 말해 이 구절은 가장 혁명적인 동시에 가장 시적이다. 김남주는 「하늘과 땅 사이에」라는 시에서 이 미학을 요약한다.

바람의 손이 구름의 장막을 헤치니
거기에 거기에 숨겨둔 별이 있고

시인의 칼이 허위의 장막을 헤치니
거기에 거기에 피 묻은 진실이 있고

없어라 하늘과 땅 사이에
별보다 진실보다 아름다운 것은

김남주의 시가 보여주는 "피 묻은 진실"의 미학은 삶의 실상에 대한 충실한 묘사와 진리 추구를 지향점으로 하는 리얼리즘의 대의와 만난다. 현실의 허위를 벗겨내는 김남주의 시 작업은 곧바로 시에서의 허위, 즉 형식주의와의 싸움과 연결된다. 내용적 진실을 담보하지 않은 형식은 시의 성과에 장애로 작용할 뿐이기 때문이다. 사회질서의 형식인 법과 감옥제도, 공권력 등이 이미 사적 폭력의 수단이 됨으로써 껍데기로 변한 80년대의 현실에서 시적 리얼리즘의 성취는 이러한 현실을 합리화하는 온갖 허위의식, 즉 지배 이데올로기를 깨뜨리는 작업을 통해서만 가능하다. 80년대의 시로서 이러한 싸움의 내용을 담고 있지 않은 시는 형식주의 이외의 아무것도 아니다. 왜냐하면 파쇼체제 자체가 이미 거대한 형식주의에 다름이 없고, 궁극적으로는 자본주의제도 또한 그것이 내세우고 있는 자유·평등의 이념을 실현할 수 없는 현실에서 커다란 허위의 형식, 즉 삶의 질곡이 되고 있기 때문이다.

김남주의 시가 자본주의의 지배 이데올로기에 대한 싸움으로 귀착하는 것은 이런 맥락에서 당연하다. 그 싸움은 어떤 변혁이론도 대중을 이데올로기적으로 사로잡을 때 비로소 현실적이 된다는 맑스의 명제와 관련이 있다. 그의 많은 시들이 자본주의사회의 본질에 대한 대중계몽의 형식을 띠고 있는 것은 이 때문이다. 김남주의 자본주의 이해는 그 사회가 가진 자(자본계급)와 못 가진 자(피억압대중)라는 두개의 적대계급으로 이루어져 있다는 인식을 기본 틀로 한다. 그는 이 틀에 의거해서 자본가의 폭력기구인 국가권력과 민중 사이의 대결이 우리 사회의 핵심적인 현실이라고 본다.

시인은 이 투쟁에 몸을 싣는 실천을 통해서 현실의 핵심을 끌어안고 이로써 리얼리즘의 본령인 삶의 구체성을 확보한다. 김남주의 "시의 요람"은 "투쟁과 그날그날"이며, 이 때문에 그의 시는 "땔나무꾼 장작 패듯 그렇게 우악스럽고 그렇게 사"나울 수밖에 없다(「시의 요람 시의 무덤」). 사회는 더이상 변혁을 유보할 수 없을 정도로 모순이 심화되고 있고, 현실의 변증법적 운동법칙에 따라 역동적인 변화의 움직임은 더욱 현저해져간다. 이러한 상황에서 변혁을 위한 투쟁은 곧 역사의 진실과 보조를 같이하는 것이다. 따라서 진실을 은폐하는 모든 것에 대해 투쟁하는 가차없는 리얼리즘, 즉 브레히트의 표현을 빌리면 '투쟁적 리얼리즘'이야말로 김남주 시의 속성이다. 그의 뛰어난 시들에는 그가 하이네, 마야꼽스끼, 네루다, 브레히트, 아라공 등을 읽으며 확인한 바대로 "사랑마저도" "물질적"이고 "전투적"이고 "유물론적"인 그러한 특성이 있다(「그들의 시를 읽고」).

그러나 그의 시가 항상 이와 같은 성취를 이루는 것은 아니다. 그의 시 가운데는 진정한 투쟁정신 대신 투쟁의 구호만 관념적으로 드러나는 시들이 적지 않다. 김남주 스스로 이 문제를 의식하고 있기도 하다. 그는「아 얼마나 불행하냐 나는」에서 이렇게 탄식한다.

> 자꾸만 시가 메말라간다
> 삭풍에 제 몸을 내맡긴 관념의 나무처럼
> 잎도 없고 가지만 앙상하다
> 노동의 땀이 없기 때문이다 내 손에
> 투쟁의 피가 없기 때문이다 내 몸에

시에 구체성을 부여하는 두 요소 '노동'과 '투쟁' 가운데, 김남주의 관념적 접근이 두드러지는 것은 '노동'에 대해서이다. 가령 다음과 같은 시를 읽어보자.

> 사료를 먹여
> 자본가 김씨가 닭을 치는 것이나
> 임금을 주어
> 자본가 이씨가 노동자를 부리는 것이나

속셈에 있어서는 같다
닭이 김씨에게 알을 까주기 때문이고
노동자가 이씨에게 제품을 만들어주기 때문이다

어디가 아프거나 늙어서 닭이
알을 까지 못하거나 까더라도 그 알이
자본가 김씨에게 이윤을 내주지 못하거나 할 때
어디가 아프거나 늙어서 노동자가
제품을 만들지 못하거나 만들더라도 그 제품이
자본가 이씨에게 이윤을 내주지 못하거나 할 때
어떻게 되는 것일까 닭과 노동자는
모가지가 비틀어져 닭은 통조림 공장으로 보내질 것이다 아마
모가지가 잘려 노동자는 공장 밖으로 내동댕이쳐질 것이다 아마

—「사료와 임금」 부분

이 시가 노리는 바는 신성한 인간의 노동이 이윤 창출의 극대화라는 자본의 논리에 의해 훼손당하는 자본주의적 현실을 선명한 대비를 통해 보여주는 데 있다. 자본주의의 본질을 간명하게 설명하는 그의 이러한 계몽활동은 「노동과 그날그날」 「세상 참 좋아졌지요」 「감을 따면서」 「전업」 등에서도 이루어지는데, 이 시들에서 김남주는 자본주의사회에서 인간의 노동이 극도로 추상화되어 노동력을 지닌 노동자들이 마치 상품처럼 혹은 노예처럼 교환가치에 따라 사고팔리는 현실을 폭로한다. 김남주의 이 같은 작업에는 무엇보다 독점자본주의하에서 계급모순이 날로 현재화되는 80년대의 상황에 맞서 노동자계급을 의식화시키려는 목적의식이 내재해 있다.

그러나 그의 작업이 80년대 들어 심화되어온 노사갈등의 현장이나 노

동자의 구체적 체험에 의거해서가 아니라 자본의 속성에 대한 관념적인 성찰을 통해 이루어진다는 사실은 지적되어야 한다. 노동 자체에 대한 그의 이해도 형이상학적인 감이 짙은데, 작품으로서의 구체성을 어느정도 가지고 있는 「감을 따면서」조차 후반부에 갈수록 노동의 창조성에 대한 맑스적 사유의 확인에 그치고 마는 한계를 보여준다.

노동을 다룬 김남주의 시에서 종종 드러나는 추상성은 80년대의 대표적인 노동자시인 박노해의 작업과 대비해보면 더욱 뚜렷해진다. 박노해의 노동현실에 대한 이해는 노동현장이나 노동자의 일상에 매개되어 있기 때문에, 노동자의 계급의식 또한 그의 구체적인 삶을 통해 일깨워지고 확보된다. 이에 비해 김남주의 노동자 계몽은 어디까지나 전위적 지식인의 주입식 교육에 가깝다. 「사료와 임금」이 명쾌한 설명 특유의 교육적 효과에도 불구하고 인간이 배제된 '가지만 앙상한' '관념의 나무'처럼 보이는 것은 이 때문이다. 이 시에서 노동자의 노동이 닭의 알 낳기와 동일시됨으로써 노동자의 역동성이나 변혁적 주체로서의 성격은 은연중에 사상된다. 김남주 시의 이같은 한계는 그의 삶이 감옥 속의 단순한 생활의 반복이라는 점을 고려하면 충분히 이해할 만하다. 80년대 들어서 박노해를 비롯한 노동문학의 성장을 물질적으로 가능케 한 노동현실의 변화도 옥중의 김남주에게는 단지 책을 통해서만 알려진 사실일 뿐이다.

김남주의 시가 보여주는 단순명료함의 특성은 그의 시에 일종의 상투성을 부과할 또다른 위험을 안고 있다. 물론 단순명료함의 특성은 복잡하게 나타나는 현상의 핵심을 직설적으로 드러내는 진실의 힘을 가지며, 그 자체가 뛰어난 시적 성취의 하나이기도 하다. 그러나 그같은 단순한 논리의 표현이 되풀이될 때, 그것은 어느새 상투화되어 시적 효과를 상실한다. 독자는 상투적인 어투에는 쉽사리 익숙해져버리기 마련이다.

김남주의 성공적인 시들은 이같은 관념성과 상투성의 함정을 뛰어넘은 경우에 생겨난다. 수적으로도 결코 적지 않은 이 시들은 그 강렬한 호소력으로 여전히 독자의 정신에 충격을 준다. 거기에는 투쟁정신으로 가득 찬 살아 있는 인간의 생생한 외침이 있고, 공적인 증오에 바탕한 신랄한 풍자의 칼날이 번득인다. 그가 감옥 속에서 도달한 이 투쟁적 리얼리즘이 80년대 시의 가장 중요한 성과 가운데 하나라는 것은 의문의 여지가 없다.

4

김남주의 시에 대한 독자의 반응이 크게 엇갈려 있는 것은 분명하다. 그것은 무엇보다 그의 시에 나타난 격렬하리만치 투철한 저항정신과 거기에 표명된 이념의 급진성에 기인한다. 이 때문에 그의 시가 지나치게 과격하고 투쟁적인 이념만을 생경하게 전달하고 있다는 비판 또한 만만치 않게 제기되어왔다. 필자는 이러한 비판에 대응하여 김남주의 시세계가 강렬한 풍자정신으로 지배계급의 허위를 폭로하고 삶의 모든 진실에 스스럼없이 다가서는 리얼리즘의 효과를 가지고 있음을 입증하려 했다. 그의 시의 특성이라 할 투쟁적 리얼리즘은 파쇼권력의 폭력성이 노골화된 80년대의 현실에 맞서는 가장 강렬한 문학적 수단이면서, 현실의 변혁을 위한 뛰어난 선전의 기능을 맡고 있기도 하다.

그러나 김남주의 시에 관념성과 상투성의 흔적이 보인다는 사실만은 부정하기 힘들다. 김남주의 시의 의미는 몇몇 편의 뛰어난 시들의 성과가 아니라 전체로서의 시가 보여주는 힘과 깊이에서 연유하지만, 그가 목표하는 바를 제대로 독자에게 전달하기 위해서는 오히려 '선집'이 더욱 효과적인 까닭이 바로 여기에 있다. 거의 모든 작품이 망라된 『조국은 하나다』라는 시집이 존재하는데도 불구하고 또다시 『사랑의 무기』라는 시선집이 꾸며진 것은 이런 의미에서 뜻깊다. 상투적이고 관념적인 부분을 추려내고 엮은 시선집을 통해 김남주의 강렬한 풍자와 쉼 없는 투쟁정신이 더욱 빛날 수도 있기 때문이다.

그러나 『사랑의 무기』가 어느 정도 충실하게 이같은 선집 특유의 역할을 수행하고 있는지는 또다른 문제이다. 『사랑의 무기』는 제1부에 실린 14편의 최근작을 빼면 모두 『조국은 하나다』에 수록된 작품들 가운데서 뽑은 시들로 엮어져 있다. 필자의 느낌으로는 『사랑의 무기』가 거의 '김남주 대표시선'으로 이름 붙여져도 큰 잘못이 없을 정도로 그의 수작들을 골고루 수록하고 있는 것은 분명하나, 선집의 방향이 김남주 시의 핵심을 온전하게 전달하고 있다고 보기에는 아무래도 미흡하다. 그것은 무엇보다도 이 선집에는 김남주 시의 중요한 성과 중의 하나인 풍자시가 거의 눈에 띄지 않는다는 데서 기인한다. 가령 폭력적 공권력과 그 주구들에 대한 신랄한 풍자인 「개들의 습격을 받고」 유형의 시나, 김남주 스스로 그의 가장 강력한 무기로 본 촌철살인의 풍자, 예컨대 「폭력배」나 「원숭이와 설탕」 유형의 시들이 일체 제외된 것은 이 시선집의 커다란 결함이다. 이와 관련하여 이 시집에서 전체적으로 1987년 말에 출판된 『나의 칼 나의 피』가 전달하는 강렬한 느낌이 많이 완화되어 있는 것도 비단 시집의 제목에서 풍기는 인상 탓만은 아닐 법하다.

한편 『사랑의 무기』에 실린 김남주의 신작들을 보면 그가 아직 감옥에서의 그의 작업을 벗어나고 있다는 징후는 보이지 않는다. 「손」에서 그는 노동하는 사람이 오히려 배불리 먹지 못하는 현실에 대한 그 특유의 본질적 의문 제기를 통해 사회적 모순에 항의하고, 「유세장에서」 「개들의 경쟁」에서는 위선적인 정치가와 독점자본에 봉사하는 사회제도의 허위성을 풍자한다.

이과 같은 사실은 비록 김남주는 석방되었으나 그가 혁파하려 한 모순적인 사회질서는 전혀 변화하고 있지 않다는 냉혹한 현실을 상기시킨다. 그는 「언제 다시 아」에서 그에게 허용된 자유가 오직 '관제된 질서' 속의 자유일 뿐, '혁명의 새벽'을 노래할 진정한 자유는 어디에도 없다고 절규한다. 따라서 김남주의 투쟁의 본질은 그가 석방되었음에도 불구하고 변하지 않는다. 이제 그에게는 나라 전체가 커다란 감옥이기 때문이다. 그러나 그의 투쟁적 리얼리즘이 구체적인 삶을 매개로 더욱 현실적인 힘을 확보할 가능성은 지금의 그에게 열려 있다. 그가 이미 획득한 대중성에 매몰되어 매너리즘에 빠지지 않는 한, 우리는 앞으로의 그의 작업에서 진정한 리얼리즘의 성과를 기대해도 좋을 것이다.

(『실천문학』 1989년 가을호)

윤지관 尹志寬 문학평론가. 덕성여대 영문과 교수. 저서로 『근대사회의 교양과 비평』 『민족현실과 문학비평』 『리얼리즘의 옹호』 『놋쇠하늘 아래서』 『세계문학을 향하여』 등이 있음.

출옥 후의 김남주

『솔직히 말하자』를 중심으로

임헌영

1. 우유갑 은박지에 못으로 쓴 시

김남주 시집 『솔직히 말하자』는 1989년 11월 25일 도서출판 풀빛에서 출간됐다. 김남주가 9년 3개월에 걸친 징역살이에서 형집행정지로 풀려난 것이 1988년 12월 21일이니 석방 11개월 만에 낸 첫 시집이자, 자신이 직접 교정을 본 첫 시집이기도 하다.

그의 첫 투옥은 1973년(27세) 3월 반유신체제 투쟁으로 박석무(朴錫武), 이강(李剛) 등과 8개월간 갇혔던 것으로, 그는 이때 처음으로 시를 써야겠다고 결심하고 옥중시 3편을 썼다. 이것이 등단 초기 작품의 배경이 되었다. 김남주는 그 6년 뒤인 1979년 10월 4일 남민전 사건으로 연행, 구속되어 치안본부 남영동 대공분실, 서울구치소(1979년 11월~), 광주교도소(1980년 9월 10일~), 전주교도소(1986년 9월~)를 거치며 9년 3개월간 갇혔다가 석방됐다. 이 짧지 않은 징역살이 기간에 김남주는 몸은 옥중에 갇혔으면서도 80년대 전두환 군부독재 치하에서 가장 뜨거운 투쟁시를 창작, 유출해 시집 『진혼가』(청사 1984)를 비롯하여 『나의 칼 나의 피』(인동

1988), 『조국은 하나다』(남풍 1988) 등을 펴냈다. 세계 옥중문학사에 찬연히 빛날 업적이라 평가받아 마땅할 것이다.

김남주가 살았던 시절의 옥중 조건은 한국 행형(行刑)사상 실로 최악이었다. 여기서 구태여 그걸 소상하게 털어놓을 필요는 없지만 그의 시집 출간과 관련된 것만은 짚고 넘어갈 만하다. 김남주 자신의 표현을 그대로 옮겨보자.

> (…) 거의 10년을 옥에 갇혀 산 셈인데 이 전집(『저 창살에 햇살이 1·2』, 창작과비평사 1992—인용자)에 수록된 시들 중에서 첫 감옥에서 씌어진 세 편을 제외하고는 모두 그 10년을 옥살이했던 광주와 전주 교도소에서 씌어진 것이다. 물론 두번째의 옥살이 때도 당국은 나에게 연필과 종이를 주지 않았다. 그래서 나는 교도관 몰래 시를 쓸 수밖에 없었다. 감옥살이 초기에는 우유곽을 해체하여 은박지에 못 끝으로 눌러썼고, 교도관의 은밀한 도움을 받으면서부터는 밑씻개용으로 하루에 스무장씩 지급되는 손바닥만 한 크기의 똥색 종이에 볼펜으로 쓰기도 하고 인쇄되지 않은 책의 페이지를 뜯어서 그 위에도 썼다. 그리고 씌어진 시는 출옥하는 사람이나 나에게 도움을 준 교도관을 통해서 바깥세상으로 내보냈다.(『저 창살에 햇살이 1』 머리말)

시인은 이 글 끝부분에서 "바깥소식을 전해주고 볼펜을 건네주고 내가 쓴 시를 담 밖으로 내보내주"는 "모험적인 도움과 배려"를 준 인물로 "두 교도관"을 거론하는데, 그 한 인물이 장편소설 『하얀 집의 왕』(창작과비평사 1989)의 작가 홍인표였음은 알 만한 분들은 알리라. 장흥 출신의 홍인표 작가는 1977년 1월부터 교정직 공무원으로 근무했는데, 김남주가 광주교도소 특별사동에 있었던 기간에 그 역시 그곳에 근무하면서 헌신적으로 김 시인을 도와주었다.

출옥 즉시 김남주는 80년대를 마감하는 연대의 여러 민주화운동과 통일운동의 현장 속으로 역사적인 소환을 당했다. 그는 미처 징역의 여독이 풀리지도 않은 상태에서 민속사적 현실과 과제를 즉흥적으로 노래 부르는 현장의 역할을 피할 수가 없었다. 오랫동안 편지와 면회로만 이어져왔던 연인 박광숙과의 결혼(1989년 1월 29일)의 단꿈도 그의 투지를 막지는 못했다. 주변에서는 그에게 좀더 적게 쓰고 더 많이 쉴 것을 권유했지만 날이 갈수록 아파하는 사람들이 늘어만 가던 세월이 그를 그냥 놔두지 않았다. 안타까운 일이었다.

시집 『솔직히 말하자』의 형성 배경을 시인 자신은 이렇게 요약한다.

> 이 시집은 내가 감옥에 있을 때 출소하는 사람들에게 맡겼던 것이 모아져 이루어진 것이다. (…) 이 시집에는 또 메시지가 강한 축시, 창간시도 몇편 들어 있으며 10여년 만에 세상 속으로 돌아와 사람들의 틈바구니에서 씌어진 시편들도 모아져 있다. 한마디로 해서 이 시집은 내 감옥시의 연장선상에 있으면서 생활현장으로 돌아온 내 삶과 문학의 새로운 출발이 될 것이다.(『솔직히 말하자』 후기)

전 5부로 나눠져 있는 이 시집의 제1, 2부는 여전히 옥중의 체취가 물씬 풍기는 김남주 특유의 징역살이 시로 이뤄져 있다. 특히 제1부는 옥중 연시들로 새삼 그 한과 추억이 서린 시인과 연인 사이의 뜨거움을 감지케 해준다.

2. 옥중 연시의 의미

"세계를 잃고 그대 하나를 내 얻었나니/그대 이름 하나로 우주와 바꿨나니/나는 만족하나니/지금은 다만 그대만이 그대 사랑만이/내 안에 가득한 행복이나니"(「지금은 다만 그대 사랑만이」)라는 구절에는 바깥세상의 여인을 향한 갇힌 자의 절절함이 스며 있다. 작가 박광숙과 시인 김남주의 사랑은 자유의지로 형성된 행운의 추첨권이 아니다. 같은 남민전 동지로 함께 재판을 받고서 여인은 집행유예로 풀려났고 남자는 15년 형을 받은 모멸의 세월이었다. 그렇다고 둘이서 굳게 사랑을 맹세한 처지도 아니어서 더 모호했다. 실로 참담한 정황이었다.

김남주 자신도 이때의 처지를 "날 받아줄 가슴 하나 없구나/날 알아주는 얼굴 하나 없구나//칼을 품고 내가 거리에 나설 때는/쫓기는 몸이 되어 떠도는 신세가 되었을 때는"(「슬픔」)이라고 한탄했을 지경이었다.

남민전 사건은 김남주에게 그렇게 해일처럼 덮쳤다. 오죽하면 근 두달이나 걸려 갖은 고통의 수사 끝에 넘겨진 감옥이 차라리 해방처럼 푸근할 정도였겠는가. "아 해방이다 살 것 같다 이제 죽어도 좋다!/허위로부터 위선으로부터/고문으로부터 공포로부터/60일간의 긴장으로부터 해방이다!"(「감옥에 와서」)라는 구절에 묻힌 속사연은 수사기관에 체포당해 고문, 심문, 조서, 다시 고문, 심문, 조서가 반복되는 고통이 얼마나 끔찍한가를 시사한다. 게르첸이 『과거와 사색』에서 "재판으로 형기가 부과되는 일보다도 재판과정 그 자체가 무시무시하다. 그들은 시베리아로 유형당하는 순간을 초조히 기다린다. 그들의 수난은 형벌이 시작되는 순간에 끝나기 때문이다"라고 했는데, 김남주의 이 시와 상통한다.

10·26 직전에 터진 남민전 사건의 1심 판결은 1980년 5월 2일에 내려졌는데, 이를 분기점으로 김남주와 필자는 옥중에 남고 박광숙은 석방됐다. 갇힌 사람들이 느긋하게 장기적인 징역 채비에 들어가려던 차에 밖으로부터 5·18 흉보가 들어왔고, 곧이어 엄청나게 많은 양심수들이 서울구치소로 몰려들기 시작했다. 지루하고 짜증스러운 감방의 여름은 2심 재판으로 어수선하게 흘러가고 9월 5일, 몇몇 이들에게만 근소한 형량의 차이가

나온 고법 판결이 내려졌다. 이제 실형을 받은 남민전 관련자들은 서울 구치소에서 조만간 흩어질 운명이었다. 그런데 예상보다 빠른 9월 10일, 30여명이 동시에 호출링에 같은 버스에 실렸다. 광주교도소로의 이감이었다.

비록 손목엔 수갑이 채워졌지만 우리들은 실로 오랜만에 나들이라도 하듯이 들떠서 곱빼기 징역으로 악명 높은 광주교도소로 향했다. 광주는 그해 5월 시민항쟁으로 교도소가 더욱 삼엄해졌다는 풍문이 뒤숭숭했는데, 우리들은 한꺼번에 세칭 '시베리아'(독방만 있는 특별사동)에 배방되었다. 우리를 수감시키고자 몇몇 '막걸리 반공법' 관련자만 남겨두고 깡그리 다른 지역으로 이감시켜버려 특사는 더욱 황량했다.

남주와 나는 바로 방 두개를 건너두고 지냈다. 6~9명씩 번갈아 하는 운동은 한조였고, 통방이나 각종 쟁점의 토론 때도 자연 한조가 되었다. 이때의 심경을 그는 이렇게 읊었다.

> 고약한 시대 험한 구설을 만났다, 나는 버림받았다
> 황혼에 쓰러진 사자처럼 무자비한 발톱처럼 나는 누워 있다
> (…)
> 고약한 시대 사나운 풍파를 만났다, 나는 버림받았다
> 아닌 밤 난파된 거함처럼 나는 버림받았다
>
> —「포효」 부분

그러나 이내 우리는 특유의 낙천성과 투지를 회복했다. 저녁식사가 끝나면 교도관의 감시가 이뤄지는 복도를 피해 방 뒤쪽 화장실로 나가 창문을 통해 우리들끼리 형성한 조별로 온갖 소식을 나누고 토론과 오락을 펼치곤 했는데, 그때 한동안의 단골 화두가 김남주의 사랑 문제였다. 5년 형을 받았던 나와 그 바로 옆방의 3년 형들이 연이어 있는 가운데서 남주는

"아! 앞이 안 보여, 10년이라면 앞이 보이는데 15년이라니 그 뒤가 안 보여……"라는 독백을 얼버무리곤 했다.

이 무렵 그들의 사랑은 남주의 입으로 전해듣기로는 스땅달 식 7단계 연애론에 대입하면 적어도 4단계(1단계는 감탄, 2단계는 '저 사람과 키스하면 얼마나 즐거울까' 하는 생각, 3단계는 희망, 4단계는 사랑의 탄생, 5단계는 제1의 결정작용, 6단계는 의혹의 발생, 마지막 7단계는 의혹을 극복하고 사랑이 굳건해지는 제2의 결정작용) 어름에 이른 것으로 비쳤다. 마침 박광숙 작가는 내 아내의 대학 같은 과 후배로 대학신문에서 함께 근무도 했기에 나도 학창 시절부터 익히 잘 알고 지냈던 처지라 남달리 그들의 옥창 너머의 사랑에 대한 호기심과 응원 열기에 불타기도 했었다.

처음에는 공식적인 약혼 사이도 아니어서 면회조차 거부당했는데, 아마 그럴 무렵이 남주에게는 가장 안타까웠으리라. 그런 단계를 지나 성취한 사랑임을 알고서야 「지금은 다만 그대 사랑만이」란 시가 품고 있는 의미를 캐어낼 수 있다. 박광숙이 가족들을 설득하여 약혼을 공식적으로 언약했을 때 남주는 "광숙이!/그대가 아녔다면/책갈피 속의 그대 숨결이 아녔다면/내 귓가에서 맴도는 그대 입김이 아녔다면/오 사랑하는 사람이여/지금의 내 가슴은 얼마나 메말라 있으랴/지금의 내 영혼은 얼마나 황량해 있으랴"(「지금은 다만 그대 사랑만이」)라고 노래할 수 있었을 터이다. 그러나 사랑의 환희조차도 15년 징역이라는 차가운 현실 앞에서는 시계추처럼 흔들렸다. 이를 김남주 시인은 숨기지 않는다.

하루가 하루 위에 얹혀
15년의 무게로 나를 짓누르고 있다오
그대를 생각하며
미래를 생각하며
취하기도 하지만

그날이 그날이고 그날이 그날이라오

15년
말이 15년이오
처녀가 댕기를 풀고
신부가 아이를 갖고
아이가 학교에 갈 세월이오

—「그대를 생각하며 나는 취한다」 부분

영화 『부베의 연인』의 주인공의 형기인 14년보다도 딱 1년 더 긴, 이 앞이 안 보이는 형벌 속에서 김남주가 앓았던 사랑의 고뇌는 시대고에 뒤지지 않는 중압으로 작용했다. 그래서 그는 사랑을 위해서라도 "몸과 마음에서 긴장을 풀어놓지 마오/방심이야말로 최악의 적이라오/건강 만세!"(「건강 만세 1」)라고 투지를 다졌다.

3. 사랑을 통한 역사인식의 확산

남주에게 사랑은 절망의 깊숙한 늪에서 혁명의 좌절을 딛고 일어설 용기를 불러줄 고귀한 동지애와 남녀의 애정을 겸비한 투사의 사랑이었다. 그가 상정한 사랑의 실체는 시 「우리 시대의 사랑」에 고스란히 녹아 있다. 김남주는 "꽃에 취해 바람에 취해/넋이 나간 그런 사랑이 아니라오" "백마 타고 청포 자락 날리며 가는/그런 사랑도 아니고요"라고 노래한다.

이를테면 이렇게 온다오 우리들의 사랑은
가도 가도 해가 뜨지 않는 전라도라 반역의 땅

천리 길 먼 데서 온다오
백년보다 먼 갑오년 반란으로 일어나
원한의 절정 죽창에
양반들과 부호들 목을 달고 온다오
빼앗긴 땅 제 것으로 찾아갖고 온다오
빼앗긴 자유 제 것으로 찾아갖고 온다오
사랑은 우리 시대의 사랑은

—「우리 시대의 사랑」 부분

이 옥중 연시는 시인이 꿈꾸는 사회와 사랑이 조화를 이루는 경지에 이르고 있다. 약간의 치기가 없는 바 아니지만 스스럼없고 당당하다. 이런 단계의 사랑이 더 무르익노라면 '나물 캐는 처녀가 있기에 봄도 있다'(「나물 캐는 처녀가 있기에 봄도 있다」)는 변증법적인 논리의 비약을 만날 수 있게 된다. 이 작품 역시 「우리 시대의 사랑」처럼 인간 주체의 사랑관을 노래한다. 「우리 시대의 사랑」이 인간사회가 가진 인위적인 모든 속박(계급과 관념적인 아름다움, 퇴폐적인 향락의 유혹 등)으로부터 해방된 순수한 사랑의 세계를 노래했다면, 「나물 캐는 처녀가 있기에 봄도 있다」는 자연변증법적 단계의 애정관을 뛰어넘어 우주 삼라만상의 주체자로서 인간이 향유해야 할 사랑의 참모습을 제시하고 있다.

"마을 앞에 개나리꽃 피고/뒷동산에 뻐꾹새" 울어도 "산에 들에 나물 캐는 처녀가 없다면" 봄이 아니라는 논리는 "보리밭에 종달새" 울어대도 "산에 들에/쟁기질에 낫질하는 총각이 없다면" 봄 따위가 뭐냐는 논리와 음양의 대칭을 이룬다. 이 시에 등장하는 '처녀'와 '총각'은 단순한 생물학적 존재가 아니라 노동의 주체자로서 주인의식을 갖춘 인간상이다. 따라서 이들의 노동에 의하여 재창조되는 자연을 배경했을 때 계절의 아름다움이 비로소 느껴지며, 이를 바탕 삼을 때라야 인간은 감히 가장 순수한 사랑을 영위할 수 있다는 경지다. 물신화되어버린 후기산업사회의 풍조 속에서 진실한 사랑 찾기가 얼마나 어려운가를 이 시는 시사해준다.

우주 삼라만상이란 인간이 노동으로 생산물을 가꾸는 무대이고, 계절은 인간이 살아갈 수 있는 조건을 형성해준다는 인간 위주의 세계인식론은 읽기에 따라서는 지극히 관념적인 사변으로 풀이할 여지도 없지 않다. 그러나 김남주는 이를 「그날이 오면」이란 시를 통해서 자연과 계절과 해방된 인간이 한데 어우러져 봄을 맞는 것으로 승화한다.

그날이 오면
감옥이 열리고
하늘이 열리고
활짝 내 가슴 또한 열리고
새악시 붉은 볼이 되어
내 팔에 그대 안겨오는
그날이 오면
(…)
한사람이 아니라
한두사람이 아니라
만인의 만인의 만인의
눈으로 들어차는
인간의 봄이 오면
사랑하는 사람이여!

—「그날이 오면」 부분

옥중 연시의 절창 중 하나다. 좀 저속하게 풀이해 박광숙과의 사랑이 스땅달 식의 제6단계, 즉 의혹의 단계에 이르렀을 무렵에 남주에게는 번민이 적지 않았다. 세상의 여자들 앞에는 옥중의 연인만이 아니라 온갖 저질스러운 유혹남들도 공존하지 않는가. 박광숙이 옥중 면회를 성사시키고자 형식적으로 졸지에 약혼을 선언하고야 말았다는 유언비어도 떠돌던 터라 옥중 노총각 투사가 함부로 마음 놓을 처지는 아니었다. 이렇게 쓰면 혹 박광숙이 변심의 낌새라도 보였나 의아해할 독자들이 행여 있을까 우려되는데, 전혀 그런 건 아니다. 갇힌 사람들이 지니게 되는 심리상태를 나는 지적하고 싶은 것이다. 상대의 객관적인 상태와는 상관없이 때로는 지극히 당연한 일도 편협하게 비틀어대는 비이성적인 갈등이 만연하는 세계가 바로 징역살이 아닌가.

주변에서의 어떤 위로도 이 민감한 시인의 사랑을 안정시켜줄 만한 논리적 설득력을 갖추기 어려웠다. 결국 궁극적인 해결책은 시인 자신의 몫이다. 이런 고뇌와 번민의 결과물이 바로 스땅달의 제7단계인 제2의 결정작용의 사랑으로 응고되었다. 세상의 온갖 욕망과 유혹에도 흔들리지 않을 사랑이란 그저 '어화둥둥 내 사랑'만으로는 불가능하다. 그렇다고 오로지 투쟁을 강조하는 투사로서의 동지적인 사랑만이라면 너무나 도식적이라 답답해서 곧 권태증이 발동되리라. 이런 번뇌의 성숙이 이 시집에 실린 일련의 옥중 연시로 승화하여 등장하게 된 것이다. 우주 삼라만상과 인간사회와 역사가 조응하여 남녀상열지사의 극치를 이루면서 만인의 이상향을 성취하는 사랑, 남주가 꿈꾼 사랑은 그런 것이었다. 자기만의 이기적인 사랑이 아니라 만인에 의한 만인이 행복한 사랑으로 충만한 사회의 건설, 이것이 이 연시들이 지닌 보람이다. 남주라면 충분히 그런 사랑을 실현할 수 있으리라고 우리는 생각했다. 그 둘의 만남은 그래서 단순한 남녀의 만남이 아니라 신동엽(申東曄)의 시에서 한반도의 평화와 사랑으로 승화된 아사달과 아사녀의 만남 같은 것이다.

이런 연시들을 지금 읽노라니 눈물이 난다. 사랑의 약속을 실현한 지 불과 만 5년 만에 아들 하나 남기고 세상을 떠나버린 게 너무나 통탄스럽기 때문이다. 그는 한 인간으로서, 그리고 시인으로서 명예나 이익과 출세가 아닌 진솔하게 민중과 역사에 복무하는 성직자처럼 살았다. 많은 투사 문학인들을 겪어오면서도 아직도 김남주만큼 진솔하게 자기희생적으로 역사에 복무하는 자세를 굳건히 다진 문인을 보지 못했다. 시 「전사」는 남민전의 이재문 선생을 모델로 삼았지만, 다른 한편으로는 김남주 자신의 모습이라고 나는 감히 말할 수 있다. 역사 앞에서 그토록 소탈하고 겸허하게, 수줍은 아라비아의 T. E. 로렌스처럼 투쟁하는 지식인상을 찾기는 쉽지 않을 것이다. 그의 앞에 서면 나는 언제나 온갖 욕망의 유혹을 못 이기는 속물인 양 작아지곤 했다.

남주와 얽히고설킨 저 광주교도소 특사에서의 사계절을 나는 잊지 못한다. 나는 1981년 9월 광주교도소에서 대구교도소로 이감되었기에 그와는 1년을 함께했을 뿐이다. 그러나 그 한해 동안 얼마나 많은 모래성을 쌓았던가. 저녁 무렵이면 남주는 화장실 창문을 통하여 하루 동안 일역판으로 읽으며 번역한 네루다나 브레히트의 시를 낭독했다. 그러다가 이내 그는 그들의 시를 원서로 읽겠다면서 스페인어에 손을 대기 시작했다. 그런 사이에 점점 자신의 창작시도 읽어대기 시작했다. 그는 읽고서는 꼭 고칠 데가 없느냐고 이웃들에게 물었다. 때로는 일어 단어 하나로 논쟁이 일기도 했다. 그는 논쟁이 잘 안 풀리면 큰 소리로 "아, 사라바다(안녕이다)"라고 일어로 외치곤 방 안으로 들어가버리곤 했다. 이때 그가 심혈을 기울여 읽었던 하이네, 브레히트 등 세계의 혁명시들은 『아침 저녁으로 읽기 위하여』(남풍 1988)로 묶여 나왔다.

4. 전투적인 시의 변모과정

이 무렵 남주가 낭독했던 시 중 가장 충격적이었던 작품은 네루다의

「그 이유를 말해주지」였다.

그래도 당신들은 물을 것인가 — 왜 나의 시는
꿈에 관해서 나뭇잎에 관해서 노래하지 않느냐고
내 조국의 위대한 화산에 관해서 노래하지 않느냐고

와서 보라 거리의 피를
와서 보라
거리에 흐르는 피를
와서 보라 피를
거리에 흐르는!

—「그 이유를 말해주지」 부분

모더니즘 경향의 유미주의자였던 네루다가 스페인혁명을 맞은 충격으로 시세계를 바꾸면서 토로한 이 시를 일역본으로 읽다가 심취한 김 시인이 무척이나 즐겨 낭송하던 구절이다. 이것이 김남주 자신의 「시의 요람 시의 무덤」으로 변형되어 나타났다.

당신은 묻습니다
웬 놈의 시가 당신의 시는
땔나무꾼 장작 패듯 그렇게 우악스럽고 그렇게 사납냐고
나는 이렇게 반문할 수밖에 없습니다

싸움이란 게 다 그런 거 아니냐고
하다보면 목청이 첨탑처럼 높아지기도 하고
그러다보면 차마 입에 담지 못할 욕도 나오는 게 아니냐고

(…)

나는 책상머리에 앉아 시라는 것을 억지로 써본 적이 없다고
내 시의 요람은 안락의자가 아니고 투쟁이라고 그 속이라고
안락의자야말로 내 시의 무덤이라고

—「시의 요람 시의 무덤」 부분

이 시의 앞부분이 네루다의 체취가 강하다면, 뒷부분은 브레히트의 "황금의자에 앉아서 글을 쓴 사람들은/다음 시대에 질문을 받게 될 것이다 그들이/입고 있는 천을 짠 사람들은 누구였는가라고"(「문학은 철저하게 연구될 것이다—마르틴 안데르센 넥쇠에게」)라는 직설적인 투지가 반영되어 있다. 김남주가 「학살 3」에서 "보아다오 파괴된 나의 도시를/보아다오 부러진 낫과 박살난 나의 창을/보아다오 살해된 처녀의 피 묻은 머리카락을 잘려나간 유방을/보아다오 학살된 아이의 눈동자를"이라고 노래한 것은 바로 위에 인용한 네루다의 표현에서 그 연원을 찾을 수 있다.

그에게 시란 "멋도 없고 가락도 없고 서정도 없는 엉터리"일지라도 "시가 술술 나오는구나/거미줄이 거미 똥구녕에서 풀려나오듯이/막힘없이 거침없이 빠져나오는구나"(「시를 쓸 때는」)란 구절처럼 전투 구호요 선동 연설이며 현실 고발장이자 진리의 탐조등이었다. 이 무렵의 김남주는 모더니즘을 심각하게 체험하지 않은 전투시인이었다. 그의 전투시가 승화된 계기를 맞은 건 이처럼 해외 시인들의 영향력 때문일 것이다.

『솔직히 말하자』의 제2부는 주로 옥중생활을 다룬 시들로, 갇힌 사람들의 생활에서부터 거기서 만난 사람과의 이야기를 단편적으로 그리는 형식을 취한다. 이전까지 공개된 김남주의 옥중시가 투철한 투쟁 위주의 작품들인 데 비하여 여기서는 비교적 구김살 없이 징역살이의 뒷모습을 그대로 보여주는 데 초점이 맞춰져 있다. 말하자면 징역에 익숙해져 감방 안의 일상이 생활처럼 묻어난 단계라고 할 수 있다. 마치 윤동주(尹東柱)

의 시세계를 연상시키는 「아버지 별」을 비롯하여 「이렇게 산단다 우리는」 등에 비친 이 시인의 농촌지향성은 일품이다.

옥중에서 만난 여러 인사들에 대한 노래인 「통일되면 꼭 와」 「선반공의 방」 「풍속도」 등은 80년대에 보편화되어버린 숱한 옥중시와 비슷한 내용이면서도 김남주 특유의 소박하면서도 진한 투지가 스며 있다. 「옥중에서 홍남순 선생님을 뵙고」는 남민전 관련자들이 호젓하게 차지하고 있던 광주교도소 특사로 광주민주항쟁 관련 인사들(홍남순 이기홍 변호사, 송기숙 명노근 교수, 박석무 선생 등)이 대거 이감해오면서 장날처럼 붐비기 시작했을 무렵을 상기시켜준다. 그들의 등장으로 우리는 광주민주항쟁의 전말을 소상하게 들을 수 있었고, 이 소재는 그대로 80년대 김남주 시문학의 노른자위가 되었다.

「그날 밤을 회상하면」에 나타난 김남주의 '전사'로서의 활동상의 한 편린이나 「비녀꽂이」에서 만나게 되는 고문의 현장 등은 이 시인이 출옥하는 마지막 순간까지 지녔던 남민전 사건 관련자들에 대한 소외의식을 다룬 「개털들」과 비교할 만한 것으로 보다 진지하게 연구되어야 할 과제로 남는다. 사실 김남주의 징역은 어느 시인들의 그것처럼 영광에 찬 것이라기보다는 가장 쓰린 체험이었다.

그래서 「'지금 이곳'에서의 시는」이나 「나의 꿈 나의 날개」에서는 갇혀 있는 한 전사 시인의 투지가 그대로 표출된다. "'지금 이곳'에서의 시는/발을 굴러 대지와 노동의 가슴을 치는/증오의 전진이고/사랑의 총공세이네"(「'지금 이곳'에서의 시는」)라고 말하면서 김남주는 갇힌 시인일망정 "나의 꿈 나의 날개는/(…)/발을 굴러 산맥과 함께 강과 함께 전진할 수 있는 벌판의 싸움터에 있단다"(「나의 꿈 나의 날개」)라고 노래한다. 옥중 체험과 갇힌 자로서의 꿈이 얼마나 진지하게 현실인식의 지름길을 달렸던가를 느끼게 해주는 대목들이다.

옥중 연가와 투쟁시를 통하여 김남주가 보여주는 것은 진정한 사랑을 할 줄 아는 자만이 혁명투사가 될 수 있다는 숭고한 인간성에 대한 강조이다. 흔히 그의 시를 투쟁 일변도로만 보는 경향이 있는데, 그건 옥중 연시를 도외시한 데서 빚어진 것일 수도 있다.

제3, 4부는 출옥 후의 온갖 체험들을 노래한 작품들이다. 우선 시로서는 앞의 것보다 긴장감이 약간 풀려버린 느낌을 부정할 수 없을 만큼 조금은 도식적인 현실인식이 드러난다.

김남주에게 80년대 후반기의 우리 사회란 그 자신이 투옥되기 전이었던 70년대에 지녔던 갈등과 모순 그대로의 연속선상에서 오히려 더 악화된 모습으로 이해된다. 당연히 이 시인은 도시문화가 지닌 윤리의식의 붕괴에 대한 증오와 그 구제책으로서 농촌문화에 대한 동경심을 노래한다. 도시를 좀먹는 제국주의 세력의 상징으로서 미국에 대한 굽힐 줄 모르는 비판의식은 투옥 중이나 출옥 후나 여전했다. 「지방색」에서 보듯이 1987년 6월항쟁의 민중적 승리를 정치적 패배로 마감해버린 아쉬움에 대한 분노도 드러난다.

마지막 제5부는 축시, 기념시, 행사시와 광주항쟁 관련 작품들로 이뤄져 있다. 그 주조는 이제까지 김남주 시에서처럼 노동자, 농민을 변혁주체로 한 민중적 정서를 바탕 삼아 분단극복과 민주화 정착, 그리고 착취와 억압이 없는 사회의 건설을 지향하는 내용들이다.

5. 맺는 말

김남주는 이 시집을 계기로 새로운 단계로의 출구를 모색해야 될 시점을 맞고 있었다. 옥중 투쟁시로 80년대 민중시의 최고봉에 섰던 김남주가 이 연대를 보내면서 90년대적 전망을 찾아야 할 전환점을 맞은 셈이다. 마침 90년대의 한국 민중시는 김남주에게 보다 경건한 땀 냄새가 스며든 근육질의 노래를 요구하던 참이었다.

1990년 나는 한길사가 개설한 한길문학학교 실무를 맡았었다. 그때 시 창작반에는 정희성(鄭喜成), 이시영(李時英), 고정희(高靜熙) 시인을 비롯하여 김남주, 박몽구(朴朦救), 김사인(金思寅) 등이 출강했다. 1991년 6월 9일 고정희 시인이 지리산 등반 도중 실족으로 타계한 이후 김남주 시인이 시 창작 주간반을 전담케 되었다. 자동적으로 빈번히 만나게 된 우리는 격변의 역사 앞에서 아연했다. 90년대는 동유럽과 소련의 사회주의가 분해되던 시점이라 우리들은 세계사적인 대변혁 앞에서 새 진로 모색에 여념이 없었다. 그때 김남주는 혁명시의 방향전환과 함께 드라마에 흥미를 갖고 거기서 새 출구를 암중모색 중이었다.

시집 『솔직히 말하자』 출간 전후 시기, 즉 출옥 이후 김남주는 역사와 민중의 소명에 열심히 부응하다가 이내 세계사적인 전환기를 맞았고, 그 출구를 위한 모색의 결과가 시집 『사상의 거처』(창작과비평사 1991)였다. 그는 어려운 시기의 김수영(金洙暎)처럼 번역 작업을 본격 가동하는 한편 진지하게 드라마에 관심을 가질 참이었는데, 아마 그건 브레히트에게 암시를 받았을 것이다. 1993년 하반기부터 소화가 잘 안된다며 투덜거리더니 점점 악화일로로 치닫다가 1994년 2월 13일 췌장암으로 세상을 떠났다. 브레히트의 번득이는 드라마의 명장면을 구상했던 그의 모든 꿈이 종막을 내린 순간이었다.

출옥 후 그의 삶은 너무나 팍팍했고 짧았다. 그러나 그의 전투시는 전무후무하게 남았다.

(『솔직히 말하자』 해설, 풀빛 1989 / 개고)

임헌영 任軒永 문학평론가. 민족문제연구소장. 저서로 『민족의 상황과 문학사상』 『한국현대문학사상사』 『문학과 이데올로기』 『분단시대의 문학』 『우리 시대의 소설 읽기』 『불확실 시대의 문학』 등이 있음.

사상의 거처와 시의 길

『사상의 거처』론

이광호

1

김남주는 하나의 역사적 상징이 되어버린 이름이다. 저 가파른 시절 김남주라는 이름은 저항과 변혁의 대명사였으며, 그의 갇혀 있음은 조국의 갇혀 있음이었다. 그가 차디찬 감옥에서 써낸 시들은 그 감옥을 넘어 변혁을 열망하는 사람들의 가슴에 뜨거운 의지를 불어넣어주었다. 김남주의 시는 소시민적 삶을 거절하고 역사의 전위에 서고자 하는 불퇴전의 결의가 담겨 있었다. 그것은 혁명의 당위와 전망에 대한 굳센 믿음을 가진 전위적 혁명가의 예언적 육성을 들려주었다. 그의 시는 벤야민의 개념처럼 파시즘의 '정치의 예술화'에 맞서는 '예술의 정치화'의 한 전범이라고 할 수 있다.

김남주라는 이름이 가지는 이러한 역사적 상징성과 그의 시가 간직하고 있는 혁명적 낭만주의는 그를 신동엽(申東曄)과 김지하(金芝河)로 이어지는 시적 전통의 성좌 위에 올려놓았다. 그러나 한편으로 '혁명가 김남주'에 대한 과도한 조명은 '시인 김남주'의 '시'를 세밀하게 읽고 정당하게 평가하는 구체적인 작업들을 유예시켰다. 그가 긴 유폐로부터 세상에 나온 지 3년이 넘어선 시점에서, 더욱이 기존의 변혁이론에 대한 세계사적 규모의 반성적 논의와 대안적 변혁이론의 모색이 활발해지는 전환의 시대를 맞아, 이제 김남주의 '시'를 '다시' 읽지 않으면 안되는 것이다.

김남주는 이미 네권의 시집과 한권의 시선집을 가지고 있지만, 『사상의 거처』(창작과비평사 1991)는 전환의 연대에 처한 그의 사상의 거처와 시의 길을 진솔하게 보여주는 시집이라는 중요한 의미를 갖고 있다. 이 시집에는 그의 앞선 시집들로부터 온전하게 이어지고 있는 강철 같은 신념의 언어와 새로운 사상과 시의 '거처'를 찾아보려는 자기성찰과 탐색의 언어가 섞여 있다. 이 두가지 언어들은 때로 불협화음을 이루기도 하고, 때로 거듭나는 결의 속에 아름다운 화음으로 울려퍼지기도 한다. 시적 텍스트란 언제나 이렇게 모순에 가득 찬 것이다. 텍스트의 사회적 의미 역시 단일한 사회과학적 명제로 드러나는 것이 아니라, 모순으로 가득 찬 언어의 육체 속에 잠재되어 있는 것이다. 작가의 주관적인 의도와 텍스트의 '객관적'인 의미 사이에는 균열이 존재한다. 논리의 일관성과 명쾌함을 위해 쉽게 이러한 텍스트의 모순과 균열을 외면하지만, 모순된 의미야말로 시를 쓰는 의지이며, 시의 의미는 모순된 의미이다. 모순은 버려야 할 어떤 것이 아니라, 그 안에서 창조와 갱신의 불씨를 간직한 어떤 것이다. 이제 시집 『사상의 거처』에 실린 시편들을 구체적으로 살펴봄으로써, 이러한 텍스트의 모순과 창조의 동력을 읽어낼 수 있을 것이다.

2

김남주 시의 가장 빛나는 부분은 남성적인 어조에 실려 있는 단호한 언술의 선명성, 그리고 의미의 반전을 만드는 통쾌한 풍자일 것이다. 시인 자신의 표현을 빌리면 "시는 촌철살인의 풍자이어야 하고, 백병전의 단도이어야 하고, 밤에 붙였다가 아침에 떼어지는 벽시여야 하고, 치고 도망치는 유격전의 형식이어야"(「시와 변혁운동」) 한다. 김남주의 시들은 그의 이러한 문학적 입론에 걸맞게 통렬한 풍자성, 비장감과 긴장미, 상투적인 인식을 뒤집는 역설과 반전의 역동성을 갖추고 있다. 이 시집에서도 「모가지여 모가지여 모가지여」와 「항구에서」는 그의 시의 이러한 특장이 잘 발휘된 작품이다.

> 보라고 저 쥐새끼들의 피 묻은 주둥아리를
> 그 주둥아리가 물고 있는 나락 모가지를 그것은 다름아니고
> 우리 백성들이 불볕에 땀 흘려 키워놓은 바로 그 나락 모가지나니
> 오 모가지여 모가지여 피 묻은 나락 모가지여
> 그 모가지 언젠가 어느 날엔가는 왕의 모가지를 감을 밧줄이여
>
> —「모가지여 모가지여 모가지여」 부분

> 아 이별 하나 있어야겠다 이 슬픈 항구에
> 뱃고동 소리 짐승의 신음처럼 들리는 선창가 전봇대에서가 아니라
> 술 취한 마도로스 담뱃불에서가 아니라
> 기지촌이 있는 미군기지에서 이별 하나 있어야겠다
>
> —「항구에서」 부분

앞의 시는 풍자를 위해 우화를 동원하고 있다. 우화를 동원한 풍자는 김남주가 즐겨 사용하는 시적 전략이다. 김남주의 옛날이야기들 속에는 핍박받는 사람들의 고통과 비애, 그리고 그 위에 군림하는 지배권력에 대한 적개심과 타도의 의지가 담겨 있다. 이 시에서 '모가지'는 핍박과 수탈의 상징이었다가 갑자기 저항과 혁명의 상징으로 바뀐다. 이러한 반전

은 착취에 대한 분노와 그 착취를 끊어낼 수 있는 힘에 대한 신뢰를 동시에 드러낸다. 두번째 시에서는 항구에서의 이별이라는 상투적인 낭만적인 모티프가 외세를 몰아내는 의지로 변용되고 있다. 항구의 이별은 유행가에 나오는 내용 없는 감상적 슬픔의 계기가 아니라, 외세의 침탈이라는 구체적인 슬픔의 계기가 된다. 그것을 통해 그 슬픔의 요인인 외세를 몰아내려는 적극적인 실천의지가 드러난다. 관습적인 장면의 의미론적 전복과 그 힘있는 비약은 시에 긴장감을 불어넣을 뿐만 아니라, 대상에 대한 상투적이고 고정된 인식을 깨는 데 유용하게 작용한다.

하지만 이 시집에서는 변화하지 않는 김남주 시의 특장보다는 변화를 모색하는 징후적인 측면에 보다 주목해야 할 것이다. 이번 시집의 중요한 특징 중의 하나는 성찰과 반성의 시편들이 두드러지게 많다는 것이다. 시인은 개인적·역사적 전환의 시기에 처해서 다시 사상의 거처와 시의 길을 묻고 있는 것이다.

시의 내용은 생활의 내용 내 시에는
흙과 노동이 빚어낸 생활의 얼굴이 없다
이제 그만 쓰자 시를 써야겠다는 생각도
내 머릿속에서 지워버리자

—「다시 시에 대하여」 부분

그의 반성과 자기성찰은 자신의 '말'과 '시'에 대한 것에 집중된다. 그는 이번 시집에서 자주 '시는 무엇인가'를 묻고 있다. 그 질문에 대해 '시는 변혁운동에 복무하는 무기'라는 명백한 해답이 이미 주어져 있지만, 시인은 그 해답의 틀 내에서, 가끔은 그 틀을 스스로 흔들면서 시에 대한 자기의식을 점검하고 있다. 그 점검은 '생활이 없는 시'에 대한 반성과 '사물의 핵심을 비켜가는 말'에 대한 반성을 낳는다. 반성은 자기 자신이 이전에 가졌던 시론과 세계관에 비추어본 반성이기도 하며, 변화된 현실과 생활의 요구에 응답하려는 모색의 일환이기도 하다. 그 반성과 모색은 노동계급의 생활 속으로 보다 깊게 뿌리내려야 한다는 당위적인 귀결에 이르거나, 시적 주체의 내면 풍경을 대상화하는 자기성찰의 공간을 마련한다.

나는 알았다 그날밤 눈보라 속에서
수천수만의 팔과 다리 입술과 눈동자가
살아 숨 쉬고 살아 꿈틀거리며 빛나는
존재의 거대한 율동 속에서 나는 알았다
사상의 거처는
한두 놈이 얼굴 빛내며 밝히는 상아탑의 서재가 아니라는 것을

—「사상의 거처」 부분

그동안 내 심장은 십년 이십년
바위 끝을 자르는 칼바람의 벼랑에서 굳어 있었다
너무 굳어 있었다
이제 그만 내려가자
(…)
피 묻은 자국이라도 있으면 그것마저 씻어내고
내 마음의 거울 손바닥만 한 하늘이라도 닦자

—「절망의 끝」 부분

당위적 귀결에 도달할 때 그의 시는 개념적인 인식에 기초한 논리적 결단을 보여주며, 자기성찰의 공간의 획득이라는 귀결에서 그의 시언어는 현저히 비유적인 것이 되고 있다. 그는 노동자들의 집회에 참여하면서 그

군중 속에서 그 "존재의 거대한 율동 속에서" 가야 할 길의 갈피를 잡는다. 노동자들은 방황하는 한 지식인 시인을 역사와 진리와 "사상의 거처"로 인도하는 스승이며, 안내자가 되는 것이다. 앞의 시가 노동자 집회 속에서의 군중 체험을 통한 시인의 각성을 보여주고 있다면, 뒤의 시는 내면에 대한 침잠과 자기성찰을 통한 내성적 자각을 보여준다. 윤동주(尹東柱) 「참회록」의 고백적 형식과 어조를 연상시키는 이 시는 고단한 혁명의 시간을 지나 불혹에 이른 시인이 "마음의 거울"을 닦는 조용한 자기성찰을 보여주며, 따뜻한 안주의 공간을 향한 마음의 풍향을 진솔하게 드러낸다. 어떤 시적 귀결에 이르더라도, 그의 성찰적인 시들은 관념적인 분노와 추상적인 선언성이라는 김남주 시의 어떤 측면에 대한 반성을 포함하고 있다. 아래의 시는 그래서 비장하면서 따뜻하고 아름답다.

> 그렇다 이 나무는 동지의 나무다
> 민족의 나무 해방의 나무 밥과 자유의 나무다
> 사람들아 서러워 말아라 이 나무 밑에서
> 죽음에는 나이가 없는 법이다 역사에서 위대한 것은
> 승리만이 아니다 패배 또한 위대한 것이다
> 이 땅에서 아름다운 것 그것은 싸우는 일이니
> 그것을 다른 데서 찾지 말아라
> 찾아라 이 나무 밑에서 칼과 피의 나무 밑에서
>
> —「잣나무나 한그루」 부분

그는 신념과 분노의 '비수'를 인간에 대한 그리움과 가슴 저미는 추억을 통해 감싸안는다. 거기에는 아름답고도 처절한 비장미가 넘친다. 그 옛날의 동지는 죽고, 시인은 "비수를 품고 밤길을 걸었던" 젊은 날 그 동지와 함께 했던 맹세를 되새기며 동지의 무덤에 심은 '잣나무' 밑에 비수를 꽂는다. 동지의 죽음은 신념에 찬 눈부신 죽음이었기 때문에 "죽음에는 나이가 없는 법이다". 동지는 젊은 날의 강철 같은 신념 속에서 살아 있다. 그 스러지지 않는 신념의 상징인 '잣나무'는 역사의 나무이며, 시인은 그 역사가 현재의 패배로부터 진정한 승리의 그날을 향해 뻗어올라갈 것임을 믿는다. 그 믿음보다 중요한 것은 혁명의 패배조차 역사의 이름으로 감싸안고 싸움을 멈추지 않는 것이다. 신념을 위해 삶을 고스란히 바친 사람은 아름답다. 현실적인 패배 앞에서 젊은 날의 빛나는 맹세를 '비수'처럼 간직하고, 승리 없이도 싸우는 사람은 아름답다.

콕
콕콕
콕콕콕
새 한마리
꼭두새벽까지 자지 않고
깨어나
일어나
어둠의 한 모서리를 쫀다
(…)
이렇게 오는 것일까 새 세상은
하늘이 열리고 땅이 열리고
새 세상은 정말
새 세상은 정말
어둠을 쪼는 새의 부리에서 밝아오는 것일까

—「적막강산」 부분

의성어의 시각적인 배열이 흥미로운 이 시의 구조는 '새 세상'의 전망에 대한 확신보다도 "어둠을 쪼는" 과정적 행위에 그 무게중심이 있다. 그 때문에 이 시는 단순하고도 힘있고 경쾌하다. 이 시의 전언은 '어둠을 쪼는 새의 부리로부터 새벽은 반드시 온다'는 믿음 아래에, 새벽의 도래에 대한 얼마간의 불안과 회의를 감추고 있다. "새 세상은 정말"이라는 어구의 반복에는 새 세상에 대한 안타까운 희망과, 새 세상이 오기까지의 험난한 과정과, 그렇게 쉽게 오지는 않을 것이라는 어두운 회의가 모두 스며들어 있다. 이 확신과 회의가 뒤섞인 밤에도 새는 "자지 않고/깨어나" "어둠의 한 모서리를 쫀다". 확신과 회의가 뒤섞인 가운데서도 시인이 끊임없이 시를 쓰고 현실의 추악한 구조와 싸우는 것처럼.

3

이 시집에서 김남주 시의 단순명쾌한 예언적 선명성과 부르주아의 윤리학을 발가벗기는 예리하고도 가차없는 풍자는 줄어들고, 성찰과 모색 그리고 회고의 정서를 담은 시편들이 많아진 것은 주목할 만한 징후이다. 김남주의 반성적 성찰과 전망의 모색이 단순히 회한과 동요의 차원에 머물지 않고 보다 근원적인 것이 되기를 바란다. 그 반성적 성찰은 현실에 맞서는 시의 방법론에 대한 보다 깊은 천착을 요구하고 있다.

김남주는 자신의 시론인 「시와 변혁운동」에서 변혁운동에 복무하는 시의 형식적 특징으로 1) '민족적 형식'을 제시하고 있으며, 2) 변혁운동의 각 단계에 상응하는 시의 형태가 있음을 주장한 바 있다. 1)의 경우에 대해 말한다면, 그의 시의 형식적 특징은 서구의 진보적인 저항시의 어법과 근친의 관계에 있는 것이며, 그의 감수성과 정서는 노동계급의 그것에 가깝기보다는 농경문화적인 것이다(김남주의 유토피아적 비전은 자주 유년의 농경사회적인 기억과 연관되어 있다). 김남주에게는 전위적인 지식인 혁명가로서의 선언성·선명성은 있지만, 박노해와 백무산의 시들이 보여주는 곡진한 노동과 생활의 세계는 발견되지 않는다. 다시 2)의 문제에 관해서도 이 시대는 "변혁운동의 분위기가 최고조에 달한 고양기"로서 시가 "긴장감과 압축"을 필요로 하고 있다고 보기는 어렵다. 이 시대는 김남주의 표현을 빌리면 '죽음도 승리도 아닌 시대'이며, 김수영(金洙暎)의 널리 알려진 구절을 옮기면 '혁명은 안되고 방만 바꾸어버린 시대'이다. 맑스주의의 변혁 이데올로기에 힘입은 제3세계 변혁운동은, 그 혁명의 거점과 모델이어야 할 현실사회주의 체제의 실질적인 붕괴라는 반혁명적인 '혁명'을 목도하고 있다. 만약 지배 이데올로기의 내용과 전략이 변화되고 변혁운동의 현실적인 조건들이 변화되었다면, 여기에 대응하는 진보적 문학의 전략 역시 수정되어야 한다. 진정한 변혁은 사상으로부터가 아니라 사물과 현실과 역사로부터 배우는 것이기 때문이다.

김남주는 역사의 요구를 통찰하고 역사와 자신을 동일시함으로써 피억압민족 및 노동계급의 해방을 열망하고 실천했다. 그 과정은 입지전적인 의지로 고통과 핍박을 헤쳐나간 행로였다. 하지만 세상 속으로 돌아온 김남주에게는 감옥 안에서 싸웠던 것보다 더욱 어려운 싸움이 기다리고 있다. 이 시집에는 수인으로서의 김남주와 생활인으로서의 김남주의 간극이 도사리고 있다. 영어의 생활은 정신적인 강고함과 선명성을 유지하기에는 오히려 유리한 것이었으나, 세속의 한가운데로 돌아온 그의 생활은 복잡하고 모순된 경험세계의 다양한 층위들을 꿰뚫어보아야 하는 과제를 그에게 부여했다고 할 수 있다. 그 때문에 한편으로는 여전히 강건하고 한편으로는 위태로운 김남주 시의 이러한 모순된 요소들의 공존 자체가 역사적인 의미를 갖는다. 그의 직설법 못지않게, 그의 좌절, 그의 반성, 그의 동요는 어떤 의미에서 더욱 절절하다.

이 시집에서 시인은 가족에 대한 애정과 행복한 안주에 대한 욕망을 얼마간은 노출시키고 있다. 그것 자체는 결코 부정적인 것도 긍정적인 것도 아니다. 중요한 것은 치열한 정치적 행동에의 의지와 풍부하고 행복한 삶에의 갈구가 어떻게 모순되고 어떻게 교섭될 수 있는가를 살피는 일이다. 역사의 전위에 서서 행동할 때에도 그 행동이 궁극적으로는 인간적인 삶의 풍요로운 심화를 위한 것임을 잊지 말아야 할 것이며, 개인적인 행복에 침잠할 때에조차 그 행복의 역사적 조건에 대해 사유해야 할 것이다. 아마도 보다 덜 혁명적인 상황 속에서 이러한 행복에의 충동과 정치적 실천의 간극은 해소될 수 있을지도 모른다. 그 지점에서 그의 혁명과, 그의 행복과, 그의 시와, 그 사상은 고립적인 절대화의 함정을 벗어나 하나가 하나를 끌고 가는 힘이 될 수 있을 것이다.

시는 사물의 보편적인 질서와 인간적인 가치의 덕목으로 위장되어 있는 부르주아 윤리학과 그 이데올로기적 전략과 싸워야 할 것이다. 하지만 그 싸움의 방식은 다양할 수 있고, 그 다양함 가운데 시대에 따라 변전하는 삶의 양식에 대응하는 싸움의 방식이 모색되어야 한다. 그 싸움은 시의 혁명적인 내용뿐만이 아니라, 양식과 매체 자체의 혁명화라는 과제를 안고 있다. 정치적 경향성은 공공연하게 당파적인 입장에서가 아니라, 극화된 상황과 낯설게 매개된 방식으로 형식화되어야 한다. 시가 변혁을 공식적인 담론의 층위에서 주장하지 않는다 하더라도, 부르주아적인 삶을 지탱하는 상징적 질서를 해체하고 이데올로기적 환상을 전복시킬 수 있다. 부르주아적 세계관의 억압적 낙관주의를 해체하고 자본주의적 세계질서가 항구적이라는 허위의식을 뒤흔들 수 있다. 지배 이데올로기에 의한 일상적 삶의 관리가 실현되는 사회에서, 그 이데올로기를 벗겨내는 것은 공식화된 정치적 슬로건이 아니라, 사회적으로 매개된 형식과 구조를 꿰뚫는 비판의 전략이다.

현실사회주의 체제의 붕괴는 자본주의의 황홀한 미래를 보장해주기보다는 교조적 맑스주의와 원시적 반공 이데올로기는 공멸한다는 엄정한 역사의 지침을 알려줄지도 모른다. 착취와 불공정과 소외가 교정되지 않는 한 여전히 자본주의는 개선되어야 할 체제로 남을 것이다. 자본주의적 모순을 척결하려는 변혁운동의 당위는 여전히 유효할 것이지만, 문제는 동시대의 호흡에 일치하는 싸움의 방식과 전략을 모색하는 일이다.

그리하여, 김남주의 모색의 시편들 앞에 이런 질문들을 보탤 수 있다. 새로운 싸움의 방식은 고전적인 변혁사상에서가 아니라, 일상적 생활이 지금 발을 디디고 있는 자본주의적 현실의 한복판에서 나와야 하지 않을까? 변혁의 방향과 목표를 분명하게 하기 위해 '계급의 눈금'을 가져야 한다면, 그것은 특정한 집단적 조직에 대한 충성과 거대이론의 연역적 적용이 아니라, 개개인의 삶의 문제로부터 출발한 실천적인 관점이어야 하지 않을까? 김남주는 이 시대의 혁명시인이라는 이름을 지키기 위해 싸우기보다는, 시적 진실과 경험적 진실의 뼈아픈 어긋남을 돌파하기 위해 싸워야 하지 않을까? '사상의 거처'를 탐문하고 있는 김남주의 시의 길에는 이런 질문들이 가로놓여 있다.

(『현대문학』 1992년 4월호)

이광호 李光鎬 문학평론가. 서울예대 문예창작과 교수. 저서로 『위반의 시학』 『환멸의 시학』 『움직이는 부재』 『이토록 사소한 정치성』 『익명의 사랑』 등이 있음.

'이 좋은 세상'을 향한 사랑과 증오의 미학

김남주의 풍자시

임규찬

1

> 아니 이미 오고 있을 김남주여! 그대는 이미 벌판이 되어, 날으는 파랑새가 되어, 우리와 함께 가고 있구나. 아주 건강한 모습으로, 흰 도포자락 휘날리며……
>
> ─김준태 「혁명성·전투성·역동성·순결성」

좋은 시에는, 훌륭한 시인에게는 비평가가 필요없다고 한다. 아마도 우리 시대 이런 부류의 대표적 시인으로 김남주 시인을 들어야 할 것이다. 그의 시는 설명이 필요없이 고스란히 가슴에 꽂히는 시이다. 그는 더구나 이런저런 시만으로 평가를 받을 시인이 아니다. 시인 김남주 하면 '혁명' '전사' 등이 떠오를 만큼 이미 이름 자체가 보편적 상징성을 가지고 우리 시대의 정신으로 서 있다. 그렇기 때문에 우리는 그의 시에서 성취를 넘어서는 그 무엇을, 그가 쏟아낸 언어 하나하나의 방향에 관심을 쏟지 않을 수 없다.

오랜 옥고생활 이후 생활현실로 돌아와 최근 몇년 동안 발표한 시들을 묶은 시집 『사상의 거처』(창작과비평사 1991)를 두고 이러저러한 소리가 들려온다. 생활인으로 돌아와 발표한 그의 시를 두고 어떤 이는 모색의 조짐을, 어떤 이는 더 나아가 동요의 조짐을, 그리고 어떤 이는 그에게 지금까지 결핍되어 있던 구체적 생활의 냄새와 숨결을 찾아 나서려 하고 있다고 말하기도 한다. 그러나 그 평가가 어찌 되었든 대부분의 사람들은 그의 시를 통해 시대의 내일을 기대하기에 혼돈스러운 시대의 가슴 복판을 파헤치는 그의 진솔하고도 질박한 삽질을 예의주시하고 있다.

그런데 사실 그의 시는 애초부터 두가지 방향으로 향해 있었다. 모순투성이인 현실에 정면으로 맞서거나 아니면 그러한 현실에 대처하는 자신을 겨냥한다. 이전의 시에 견줘 최근 김남주가 변모하였다고 하는 진단은 주로 후자의 영역에서 이루어졌다. 그러나 그것은 변모가 아니라 대중 가운데로 돌아온 그가 우리 모두의 '나'를 위해 행하는 날카로운 자기비판이다. 솔직히 말해 지금까지 우리가 '수긍하되 말하기를 꺼려하는, 그래서 늘 입가에 뱅뱅 맴돌기만 할 뿐' 엉거주춤 서성거릴 때마다, 그의 시는 이를 과감히 내뱉어버림으로써 십년 천식의 갑갑함을 후련히 떨쳐버리게 했고, 우리는 그것을 통해 일종의 대리만족을 느끼지 않았던가. 말하자면 우리는 그를 '우리와 다른' 특별한 그로 만들지 않았던가. 바로 김남주는 그러한 우리들 속으로 돌아와 우리 가슴에 새로운 씨앗을 뿌리고자, 그리하여 우리가 보듬고 있는 일상생활로부터 파랑새를 날리고자 어느 누구보다도 힘든 정신적·사회적 삶을 살고 있는 것이다.

"감옥이 열리고/길도 따라 내 앞에 열려 있다/세갈래 네갈래로//어느 길로 들어설 것인가/불혹의 나이에/나는 어느 길로도 선뜻/첫발을 내딛지 못한다//(…)//별 생각이 다 떠오른다/그러나 세상은/내 좋을 대로 하라고 내버려두지 않는다/자꾸만 자꾸만 내 등을 밀어 사람들 속으로 집어넣는다"(「길」)

그의 시 본질은 결코 변화하지 않았다. 변화가 있다면 생활과 부딪치면서 새로이 솟구치는 어제와는 다른 '살아 있는 오늘'이 있을 뿐이다. 그가 사람이 살아야 할 현실로부터 한치도 벗어나지 않는다는 것, 그리하여 현실을 날카로운 칼날로 찔러 거기서 콸콸 솟구치는 사상의 피를 우리에게 주려 한다는 것, 말하자면 눈물과 증오의 통일을 통해 진정한 사랑의 미학을 노래하고자 하는 순진무구한 민중의 시인이라는 것을 표제시「사상의 거처」등 시집에 실려 있는 대부분의 시가 입증한다. 그것은 한마디로 언제나 그가 오늘 우리의 사회상태, 그 자본주의사회의 존재방식에 정면으로 맞서고 있다는 데 있다. 이 맞섬에서 그의 눈은 어느 한순간 현 사회의 핵심적인 문제, 중심적인 모순을 벗어난 적이 없다.

그러한 점을 우리는 그의 제6시집에 해당하는『이 좋은 세상에』(한길사 1992)에서도 여전히 확인할 수 있다. 크게 4부로 이루어진 이 시집은 외형적으로 분류해보면 제1부 '역사의 길'이 역사기행시 계열, 제2부 '밤길'과 제3부 '하늘도 나와 같이'가 서정시 계열, 제4부 '대통령 하나'가 정치풍자시 계열이다.『사상의 거처』가 주로 서정시 계열인 점을 감안해보면, 이 시집은 최근 김남주 시의 또다른 특징과 그 본질을 이해하는 데 여러모로 도움이 될 것이다. 특히 이번 시집에서 두드러지게 나타나는 풍자적 시형식은 우리에게 주목을 요한다. 사실 김남주 시가 오늘 우리 시단에서 차지하는 독특한 위치와 그의 시에서 솟구치는 남성적 힘은 이와 깊이 연관되어 있다. 무엇보다 김남주의 풍자는 오늘 우리 현실 자체로부터 발원해나온 것이며, 이는 단순한 수법의 차원이 아니라 방법으로 작동한다. 말하자면 사람 사는 세상을 위한 이 땅의 인간들에 대한 사랑과 증오의 실천변증법인 것이다.

2

노동자 농민에 대한 이 애정이야말로, 노동자 농민의 적에 대한 이 증오야말로, 증오의 대상 '나쁜 사람들'을 찾아 무기를 벼리는 전사들에 대한 찬가야말로 내 가슴에 꽃다발을 안겨준 사람들에게 답례하는 꽃다발이 될 것이다.

—김남주 『사랑의 무기』 후기

아들은 쇠파이프에 머리가 깨진 채
피바람 오월 타고 저세상으로 가고

아버지는 아들의 죽음에 저항하다
쇠고랑 차고 감옥으로 가고

어머니는 감옥에 저세상에 남편과 자식을 빼앗기고
가슴에 멍이 들어 병원으로 가고

옷가지 챙겨들고 아버지 보러 감옥에 가랴
밥 반찬 보자기에 싸들고 어머니 보러 병원에 가랴

누나는 세상 사람들에게 눈물 보일 겨를도 없다면서
꽃 한송이 사들고 내일은 동생 보러 무덤 찾겠다네

—「이 좋은 세상에」 전문

'이 좋은 세상에' 우리에겐 이런 비극적 가정이 있다. 강경대 열사의 가족. 아들은 쇠파이프에 맞아 죽고, 아버지는 감옥에 가 있고, 어머니는 화병으로 병원에 입원해 있고, 단 하나 남은 가족인 누나는 무덤과 감옥과 병원을 찾아다녀야만 하는 이 기막힌 현실. '이 좋은 세상에' 이런 기막힌 사연이 어디 한둘이랴. 눈 있고 다리 달린 사람들이라면 오늘 우리 현실, 그 부패해가는 자본주의의 객관적 현실이 매일, 매시간 토해내고 있는 수많은 풍자적 현실을 목도한다.

차에 깔려 죽고
물에 빠져 죽고
날마다 날마다 죽음이다
흉기에 찔려 죽고
총기에 맞아 죽고
날마다 날마다 죽음이다.
공부 못해 죽고 대학 못 가 죽고
취직 못해 죽고 장가 못 가 죽고
날마다 날마다 죽음이다
아이는 단칸 셋방에 갇혀 죽고
에미는 하늘까지 치솟는 전셋값에 떨어져 죽고
날마다 날마다 죽음이다.
농부는 농가부채에 눌려 죽고
노동자는 가스에 납에 중독되어 죽고
날마다 날마다 죽음이다.
여름이면 흙사태에 묻혀 죽고
겨울이면 눈사태에 얼어 죽고
날마다 날마다 죽음이다
낮에 죽고 밤에 죽고

아침에 죽고 저녁에 죽고

시도때도 없이 세상은 온통 죽음의 공동묘지

이 묘지에서 고개 들고 죽음의 세계에 항거한 자는

쇠파이프에 머리가 깨져 죽고

최루탄에 가슴이 터져 죽는다

—「날마다 날마다」 전문

이런 기막힌 현실이기에 시인 김남주는 일찍부터 공공연히 투쟁성을 띠기 위해 풍자적 표현양식을 적극 활용하여왔다. 흔히 대상을 우스꽝스럽게 만들어버리는 것을 두고 풍자적 기법을 활용하고 있다고들 하지만 김남주의 풍자는 외관이 아니라 본질이다. 김남주의 시는 무엇을 위해 그리고 무엇에 맞서 투쟁하는가 하는 형상화의 내용뿐만 아니라, 형상화 형식 자체가 애초부터 직접적으로 공공연한 투쟁의 형식이다. 동일한 단어가 반복적으로 쌓아가는 민중의 비애와 군중의 발걸음 같은 언어의 운동, 그것을 통해 나오는 풍자의 비판적 깊이, 이런 단순성의 적확성이야말로 김남주 시의 한 본령이다.

바로 오늘을 보라. 선거의 해에 펼쳐지는 이 역겨운 정치판의 현실. 제4부 '대통령 하나'는 화려한 의상 배후에 감추어진 음흉한 본질을 단번에 폭로해내는 통렬한 풍자이다. 현상의 가면이 그 본질의 갑작스러운 출현을 통해 일거에 추악성을 드러내는 통쾌함을 우리는 보게 된다. 루카치의 말대로 '현상과 본질의 직접적인 대조'를 통해서 말이다. 그래서 김남주의 시에 화해의 미학적 절충은 없다. 있다면 타협할 수 없는 '신성한 증오의 미학'이 있을 뿐이다. 있다면 부둥켜안을 수밖에 없는 '순진무구한 사랑의 미학'이 있을 뿐이다. 이미 본질을 고스란히 드러내주는 현실이 엄청나게 많은 세상이기에, 실제로 일어난 특별한 개별 사건과 현상 속에 본질과 현상의 직접적인 통일과 직접적인 대조가 대낮처럼 명료하다. 그는 확실히 혼돈의 미학, 구별되지 않는 색감 속에서 짜깁기를 하는 미세한 언어의 조율사가 아니라, 대낮의 미학, 확연한 배경 속에서 사상의 무기로 가슴을 후비는 힘찬 언어의 전사이다.

개가 나와도 그 지방 사람들은
우리 개 우리 후보 하면서 그 개를
국민의 대표로 뽑아 국회로 보낼 것입니다
개가 그 꼴랑지에 ○○당의 깃발을 달고
개가 그 주둥이를 놀려 그 지방 사투리로
멍멍멍 지방유세를 하고 다니기만 하면

—「선거에 대하여」 부분

곰보여 째보여 언청이여 애꾸여 대머리여 귀머거리여 말더듬이여 눈봉사여 사기꾼 협잡꾼 정상모리배여 장군이여……
지금은
기술이 모든 것을 결정하는 시대나니
대통령이 되고 싶거든
쓰잘 데 없는 걱정일랑 하지 말고 가서 바다 건너 아메리카에 가서
백악관에 가서 청와대로 가는 허가증이나 하나 따가지고 오거라
차기 대통령감에 아무개라고 큼직하게 찍힌

—「대통령 지망생들에게」 부분

그 나라에 가거든
자네도 한번 날뛰어보게나
백주 대낮에 칼 차고 총 들고
그러면 누가 아나

자네도 대통령이 되어 떵떵거리고 살게 될지
잊지 말게 그러나
총칼 휘둘러 찔러 죽이고 쏴 죽이고
닥치는 대로 오가는 거리의 행인들을 죽이되
아이건 어른이건
아이 밴 어머니건 처녀건
가리지 말고 죽이되
혼란이닷!
빨갱이닷!
좌경폭력이닷!
고래고래 소리치는 것을

—「그 나라에 가거든」 부분

실상 이 시집에 실린 거의 모든 시는 이와 같은 풍자적 시편들이다. 그러기에 우리는 김남주 시를 읽다보면 단일하고 명징한 분위기에 휩싸인다. 분노나 증오, 아니면 눈물과 사랑! 이것 아니면 저것으로 가슴이 터질 듯하다. 이런 것을 두고 너무 과도한 증오나 경멸이 아닌가 할지도 모른다. 그러나 시인 김남주는 오로지 이러한 증오나 경멸, 분노를 받아 마땅한 대상에 대해 증오하고 경멸하고 분노할 뿐이다.

나만 해도 그렇다구요
그동안 이십몇년 동안 성조기와 독점 지배의 그늘 아래서
증오 없이는 하루도 살지 못했던 나에게
싸움 없이는 하루도 살지 못했던 나에게
그들이 죽고 이 땅에서 없어져봐요
그러면 우리 시대에서 가장 아름다운 말의 꽃—

자주의 꽃 민주의 꽃 통일의 꽃도 시들어버린다구요
그러면 나의 시 나의 노래도 빛을 잃고 만다구요
그러니 나의 동지 노동자여 제발 부탁하노니
내 증오의 대상 그들을 죽이지 마오
내 싸움의 대상 그들을 죽이지 마오
기어이 그들을 죽일진대는 그 씨를 말려버릴진대는
그 일에 나의 칼 나의 피도 한몫하게 해다오

—「부탁 하나」 부분

증오나 경멸, 분노는 이처럼 김남주 풍자시의 불가결한 이데올로기적 출발점이다. 물론 풍자란 기본적으로 우연 및 가능성과 필연성, 현상과 본질을 현실 자체와는 분명하게 다르게 연결시킨다. 풍자적 형식은 사실적인 매개를 배제하기 때문에 독특한 시적 세계상을 창조한다. 김남주가 창조한 단호하고 명징한 세계상은 형식적으로 구현되는 형상화된 대조의 감각적 관통력에 힘입고 있으며, 내용적으로 드러내고자 하는 내용 연관의 정확성에, 다시 말해 형상화된 우연이 풍자적으로 묘사된 사회상태와 본질상 올바르게 조응하는 곳에 뿌리내린다.

그렇기 때문에 오히려 이런 풍자시에서 생활의 냄새나 생활의 미세한 결은 벗겨내야 할 군더더기 살일 뿐이다. 개별 단어만 보면 뼈다귀만 남은 앙상한 시어 같지만 진정한 풍자적 형상화에 힘입어 거대한 언어의 회오리로 우리의 두뇌를 엄습한다. 무엇보다 현실을 포착하는 깊이있는 세계관에 힘입어 우리 시대의 현상과 본질의 날카로운 대조와 통일을 뛰어난 감각적 암시력으로 내보인다. 때로 대조나 비교를 통해서 드러내는 본질 폭로 혹은 반복적으로 중첩되어가는 서술구조나 열거구조 속에서 자연스레 본질이 도출되는 구성방식도 다 그런 이유 때문이다. 가령 역사적 인물과 사건을 다룬 제1부에서도 이를 쉽사리 확인할 수 있다. 열거를 통해 중첩시킴으로써 역사의 교훈을 끌어내는 「최익현 그 양반」「종이 되어 사람이」, 비교를 통해 우리 역사를 꿰뚫고 있는 「척화비와 현수막」, 대립되는 대조를 통해 모순석 현실을 폭로하는 「다시 기지촌에서」「두 사진을 보면서」 등이 그러하다.

3

지금 이 땅에서 가장 건강한 문학, 가장 인간적인 문학은 자본의 폭력과 비인간성에 저항하는 문학이다. 저항의 한 수단으로서 시는 그렇기 때문에 뼈처럼 단단하기 위해서 생활의 군더더기 살을 빼야 한다.

—김남주 「나는 이렇게 쓴다」

참으로 풍자적인 형식으로 현실을 담아내기에 그의 시는 군더더기가 없다. 이러한 풍자의 뿌리는 결코 현실의 비유적 비켜섬이 아니다. 현실의 내용과 형식을 그대로 시로 만드는 것이 그의 풍자이다. 그러므로 현상과 본질을 함께 꿰뚫는 김남주 특유의 감각적 암시력이야말로 김남주 시의 생명이다. 모호성이 없는 간결성·단순성과 소박한 표현의 기법이라든가 칼날의 시, 직설의 시라는 김남주 시에 대한 지금까지의 평가도 다 이러한 생명력에서 자연스레 발원해나온 특질에 근거한다. 그는 민중에 대한 끝없는 사랑과 적에 대한 가차없는 증오로 우리 시의 봉화대를 불 지펴왔던 것이다.

일부 사람들은 그가 투쟁을 위한 무기로서만 시를 파악했지 생활에 근거한 것이 시라는 사실을 등한시했다고 말한다. 그러나 그는 결코 생활을 도외시하지 않았다. 생활에 가장 철저히 기반했기 때문에 투쟁·변혁·혁명의 시를 외칠 수 있었다. 그가 경계했던 것은 생활의 군더더기였다. 말하자면 "맑은 물이 탁한 물과 만나/금방 하나가 되더니/맑지도 않고 탁하지도 않은/흐리멍텅한 물이 되네"(「청탁론」)와 같은 흐리멍텅한 물, 미지근한 물을 참으로 싫어했다. 그럼에도 이제 그의 시가 더욱 구체적인 생활의 냄새와 숨결을 담아주기를 우리는 기대한다. 수많은 사람이 일상에 빠져들어 우왕좌왕하는 변화된 현실 사회에서 이제 '이들' '저들' '우리들'과 더불어 일을 꾸며야 할 '생활의 전사'로 그가 복귀했기 때문이다.

이미 그 자신도 『사상의 거처』 후기에서 "생활이 있어야겠다. 생활의 중요한 구성인자인 노동과 투쟁이 있어야겠다. 노동과 투쟁이야말로 콸콸 흐르던 시의 샘이 아니었던가!"라고 말하고 있다. 그는 동요했지만 동요하고 있지 않다. 그는 모색하고 있지만 결코 모색하고 있지 않다. 그는 이미 돌아온 현실에 발을 딛고 그 현실의 맥박에 펜을 갖다대며 우리 시대의 노래를 부르려 하고 있다. 아니 이미 부르고 있다. 제 2,3부에 수록되어 있는 많은 시를 보라. 최근의 수많은 투쟁과 삶의 모습이 굵직굵직한 선으로 부조되어 있다. 다만 과거 옥중시가 대중과 형식적으로 거리를 둔 연사의 높은 목소리였다면, 이제 그는 당연하게도 대중과 함께 걸어가고 민중과 함께 호흡하면서 민족과 자기 자신을 향해 끝없이 파고드는 서정시 양식도 새로이 창출해내고 있다.

지금까지 '노동과 투쟁'이 그의 시 중심에 서 있었으면서도 여전히 또 '노동과 투쟁'을 끝없이 갈구하는 그이기에 우리는 당신이 창조한 이러한 사람을 누구 아닌 '김남주'로 읽는다.

> 밤이 깊어갈수록
> 별 하나 동편 하늘에서 더욱 빛나고
> 그 별 드높게 바라보며
> 가던 길 멈추지 않고 걷는 사람이 있다

거센 바람 나뭇가지 뒤흔들어도
험한 파도 뱃전에서 부서져도
자지 않고 깨어나 일이니
앞으로 앞으로 나아간다
어둠에 묻혀 사라진 길을 열고

앞으로 앞으로 나아간다
가야 할 길 먼 길
가지 않으면 병신 되는 길
역사와 함께 언젠가는
민중과 함께 누군가는
꼭 이르고야 말 길 그 길을
쓰러지고 쓰러지고 다시 일어나
전진하는 사람이 있다
밤이 깊어갈수록 더욱 빛나는
별 하나 드높게 우러러보며
혁명하는 사람이 그 사람이다

—「밤길」 전문

(『이 좋은 세상에』 해설, 한길사 1992)

임규찬 林奎燦　문학평론가. 성공회대 교수. 평론집 『왔던 길, 가는 길 사이에서』 『작품과 시간』 『비평의 창』 등이 있음.

역사에 바쳐진 시혼

김남주를 다시 읽으며

염무웅

1. 뿌리에 있는 것들

김남주의 문학을 살펴보면 두개의 상이한 원천이 있음을 감지할 수 있다. 하나는 「어머니」「아버지」「그 집을 생각하면」「편지」「아우를 위하여」 등 가난한 농민의 아들로서의 존재기반에서 기원하는 것이고, 다른 하나는 「그들의 시를 읽고」「전론(田論)을 읽으며」「각주」 등 많은 작품에서 확인할 수 있는 그의 교양-독서 체험에 관계된 것이다. 이 양자는 그의 사회적·문학적 실천이 진전됨에 따라 점점 더 긴밀하게 상호 침투-결합하여 그를 혁명적 민주주의자, 전투적 시인으로 만들어나갔다. 계급해방과 민족해방은 그에게 분리된 목표가 아니었으며, 전통시대의 순박한 농민 정서와 어린 시절부터 익히 보았던 농촌 풍광은 진보적 이상의 추구에 힘과 진정성을 부여하는 감성적 토대가 되었다.

그의 반항적 기질은 거의 생득적이라 할 만큼 일찍부터 표출되었다. 그는 입시 위주의 획일적 교육이 못마땅해서 고등학교를 자퇴했고 대학에서도 틀에 박힌 강의에 실망하여 데모를 주동하는 것으로 일과를 삼았다.

하지만 그의 행보는 단순한 반항심의 표현이 아니라 동시에 치열한 지적 욕구를 동반하는 것이었다. 시간 날 때마다 미국문화원 같은 데 가서 소위 불온서적들을 탐독했다는 사실이 그 점을 보여준다. 그의 에세이에는 이런 대목이 있다. "『들어라 양키들아』란 책을 손에 넣게 된 경위가 참 아이로니컬해요. 나는 고등학교 때부터 시내 책방이나 남의 집 서가에서 책을 도둑질하곤 했는데 이 책은 광주 미문화원에서 훔친 거였어요. 이상하지? 이런 책이 그런 곳에 있다니. 미국이란 나라는 참 엉뚱한 데가 있는 나라예요. 나는 또한 이 미국을 통해서 레닌을 알고, 매니페스토(「공산당선언」—인용자)를 읽고, 모택동을 읽고, 게바라를 알고 했어요."[1] 그러니까 그는 미문화원에 있는 책들을 통해 대한민국 체제 바깥에 있는 낯선 사상을 접하는 동시에 미국의 제국주의적 본질을 깨닫게 되었던 것이다.

한편 시에 대한 관심도 대학에 들어와서야 본격화한다. 선배인 박석무(朴錫武, 현 다산연구소 이사장)의 하숙방에 놀러 갔다가 그로부터 『창작과비평』이란 문학잡지를 소개받고 거기서 김수영(金洙暎)을 비롯한 새로운 시인들을 알게 된 것이 계기였다. 특히 그에게 문학적으로 큰 자극을 준 것은 그 잡지 1968년 여름호에 김수영 번역으로 소개된 빠블로 네루다의 시였다. 그는 이렇게 회상하고 있다. "나는 지금도 「야아, 얼마나 밑이 빠진 토요일이냐!」를 달달 외울 수 있고 또 도시의 밤길을 걸으면서, 불려간 어떤 집회장이나 강연장 같은 데서 외우고 다니는데, 아마 이는 내가 대학 다닐 당시에 처했던 사회정치적 상황과 사람 사는 꼬락서니들이 오늘의 그것들을 보아도 별로 변한 게 없기 때문이 아닐까 한다."[2] 하지만 정작 김남주에게 '이런 게 시라면 나도 쓰겠는데' 하는 의욕을 불러일으킨 것은 『창작과비평』 1970년 여름호에 실린 김준태(金準泰)의 「보리밥」

---

1 김남주 『불씨 하나가 광야를 태우리라』, 시와사회사 1994, 122면.

2 같은 책 25면.

같은 작품이었다. 농민생활의 구체적인 모습과 정서를 노래한 김준태의 시에서 김남주는 고향 사투리를 들을 때와 같은 본능적인 친근감을 느꼈던 것이다.

이런 점들로 미루어 김남주 문학의 두 상반된 측면은 그의 문학적 체질 안에 자연스럽게 공존하고 있었다고 볼 수 있다. 즉, 김수영이나 네루다처럼 도시적이고 현대적인 지적 취향의 시들 즉 "나의 출생과 성장의 배경과 감성과는 사뭇 다른 그런 시들"[3]이 지닌 매력과, 김준태처럼 "궁색하게 사는 농민들의 생활의 냄새가 물씬물씬 풍겨"[4]나는 시들이 주는 재미와 감동은 그 자체로서는 서로 이질적이고 상반된 것들임에도 그에게 모순 없이 받아들여졌다. 김남주에게는 복잡한 비유체계를 지닌 현대적인 저항시와 소박한 감성에 바탕을 둔 재래적인 농촌시 간에 양자택일의 갈등은 발생하지 않았다.

당시 김남주에게 더 결정적인 것은 문학이 아니라 현실참여였다. 그의 삶에서 유일한 전선은 자유와 민주주의 세력을 한편으로 하고 박정희 독재정권을 다른 편으로 하는 두 진영 사이에서만 형성되어 있었다. 러시아 역사를 비유적으로 끌어다 말하면 당시 김남주에게는 서구파냐 슬라브파냐가 문제가 아니라 짜르 전제정치에 반대하느냐 않느냐가 유일하게 의미있는 기준이었다. 결국 유신반대 활동으로 붙잡힌 그는 심한 고문을 받고 국가보안법 위반으로 구속되어 8개월간 감옥살이를 했다. 처음 시를 써본 것은 이때 감옥 안에서였지만, 이때도 주된 관심은 문학이 아니라 투쟁이었다. 출옥 후 학교에서 제적된 김남주는 고향과 광주를 오가면서 농민문제에 관심을 갖고 '해남농민회'를 만들기도 하고 서점 '카프카'를 중심으로 문화운동을 벌이기도 하는 한편, 「잿더미」「진혼가」 등의 작품

3 같은 곳.

4 같은 책 23면.

을 창비에 투고하여 시인으로 문단에 등장하였다. 이 무렵 3,4년간 발표된 25편 남짓한 작품들을 김남주의 '초기시'라 부를 수 있을 텐데, 이 초기시들은 「진혼가」 「솔직히 말해서 나는」 「잿더미」 등 옥중 체험을 반영한 작품과 「아우를 위하여」 「추곡(秋穀)」 「우습지 않느냐」 「노래」 등 농촌 경험을 배경으로 한 작품으로 나눌 수 있다.

2. 피와 불이 자유를 닮고

자유와 민주주의에 대한 신념 하나만 가지고 뛰어든 현실세계로부터 그에게 돌아온 것은 엄청난 물리적 폭력, 즉 수사기관의 혹독한 고문이었다. 잔인한 육체적 학대 앞에서 '나의 양심' '나의 싸움'이라고 자부했던 그의 투쟁은 순식간에 박살이 나고, 그는 참담한 패배를 자인하지 않을 수 없게 된다. 그의 데뷔작 「진혼가」는 바로 이 패배의 기록이다. 하지만 단순한 패배자의 기록은 아니다. 그는 육신에 가해진 무자비한 타격을 통해 자아의 내부에서 무엇이 부서지고 무엇이 확인되었는지 그 과정을 가혹할 만큼 냉정하게 관찰한다. "권총을 이마에 대고 죽이겠다고 위협하며 막무가내로 다그치는 수사관의 혹독한 대우"[5] 앞에서 양심이니 자존심이니 하는 어설픈 관념적 요소들은 여지없이 무너지고 동물적 수준의 몸뚱어리만이 자기동일성을 증거하는 마지막 보루로 남는 것을 그는 경험했다. 한마디로 그것은 '죽음'과도 같은 지옥의 체험이었다.

그러나 이 시에서 패배와 좌절만 읽는 것은 옳지 않다. 패배를 승인하는 것치고는 시의 어조가 아주 기탄없고 당당하다는 것도 주목해야 할 점이지만, 무엇보다 가혹한 육체적 학대와 모멸의 극한상황을 통과하면서

---

5 박석무 「김남주 시인의 데뷔 무렵」, 김남주 『진혼가』 발문, 청사 1984, 96면.

시인의 내부에 더 높은 긍정의 가능성이 생성되고 있기 때문이다. 그의 자아는 외부의 폭력에 의한 죽음 같은 패배의 경험 속에서 역전의 계기를 발견하는 것이다. 하지만 초기시에 표현된 심리적 동요는 생애의 마지막까지 김남주의 내면에 그림자를 드리운다. 수많은 옥중시의 강철 같은 확신 틈새로도 자학과 울분의 감정이 더러 실밥을 보이는데, 하지만 전체적으로 볼 때 김남주 문학은 결국 이런 부정적 감정을 극복한다. 생각건대 그럴 수 있는 힘은 「솔직히 말해서 나는」의 다음 구절에 은유적으로 표현된 바와 같은 자연의 순환적 질서에 대한 원천적 신뢰, 그 신뢰의 뿌리에 있는 농민의 아들로서의 성장 경험일 것이다.

솔직히 말해서 나는
아무것도 아닌지 몰라
단 한방에 떨어지고 마는
모기인지도 몰라 파리인지도 몰라
(…)
아 그러나 그러나 나는
꽃잎인지도 몰라라 꽃잎인지도
피기가 무섭게 싹둑 잘리고
바람에 맞아 갈라지고 터지고
피투성이로 문드러진
꽃잎인지도 몰라라 기어코
기다려 봄을 기다려
피어나고야 말 꽃인지도 몰라라

—「솔직히 말해서 나는」 제1연

그런 점에서 본다면 하이네·브레히트·네루다 같은 서구 저항시인들의 외재적 영향 못지않게 그의 시에 근원적 토대가 되는 것은 토착적 농민현실로부터 발원한 민족감정과 주체적 세계관이라 할 수 있다. 그리하여 그는 소시민적 존재로서의 자신이 '모기'나 '파리'처럼 하찮고 보잘것없는 존재임을 승인할수록 자기 안에 잠재된 그 반대의 가능성도 아울러 고양되는 것을 자각한다. 김남주 초기시의 눈부신 상징 '피'와 '꽃'은 그렇게 해서 탄생했던 것이다.

양심이 피를 닮고
싸움이 불을 닮고
피와 불이 자유를 닮고
자유가 시멘트바닥에 응집된
피 같은 불 같은 꽃을 닮고
있다는 것을 배울 때까지는
응집된 꽃이 죽음을 닮고
있다는 것을 알 때까지는
만질 수 있을 때까지는
온몸으로 죽음을
포옹할 수 있을 때까지는
칼자루를 잡는 행복으로
자유를 잡을 수 있을 때까지는

—「진혼가」 뒷부분[6]

이 부분에서 김수영의 「사랑의 변주곡」의 어법을 간취하는 것은 어렵

6 70년대의 김남주를 설명하기 위해 「진혼가」의 인용은 『창작과비평』 1974년 여름호를 따랐는데, 이 작품은 후일 옥중시전집 『저 창살에 햇살이 1·2』(창작과비평사 1992)에 수록되면서 시인에 의해 적잖이 개작되었다.

지 않은 일이다. 대체로 김남주의 초기시는 김수영 시의 언어와 비유법에 깊은 영향을 받고 있음을 알 수 있는데, 다만 김수영이 평생의 암중모색을 통해 불러낸 비장의 단어 '사랑'을 김남주는 더 직접적이고 전투적인 언어 '피'와 '꽃'으로 대체한다.

그런 점에서 「잿더미」는 김남주 문학의 가장 순수한 원형이고 그의 창조성의 가식 없는 얼굴이며 그의 상상력과 언어적 활력의 살아 있는 기초라고 생각된다. 물론 이 작품에는 남민전 가입 이후 김남주 문학을 전일적으로 지배하게 되는 이념적 요소, 즉 김남주 특유의 완강한 계급적 관점과 민족해방적—때로는 민족주의적—입장이 아직 표면화되고 있지 않다. 하지만 오히려 그렇기 때문에 이 작품에는 그의 이념 지향을 진정한 것으로 믿게 하고 또 그것을 사회 속으로 밀고 나가게 만드는 정치적 동력으로서의 순수한 열정이 파도처럼 물결치고 있으며, 독자들로 하여금 그렇게 실감하지 않을 수 없도록 만드는 설득의 힘, 즉 언어적 능력이 유례없이 힘찬 리듬으로 형상화되어 있다.

그대는 타오르는 불길에
영혼을 던져보았는가
그대는 바다의 심연에
육신을 던져보았는가
죽음의 불길 속에서
영혼은 어떻게 꽃을 태우는가
파도의 심연에서
육신은 어떻게 피를 흘리는가

—「잿더미」 제3연

독자를 향해 연속적으로 던져지는 질문의 점층효과는 시에 급박한 격정의 리듬감을 조성한다. 하지만 이것은 단순히 음악적 효과에만 관계된 것이 아니라 시의 화자가 처해 있는 실존적 결단의 절박성을 반영하는 것이기도 하다. 말하자면 이 시의 속사포 같은 연속적 설의법은 화자가 자기의 전존재를 백척간두의 위기에 올려놓으면서 던지는 '벼랑 끝' 질문인 것이다. 여기에는 산화(散華)라는 말이 갖는 양면성, 즉 죽음의 불길로 뛰어드는 희생의 이미지와 그럼으로써 생명의 꽃을 피워내는 환생의 이미지가 하나로 결합되어 있는바, 그것은 새로운 탄생을 위한 번제의 의식에 다름아니다. 「잿더미」의 다음 부분은 이와 같은 죽음과 재생의 신화를 김남주에게 익숙한 농촌적 이미지들로 구체화한다.

잡초는 어떻게 뿌리를 박고
박토에서 군거(群居)하던가
찔레꽃은 어떻게 바위를 뚫고
가시처럼 번식하던가
곰팡이는 왜 암실에서 생명을 키우며
누룩처럼 몰래몰래 번성하던가
죽순은 땅속에서 무엇을 준비하던가
뱀과 함께 하늘을 찌르려고
죽창을 깎고 있던가

—「잿더미」 제6연 일부

언어와 운율에 대한 세심한 배려, 이미지의 반복과 대조에 의한 점층적 효과, 반어법·대화체 등의 활용을 통한 소격효과 따위를 용의주도하게 구사할 줄 안다는 점에서 김남주는 김수영 문학의 현대성을 계승하고 있으며, '자유' '죽음' 같은 개념들도 김수영에게서 배운 것이다. 다만 김수영이 끝내 소시민 지식인의 한계 안에서 철저하게 소시민성과 싸워 그 극복에 도달했다면, 사회생활에 얽매인 바가 적고 현실적 행보가 가벼운 김남주는 자기의 사회적 존재를 전환함으로써 '가볍게' 소시민성을 넘어설 수 있었다는 점이 주목된다.

3. 허기진 들판 숨 가쁜 골짜기

길지 않은 옥살이 끝에 고향에 내려온 그가 새삼 발견한 것은 피폐한 농촌현실과 그 구체적 대표자들로서의 가족이었다. 어려운 가정형편에다 예측할 수 없는 미래를 앞에 놓고 김남주는 답답한 심정에 휩싸일 수밖에 없었다. 당시 그가 나에게 보낸 편지에는 다음과 같은 대목이 있다. "형은 읍내에서 장사하다 망조 들어 서울로 내뺐습니다. 여동생 둘이 있는데 둘 다 서울로 보따리를 쌌습니다. 큰것은 어떤 녀석과 결혼한다고 돈을 달라는 편지가 오고, 작은것은 어느 음식점에 있다고, 춥다면서 다시 집에 오고 싶은데 허하여주십사 하고 편지질입니다. 60이 넘은 부모는 찌그러진 가정을 일으켜세운답시고 새벽부터 밤까지 일손을 놓지 못하고 안간힘을 쓰고 있습니다……"[7] 이것은 그 무렵 김남주의 스산한 가정 형편인 동시에 70년대 대다수 우리 농민의 보편적 현실이기도 했다. 김남주 문학의 근원에 있는 것은 바로 이 몰락하는 농촌이고 그 속에서 힘겹게 살아가는 아버지·어머니들의 인생이었다.

그런데 그의 귀향은 가족들에게 반가운 것일 수 없었다. 그들이 그에게 기대한 것은 제도교육의 관문을 뚫고 올라가 계층상승을 이루는 것, 그럼으로써 가족구성원 전체가 그를 통해 찌들고 억눌린 삶에서 벗어나는 것이었기 때문이다. 이로부터 귀향 지식인과 고향의 현실 사이에는 불가피

7 필자가 받은 1974년 12월 31일자 편지의 앞부분.

하게 심리적 분열과 사회적 균열이 생기는데, 「우습지 않느냐」 「달도 부끄러워」 같은 작품들에서의 심한 자괴심과 쓰라린 자조감은 이런 데에 연유한다고 볼 수 있다. 60년대 이후의 압축적 근대화를 다룬 수많은 시와 소설에서 우리는 이런 농촌붕괴 현실의 각종 변형들이 다양하게 묘사되어왔음을 알고 있다. 그러나 소시민의식의 찌꺼기를 청산하는 문제는 김남주에게 그렇게 심각한 것은 아니었다. 방금 거명한 두세 작품을 제외하면 「아우를 위하여」 「편지 1」에서는 이미 농촌현실에 대한 귀향자의 감정적 대응 즉 시인과 농민 사이의 심리적 분열은 이미 중심적 문제성을 상실한다. 오히려 양자 간에는 정서적 결합과 연대의 양상이 뚜렷이 드러나는데, 예컨대 「추곡(秋穀)」 같은 작품에서는 10여년 뒤 『섬진강』의 김용택(金龍澤)이 집중적으로 시도하게 될 농촌시의 선구적 전형이 제시되기도 한다.

여기서 다시 김수영을 호출해 비교해보자. 주지하듯 김수영은 철저히 도시적 감수성의 시인이었고 농민적 정서와 민요적 가락은 그에게 전혀 낯선 것이었다. 「거대한 뿌리」에서 입증되듯이 그의 현대성은 늘 민족적 또는 민중적 전통과의 일정한 모순을 내장한 것이었으며, 바로 그랬기 때문에 우리의 60년대 문학은 역설적으로 그를 통해 어떤 극한에까지 다다를 수 있었다. 반면에 김남주에게 김수영적 현대성은 삶의 과정에서 자생한 것이라기보다 외부에서 학습된 것이었다. 그에게는 소시민성이 내면화된 것이 아니었으므로 그것과의 투쟁이 김수영에게서처럼 전생애에 걸친 지속적 의의를 가질 수 없었다. 그러므로 「추곡」의 민요적 정형율격은 김수영에게는 생각될 수조차 없는 문학적 퇴행을 의미하지만 김남주에게는 시적 전진의 한 도정에서 자연스럽게 나타나는 하나의 시도였다. 그러므로 적어도 토착적 전통과의 관계라는 면에서 본다면 김수영은 임화(林和)의 계승자이고 김남주는 신동엽(申東曄)의 계보에 속한다고 할 수 있다.

이제 「편지 1」에서 「편지」[8]에 이르는 도정의 의미를 살펴보자. 두편 모두 간절한 그리움의 대상이고 김남주 정서의 살아 있는 뿌리이며 고향의 육화된 상징인 어머니에게 이르는 말로 되어 있다.

순사 한나 나고
산감 한나 나고
면서기 한나 나고
한 집안에 세사람만 나면
웬만한 바람엔들 문풍지가 울까부냐
아버지 푸념 앞에 고개 떨구시고
잡혀간 아들 생각에
다시 우셨다던 어머니

— 「편지 1」 제2연 후반부

순사·산감·면서기는 국가권력의 최말단이지만 농민들에게는 권력의 실체 그 자체로서, 아버지가 아들에게 되기를 바라는 것도 그런 것이었다. 농촌 마을 안에서 지배적 위치에 올라서는 것, 적어도 남에게 굽실거리지 않고 살아보는 것이 아버지의 소원인데, 아들은 그 소원대로 되기는커녕 잡혀가는 신세가 되었다. 남편과 아들 사이에서 어머니는 어느 편에도 가담하지 못하는 수동적 존재로 나타난다. 그러나 지향과 입장을 달리하는 아버지·어머니·아들 간의 관계가 김남주의 경우 첨예한 대립과 갈등

8 「편지」는 『그대가 밟고 가는 모든 길 위에』(창비신작시집, 1985)에 처음 발표되었다. 그런데 김남주에게는 「편지 1」(『창작과비평』 1978년 봄호)을 비롯한 세편의 「편지」가 더 있어 그 작품들이 옥중시전집 『저 창살에 햇살이』(1992)에 수록될 때 「편지 2~4」로 번호를 부여받았다. 그런데 유고시집 『나와 함께 모든 노래가 사라진다면』(1995)에는 또다른 「편지 1·2」가 있다.

으로 표출되지는 않는다. 기대를 저버린 아들에 대해 원망이나 악담보다 '푸념'에 그치는 아버지, 안쓰럽지만 아버지에게 등을 돌릴 수밖에 없는 아들, 그리고 그들 틈에서 고통을 겪는 어머니—이들 세사람은 적대적으로 분열되어 있지 않다. 김남주 문학의 근본적 전제는 농민대중이 약간의 내부적 균열에도 불구하고 자신들 모두를 억누르고 빼앗는 지배체제에 대항하여 느슨하지만 일종의 연합전선을 이룬다는 것이다. 이 연합을 가능하게 하는 고리가 어머니의 눈물인 셈인데, 그렇기 때문에 아들은 이 농민연합의 허약성과 보수성을 꿰뚫어보고 어머니를 떠나 새로운 투쟁의 길로 나서면서도 어머니에게 무한한 연민과 사랑을 바친다.

어머니 어머니 어머니
다시는 동구 밖을 나서지 마세요
수수떡 옷가지 보자기에 싸들고
다시는 신작로 가엘랑 나서지 마세요
끌려간 아들의 서울
꿈에라도 못 보시면 한시라도 못 살세라
먼 길 팍팍한 길
다시는 나서지 마세요
허기진 들판 숨 가쁜 골짜기 어머니
시름의 바다 건너 선창가 정거장엘랑
다시는 나오지 마세요 어머니

—「편지 1」 마지막 연

포승줄에 묶여가는 자의 목소리가 들리는 듯한 이 대목에서 우리는 오래전 시집 『창』(정음사 1948) 한권을 유일한 혈육처럼 세상에 남기고 어둠 속으로 사라진 시인 유진오(兪鎭五, 1922~50)를 떠올린다. "시인이 되기는 바쁘지 않다. 먼저 철저한 민주주의자가 되어야겠다"고 다짐했던 유진오의 시는 아직 습작의 단계를 벗어난 것이 아니었다. 하지만 해방 시기 시인의 투쟁 결의를 노래한 작품 「한없는 노래」—특히 "그렇지만 어매야/나는 간다/그러기에 어매야/나를 잊고 쉬어다오//어매여/한없는 나의 노래여"로 끝나는 그 시의 후반부—는 치열한 투쟁의 강도에서나 절절한 감정의 울림에서 후배 김남주를 상기시키는 수작이었다.

이제 어머니의 존재는 김남주에게 단순한 혈연적 관계를 넘어 매판적·억압적 국가권력에 대한 민중적 대결의 현실적·심리적 거점으로 승화된다. 시인은 어머니와의 동지적 연대를 확인함으로써 인간 주체의 독립과 해방된 민중의 자주를 선언한다.

> 어머니 저를 결정할 사람은 그들이 아니니까요
> 사형이다 무기다 10년이다 구형선고 놓기를
> 남의 집 개이름 부르듯 하는 저 당당한 검사 나으리가 아니니까요
> 높은 공부 하여 높은 자리에 앉아
> 사슬 묶인 나를 굽어보는
> 저 준엄한 판사 나으리가 아니니까요
> 나를 결정할 사람은 결국 나 자신이고
> 날 낳으신 당신이고 당신 같으신 어머니들이고
> 나를 키워준 이 산하 이 하늘이니까요
> 해방된 민중이고 통일된 조국의 별이니까요
>
> —「편지」 마지막 연

시인이 작고한 뒤 출간된 유고시집에는 또다른 「편지 1」이 들어 있다. 감옥 안에서 썼던 것을 바깥에 나와서 정리한 작품인데, 오랜 고초를 겪어 지칠 대로 지친 다음에도 그에게 끝까지 남는 것이 무엇인지 보여준

다. "그들과 더불어 내가 있고/그들과 더불어 내가 사고하고/그들과 더불어 내가 싸울 때/그때 나는 한줄의 시가 됩니다"라는 이 작품의 마지막 구절은 시인이 농민공동체의 인원이 되어 농민과 더불어 생활하고 투쟁할 때 최후의 가능성으로 시가 그에게 주어지고 시와 시인의 일체화가 이루어지는 것임을 노래한다.

4. 나는 혁명시인, 나는 해방전사

김남주는 광주에서 민중문화운동을 하다가 1978년 서울로 피신했고, 피신생활 중에 남민전 준비위원회에 가입함으로써 '혁명전사'의 길에 들어섰다. 그리고 이듬해 10월 남민전 사건으로 구속되어 15년형을 선고받고 9년 3개월의 옥중생활 끝에 1988년 말경 형집행정지로 출감하였다. 이 10년 가까운 감옥살이는 그러나 그의 삶에서 결코 공백이 아니었다. 0.75평밖에 안되는 부자유의 공간 속에서도 그는 혁명투사로서 또 시인으로서 더욱 치열하게 자신을 단련했다. 그는 수많은 시를 썼고 번역을 했으며 감옥 바깥의 상황 변화에 대응하여 그 나름의 견결한 옥중투쟁을 전개하였다. 500편 가까운 김남주의 시들 중에 아마 4분지 3 정도가 감옥 안에서 씌어진 것으로 짐작되는데, 세계문학사상 이런 예는 아마 찾기 어려울 것이다.

그가 시를 쓰는 것도 번역을 하는 것도 혁명투쟁의 일환이라고 생각했다는 것은 널리 알려져 있다. 남민전 가입 이후 김남주가 자신의 일체 사생활을 투쟁에 헌납하고자 했고 그 지극정성에 조금의 사심(邪心)이나 거짓도 없었음을 우리는 믿을 수 있다. 그 귀결이었던 감옥살이가 얼마나 처절한 것이었는지도 잘 알려져 있다. 그는 감방의 악조건과 옥중생활의 고통에 관하여 끊임없이 증언했고, 특히 마음대로 책을 읽고 글을 쓰지 못하게 하는 대한민국 행형제도의 비인도성에 대하여 열렬히 규탄했다. 그러면서 그는 국가권력의 제도화된 폭력장치에 강인하게 맞서고자 했다. 그는 감옥을 정치적 징벌의 공간이 아니라 '전사의 휴식처' '정신의 연병장'으로 전화시키기 위해 조금의 나태도 자신에게 허용하지 않았다.

> 그들에게 있어서 감옥은 감옥이 아니다
> 인간의 소리를 차단하는 벽도 아니고
> 자유의 목을 졸라매는 밧줄도 아니고
> 누군가 노리고 있는 공포와 죽음의 집도 아니다
> 감옥은 팔과 머리의 긴장이 잠시 쉬었다 가는 휴식처이고
> 세상에서 가장 완벽한 독서실이고 정신의 연병장이다.
>
> —「정치범들」 제3연

실제로 감옥은 김남주에게 독서실이고 연병장이었을 뿐만 아니라 수백편의 옥중시가 입증하듯이 가장 집중적인 창작의 산실이었다. 「투쟁과 그날그날」「자유」「함께 가자 우리 이 길을」「조국은 하나다」「학살 1」「오월 그날이 다시 오면」 등 80년대 한국 민주화운동사의 이념을 가장 치열한 목소리로, 또 가장 순결한 자세로 대변하는 수많은 걸작들이 씌어진 것은 '납골당' '냉동실'로 불리던 그 감방 안에서였다.

혁명시인으로서 김남주의 남다른 미덕은 허위와 자기과시가 없다는 것이었다. 가령 「별아 내 가슴에」란 작품에는 이런 상황이 제시된다. 학생들은 옥사 아래층에서 단식투쟁을 벌이고 있는데 그는 위층에서 밥을 떠넣고 있다. 하지만 밥이 목으로 잘 넘어가지 않는다. 불편한 심정으로 그는 자기가 학생들의 싸움에 연대하지 않는 진짜 이유가 무엇인지 자신의 내심을 향해 다그친다. 학생들의 투쟁방식이 미숙하다고 여겨서인가 아니면 자신이 누리는 조그만 혜택이나마 잃어버릴까봐 두려워서인가. 그는

자기 마음에 숨어 있을지 모를 이기주의를 가차없이 까밝히는데, 이 혹독한 정직성이야말로 이 나라의 많은 명망가들에게 결여되기 쉬운 품성이다. 그렇기 때문에 우리는 김남주의 메시지 내용에 동조하기 어려운 경우에도 그가 혼신의 정직성과 헌신적 자세로 그렇게 말하고 있다는 사실을 의심 없이 믿을 수 있다. 자신에 대한 다음과 같은 선언이 터무니없는 과장이 아니라 비장한 결의로 느껴지고 예리한 시적 호소력과 강한 선전적 효력을 발휘하는 것은 그의 이념의 강고성보다 오히려 그의 소박하고 단순한 인격에 기인하는 것 아닌가 생각한다.

나는 혁명시인
나의 노래는 전투에의 나팔 소리
전투적인 인간을 나는 찬양한다

나는 민중의 벗
나와 함께 가는 자 그는
무장이 잘되어 있어야 한다
굶주림과 추위 사나운 적과 만나야 한다 싸워야 한다

나는 해방전사
내가 아는 것은 다만
하나도 용감 둘도 용감 셋도 용감해야 한다는 것
투쟁 속에서 승리와 패배 속에서 그 속에서
자유의 맛 빵의 맛을 보고 싶다는 것 그뿐이다

—「나 자신을 노래한다」 뒷부분

80년대 김남주의 시들은 우리 시문학사상 그 누구와도 비교될 수 없는 첨예한 의식과 순결한 정신으로 민족과 민중의 억압자들에게 불타는 적대를 선언하며 민족민주전선에서의 시인의 드높은 사명을 확신에 넘쳐 공표한다. 물론 몇몇 작품들은 '나는 버림받았다'는 개인적 절망감과 고독을 드러내기도 한다. 또 어떤 작품은 고립된 삶의 일상적 순간을 소박하게 스케치하는 데 그치기도 한다. 그런 면에서 어쩔 수 없이 쓴웃음을 자아내는 시가 예컨대 「청승맞게도 나는」 같은 작품으로, 여기에는 고통과 해학의 배합을 통한 비애의 정서가 있다. 하지만 나머지 절대다수의 작품들은 동요 없이 일관되게 전투적 정열과 불퇴전의 투지로 가득 차 있으며 계급적·민족적 모순에 대해 완강한 비타협적 노선을 견지한다. 하지만 그 모든 것의 밑바닥에 있는 것은 「부르다가 내가 죽을 이름이여」 같은 작품에 절실한 가락으로 표현된, 새처럼 바람처럼 하늘을 비상하는 자유의 꿈이었다는 사실을 잊을 수 없다.

또한 80년대 김남주의 문학은 시대의 핵심적 모순들에 대한 집요하고도 강인한 시적 사유의 결과이다. 그 엄혹한 상황에서 그것은 거의 퇴로를 차단당한 절박한 국면에서의 불가항력적 작업이었다. 시대의 산물로서 그의 시들은 외관상 대부분 과격한 구호시처럼 보이지만, 그럼에도 상투적인 구호시와는 차원이 다른 예술성과 진정성을 가지고 있다. 그렇기 때문에 그의 시들은 낱말 하나하나, 비유 하나하나가 놀라운 생동성을 얻고 있고 유례없이 강력한 힘으로 우리의 잠든 의식을 공격해오는 것이다.

그러나 그의 시를 읽으면서 느끼는 각박함 또한 지적하지 않을 수 없다. 아마 그것은 두개의 적대적 범주로 사회를 양분하고 모든 현실사회의 갈등과 비극을 적대적 모순의 표현으로만 보는 일종의 도식주의에 관계되어 있을 것이다. 나는 계급적 관점을 부정하지 않지만, 오늘의 세계현실과 문학현상을 설명하기 위해서는 그 고전적 논리가 더 치밀하고 더 역동적인 개념들로 진화되어야 한다고 생각한다. 따라서 나는 그의 주장 자체에는 동조하기 어려운 대목이 많다. 그의 선명한 계급적 이분법, 그의 불타는 적개심과 지나치게 격렬한 용어들, 그의 상황 판단, 그리고 그의 철저한 행동주의에 대해 나는 늘 어떤 머뭇거림을 느낀다. 물론 그것은 나 자신의 소시민적 계급기반에 관계되어 있을 것이다. 하지만 현실사회주의에 대한 김남주의 판단에는 분명히 냉전시대의 역사적 한계가 있었다고 인정하지 않을 수 없으며, 무엇보다도 나는 그의 북한관에 찬성할 수 없다. 박정희·전두환 체제의 폭력성과 반민족성은 두말할 나위가 없지만, 남쪽 체제와 적대관계에 있는 '김일성의 나라'에도 치명적인 문제점이 있었음이 명백하다. 하지만 그럼에도 불구하고 나는 김남주가 자신의 주장을 순결하기 그지없는 마음으로 혼신의 힘을 다해 밀고 나갔으며 자신의 온 정신을 그 한곳에 치열하게 집중시켰음을 의심 없이 믿는다. 이 시종일관한 열정과 극진한 헌신성, 이 비타협적 혁명정신과 불퇴전의 투쟁의지야말로 김남주 고유의 것으로서, 그의 문학에 진정한 힘과 가치를 부여하고 또 80년대의 민족민주운동 속에서 그를 핵심적 자리에 위치시킨 것이었다.

5. 어둠의 끝에서 밝아오는 아침

김남주는 기회 있을 때마다 자신의 시가 사회변혁을 이데올로기적으로 준비하기 위한 혁명운동의 부산물이라는 일종의 목적론적 문학관을 피력하였다. 시에 관한 그의 이러한 자의식이 그의 시적 성취에 어떻게 연관되어 있는지를 해명하는 것은 문학이론가의 중요한 과제이다. 김남주의 상당수 시들은 그의 언명대로 '이념'의 직접적·평면적 진술에 그친 것이 사실이다. 그러나 그의 더 많은 시들에 구사된 다채롭고도 활력에 넘치는 문학적 기법들은 그 자신의 주장과 달리 혁명운동의 성공을 위한 선전선동으로서의 정치적 수사학의 차원뿐만 아니라 동시에 극히 예각적인 의미에서 예술적 완성을 위한 미적 수사학의 차원을 획득하고 있다. 길게 설명할 여유가 없는 것이 유감이지만, 예컨대 광주항쟁의 비극을 최고의 예술로 승화시킨 명작 「학살 1」을 읽어보면 무엇보다도 거기 구사된 탁월한 예술적 기법에 감탄하게 된다. 그가 좋아한 시인들, 하이네와 브레히트와 네루다가 그러했듯이 그 역시 단순한 정치선동가가 아니라 뛰어난 언어예술가인 것이다.

시의 서정성에 대해서도 비슷한 말을 할 수 있다. 김남주는 서정 그 자체를 부인한 것이 아니라 서정의 특정한 이념적 왜곡을 부인한 것이었다. 그는 부인 박광숙 여사에게 보낸 옥중편지에서, 자신은 시에서 의식적으로 서정성을 제거하려고 애썼다면서 서정성의 사회적 내용에 관해 다음과 같이 말하고 있다.

> 내가 제거하려고 했던 서정성은 소시민적인 서정성, 자유주의적인 서정성, 봉건사회에서 자연스럽게 이루어진 고리타분한 무당굿이라든가 판소리 가락에서 묻어나오는 골계적, 해학적, 한(恨)적 서정성이었습니다. (…) 내가 시에서 무기로써 사용하고자 하는 서정성은 일하는 사람들의 서정성 중에서 진보적인 것, 전투적인 것, 혁명적인 것입니다.[9]

이러한 그의 시적 방법론은 물론 세계에 대한 그의 역사유물론적 인식에서 태어났다. 그의 문학적 사유 속에는 적과 동지, 자본가계급과 노동자계급, 지배자-억압자와 민중, 제국주의 침략세력과 식민지 민족세력이 명쾌한 적대관계 속에 대치하고 있다. 이것은 그의 시에 강한 발화력과 탁월한 집중력을 결과하지만, 동시에 어떤 제약으로서도 작용한다. 그런데 역설적 사실은 「옛 마을을 지나며」「고목」「개똥벌레 하나」 같은 적지

9 『불씨 하나가 광야를 태우리라』 84면.

않은 시들 자체가 그가 제거하고자 했던 전통적 서정의 감동적인 실례를 보여준다는 점이다.

따라서 그의 시에서 내용적·사상적 측면 못지않게, 어쩌면 그보다 더 예리하게 주목해야 할 것은 시의 방법적·형식적 측면이다. 그는 시의 언어적 호흡, 반복과 비유, 단검으로 찌를 듯이 육박하는 직선적 묘사와 그러다가 다시 물러나 새롭게 물결을 일으키며 파동 치듯 핵심에 다가서는 파상적인 시의 진행방식, 절묘한 행과 연의 구분, 정치(正置)와 도치(倒置), 점강법과 점층법 등 다양한 기법들을 능숙하게 구사한다. 생각건대 이러한 기법들을 그는 치열한 번역과정 즉 외국어와의 침통한 투쟁 속에서 체득한 것으로 보인다. 김남주는 여러 곳에서 자기 나름의 시의 길을 찾게 된 것이 하이네, 브레히트, 네루다 같은 시인들의 작품을 읽고 번역한 덕분이라고 고백한 바 있다. 앞으로 김남주 문학을 연구하려는 사람들은 항시 이 점에 유의할 필요가 있을 것이다.

이와 더불어 감옥 안에서 시를 썼다는 사실이 시의 스타일에 영향을 끼친 점도 간과되어서는 안된다. "감옥이란 특수상황 속에서는 어떤 시상을 머릿속에서 잘 굴리고 있다가 담당이 없고 불이 켜 있는 밤을 이용해서 번개같이 적어둘 수밖에 없었어요. 그러니까 나중에 다듬고 고칠 수도 없고, 대개는 초고일 수밖에 없습니다."[10] 그는 자신의 시를 속으로 외우고 있다가 면회 온 사람이나 출옥하는 사람에게 구술을 통해 바깥으로 내보냈다. 담뱃갑 은박지에 뾰족한 도구로 눌러쓰거나 휴지로 사용하는 누런 종이에 깨알같이 써두었다가 은밀하게 외부로 유출했다. 이런 형편이었으므로 그의 시는 복잡하고 까다로운 비유나 시각적 이미지에 의존할 수 없고, 압축적이고 단순간명하며 청각에 호소하는 언어적 특성을 띨 수밖에 없었다. 군중 앞에서 낭송될 때 그의 시가 더 폭발적인 감응력을 발휘

10 같은 책 239면.

할 수 있었던 것은 이런 사정과도 관련되어 있다.

한편 한국 민주화운동의 역사에서 차지하는 광주항쟁의 획기적 의의와 시인 김남주의 연관에 대해서도 지적할 필요가 있다. 광주항쟁 당시 김남주는 남민전 사건으로 반년째 광주교도소에 수감되어 있었으므로 항쟁의 발생과 진행에 관여하지도 않았고 현장을 목격하지도 못했다. 그러나 외부의 소식이 엄중하게 차단된 열악한 상황이었음에도 불구하고 그는 놀랍도록 정확하게 항쟁의 핵심을 투시하여 누구보다 생동성 있는 항쟁시를 썼을 뿐만 아니라 한국 현대사에서 차지하는 광주항쟁의 역사적 함축을 높은 수준의 문학적 형상으로 제시하였다. 1994년 2월 13일 그가 감기지 않는 눈을 감고 세상을 떠났을 때 그의 죽음은 많은 사람들에게 광주 비극의 또 하나의 상징으로 비쳐졌고, 따라서 그의 주검이 망월동 묘역에 안장되는 것은 너무도 당연하게 받아들여졌다. 군사독재와 외세지배에 대한 불굴의 저항, '광주 꼬뮌'이라고 이름 붙일 수 있는 짧지만 강렬한 해방의 경험, 그리고 이 경험의 민중적 확산을 통한 역사의 반전—이러한 광주항쟁의 정신을 온몸으로 전생애에 걸쳐 살았던 인물로서 김남주를 빠뜨릴 수 없다는 것은 너무도 명백하다.

김남주는 9년 3개월의 감옥생활 끝에 1988년 12월 21일 형집행정지로 석방되었다. 출옥 후 그에게 닥친 것은 너무나도 급격하고 엄청난 현실의 변화였다. 나라 안에서는 오랜 군사독재가 종식을 고했고, 나라 밖에서는 소련을 비롯한 동구 사회주의 국가들이 붕괴하였다. 근본적 사회변혁의 길을 걷고자 했던 사람에게 이것은 감당하기 힘든 도전일 수밖에 없었다. 지난날의 정식화된 노선을 그대로 답습하는 것은 그 자체로서 혁명가의 성실성에 위반되는 안일함이었지만, 그러나 기존 노선에 내재된 이념적 핵심을 버리는 것은 더욱 용납할 수 없는 자기배반이었기 때문이다. 이 딜레마로부터 벗어나는 해결책은 어디에 존재하는가. 김남주는 얼마간의 방황 끝에 혁명시인·민주전사의 각오를 되찾기는 했으나 그를 둘러싼 객관적 현실이 각오의 실천을 뒷받침하는 것은 아니었다. 몇몇 시들에 나타난 '나는 어디에 서 있는가'라는 회의는 여전히 내심에 잠복해 있을 수밖에 없었다. 이 역사적 미로 속에서 그는 고통스럽게 삶을 마감하였다. 그러나 돌이켜보건대 그는 끝내 어떤 타협주의나 거짓된 해답에 기울지 않았다. 그는 생애도 문학도 미완의 것으로 남긴 채 떠난 것처럼 보이지만, 바로 그 미완성에 의해 그가 최대의 진정함을 성취했다는 것, 그럼으로써 늘 새로운 영감의 원천이 되고 있다는 것이야말로 그가 여전히 우리 곁에 살아 있는 이유이다. 유언처럼 들리는 그의 아름다운 시 한편을 꺼내든다.

빈 들에 어둠이 가득하다
물 흐르는 소리 내 귀에서 맑고
개똥벌레 하나 풀섶에서
자지 않고 깨어나 일어나
깜박깜박 빛을 내고 있다

그래 자지 마라 개똥벌레야
너마저 이 밤에 빛을 잃고 말면
나는 누구와 동무하여
이 어둠의 시절을 보내란 말이냐

밤은 깊어가고
이슥고
동편 하늘이 밝아온다
개똥벌레는 온데간데 없고
나만 남아 나만 남아

어둠의 끝에서 밝아오는 아침을 맞이한다

풀잎에 연 이슬이 아침 햇살에 곱다
개똥벌레야 나는 네가 이슬로 환생했다고
노래하는 시인으로 살련다
먼 훗날 하늘나라에 가서

—「개똥벌레 하나」 전문

(『혼돈의 시대에 구상하는 문학의 논리』, 창작과비평사 1995 / 개고)

염무웅 廉武雄　문학평론가. 영남대 명예교수. 저서로 『한국문학의 반성』 『민중시대의 문학』 『혼돈의 시대에 구상하는 문학의 논리』 『문학과 시대현실』 『자유의 역설』 등이 있음.

제2부

김남주 시에 대한 몇가지 생각

김사인

1

이 글은 객관적인 논리의 비평이 되지 못할 것이다. 제대로 된 주장을 펼 수도 없을 것이다. 안타깝지만 그럴 힘이 내겐 없다. 그러나 우리 시의 앞날에 대한 깊은 희망과 애정은 말하고자 한다. 사회적 삶의 공적 지표가 동요하는 시대에 시가 이룰 어떤 구원의 가능성에 대해, 참다운 것을 더듬어내고 나아갈 길을 예시할 그 잠재력에 대해 나는 전율에 가까운 믿음 속에 기다리고 있다.

김남주는 최근의 시에서 "무너진 산/내려진 깃발/파괴된 동상/나는 그 앞에서 망연자실 어찌할 바를 모른다"고, "무엇이 잘못되었는가/암벽에 머리를 들이받는 파도에게 나는 물어본다/파도는 하얗게 부서질 뿐 말이 없고 나는 외롭다/바다로부터 누구를 부르랴 부를 이름이 없다"(「노동의 대지에 뿌리를 내리고」)고 탄식한 바 있다. 최근 몇해의 좌절감은 이루 말할 수 없는 것이었다. 그러나 이제 깊을 만큼 깊어진 비탄으로부터 어떻게든 다시 우리의 몸을 추스를 때가 된 것은 아닌가. 시인이란 이름의 이 땅의 창조적인 정신들은 어떻게 몸을 가누어 출구를 향하여 길을 터가고 있는가. 우리는 이것을 점검함에 있어 참으로 깊은 절망과 어떠한 수모도 달게 감수할 겸허한 뉘우침에 의하지 않고는 새로운 개안에 이르지 못할 것이다.

한편의 좋은 시, 한순간의 눈부신 깨달음은 그 자체로서 하나의 혁명이다. 그것의 존재만으로도 세상은 그 이전과 다른 것이기 때문이다. 80년대 김남주의 시들은 바로 그러했다. 그러한 현실인식의 치열함이 존재한다는 사실만으로도 모든 야비한 삶의 의식들은 부끄러움 속에서나마 구원받을 수 있었다. 그것이 김남주가 수행한 가장 큰 혁명이었다. 시인으로서의 그가 극대화되었을 때, 그는 그 진정성에 비례하여 투철한 혁명가였다.

김남주의 시는 다른 어떤 것으로보다 강인한 정신의 시로 우리 시사의 한 자리에 기록될 것이다. 그의 시의 요체는 독서 체험으로부터 온 것일 사상·이념적 내용이 아니라, 견인불발(堅忍不拔)의 도덕적 열정과 현실적 역경에도 불구하고 자신의 논리를 견지해가는 정신의 힘과 그 진정성이기 때문이다. 시는 이러저런 것이라는 어설픈 통념과 상식들에 맞서 김남주의 시는 누구도 흉내낼 수 없는 독보적인 풍모로, 충격과 감동을 동반하며 우리 앞에 저렇게 있기 때문이다. 그가

> 당신은 묻겠는가 이게 사실이냐고
>
> 보아다오 파괴된 나의 도시를
> 보아다오 부러진 낫과 박살난 나의 창을
> 보아다오 살해된 처녀의 피 묻은 머리카락을 잘려나간 유방을
> 보아다오 학살된 아이의 눈동자를
>
> —「학살 3」 부분

이라고 우리를 질타할 때, 또 「조국은 하나다」를 구겨진 은박지에 눌러쓸

때, 김남주의 시들은 우리가 일찍이 경험하지 못했던 이 도덕적 태만의 시대를 쇠북처럼 울린다. 이스라엘의 도덕적 타락을 질타하는 구약 속의 예언자들과도 같이 그의 헝클어진 머리칼과 가시밭길을 헤쳐온 피투성이의 맨발은 참혹한 아름다움으로 눈이 부시다. 화등잔같이 부릅뜬 그의 눈은 집중된 정신이 발하는 예지와 범할 수 없는 위엄으로 휩싸여 있으며, 그의 단호하고도 절제된 혼신의 부르짖음은 예리한 비수처럼 귓속을 파고들어 우리의 게으른 고막을 찢고야 만다. 이러한 김남주의 시에 대해 그 형식상의 단조로움 등을 들어 비판하는 것은 따라서 적절치 않아 보인다. 긴장된 전투적 정신의 견지야말로 그의 시의 참주제이기 때문이다. 그것은 귀로 들어야 할 피아노 소리를 두고 눈에 보이지 않는다고 투정하는 것과 다를 바 없기 때문이다. 어쩌면 그의 시를 두고 일상적 삶의 풍부함이 결여되어 있고 그 점을 보완하려는 노력이 그의 활로라고 하는 지적들 역시 김남주의 시적 본질에 어긋나는 적절치 못한 지적일 수 있다. 도덕적 열정에 기초한 그의 강인하고 순일한 정신은 변화된 상황 속에서, 다르되 그 근본에서 결코 과거와의 단절일 수 없는 문학적 육체성을 창조적으로 확보해나갈 것이다. 오히려 우려되는 것은 그의 정신의 긴장이 지리한 이 산문적 일상 속에서 흐트러지는 경우인데, 이것이야말로 오히려 그의 시의 타락에 다름아닐 것이라고 나는 생각한다.

2

지금껏 발표된 김남주 시의 절대다수를 차지하는 옥중시들은 대개 신념에 가까운 몇가지 양보할 수 없는 고정관념에 근거하고 있다. 첫째, 시는 혁명의 무기로서 복무해야 하며 그러기 위해 시는 여타의 물리적인 수단들과 마찬가지로 '사용'되어야 한다는 것. 둘째, 모든 사회적 현실과 인간관계, 나아가 자연현상들까지도 유물론적·계급론적 관점에서 파악해야 하며 시의 성취도는 그 관점의 철저성과 비례관계에 있다는 것. 셋째, 따라서 시는 '감정의 자연스런 흘러넘침' 따위가 아니라 이지적 판단에 의해 계산되고 통제되어야 한다는 것. 넷째, 우리 민족사회의 본질적 현실은 제국주의에 의한 분단과 매판적 지배계급의 독재적 지배로 요약될 수 있고, 따라서 근로대중의 비타협적 계급투쟁만이 새로운 사회를 가능하게 할 수 있으며 시인은 모름지기 그러한 혁명운동의 이념적 전위가 되어 동참함으로써만 감동적인 시를 이룰 수 있다는 것.

이에 비해 시집 『진혼가』(청사 1984)가 대표하는 그의 초기시들은(그는 1974년 처음 시를 발표했으므로 1979년 남민전 사건으로 인한 투옥 이전을 초기라 불러 별 무리는 없을 것이다. 한 대담에서 김남주는 광주학살의 소식이 자신의 시세계 변화에 적잖은 영향을 미쳤던 것 같다고 말하기도 한다) 굳이 구분하자면 '계급적' 인식이라기보다 70년대 풍의 '민중적' 인식 위에 서 있으며, 창작의 목적의식성 또한 옥중에서처럼 확고하지 않다. 70년대 전반의 사회적 분위기를 엿보는 것은 김지하(金芝河)의 「오적」(1970), 황석영(黃晳映)의 「객지」(1971), 전태일(全泰壹)의 분신(1970)이 통렬하게 대변하는 절망적 저항과 정치·경제적 압박을 떠올리는 것으로 족하다.

이 무렵의 시들은 이후 그의 옥중시들에서 극대화되는 내용과 기법상의 특질들의 단초를 포함하지만(「헛소리」「동물원에서」「그들은 누구와 함께 자고 있는가」 등을 보라) 그 대부분은 삶과 현실의 척박함을 토로하던 70년대 민중시 일반의 범주에서 크게 벗어나지 않는다. 또한 서구시의 교양에서 유래하는 것으로 보이는 현대적 어법의 시들과 전통적 리듬에 대한 실험들이 두루 섞여 있어 확실한 시적 개성을 획득하기 이전의 혼돈과 시인의 다양한 가능성을 함께 엿보게 한다.

널리 알려진 「진혼가」가 이 시기에 씌어졌고, 「농부들과 더불어」의 터무니없어 보일 정도의 시적 배포가 또한 훗날의 한 면모를 예비하고 있어 돋보이지만, 농민들에 대한 연민과 그들의 일그러진 삶에 대한 분노가 혁명적 예감을 동반하는 가운데 기묘한 긴장을 유지하고 있는 「그들은 누구와 함께 자고 있는가」는 이 무렵의 빼놓을 수 없는 성과로 보인다. 그와 더불어 공식적으로는 그의 처녀작에 해당할 「잿더미」 역시 조심스러운 주목을 요한다. 이 시는 70년대의 어떤 시적 흐름과도 구별되는, 독특한 색조를 띠고 있기 때문이다.

그대는 타오르는 불길에
영혼을 던져보았는가
그대는 바다의 심연에
육신을 던져보았는가
죽음의 불길 속에서
영혼은 어떻게 꽃을 태우는가
파도의 심연에서
육신은 어떻게 피를 흘리는가

꽃이다 피다
육신이다 영혼이다
그대는 영혼의 왕국에서
육신을 어떻게 다루었는가
그대는 피의 꽃밭에서
영혼을 어떻게 다루었는가
파도의 침묵 불의 노래
영혼과 육신은 어떻게 만나
꽃과 함께 피와 함께 합창하던가

숯덩이처럼 검게 타버리고
젯더미와 함께 사라지던가

—「잿더미」 부분

다소 불분명한 시어의 상징적 사용과 일부 이국적 정감의 시어들이 눈에 걸리지만, 신동엽(申東曄)의 시에서 보았음직한 남성적인 광활함과 삶에 임하는 마음의 깊이가 예사롭지 않은 긴장과 기품을 이루고 있는 것이다.

3

그가 삶의 분명한 방향을 결단했을 때, 일찍이 「진혼가」에서 썼던 바처럼 "온몸으로 죽음을/포옹할 수 있을 때까지는/칼자루를 잡는 행복으로/자유를 잡을 수 있을 때까지는/참기로 했다"던 바로 그 일생일대의 싸움을 바야흐로 시작한 순간 그는 감옥에 있게 된다. 그리고 9년 뒤에야 석방된다. 이 기간에 몰래 씌어진 300여편이 시들이 최근 두권의 옥중시선집(『저 창살에 햇살이 1·2』)로 묶어졌는바, 이들 속에서 우리는 극한에까지 다다른 한 강인한 정신을 만나게 된다. 그리고 이 정신의 광채는 김남주의 변모가 앞으로 어떠하든 우리 시의 80년대가 도달한 하나의 절정으로 기록될 것이 분명하다. 절망적 상황에 처한 자의 자기방어적 차원이 없지 않다 하더라도 이 정신의 영웅적 아름다움이 훼손되지는 않을 것이다.

김남주의 옥중시들은 「시와 혁명」 등의 시론에서 분명히 밝히고 있으며 몇몇 시편에서도 적고 있듯이 "이자가 저질러놓은 범죄/그 하나하나를 파헤쳐/만인에게 만인에게 만인에게 고하고/민중들을 일깨워/일어나 단결케 하여/자유의/신성한/유혈의/전투에/나아가자 나아가자 앞으로 나아가자/북 치고 장구 치고 노래하는 일"(「시인의 일」), 다시 말해 "새로운 세계를 이룩하는 작업은 근로대중이 집단적이고 조직적으로 참가하는 역사적인 운동인바, 문학은 이 역사적인 운동의 사상과 이념에 생활의 구체성을 입혀서 대중을 사로잡아 그 결과로써 낡은 세계에 종지부를 찍는 물질적인 힘을 결집시킬 수 있는 것”(「나는 이렇게 쓴다」)이라는 인식, 그리고 “혁명은 그 이데올로기가 대중을 사로잡을 때 그 힘을 발휘하는 것입니다. 시인은 시라는 문학의 한 장르를 통해서 혁명의 이데올로기를 대중에게 전하는 것을 자기 임무로”(「시와 혁명」) 한다는 신념에 확고히 입각해서 창작된다. 때로 태작은 있을지언정 김남주의 옥중시 300여편을 통틀어 이러한 강령적 전제를 이탈한 예는 거의 없다. 초기시에서 보아왔던 김남주의 면모, 농민들의 피폐한 삶에 대한 깊은 연민과 분노, 그 앞에서 무력할 수밖에 없는 자신에 대한 자학, 그러한 현실 위에서 기름져가는 권력집단들에 대한 증오, 나아가 전봉준으로 대표되는 민중적 영웅에의 그리움 등이 어우러져 이루는 어두운 내면의 열정이, 유물론과 계급적 관점을 만나면서 자신의 생애를 좌우하게 되는 하나의 결정적인 해답과 결단에 도달하는 것이다. 그가 “나는 이들의 작품과 생애를 통해서 유물론적이고 계급적인 관점에서 세계와 인간관계를 문학적으로 형상화하는 창작기술을 배웠으며 전투적 휴머니스트로서 그들의 인간적인 매력에 압도되기도 했다”(『시와 혁명』에 수록된 좌담)고 술회하고 있는 이른바 혁명적 시인들, 하이네, 브레히트, 아라공, 마야꼽스끼, 네루다의 시에 경도된 것도 이 무렵이었을 것이다.

여기서도 한가지 분명히 할 대목이 없지 않다. 김남주의 이러한 결단과 전신이 민중적 삶의 실제로부터 솟구쳐온 결과가 아니고 외래의 이념과 사상에 대한 관념적 교양에 의거해 있다는 비판이 있다. 여기에는 일리가 없지 않다. 그러나 미숙한 ‘혁명이론가 김남주’에 대한 지적이라면 혹 모를까, ‘시인 김남주’에 관한 한 이러한 지적은 비판으로서 별로 적절치 않아 보인다. 외래적 교양에 의거했으되 김남주는 그 관념을 초인적인 의지를 가지고 자신의 문학적 실천, 정치적 실천 속에서 검증했으며, 그의 세계 이해의 관점과 창작 원리에 대한 동의 여부를 넘어서 그러한 육화과정을 통해 이루진 문학적 성과와 실천들은 결코 무시될 수 없는 대중적 지지 위에서 사회적 실체로 우뚝하기 때문이다. 이 시기의 걸작들은 그러한 시비를 훨씬 넘는 진정성과 독자성을 확보하고 있는 것이며, 이 부분이야말로 우리가 애정을 갖는 시인 김남주의 진정한 탁월함이기 때문이다. 따라서 그러한 비판은 김남주 시의 사실의 일면에 대한 지적일 뿐 가치의 우열을 말할 수 있는 근거로서는 미진한 것이다. 더욱이 김남주의 사상과 시가 기원을 어디로 두고 있느냐에 대해 무지를 자랑삼으려 할 건 없지만, 우리의 보다 많은 관심은 오늘의 삶과 현실에 대한 창조적 대안으로서 김남주의 시와 실천이 갖는 의의에 있다. 예수 이래의 성자들을 예수의 아류라고 하지 않듯이, 레닌을 맑스의 아류라고 할 수 없듯이, 그런 시각은 우선 온당치 못할 뿐만 아니라 김남주 문학이 지닌 아름다움의 핵심에 닿아볼 수 없게 한다.

이와 함께 또 한쪽에는, 남주의 시에서 문면에 담긴 메시지만을 따로 떼어놓고 진보적이라 하여 칭송하거나, 과격하다 하여 매도하는 태도들이 있다. 후자의 경우야 새삼스러울 게 없다 치더라도, 문제는 비교적 양식을 가진 이들 사이에서, 김남주에 대해 동정적인 독자임을 자처하는 쪽에서 때로 발견되는 전자의 경우이다. 김남주 시의 아름다움과 힘은 그가 사회주의적 사상의 소지자였거나 근로대중의 편에 선 발언 내용과 창작 원리를 표방했기 때문에 성립되는 것은 꼭 아니다. 이웃의 고통에 대해 고뇌하고 그 해결을 위해 자신의 온몸을 던져 길을 찾는 그 헌신과 열정과 정신의 강인함이 그를 눈부시게 하는 것이며, 그러한 정신의 질이 시의 문면에 언표된 메시지에 생명을 불어넣고, 나아가 의미를 넘어서는 전율과 감동을 전하는 것이다. 물론, 김남주의 경우 그의 삶과 시를 통해 시인 자신에 의해 의도되고 언표된 부분과, 안 보이지만 그러나 분명히 존재하는 '숨은 의미' 부분이 쉽게 구분되지는 않는다. 길게 말할 겨를이 없지만 분명한 것은, 사람이 육체만으로 있는 것이 아니듯이 시 또한 '유위(有爲)의 의미' 차원만으로 성립되지 않는다는 점이다. 김남주 시의 표면에 담긴 메시지들은 틀린 것일 수 있지만, 그러나 그것이 곧 그의 시의 실패는 아니다. 그로 하여 정신의 긴장으로부터 오는 김남주 시의 아름다움이 훼손되지는 않는 것이다. 단언컨대 그의 성공적인 옥중시들은 그럴 수 있을 만큼 충분히 깊고 예술적으로 진정하다. 70년대 이래의 '쉬운 시' 운동이 근래에 와서 그 본래의 뜻을 잃고 비속화하는 일부 경향 역시 메시지의 효과적인 전달에만 치중한 나머지 부지불식간에 시의 근원적 존재방식을 몰각한 때문은 혹 아닌가.

그러나 옥중이라는 특수성도 작용했겠지만—감옥에서는 육체적인 움직임의 반경이 최소화하는 반면 상대적으로 정신은 매우 예민해진다—시의 지위를 혁명운동의 이념적 전위로 규정하고 자신의 시작을 그러한 대의에 빈틈없이 복속시키고자 함에 따라, 김남주는 더이상 초기와 같은 암중모색의 방황을 계속할 이유가 없어진다. 자신의 이념을 좀더 효과적으로 전달하고 적에 대한 증오와 동지에 대한 사랑을 좀더 선명하고 감동적이게 전달할 방법에 대한 고민만 남는 것이다. 이것은 불가피한 결과로 일말의 본말전도의 위기를 초래한다. 거칠게 말해서, 김남주의 혁명을 위해 민중들의 고통스러운 삶이 있는 것이 아니라 그 고통 속에 연대하고 동참하는 행위의 정점에 혁명이 있는 것이다. 그 고통의 구체성에 동참하는 고뇌가 아니고 자신은 이미 관념의 모범답안을 가진 채, '혁명'에 대한 일종의 우상숭배 위에서 개개의 삶들을 거칠게 재단할 때 그의 답안이 어느 면에서 설령 옳은 것이었다 할지라도 그의 시는 설득력을 갖지 못한다. 성공적인 경우에 비해 결코 적지 않은 태작의 옥중시들은 이로부터 온다. 그가 육체성을 얻지 못한 도식적·관념적인 이분법—적과 동지, 부와 가난, 관료와 백성, 죽임과 죽음—만 강변할 때, 또 모든 상황을 비상시에

나 적용될 전투적 정서에만 의거해서 조명하려 할 때, 그의 시에 등장하는 현실과 존재들은 구체성과 풍부함을 잃고 단순화·평면화된다. 또 그의 주관적 정서에 적절한 내용적·형식적 제어가 가해지지 않을 때 나타나는 자기연민이나 과장된 비장도 염려스러운 것이다. 이러한 위기에서 그의 시를 지켜주는 것이 또 다름아닌 그의 정신의 긴장 그 자체이다. 그러나 장기간의 유폐된 삶 속에서 혁명적 대의에 입각하여 자신의 정신적 순결성을 보위해나가는 일이란 결코 말처럼 손쉬운 일이 아니다. 「똥 누는 폼으로」「운동을 하다가」「바보같이 바보같이」「전향을 생각하며」 등에서 그 싸움의 힘겨움을 간접적으로나마 엿볼 수 있다. 어떻든 김남주의 옥중시는 초기시에서 보였던 풍부한 시적 가능성과 삶의 실감에 받쳐진 구체성을 잃었지만, 비수와 같은 예리함과 명료함과 무기로서의 힘을 얻는다.

미군이 있으면
삼팔선이 든든하지요
삼팔선이 든든하면
부자들 배가 든든하고요.

—「쓰다 만 시」 전문

미군이 없으면
삼팔선이 터지나요
삼팔선이 터지면
대창에 찔린 깨구락지처럼
든든하던 부자들 배도 터지나요.

—「다 쓴 시」 전문[1]

---

1 1985년 『실천문학』 여름호에 발표된 이 두편의 시를 김남주는 「삼팔선」이란 제목의 한

이 시가 보여주는 바, 일체의 군말 없이 단숨에 핵심을 찔러가는 놀라운 직접성과 그로부터 자동적으로 도출되는 형식의 명료함은 집중된 정신의 백열상태를 느끼게 한다. 문자 그대로 이러한 '촌철살인'을 정치적 상상력의 서정시가 이를 수 있는 한 극점으로 보지 않을 도리가 없다. 구사되는 언사의 서슴없음에도 우리는 한편 압도되지만, 이 시의 완벽한 내용과 형식의 통합을 가능케 하는 정신의 긴장은 우리를 전율케 한다. 이러한 긴장은, 그의 성공적인 옥중시 대부분을 지배하고 있다.

계산된 어순의 도치, 동일 구조의 구문의 점층적 반복을 통한 정서의 고양과 반전, 이른바 '소외효과'를 겨냥한 냉정한 보여주기 등이 그의 옥중시들에서는 목적 달성을 위한 시적 장치로 빈번히 구사되고 있는데, 그러한 의도가 성공리에 달성되는 시들의 배후에는 인간관계와 사회현실의 본질을 한눈에 꿰뚫어내는 시인의 예지가 번득이고 있으며, 비유컨대 그것은 생사를 건 싸움의 최전선에 자기를 세운 사람의 전투적 정신으로부터 온다. 그러한 긴장 앞에 일체의 비본질적인 너스레, 부수적인 장식들은 감히 끼어들 자리를 얻을 수 없다. 김남주의 시들이 갖는 외형의 간명함과, 간명하면 할수록 더 강렬해지는 살기(殺氣)에 가까운 시의 긴장감의 정체는 바로 이것이다. 물러설 수 없는 싸움에 임하는 전사의 긴장인 것이다.

비록 그것이 적개심이라 할지라도—그러나 당시 김남주에게 그것은 생애를 걸어도 부족할 만큼 정당한 적개심이다—그러한 긴장 속에서 사람의 정신은 일상의 온갖 군더더기를 벗고 순정한 어느 경지에 이르면서

작품으로 개작하여 옥중시전집에 수록하고 있다. 개작된 시에서는 "대창에 찔린 깨구락지처럼"의 행이 빠졌고, 끝 행에서 "든든하던"이 빠지면서 '터지나요'가 '터지고요'로 고쳐져 있다. 이 개작의 의도를 짐작 못할 바 아니지만, 작품 자체로 봤을 때는 오히려 긴장을 떨어뜨린다는 것이 나의 생각이다.

눈이 맑아지는 것인데, 약혼자에게 보내는 사랑의 시들이 보여주는 그 열렬함과 대담한 표현들은 이 역시 전투적 긴장의 또다른 측면임을 짐작하게 한다.

오 부챗살처럼 펼쳐지는 여인의 몸 밤의 잠자리여
입술을 기다리는 입술
팔을 기다리는 허리
가슴을 기다리는 가슴
오 귀가 멀수록 가깝게 들리는 그대 거친 숨결이여
나는 놓는다 나는 놓는다 나는 놓는다
그대가 마시는 모든 술잔에 나의 입술을
그대가 만지는 모든 사물에 나의 무기를
그대가 그리는 모든 그리움에 나의 노래를
깊고 깊은 골짜기에서 그대는 갈증의 샘처럼 흐르고
나는 땅속 깊이 그대를 파헤쳐 하늘 아래 별처럼
붉은 아기 하나 태어나게 하고 싶다

—「고뇌의 무덤」 부분

나는 그의 막다른 적개심에 동의하지 않으나 우리 문학사상 유례가 드문 그의 정신의 긴장을 아름답다고 말하지 않을 수 없으며, 그러한 정신의 시적 표현인 그의 절작들을 80년대 우리 문학의 값진 성과로 꼽는 데 주저하지 않겠다. 그리고 김남주의 시들이 상황의 변화를 넘어서는 어떤 생명력을 가진다면, 다시 강조하건대 그 비밀은 바로 이 '정신의 긴장'에 있다고 믿는다(그러나 이것은 한편 어리석은 생각일 수도 있다. 그에게 있어 적개심과 정신의 긴장은 분리될 수 없는 일체로 보이기 때문이다).

전위적 실천가와 전위적 시인의 통일이란 드문 예를 김남주에게서 우리는 발견하지만, 또 예술이 그 자체로서 사회변혁의 물리력이 될 수도 있다는 가능성을 시들은 입증하고 있지만, 그것은 현실의 시간과 시적 시간이 지극히 근접해 있거나 잇닿아 있는 비상한 혁명적 시기에 가능한 일일 터이며 산문적 일상의 시간에서 보았을 때 두가지 역할은 일치하기 어렵다. 혁명의 시적 열기가 사위며 시작된 세속정치의 숨 막힘 앞에서 고통스러워했던 마야꼽스끼의 사례와 1930년대 이후의 소련 문학의 쇠퇴로부터도 우리는 교훈을 얻을 필요가 있다. 광주학살로 시작되어 1987, 88년의 노동자대투쟁으로, 고조된 통일운동으로 이어졌던 한 시대가 동구 사회주의운동의 좌절과 함께 숱한 희생과 상처 속에서 끝났다. 우리 앞에는 지리한 나날의 시간이 기다리고 있는 듯이 보인다. 치욕인 채로 우리는 살아 하루하루를 견뎌야 하고, 인류의 역사는 가까운 장래에 좀처럼 그 완성에 이를 것으로 보이지 않는다. 현실 속에서 냉정하게 희망의 가능성을 찾아야 하되 상황에 대한 판단을 주관적으로 과장하는 오류를 우리는 다시 거듭해서는 아니된다.

굳이 갈라보자면 김남주의 본령은 우선 시인이 아닌가 싶다. 김남주가 가담했던 1979년의 사회적 실천(남민전 준비위와 관련된 실천)도 객관적 상황과 주체적 역량에 대한 현실적 판단에 의해 승리의 전망이 섰던 운동이라기보다 개개인의 의지와 실존적 결단에 의거한 시적 실천, 상징적 실천의 측면이 강했다고 보아야 한다. 이러한 판단이 결코 전사를 자임했던 그의 헌신과 열정을 폄하하는 것이 되지는 않으리라.

4

김남주는 1988년 12월 출소했다. 인류의 역사가 새로운 차원으로 진입하는 온갖 격동의 조짐들이 노출되면서 무엇보다도 지난 100여년간에 걸쳐 인류의 보편적 이상을 현실화하기 위한 노력의 결실로 간주되었던 사회주의 공동체들의 자멸은 우리에게 한두마디의 말로는 형용할 길 없는 충격을 던졌다. 우리 사회에서도 1991년 5,6월 강경대 군의 죽음을 시발로 한 싸움의 실패를 마지막으로 선거를 포함한 모든 대중적 활동공간에서 진보를 표방하는 세력들은 회복하기 어려울 것으로 보이는 좌절을 맛보았으며, 상황 반전의 어떤 계기도 찾지 못한 채 오늘에 이르러 있다. 이 미증유의 상황 앞에서 도대체 어떤 몸가짐이나마 취할 수 있단 말인가. 묵은 방식은 그 명을 다하고 새로운 그 무엇은 아직 도래하지 않은 이 지점에서 오직 혼신의 뉘우침만이 허락될 뿐 어떤 선부른 처방도 개구즉착(開口卽錯)일 따름이지 않겠는가. '결과를 두고 보니 누구는 틀렸는데 누구가 역시 맞더라'는 식의 천박한 키 재기 따위는 이 국면의 중대성을 맞는 바른 태도라 할 수 없다. 최선을 다했다기로 한다면 누구건 자기의 처지껏 최선을 다하지 않은 이가 있을까. 이미 70년대에 황석영이 「아우을 취하여」(1972)에서 말했듯 "걸인 한사람이 이 겨울에 얼어 죽어도 그것은 우리의 탓이어야 한다"는 말이 무슨 병적 결벽주의자의 관계망상만이 아니라면, 우리의 일거수일투족이 모두 우주사적 규모의 시공간적 연쇄 속에서 이루어지는 것이라면, 누구도 이 뉘우침의 짐에서 면책될 수는 없을 것이다. 몸 가벼운 청산주의가 온당한 것이 아니듯이 우리 사회의 계급관계가 본질적으로 변한 것이 없다는 이유로, 견지되어야 할 '합리적 핵심'이라는 이름으로 지난 시기의 이념 내용과 사고의 틀을 고집만 하는 것도 대단한 지조로 보이지는 않으며 상황을 올바르게 맞이하는 태도가 못되어 보인다. 혼신의 뉘우침을 거쳐서만이 같은 말에도 새로운 무게가 실릴 수 있는 것이다. 지식으로서가 아니라 삶의 자세로서 우리가 견지해가야 할 합리적 핵심이 있다면, 모든 목숨 있는 것들과 더불어 궁극의 해방으로 나아가려는 열망과, 뉘우침에 임하는 겸허함과 진지함이 그 항목에서 제외될 리는 없을 것이다. 이러한 지적은 우리 문학의 경우에도 그대로 유효하다. 실제 적지 않은 동요가 민족문학운동 내부에서 일어나고 있음을 보게 된다. 노동자들에 대한 사회적 관심이 퇴조하는 것과 더불어 한때 노동현실의 문학적 형상화에 뜻을 두었던 작가·시인들 상당수가 뚜렷한 문학적 대안을 찾지 못한 채 고통스럽게 방황하고 있는 모습이다. 어떤 이들은, 동요하는 것은 지식인들일 뿐 생활현장의 노동자들에게는 예나 지금이나 달라진 게 없고 동요할 겨를도 없다고 말한다. 이러한 말들로부터 지난 시대의 노동문학운동에 관여했던 이들은 스스로 내세웠던 주장의 수선스러움에 비해 그 내실이 턱없이 빈약했음을 한편 반성해야 할 것이지만, 그러나 그러한 발언 역시 당당할 것만은 아니다. 노동자들을 역사의 주인으로 하여 건설되었던 나라들이 무너져가고 그들의 이익을 대변한다고 나섰던 이 땅의 지식인들이 좌절감에 싸여 있을 때 어찌 노동자들에게 동요가 없을 것인가. 그리고 동요해야 한다. 장기적으로 볼 때 방황이 무익한 것만은 아닐 것이다. 제대로 고통스러워하는 일, 그것 이상의 대안은 어디에도 없어 보인다. 그 고통의 쓰디씀만큼 우리는 거듭날 수 있을 것이기 때문이다.

출옥 이후 씌어진 김남주의 시들은 『솔직히 말하자』(풀빛 1989), 『사상의 거처』(창작과비평사 1991), 『이 좋은 세상에』(한길사 1992) 등의 시집에 옥중에서의 시들과 별다른 구분 없이 두루 섞여 있다. 옥중시들을 통해 밖에 있던 그 어느 시인보다도 드높은 창조적 결실을 보여주었던 시인 김남주는 이제 어떤가. 오늘의 이 혼란을 어떻게 앓고 있으며 어떤 언어와 어법으로 창조에 값해가고 있는가. 어떤 형태로 희망에의 예감을 획득해가고 있는가.

높은 산에 오르면 산 아래의 들과 마을 사람들의 모습이 한 손에 잡힐 듯이 요연하게 보인다. 그러나 그 손바닥만 한 마을에서 이루어지는 사람살이의 실제는 얼마나 많은 사연과 복잡다단함으로 이루어져 있는 것인가. 산 위에서 보기에 한뼘도 되지 않는 거리를 사람들은 어찌 그리도 더

디 움직이는가. 이를테면 감옥이란 그 높은 산과 비유될 수 있는 일면이 있는 것이어서 사람의 사는 일을 관념적으로 명징하게 조감, 정돈하게 한다. 그러나 그 산 역시 땅 위의 한 지점이라는 인식에 투철치 못할 때—이 거리감각의 유지는 정신적 긴장에 의거해 이루어진다—정신적·지적인 착시현상을 피할 길이 없다. 예술은 그러한 조감 능력과 함께 실제의 감각을 필수적으로 요구한다. 10년에 걸쳐 몸에 익은 김남주 시의 호흡은 감옥 밖의 삶을 낯설어하고 있는 듯이 보인다. 적들에 대한 치열한 적의를 풍자에 싣거나 혁명의 대의를 드높이 외칠 때, 그의 눌변인 듯도 하고 번역투이기도 한 것으로 느껴지던 산문적 어법은 오히려 그의 격정과 어사의 격렬함을 적절히 통어하면서 작품에 어떤 객관성을 부여하는 미적 장치로 작용했었다.

전쟁이 터지고 나는
쌈터로 끌려갔다
앞장세워져 맨 앞 부자들의 총알받이가 되었고
사람들은 그런 나를 두고
나라 국경 지키는 용사라 했다

쌈질이 끝나고 고향은 쑥밭이 되고
나는 건설대로 끌려갔다
소나 말이 되어 게거품을 흘렸고
사람들은 그런 나를 두고
나라 살림 일으키는 역군이라 했다

겨울이 오고 한파가 밀어닥치고
굶주림과 추위 혹사에는 더는 못 견뎌

에헤라 가더라도 내일 삼수갑산 들고일어섰다
그러자 이번에는 감옥으로 끌려갔고
사람들은 그런 나를 두고
나라 팔아먹은 역적이라 했다

—「읽을 줄도 쓸 줄도 모르는 어느 백성의 이야기」 전문

이처럼 통렬한 풍자를 성공시켰던 김남주 시의 문체가 그 위에 일상적 삶을 담고자 했을 때, 「돼지의 잠」 「토산품」 「밤길」과 같은 일품들이 있기도 하지만 더 많은 경우가 「황영감」 「아기를 보면서」 「검은 눈물」 또는 다음과 같은 범속함에 떨어지고 만다.

어제 나는 신림동 어디에 사는
고향 친구 아들의 돌잔치에 갔다
친구 마누라는 초등학교 오학년 때
나와 한반이었던 그 여자아이였다
눈 밑에 점이 있어 동네 아낙들이
이름 대신 점백이라 불렀던 그녀는
역시 나와 한반이었던 내 친구와
단칸셋방에서 살고 있었다

—「집의 노래」 부분

풍자는 시의 생재료에 고도의 지적 변조와 절제가 개입됨으로써 달성되는 아름다움의 영역이다. 출옥 이후의 이 부류 시들에는 생활의 실감에서 오는 진솔함은 있으나 김남주 시 특유의 긴장은 찾아보기 어렵고, 시적이라 불리는 일체의 의장을 기피하는 그의 결벽증까지 가세하여 범속한 산문의 수준으로 떨어지고 있다. 이러한 내용과 형식의 불일치는 감옥

안팎에서의 처지의 차이에서 오는 일면도 있겠지만 보다 근본적으로는 그동안의 그의 시가 근거하고 있던 혁명적 전망의 흔들림과 관계된다. 김남주는 계급론과 유물론을 두 축으로 하는 혁명적 전망에 의거해 전사로서의 드높은 정신적 긴장을 유지할 수 있었으며, 그로부터 오는 힘과 통찰력은 촌철살인의 압축과 풍자로 시적 형식을 성공시켰었다. 그러나 이제 무차별로 닥쳐오는 실생활의 여러 인간관계들과 사건 앞에서 그의 힘과 통찰은 다양성의 본질을 꿰뚫지 못하고 피곤을 드러내는 것이다. 풍자와 촌철살인을 성립시키지 못하고 있는 것이다. 이것은 뒤집어 말하면, 그가 지녔던 혁명적 전망이란 것이 그 치열한 개인적 실천에도 불구하고 실생활의 소용돌이 속에서 충분히 단련, 검증된 것은 아니었음을 한편 드러내는 것이다. "갈피를 잡을 수 없어 헝클어진 실꾸러미처럼 어지러울 뿐"(『사상의 거처』 후기)이라고 표현된 그의 피로와 갈등은 「똥파리와 인간」에서와 같은 인간 일반에 대한 환멸로 이어지기도 하고 「길」의 전사답지 않은 자기모멸과 사람에 대한 기피로 드러나기도 하는바, 이러한 갈등에 처하여 그는 한편 이전의 '원칙'을 끊임없이 상기시켜 자신을 다그치는 것인데(「나의 펜 나의 무기」 및 『사상의 거처』 후기) 그것은 왠지 외로워 보이고 전과 같은 혼신의 긴장에 뒤받쳐져 있지 못한 느낌이다. 김남주의 최근 시도 비통하게 그것을 말하고 있다.

산은 무너지고 이제 오를 산이 없다 한다

깃발은 내려지고 이제 우러러볼 별이 없다 한다

동상은 파괴되고 이제 부를 이름이 없다 한다

무너진 산

내려진 깃발
파괴된 동상
나는 그 앞에서 망연자실 어찌할 바를 모른다

무엇이 잘못되었는가
암벽에 머리를 들이받는 파도에게 나는 물어본다
파도는 하얗게 부서질 뿐 말이 없고 나는 외롭다
바다로부터 누구를 부르랴 부를 이름이 없다
꿈 속에서 산과 깃발과 동상을 노래했던 내 입술은
침묵의 바다에서 부들부들 떨고 나는 등을 돌려
현실의 세계에 눈과 가슴을 열었다

—「노동의 대지에 뿌리를 내리고」 부분

이 혼돈 속에서 김남주는 어떻게 스스로의 문을 드높여 창조적인 시적 형상에 도달할 것인가.「농부의 밤」「복사꽃 능금꽃이」 등의 예들에서 보이는 김남주의 또다른 시적 가능성과,「시인의 일」의 격앙된 목소리와는 달라진 최근의 인식에서 우리는 희망을 갖는다.

모름지기 시인이 다소곳해야 할 것은
삶인 것이다
파란만장한 삶
산전수전 다 겪고
이제는 돌아와 마을 어귀 같은 데에
늙은 상수리나무로 서 있는
주름살과 상처 자국투성이의 기구한 삶 앞에서
다소곳하게 서서 귀를 기울여야 하는 것이다

그것이 비록 도둑놈의 삶일지라도
그것이 비록 패배한 전사의 삶일지라도

—「시인은 모름지기」 부분

시인은 기구한 삶들 앞에서—사상이나 이념 앞에서가 아니라—다소곳해야 한다는 것인데, 이것은 이전의 인식과 뿌리를 함께하는 것이면서도 샛된 관념적 도식의 너울을 한꺼풀 벗은 것이다. 그리고 이것이야말로 초기시 이래 김남주의 변함없는 '합리적 핵심'이었다. 바로 이 자리에 다시 돌아와 우리의 눈이 새로이 깊어지고 넓어지며 겸허해짐으로써만 김남주와 우리 모두의 활로, 그 '길 아닌 길'으로 나아갈 수 있게 될 것이다.

(『창작과비평』 1993년 봄호)

김사인 金思寅 시인. 동덕여대 문예창작과 교수. 시집으로 『밤에 쓰는 편지』 『가만히 좋아하는』이 있음.

노래로서의 서정시 그리고 계몽적 열정

유성호

1. 글을 시작하며

사실 이제까지 씌어져온 김남주에 관한 논의들은 대체로 어찌 보면 하나의 빛깔을 띠고 있었다고 할 수 있다. 그 또는 그의 시를 아는 많은 이들은 한결같이 그의 이름 앞에 '개결함' '대책 없는 순결성' '뜨거움' '단호함' 등의 술어와 '민족시인' '혁명시인' '전사' 등의 명명을 붙이곤 했다. 반면 이러한 긍정적 평가와 대척적인 곳, 다시 말해서 그의 시세계에 정서적, 사상적으로 동조할 수 없었던 시 진영에서는 일관된 침묵으로 그를 대했다. 그에 대한 찬사나 비판은커녕 마치 그라는 존재가 우리 시단에 없기라도 한 듯한 무반응을 보여왔던 것이다. 따라서 김남주에 관한 논의는 주로 그의 시 또는 삶이 가지는 시대사적, 정신사적 층위를 귀납하여 그를 가장 위대한 민족시인으로 자리매김한 경우를 빼고는 별로 찾아볼 수 없는 것이 사실이다. 그 우선적인 까닭은, 말할 것도 없이, 우리 현대시사를 통틀어서 김남주만큼 선명한 시적 이념과 실천행위를 지속적으로 견지해온 시인이 없기 때문일 것이다. 그만큼 그는 우리 사회가 추동해왔던 사회변혁운동의 이념과 지향을 그야말로 온몸으로 주도해갔던 걸출하고 독보적인 민족시인임이 틀림없다.

하지만 그를 거론할 때마다 따라붙는 이러한 상찬을 십분 긍정하면서도 이제 우리는 이 익숙하고도 낯익은 시인의 시사(詩史)적 의미에 대해서 차분하게 말할 시간에 와 있는 것 같다. 여기서 말하는 익숙함이란 사실 그의 시가 가지고 있는 미적, 형상적 특질 때문이라기보다는 그의 목소리 또는 세계인식의 강렬한 이미지 때문이라고 추측해볼 수 있다. 그의 이미지는 우리에게 익숙하다 못해 하나의 뚜렷한 각인으로 남아 있을 만큼 강렬하고 명징한 것이니까 말이다. 그렇기 때문에 김남주의 시세계를 논의할 때 그 특유의 전투적 서정성이 오롯이 빛나는 몇몇 대표시를 위주로 한 반복적 가치평가는 이제 더이상 생산적이지 않다. 그러한 평가가 여전히 유효하고 또 그에게만은 참으로 적실하다는 사실도 혼연히 동의되어야 하겠지만, 그러한 논의는 이제 어느정도 축적되었다고 할 수 있기 때문이다. 또 한번 우리가 사회학적 또는 이념적 분석만을 통해 그를 민족문학의 거봉으로 극찬할 경우, 그것은 논의의 진전이 아니라 지나간 시대에 대한 하나의 수사(修辭)이고 췌언일지도 모른다. 그의 대표적 이미지 뒤에 여전히 역동하며 솟구치고 있는 서정시인으로서의 몫을 논증하는 일은 그런 의미에서 자못 소중한 일이 아닐 수 없다.

그러므로 이제 우리는 그의 시세계가 가지는 시사적 의미와 그에 수반된 방법적, 형상적 특질을 검토해야 할 차례에 와 있다. 그러나 여전히 김남주의 이름 앞에서는 미학적 분석 운운하는 것이 어색하기만 하다. 그러한 방법은 다른 시인에게는 몰라도 왠지 그에게는 어울리지 않아만 보일 만큼, 그는 확실히 '분석 이전'의 시인이니까 말이다. 그러나 이 '어색함' 조차도 어쩌면 우리가 그의 시세계를 적확하게 실체화하지 않고 대표적 이미지만 공고히 반복해서 강조해왔던 결과일지도 모른다. 어쨌든 우리는 방대한 그의 시편들 앞에서 그를 당대인으로서는 물론 시사적 연속성의 의미에서 가치평가해야 할 의무를 느낀다. 이러한 기대를 충족하기 위해서는 꼼꼼한 서지적 조사를 토대로 한 본격적인 논구가 서서히 잇따라야 할 터이다. 하지만 이 글은 통시적 작가론의 골격을 통해 그의 시세계를 연대기적으로 따라가보는 역할에 머물 것이다.

김남주의 시적 궤적은 대개 세 시기로 구별 가능하다. 이것은 물론 시기적인 분류이지만, 이 구분은 곧 그가 견지했던 시적 지향점 또는 형식의 차이라는 본질적 변별성을 기준으로 한 것이기도 하다. 먼저 1974년부터 1979년에 이르기까지 발표한 초기시 계열, 그다음 옥중에서 10여년간 생활하면서 쓴 옥중시 계열, 그리고 세상에 다시 나와 일상적 현실과 고투하면서 써온 후기시 계열로 대별해볼 수 있을 것이다. 따라서 이 글은 그가 엮어온 20년 남짓의 시력(詩歷), 그 역동적인 궤도를 따라가며 그의 시정신이 변화해온 과정에 대해 개괄적으로 고찰하는 것을 첫번째 목표로 하고, 그에 수반된 형상화 방법에 부수적으로 주목하려 한다.

2. 초기시의 세계: 『진혼가』

김남주가 시를 쓰기 시작한 70년대는 우리 시사에서 매우 각별한 의미를 띠고 있다. 그것은 해방기 이후 단절되었던 진보적 시 전통을 복원하는, 다시 말해서 철저한 민족·민중적 관점에 기초하여 당대 민중들의 삶과 정서를 형상화하거나 그들이 겪는 삶의 여러 질곡과 모순을 구체적으로 드러내는 비판적 시의 흐름을 형성한 것으로 요약할 수 있다. 그리고 이 시기의 시는 서정시의 대중적 소통 가능성을 확대한 것은 물론 시어의 일상어법으로의 확장, 형상화 방법과 시적 대상의 적실한 조응, 창작 주체의 계급적 존재기반 확대 등의 긍정적 성과를 우리 시사에 가져오기도 하였다. 김남주라는 민족시인이 등장할 수 있었던 개연성도 이러한 시사적 연속성 위에서 가능했던 것이다.

김남주는 1973년 대학 재학 중에 이른바 『함성』지 사건으로 투옥되어 8개월의 옥고를 치르고 석방된 경험을 가지고 있다. 이 투옥 경험은 그의 신산스러운 삶의 상징적 출발이라고 해도 좋을 것이다. 출소 후 그는 낙향하여 농사를 지으며 생활하는데, 이미 대학에서는 제적된 후였다. 그때 그는 농촌사회의 구조적 모순에 눈을 뜨면서, 그때의 문학적 열정을 추슬러 본격적으로 파괴된 농촌공동체를 노래하게 된다. 1974년 『창작과비평』 여름호에 「잿더미」 등 여덟편의 작품이 실리면서 김남주의 시인으로서의 첫걸음이 시작된다.

> 아는가 그대는
> 봄을 잉태한 겨울밤의
> 진통이 얼마나 끈질긴가를
> 그대는 아는가
> 육신이 어떻게 피를 흘리고
> 영혼이 어떻게 꽃을 키우고
> 육신과 영혼이 어떻게 만나
> 꽃과 함께 피와 함께 합창하는가를
>
> —「잿더미」 부분

시인 스스로 "恐怖야말로 인간의 본성을 캐내는 데/가장 좋은 武器"(「진혼가」)라고 절규한 바 있지만, 이 작품은 자신이 발을 굳건히 딛고 있는 세계로부터 아득히 떨어져나갈 것만 같은 육체적 공포의 극점 곧 옥중 경험의 두려움을 시적 기저로 하고 있다. 갖은 고문과 비인격적 조건 속에서 그는 "하찮은 것이지만 육신은 나의/唯一의 確實性"(같은 시)임을 깨닫게 되고, 그 자기다짐은 오히려 그에게 새로운 갱신을 추스를 줄 아는 밝은 영혼을 가져다준다. 위의 시편은 그러한 자기초극의 첨예한 예증이 될 수 있을 것이다.

이같은 옥중 체험을 예민하게 반영한 그의 첫 시집 『진혼가』(청사)가 느지막하게 출간된 1984년은 우리 시사에서 또 하나의 기념비가 될 박노해의 『노동의 새벽』(풀빛)이 나온 해이기도 하다. 이때는 우리 사회의 민족민주운동이 새로운 전환기를 맞았던 때였는데, 때를 맞추어 나온 두 시인의 작품집이 변혁운동에 기여한 사상예술적 기여는 실로 컸다고 할 수 있다. 박노해가 시를 통해 노동자의 일상적 디테일에 충실하면서 사실적이고 충격적인 노동자의 정서를 전해준 데 반해, 김남주라는 영어(囹圄)의 시인은 부단히 죄어오는 정치적, 물리적 외압에 저항하며 힘차게 분출하는 강렬한 전사의 정서를 체험케 했다. 그만큼 그는 우리에게 변혁운동의 중심에 선 전투적 리얼리스트의 모습으로 다가온 셈이다.

70년대를 통해 그가 줄곧 발표한 작품들을 모은 이 시집은 옥중 체험과 농촌에서의 생활 체험을 아우르고 있다. 「진혼가」나 「잿더미」 등은 옥중 체험을 가장 직접적으로 전해주는 작품들이고, 「추곡(秋穀)」 「고구마 똥」 등은 농촌에서의 체험을 각인한 작품들이다. 이 작품들은 80년대에 펼쳐지게 될 김용택(金龍澤), 고재종(高在鍾) 등의 농민시를 한 시기 앞서간 그 분야의 선구적 작품으로 새롭게 평가될 수 있을 것이다. 그러나 우리는 1977년에 발표된 다음 시편을, 옥중 체험을 통한 강렬한 저항성과 아름다운 농민적 서정이 하나의 '노래'로 눈부시게 통합, 성취된 김남주 초기 서정시의 대표작이라고 말할 수 있을 것이다.

이 두메는 날라와 더불어
꽃이 되자 하네 꽃이
피어 눈물로 고여 발등에서 갈라지는
녹두꽃이 되자 하네

이 산골은 날라와 더불어
새가 되자 하네 새가
아랫녘 웃녘에서 울어예는
파랑새가 되자 하네

이 들판은 날라와 더불어
불이 되자 하네 불이
타는 들녘 어둠을 사르는
들불이 되자 하네

되자 하네 되고자 하네
다시 한번 이 고을은

반란이 되자 하네
靑松綠竹 가슴으로 꽂히는
죽창이 되자 하네 죽창이

—「노래」 전문

이 작품은 앞으로 펼쳐지게 될 김남주 시의 형상적 특질을 거의 모두 내장하고 있는 아름다운 노래의 형식을 띠고 있다. '꽃'과 '산'과 '새'와 '불', 이러한 기층적 자연 소재들이 '청송녹죽'의 푸르른 이미지와 중층적으로 결합하면서 섬뜩한 반란의 이미지로 반전, 승화되고 있다. 정서의 점층적 고양을 통한 자연스러운 상승의 시학이 형식적 완벽성과 함께 구현되어 있는 것이다.

서정시는 원천적으로 '노래'라는 형식을 내포한다. 그만큼 좋은 서정시는 좋은 음악을 품고 있다. 그 점에서 위의 작품은 자연스러운 호흡률에 바탕을 둔 '노래'로서의 자질을 두루 갖추고 있다. 그중에서도 연 단위로 같은 시석 소사(措辭)가 반복되는 이른바 평행법(parallelism)은 노래가 가지는 자연스러운 리듬을 형성하는 효과적인 한 방법이기도 하지만, 앞으로 지속되어갈 김남주의 시적 방법론의 으뜸가는 형상적 책략이기도 하다. 일정한 주기마다 반복되는 시적 평행법은 읽는 이로 하여금 공감과 정서이입에 빠지게 하는 매우 큰 시각적, 율독적 효과를 달성할 수 있다. 이같은 방법론은 그가 지닌 한 시대의 계몽주의자로서의, 그리고 시대의 추이를 읽어나가는 리얼리스트로서의 본령과 매우 친화력 높은 형상화 방법이 아닐 수 없다. '노래로서의 서정시', 그리고 독자들에 대한 계몽적 전언을 가장 근본적인 시적 목표로 하는 리얼리스트로서의 모습이 김남주가 개척한 예술적 성취의 가장 중요한 몫인 셈이다.

아무튼 체질적으로 발본적 사유에 길들여진 김남주는 젊은 이십대를 이같은 저항의 열정 속에서 살았다. 옥중에서 폭력적 타의로 경험하게 된 육체적 공포감, 그럼에도 불구하고 그 밑바닥에서 어김없이 솟구쳐오르는 섬뜩한 비타협적 저항의 언어, 그리고 농촌의 실상을 계급적 시각에서 포착하는 과학적 사유를 통해 그는 고난의 70년대에 끊임없는 자기부정과 자기갱신을 스스로 요구하고 요구받는 성실한 시인으로서의 첫걸음을 서서히 걷고 있었던 것이다.

3. 옥중시의 세계: 『나의 칼 나의 피』 『조국은 하나다』

김남주는 1979년 남민전 사건으로 징역 15년 형을 선고받고 투옥되어 1988년, 그러니까 만 10년 만에 감옥에서 풀려나온 '옥중시인'의 대명사이다. 옥중시는 감옥이라는 금제의 공간에서 사유와 실천의 자유를 속박

당한 채 역설적으로 솟아오르는 '사유와 실천'의 육성이라고 할 수 있다. 일제강점기 또는 해방 직후에 우리는 임화(林和), 상민(常民) 등의 뛰어난 옥중시인들을 기억하지만, 김남주만큼 긴 시간 동안 본격적이고 한결같이 뛰어난 시를 양산해낸 옥중시인은 단언컨대 없다. 그의 시세계의 미적, 형상적 우수성도 감옥이라는 곳에서 섬세하게 체득되고 있었으니, 그 표현의 부자유와 열악한 여건을 생각하면 아이로니컬하게도 그가 천상의 시인이 아닌가 하는 탄성이 나올 수밖에 없다. 어쩌면 김남주의 본령은 단연 이 옥중시에 모아진다고 해도 지나친 말이 아닐 정도이니 말이다.

10년간의 옥중생활에서 김남주는 아라공, 하이네, 네루다, 마야꼽스끼 같은 유물론적이고 전투적인 리얼리스트 혹은 혁명시인들에게 깊이 공감한 바 있다. 여러 친우들에게 그들의 저작을 넣어달라고 부탁하여 '아침저녁으로' 그것들을 읽고 거기에 공명하고 또 어느 것에 대해서는 직접 번역 작업에 매달리기도 했다. 「그들의 시를 읽고」는 그 저작들을 대했을 때의 기쁨을 숨김없이 보여주고 있다. 또 이 시기 그는 전봉준의 혁명적 열정과 다산 정약용의 실학적 가치관에 깊이 뿌리를 내리게 되는데, 「녹두장군」 「전론(田論)을 읽으며」 등은 그러한 사상적 동질성을 애써 확인하는 그의 육성으로 들린다.

그러나 옥중시인으로서 그를 자리매기는 데 가장 직접적 질료가 되는 시 계열은 단연 전사적인 이미지를 주는 단순명료한 싸움 혹은 일갈의 시편들이다. 우연찮게도 그가 감옥에 있던 80년대는 우리 민족사에 대한 권력의 부당한 유린이 가장 강도 높게 전개되던 암흑의 시절이었다. 그 시절에 그가 할 수 있었던 유일한 행위는 끊임없이 시를 써서 밖으로 내보내 독자들에게 읽히는 계몽적 실천뿐이었다. 이러한 작품들은 일일이 예거하기 힘들 정도로 많다. 이미 옥중시 전집으로 나와 있는 『저 창살에 햇살이 1·2』(창작과비평사 1992)가 그러한 시편들로 가득 채워져 있거니와, 이 시편들에 이르러서야 김남주는 예의 그 '노래'로서의 서정시에 단호한 전투성을 싣게 된다. 자전적 의미가 짙게 배어 있는 「전사 1·2」를 비롯하여 「학살 1·2·3·4」「희망에 대하여 1·2」 등은 모두 혹독하게 암울했던 시대가 낳은 저항예술의 명편이라고 할 수 있다.

특별히 80년대 벽두에 터진 광주민중항쟁은 그에게 가장 뿌리 깊은 시적 화두가 되어주었다. 그는 그때 옥중에 있었지만 사건의 경과를 듣고 나서 금방 사태의 본질을 알아챌 수 있었고, 내적 영혼으로부터 뿜어져 올라오는 증오의 미학을 마치 울부짖듯이 집요하게 형상화하게 된다. 「이름이여 꽃이여」「오월 그날이 다시 오면」「바람에 지는 풀잎으로 오월을 노래하지 말아라」「남의 나라 이야기」 등 『조국은 하나다』(남풍 1988)에 실린 작품들은 독재정권은 물론 제국주의자들에 대한 강렬한 증오를 폭넓게 담고 있다. 이때 그는 이미 자타가 공인하는 민족해방전사였다. 그만큼 그에게 민족은 "토지와 자유와 조국의 이름으로 하나씩 불러"보는 "별"(「별」)이기도 하고 "깊게 든든하게 흔들리지 않게 내린 뿌리"(「뿌리」)이기도 하였다.

그리고 나는 내걸리라 마침내
지상에 깃대를 세워 하늘에 내걸리라
나의 슬로건 "조국은 하나다"를
키가 장대 같다는 양키들의 손가락 끝도
언제고 끝내는 부자들의 편이었다는 신의 입김도
감히 범접을 못하는 하늘 높이에
최후의 깃발처럼 내걸리라
자유를 사랑하고 민족의 해방을 꿈꾸는
식민지 모든 인민이 우러러볼 수 있도록
겨레의 슬로건 "조국은 하나다"를!

—「조국은 하나다」 부분

전투적 개념으로서의 시의 대중성은 읽는 이들에게 혁명적이고 진보적인 정서를 일깨우는 일종의 견인적 계몽성을 의미한다. 그때 시는 '폭로의 원리'를 기본으로 하고 거기에 전투적 서정을 싣게 된다. 전사로서의 삶의 치열성을 담은 「감옥에 와서」 「별아 내 가슴에」 등은 이러한 원리가 잘 구현된 성취도 높은 작품이라고 할 수 있다. 여기서 한가지 부연해야 할 것은 김남주 시에는 시인과 시적 화자가 미학적으로 분리되지 않는다는 사실이다. 비록 삶의 세목에 대한 시적 묘사나 구체성을 획득하는 시적 의장을 부차화하는 한이 있더라도 그가 믿고 있는 시인의 책무는 혁명적 정서와 신념을 직접화하는 일이었기 때문이다.

또 확고한 노동계급적 시각에 바탕을 둔 당파성이 구현된 작품군도 이때 집중적으로 창작된다. 「노동의 가슴에」 「깃발」 「전업」 「감을 따면서」 「권양에게」 등은 그와 같은 성과의 작품들이다. 실로 이 시기는 박노해는 물론 백무산, 박영근(朴永根), 정인화 등 계급적 시각의 노동시인들을 배출한 바 있지만, 김남주의 시 역시 그들과 궤를 같이하는 노동계급적 시각을 선명하게 보여주고 있다.

그의 옥중시는 사유의 직접화라는 창작방법을 기본으로 하였다. 그는 그와 같은 신념을 다음과 같이 말한 적이 있다.

> 시는 변혁운동을 이데올로기적으로 준비하는 문화적 행위입니다. (…) 사회과학과는 달리 시는 생활의 구체성을 기초로 해서 변혁운동을 사상적으로 형상화시켜야 합니다. (…) 가능하면 시가 짧아야 한다고 생각합니다. 이것을 전투적인 측면으로서 변혁운동과 연관시켜서 표현하면 시는 촌철살인의 풍자이어야 하고, 백병전의 단도이어야 하고, 밤에 붙였다가 아침에 떼어지는 벽시이어야 하고, 치고 도망치는 유격전의 형식이어야 합니다.(「시와 변혁운동」, 『불씨 하나가 광야를 태우리라』, 시

와사회사 1994, 328~34면)

그러나 옥중시의 백미가 그러한 저항시 또는 투쟁의 시에만 있는 것은 아니다. 오히려 건강하고 생동하는 민중적 서정이 넘실대는 사랑과 따스함의 시편이 더욱 김남주적이라고 할 수 있기 때문이다. '노래로서의 서정시', 김남주는 옥중에서도 그것을 잊지 않는다. 이러한 작품들은 수적으로는 적지만 그 감동은 단연 근본적이고 폭넓은 것이라고 해야 할 것이다.

사랑만이
겨울을 이기고
봄을 기다릴 줄 안다

사랑만이
불모의 땅을 갈아엎고
제 뼈를 갈아 재로 뿌릴 줄 안다

천년을 두고 오늘
봄의 언덕에
한그루의 나무를 심을 줄 안다

그리고 가실을 끝낸 들에서
사랑만이
인간의 사랑만이
사과 하나 둘로 쪼개
나눠 가질 줄 안다

—「사랑 1」 전문

원래 모든 저항시는 세련된 시적 의장보다는 체험의 직접성이 불러일으키는 디테일이 압도적이게 마련이다. 그 직접성은 때로는 절박한 심경고백이 되거나 설익은 구호로 전락하기 쉽지만 때로는 이 시와 같이 삶에 대한 진중한 성찰에 기초한 값진 서정성을 산출하기도 한다. 이 작품에는 혹독한 조건에서도 끊임없이 갱생하고 복원할 수 있는 힘은 사랑밖에 없다는 고전주의자적인 인식이 아름답게 각인되어 있다. 이 시에서의 '사랑'은 추상적인 아름다움이나 흡인력 강한 감성적 에로스와는 거리가 멀다. 이로써 우리는 그가 인식했던 이른바 민중적, 공동체적 사랑이 무엇인지 알 수 있다. 하지만 이 작품에서도 역시 그는 계몽적 전언을 가장 근본적인 시적 신념으로 삼고 있는데, 그에게 시는 어쨌든 고난받는 민중들과의 소통행위이지 자기 자신과의 외로운 대화는 아니었던 것이다. 어머니를 그리워하며 자신의 고된 처지를 위무하는 「편지」 등도 이러한 작품군에 끼일 수 있다. 다음 시편은 김남주의 '노래로서의 서정시'가 또 한번 빛을 발한 작품이다.

함께 가자 우리 이 길을
셋이라면 더욱 좋고 둘이라도 함께 가자
뒤에 남아 먼저 가란 말일랑 하지 말자
앞서 가며 나중에 오란 말일랑 하지 말자
일이면 일로 손잡고 가자
천이라면 천으로 운명을 같이하자
둘이라면 떨어져서 가지 말자
가로질러 들판 물이라면 건너주고
물 건너 첩첩 산이라면 넘어주자
고개 넘어 마을 목마르면 쉬어가자

서산낙일 해 떨어진다 어서 가자 이 길을
해 떨어져 어두운 길
네가 넘어지면 내가 가서 일으켜주고
내가 넘어지면 네가 와서 일으켜주고
산을 넘고 물을 건너
언젠가는 가야 할 길
누군가는 이르러야 할 길
가시밭길 하얀 길
에헤라, 가다 못 가면 쉬었다나 가지
아픈 다리 서로 기대며

—「함께 가자 우리」 전문

마지막으로 동양화 같은 한폭의 삽화적 시편을 통해 그가 그리워했던 민중적 서정의 원형을 우리는 확인할 수 있다. 가난하고 핍박받으면서도 넉넉한 여유와 따스함이 체질적으로 배어 있는 그 무엇!

찬 서리
나무 끝을 나는 까치를 위해
홍시 하나 남겨둘 줄 아는
조선의 마음이여

—「옛 마을을 지나며」 전문

4. 후기시의 세계: 『솔직히 말하자』 『사상의 거처』 『이 좋은 세상에』

1987년 6월항쟁 이후 우리 문학은 새로운 단계로 접어들게 된다. 그 방향은 대략 두가지 지류를 형성하는데, 그 하나는 노동자계급의 당파성에 대한 강조와 민족문학논쟁으로 대표되는 일군의 진보적 민족문학의 흐름이고, 또 하나는 소시민적 일상성에 깊이 침윤되어 있는 인간적 삶의 편린과 정서를 형상적으로 재현하는 흐름이다. 하나는 비평의 완강한 주도 밑에서 창작이 질식되어버리는 부분적 역기능을 초래했고, 또 하나는 우리 시대의 본질에 대해 우회의 방법을 택하게 되는 결과를 가져왔다.

김남주는 6월항쟁이 끝난 후 6공 정권하에서 출감한다. 그가 다시 몸담게 된 사회적 현실은 숱한 현상적 변화에도 불구하고 동일한 모순을 지속하고 있었다. 혼란스러울 정도로 세상은 변해 있고 그가 일관되게 견지해왔던 신념은 옥중시처럼 직접화되어 시로 산출될 수 없었다. 일상성 속에서 자신의 시적 활로를 새롭게 모색해야 했던 그가 출감 직후 쓴 사랑의 시는 아름답다. 여전히 평행법이라는 시적 방법론과 계몽적 열정이 식지 않은 채로 말이다.

> 세계를 잃고 그대 하나를 내 얻었나니
> 그대 이름 하나로 우주와 바꿨나니
> 나는 만족하나니
> 지금은 다만 그대만이 그대 사랑만이
> 내 안에 가득한 행복이나니
>
> —「지금은 다만 그대 사랑만이」 부분

이를테면 이렇게 온다오 우리들의 사랑은
가도 가도 해가 뜨지 않는 전라도라 반역의 땅
천리 길 먼 데서 온다오
백년보다 먼 갑오년 반란으로 일어나
원한의 절정 죽창에
양반들과 부호들 목을 달고 온다오
빼앗긴 땅 제 것으로 찾아갖고 온다오
빼앗긴 자유 제 것으로 찾아갖고 온다오
사랑은 우리 시대의 사랑은

—「우리 시대의 사랑」 부분

오랜만에 맡아보는 인간적 훈향은 반복되는 엄혹한 역사 속에서도 가녀린 빛을 발한다. 그러나 그 빛은 또다시 찾아오는 역사의 요구에 잠시 접어둘 수밖에 없다. 김남주는 이제 일상성에 대한 시적 관심이 부쩍 늘어난 시단의 보편적 분위기와 자신과의 외로운 싸움에 접어든 것이다. 그는 3당합당 등 거짓 화해로 점철된 반역의 시절과 변하지 않는 사회적 현실 속에서 오히려 더 간교하고 교묘하게 뒤틀려 있는 사회구조를 간취한다. 그러나 그는 곧 우리 사회를 둘러싸고 있는 의식의 변이에 대해 참으로 아득한 시간의 불가역성을 느낀 듯하다. 아니면 자신의 거친 육성이 시퍼렇게 살아 꿈틀대는 언어로 한 시대를 전유했던 시절을 역설적으로 그리워했는지도 모른다. 시의 위기, 그것은 김남주는 물론 많은 민족 진영의 시인들이 공동으로 뚫고 나가야 할 공안(公案)이었다.

현실사회주의 이념의 몰락과 상업주의 문학의 위협 속에서 그는 이제 비로소 그동안 등한시했던 서정시의 본령인 일상성을 통한 자기탐구에 몰두한다. 시집 『사상의 거처』(창작과비평사 1991)는 그 첨예한 결실이다. 과연 '일상성'이란 무엇인가. 일상성이란 사람들의 개별적 삶을 매일매일의 테두리 속에 조직하는 관성적 힘이며 개인의 삶의 진행을 지배하는 시간의 조직과 리듬을 포괄하는 개념이다. 그것의 특성은 친숙성, 반복성, 대체 가능성 등으로 요약할 수 있는데, 그 물신화된 친근성 때문에 현실의 모순을 은폐하고 우리들의 비판의식을 순치시킬 가능성도 있다. 또 역으로 거짓 구체성 속에 은폐되어 있는 현실의 본질을 비판적으로 드러낼 수도 있다. 김남주는 우리의 일상을 교묘히 관철하고 있는 허위의식과 자기기만을 단호하게 공격하며 현실을 전유하는데, 그때 그가 취하는 시적 방법론이 바로 풍자이다. 『이 좋은 세상에』(한길사 1992)는 김남주의 풍자정신이 집약화되어 있는 보고인데, 이때 그가 택한 풍자의 대상은 비인간화되어가는 자본주의적 삶의 방식과 그것을 심화시키는 데 기여한 외세 및 독점자본 그리고 부당한 정치권력이다.

「대통령감」「대통령 하나」「대통령 지망생들에게」「유세장에서」 등은 대표적인 정치풍자시이고, 「어떤 관료」나 「시인님의 말씀」은 해학성이 돋보이는 풍자시이다. 그러나 이러한 풍자시는 언제나 뒷맛이 개운치 않은 것이 사실이다. 그것은 직접적으로 해부하고, 질타하고, 다시 세우는 진보의 비전은 왜 무너지고 이러한 간접적 방식만이 유효한가 하는 역질문 속에서 배태된다. 그러나 김남주는 자신의 계몽주의자적 면모 또는 리얼리스트로서의 열정을 바로 그 풍자 외에는 담을 수 없다고 판단했던 것 같다.

아들은 쇠파이프에 머리가 깨진 채
피바람 오월 타고 저세상으로 가고

아버지는 아들의 죽음에 저항하다
쇠고랑 차고 감옥으로 가고

어머니는 감옥에 저세상에 남편과 자식을 빼앗기고

가슴에 멍이 들어 병원으로 가고

옷가시 챙겨들고 아비기 보러 간옥에 가랴
밥 반찬 보자기에 싸들고 어머니 보러 병원에 가랴

누나는 세상 사람들에게 눈물 보일 겨를도 없다면서
꽃 한송이 사들고 내일은 동생 보러 무덤 찾겠다네

—「이 좋은 세상에」 전문

현진건(玄鎭健)의 「운수 좋은 날」과 같은 맥락의 통렬한 반어가 이 작품의 제목이자 김남주 생애의 마지막 개인 시집의 표제가 되고 있다. 강경대 사건을 소재로 한 듯한 이 작품은 우리 사회가 안고 있는 본질적인 문제에 대한 본격적 응전이라기보다는 역시 간접화의 회로를 통해 한 시대를 그리고 있다. 그러나 풍자가 공격의 대상을 적확하게 설정하고 사상적 깊이에서 어느정도 튼튼한 토대를 얻을 때는 그것이 값진 계몽의 방식이 될 수 있음을 김남주는 인식하고 있었고, 「날마다 날마다」 등은 그런 풍자가 어느정도 본궤도에 오른 작품이라고 할 수 있다. 이 풍자시 계열에서 김남주는 그 특유의 역설과 반전의 미학을 성취하고 있는 것이다.

5. 글을 맺으며: 『나와 함께 모든 노래가 사라진다면』

80년대에서 90년대로 넘어오는 시기 우리 시의 특징은 서정성의 강화, 일상적 삶에 대한 관심의 증폭, 시적 형상성의 확보를 위한 노력 등으로 정리될 수 있다. 그것은 당연히 이념적 구심과 정치한 방법적 기율로부터의 이탈 또는 상대적 이완을 불러왔고, 고전적인 계몽주의자인 김남주로

서는 그러한 자기부정적인 탈중심적 사고를 견딜 수 없었을 것이다. 그래서 그는 유고시집의 저 절규와 안타까움을 남기고 세상을 등졌는지도 모른다. 그러나 그는 우리에게 어쩌면 그리도 선명히 자취를 남기고 갔는가. 또 그런 시인이 있을 수 있겠는가. 그것 하나만으로도 우리는 그를 고난의 현대사의 증인이라고 불러도 좋을 것이고, 자신에게 가장 치열했던 성실한 시인으로 기억해도 좋을 것이다.

다시 말하지만 김남주는 근본적으로 계몽주의자다. 그 자신 스스로를 무슨 주의자라고 부르면 어색해하겠지만, 그는 우리 시대의 둘도 없는 고전적 계몽주의자다. 우리 인류가 창출해낸 가장 고전적인 명제가 '사랑과 혁명'이라는 측면에서 볼 때 그는 영락없는 고전주의자이고, 계몽적 이성의 기획이 정당하다는 신뢰를 바탕으로 인간의 합리적 판단 능력에 기초한 변화와 발전의 가능성을 열렬히 신뢰했다는 측면에서도 그는 계몽주의자였다. 그만큼 그는 '역사'라는 그늘 안에서만 실천적 삶을 구성할 줄 알았고, 계몽적 이성의 소통과정으로 시를 이해했던 리얼리스트이기도 했다. 그의 이렇듯 폭넓은 패러다임은 '대안의 몰락'이라는 수사로 특징지어지는 요즘에 한 시대를 마감한 듯한 인상을 주지만, 여전히 가장 믿을 수 있는 순결한 육성으로, 탄탄한 시적 방법론을 가지고 창작되었던 불퇴전의 저항시로, 그리고 무엇보다도 '노래로서의 서정시'로 여전히 감동과 시적 유효성을 가질 것이다.

계몽주의자의 의장이 알레고리와 풍자임은 문학사가 널리 증명해온 터이지만, 후기로 갈수록 김남주는 더욱 그 방법에 자신의 창작을 기댔다. 도래할 새벽을 믿었던 한 시대의 리얼리스트는, 자신이 그토록 열망하던 세상이 결국은 오지 않은 데 대해 늦은 밤 홀로 푹푹 한숨만 쉬었을지도 모른다. 그러나 그의 시는 육사(陸史)의 표현대로 '가난한 노래의 씨'가 되어 끊임없이 재음미, 재해석될 것이다. 불투명한 양심적 자조보다는 생활 형상의 구체성을 통해 민중의 삶과 진실을 노래하는 것, 그리고 변한 현실에 무저항적으로 순응할 것이 아니라 견지했던 신념을 변용하여 지켜나가야 한다는 믿음이 마지막 그가 택한 그다운 모습이다. 그의 유고시집에 실린 다음 작품은 그의 그러한 의지를 웅변적으로 보여주고 있다.

> 나 아무것도 아니다
> 또 하나의 별 그 밑에서 나
> 억센 주먹의 다짐이 아닐 때
> 원수 갚음의 원수 갚음의
> 전진하는 발자국 싸움이 아닐 때
> 저 쓰러진 나무들과
> 저 짓밟힌 풀들과
> 함께 어깨동무하고 걸었던 그 길
> 함께 발맞추고 걸었던 그 길
> 자유의 길
> 해방의 길
> 통일의 길
> 내 다시 걷지 않을 때 그때
> 나 아무것도 아니다
>
> 한 매듭의 끝에 와서
> 내 가야 할 길 멈출 때

—「한 매듭의 끝에 와서」 부분

김남주는 이토록 혼연한 흔적과 소중한 기억을 남기고 사라져갔다. 하지만 그의 삶은 그 자체로 하나의 '서시(序詩)'가 되어 뚜렷하게 남았다. 그리고 그 흔적과 기억이, 후대의 눈 밝은 독자들에게, 여전히 '시'란 스스

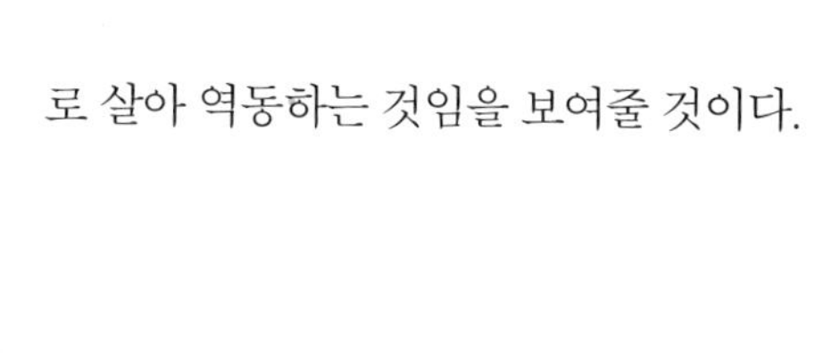

로 살아 역동하는 것임을 보여줄 것이다.

(『시와시학』 1995년 겨울호)

유성호 柳成浩 문학평론가. 한양대 국문과 교수. 저서로 『움직이는 기억의 풍경들』 『근대시의 모더니티와 종교적 상상력』 『침묵의 파문』 등이 있음.

김남주 시의 정서적 특질에 대한 일고찰

이은봉

1

김남주는 본래 시인이기보다는 전사이기를 바랐고, 그렇게 불리기를 바랐던 사람이다. 그 스스로도 일찍이 "어이, 나는 시인이라기보다 무슨 글쟁이라기보다 전사여, 전사!"[1]라고 말한 바 있다. 물론 그는 1974년 『창작과비평』을 통해 정식으로 문단에 데뷔한 시인이다. 하지만 그는 그후 한동안 시인으로서의 삶보다는 전사로서의 삶을 산 바 있다. 그가 저 자신의 삶을 이러한 방향으로 심화시킨 것은 특히 1979년 남민전 사건으로 옥살이를 하면서부터이다. 그럼에도 불구하고 오늘날에 이르러 김남주를 전사로 기억하는 사람은 많지 않다. 지금에 와서는 그 자신의 의지와 달리 거개의 사람들이 그를 무엇보다 시인이라고 생각하기 때문이다. 본고의 논의도 당연히 그를 시인으로 받아들일 때 가능해진다. 남민전 동지들

1 이광웅 「내가 아는 김남주 시인」, 시와사회사 편집위원회 엮음 『피여 꽃이여 이름이여』, 시와사회사 1994, 53면.

중에는 아직도 그를 전사로 생각하는 사람이 없지 않겠지만 말이다.

그의 시 일반이 고양된 이데올로기의 목소리를 보여주는 것도 그가 그 자신을 전사로 받아들였던 것과 무관하지 않다. 김남주는 자신의 시가 "압제자의 가슴에 꽂히는/창이 되"(「시인이여」)기를 바랐고, "자유의/신성한/유혈의/전투에" 나가 "북 치고 장구 치고 노래하는 일"(「시인의 일」)이 되기를 바랐다. 따라서 그의 시의 내용이 반독재민주화와 반외세자주화를 고무, 찬양하기 위한 계급의식과 민족의식으로 일관되어 있는 것은 당연하다. 옥중에서 씌어진 시들의 경우가 특히 그러한데, 그의 시의 이러한 특징에 대해서는 이미 여러 글들에 의해 검증된 바 있다.[2]

이들 예에서도 알 수 있듯이 시인 김남주는 본래 증오와 분노에 찬 마음으로 전투적이고 투쟁적인 정서의 시를 썼던 사람이다. 따라서 김남주의 시와 관련하여 서정성 운운하는 것은 일종의 난센스로 보이기도 한다. 도대체 그에게 서정성 운운할 만한 작품이 존재하기라도 한다는 말인가. 언뜻 생각하면 그의 시세계는 서정성과는 전혀 무관한 것처럼 보이기도 한다. 그러나 이는 그의 시 전체를 제대로 파악하지 못하고 내리는 판단임이 분명하다. 옥중시전집 『저 창살에 햇살이 1·2』(창작과비평사 1992), 그밖의 개별 시집 『나의 칼 나의 피』(인동 1987) 『솔직히 말하자』(풀빛 1989) 『사상의 거처』(창작과비평사 1991) 『이 좋은 세상에』(한길사 1992) 『나와 함께 모든 노래가 사라진다면』(창작과비평사 1995) 등을 살펴보면 곳곳에 상당한 순수 서정시들이 들어 있기 때문이다.

이 글에서는 다름아닌 이들 서정시를 주된 논의의 대상으로 삼는다. 그것들이 이루는 정서적 특질을 다양한 시각으로 살펴보는 가운데 김남주 시에 함유되어 있는 또다른 의미망을 드러내려는 것이 이 글의 핵심 의도이다.

2 이에 대해서는 『피여 꽃이여 이름이여』를 참고할 수 있다.

2

서정시(lyric poem)는 사전적으로 정의하면 주관적, 관조적 수법으로 시인의 사상과 체험, 그리고 감정을 운율에 맞게 표현한 언어예술양식이다.[3] 여기서 말하는 서정시는 일종의 장르 개념으로 서사시, 극시와 더불어 시의 큰 갈래를 뜻하는 명칭이다. 이처럼 큰 갈래의 명칭으로 파악하면 최근에 발표되고 있는 대부분의 시는 저절로 서정시가 된다.

그러나 서정시라는 말에 이러한 의미만 담겨 있는 것은 아니다. 서정성이 강화되어 있는 시, 곧 서정적 정서가 도드라지게 드러나 있는 시 또한 서정시로 불리기 때문이다. 순수하게 서정적 감동, 서정적 심미의식만을 드러내는 시도 역시 서정시라는 용어로 명명되고 있는 것이다. 이 경우의 서정시는 주지주의 시라든지 리얼리즘 시 등과 대립하며 순수하게 서정적 정서를 고양시키는 시라는 뜻을 갖는다. 이처럼 서정시라는 용어에는 두가지 의미가 혼재되어 있다. 하나는 장르의 개념으로 사용되는 경우이고, 다른 하나는 서정적 경향이 특별히 강화되어 있는 경우이다.[4] 전자가 큰 갈래의 서정시라면 후자는 작은 갈래의 서정시이다.

김남주의 작품과 관련하여 이 글에서 강조하는 서정시는 후자의 서정시, 즉 작은 갈래의 서정시이다. 그의 시들 중에서도 순수하게 대상에 대한 주관적이고 관조적인 정서를 토로하고 있는 작품만을 따로 '서정시'라고 부르려는 것이다. 여기서 이를 강조하는 것은 이들 서정시가 일반적인 그의 시와는 상당히 변별되는 모습을 보여주기 때문이다. 그의 시의 일반적인 세계가 이른바 비판적 리얼리즘 혹은 혁명적 낭만주의에 바탕을 두

3 운평국어연구소 편 『금성판 국어사전』, 금성교과서, 1023면 참조.

4 김준오 『시론』(제4판), 삼지원 1997, 19면 참조.

고 있다면 이들 시의 세계는 좀더 전통적인 서정주의에 바탕을 두고 있다. 아니, 이들 서정시는 비판적 리얼리즘 혹은 혁명적 낭만주의 이전의 원초적인 정서를 담아내고 있다고 해도 좋다.

찬 서리
나무 끝을 나는 까치를 위해
홍시 하나 남겨둘 줄 아는
조선의 마음이여

—「옛 마을을 지나며」 전문

이 시에는 찬 서리가 내리는 초겨울 감나무 끝의 홍시와 그 주위를 날아가는 까치가 선명하게 대비되어 있다. 이러한 대비는 우리 조상들의 여유있는 마음, 한가로운 마음을 밀도있게 형상화하는 데에 기여한다. 전통사회의 조상들이 지니고 있던 넉넉하고 너그러운 마음을 우회적으로 강조하고 있는 이 시는 무엇보다 그의 의식 내면이 본원적으로 지향하는 바가 무엇인지를 알게 해준다. 그의 이상이 궁극적으로는 이 땅의 대지와 고향에 뿌리를 내리고 있다는 것인데, 이를 두고 구태여 그가 "농촌공동체의 복원"[5]에 집착하고 있다고까지 말할 필요는 없다. 이처럼 자연이며 일상에서 비롯되는 순수한 정감을 드러내는 시도 다수 남기고 있는 것이 그라는 것이다.

그는 자본주의사회의 부패와 타락, 그리고 비인간성을 누구보다도 격렬하게 증오하고 저주했던 사람이다. 그렇다고 하여 그가 자본주의사회의 대안으로 그 이전의 사회, 곧 농촌공동체를 복원하고자 했던 것은 아

5 김남주 「나의 창작습관과 창작태도」, 『불씨 하나가 광야를 태우리라』, 시와사회사 1994, 224면.

니다. 미래사회의 바른 비전을 위해, 미래사회의 바른 건설을 위해 다만 옛사람들이 보여준 삶과 언어 등을 차용했을 따름이다.[6] 아직은 어느 누구도 경험하지 못한 것이 미래사회의 유토피아이다. 따라서 미래사회의 유토피아를 전망하기 위해 과거의 조상들이 경험했던 행복한 삶으로부터 모범을 구하는 것은 충분히 있을 수 있는 일이다.

여기서 또 하나 짚고 넘어가야 할 것은 과거의 전근대사회, 곧 봉건적 전통사회에도 부분적으로 긍정적인 가치가 남아 있다는 점이다. 이는 동시에 오늘의 자본주의사회도 자본주의 이후의 사회에 비해 부분적으로는 긍정적인 가치가 존재하리라는 것을 말해준다. 과거의 전통사회가 그랬던 것처럼 오늘의 현대사회도 얼마간의 긍정적인 가치가 내재해 있고, 따라서 새로운 긍정적인 사회의 건설은 그것을 발전시켜가는 가운데 비로소 가능해지리라는 것이다. 그렇다면 지난 80년대 김남주가 혁명적 투쟁을 통해 척결하려고 한 것이 자본주의적 근대의 모든 것은 아니라고 할 수 있다.

그가 이 시기에 전투적이고 투쟁적인 시만을 쓰지는 않은 것도 이러한 맥락에서 이해될 수 있다. 심미적으로 잘 응축되어 있는 서정시가 시대를 초월하는 내재적 가치를 갖는다는 것은 이미 잘 알려져 있는 사실이다. 훌륭한 서정시는 역사의 각 단계마다 새로운 시적 전망을 불러일으키는 저본으로 기능할 수도 있기 마련이다. 적절한 역사적 상황이 주어지게 되면 시단 전체에 의미있는 각성을 제공하기도 하는 것이 이들 서정시이다.

밤들어 세상은
온통 고요한데
그리워 못 잊어 홀로 잠 못 이뤄

---

6 같은 글 225면 참조.

불 밝혀 지새우는 것이 있다
사람들은 그것을 별이라 그런다
기약이라 소망이라 그런다
밤 깊어
가장 괴로울 때면
사람들은 저마다 별이 되어
어머니 어머니라 부른다

—「별」 전문

이 시에서 '별'은 의인관적인 대상이기도 하지만 일종의 객관상관물이기도 하다. 별이 "그리워 못 잊어 홀로 잠 못 이뤄/불 밝혀 지새"울 수 있는 것은 그에 인간의 보편적인 마음이 이입되어 있기 때문이다. 이 시의 후반부인 "가장 괴로울 때면/사람들은 저마다 별이 되어/어머니 어머니라 부른다"와 같은 구절은 서정시의 전형적인 특징을 아주 잘 보여준다. 전반부의 주체의 객체화가 이 부분에 이르러 완전히 객체의 주체화로 역전되기 때문이다. 객관적 세계의 일부인 '별'로부터 보편적 인간의 자아를 깨닫고 있는 것이 이 시인 것이다.

이 시는 공적이고 사회적인 의미를 별로 내포하고 있지 않다는 점에서도 주목된다. 표면적인 구조만으로 보면 전적으로 화자의 주관적이고 개인적인 감성을 담아내고 있는 것이 이 시이다. 이러한 점에서도 이 시는 서정시로서의 보편적인 특성을 함유한다. 서정시라는 말의 '서정(抒情)'을 한자로 풀이하면 '감정이나 정서를 물 길어올리듯 펼쳐낸다'는 뜻이다. 따라서 서정시는 시인의 감정이나 정서를 형상의 가장 중요한 자질로 삼는다고 해야 마땅하다.[7]

7 이정일 『시학사전』, 신원문화사 1995, 273면 참조.

정작의 문제는 이때의 '감정'이나 '정서'가 갖는 의미이다. 물론 이에 대해 명확하고 분명한 답변을 구하기는 쉽지 않다. 영어에서도 '정서'로 번역되는 'emotion'과 '감정'으로 번역되는 'feeling'이 크게 다른 내포를 갖지 않는다. 그렇다고는 하더라도 일단 여기서는 그것들의 의미를 섬세하게 구분하여 받아들이지 않을 수 없다. 우선 감정은 인간만이 아니라 대부분의 고등동물도 갖고 있는 것으로 좀더 본원적이고 원초적인 정신형질이다. 그에 비해 정서는 인간만이 갖고 있는 것으로, 주체에 의해 일종의 지적이고 미적인 여과과정을 거친 정신형질이다. 감정이 좀더 순간적으로 솟구쳐오르는 정신형질이라면 정서는 자아의 내면에서 지적이고 미적인 절제를 거쳐 정화된 정신형질인 것이다.[8] 따라서 시에 함축되어 있는 정신형질과 관련하여 말하면 '감정'보다 '정서'가 상대적으로 훨씬 정확한 표현이라고 할 수 있다.

이러한 논의에 따르면 서정시는 결국 정서를 중심으로 하는 시가 된다. 하지만 서정시가 오직 정서만으로 자신의 형상을 이루는 것은 아니다. 시적 형상이 이루어지는 데는 그것의 다른 자질인 이미지와 이야기도 상당히 요구된다. 물론 이들은 상호 침투하고 간섭하는 가운데 그것의 총체에 기여한다. 더불어 그것들은 공히 그 내부에 유의미한 관념을 포괄한다.[9] 이처럼 정서, 이미지, 이야기, 관념 등이 서로 뒤얽혀 있는 것이 시적 형상이다. 그렇다고 하더라도 그것의 중심에 정서가 자리하고 있다는 것까지 부인할 수는 없다. 서정시를 서정시로 존재하게 하는 가장 중요한 근거가 '정서'라는 점을 간과해서는 안된다.

새삼스러운 얘기지만 그동안의 문학양식에서 정서를 좀더 중요하게 취급했던 것은 낭만주의이다. 정도의 차이가 있기는 하지만 이미지즘은 이

---

8 유성호 「서정시의 제개념: '감각', '감정(정서)', '정조'에 대하여」, 『한국현대시의 형상과 논리』, 국학자료원 1997, 485~90면 참조.

9 이은봉 『한국 현대시의 현실인식』, 국학자료원 1993, 35면.

미지를, 리얼리즘은 이야기를, 주지주의는 관념을 강화시킨 문예양식이라고 할 수 있다. 김남주의 많은 시에는 이들 정신자질 중에서도 특히 정서가 전경화되어 있다. 당연히 여타의 자질, 곧 이미지와 이야기는 후경화되어 있다. 그렇다고 하더라도 그의 시를 작은 갈래의 서정시로 명명하기 위해서는 논의가 더욱 필요하다.

서정시의 가장 중요한 자질인 정서가 강화되면 낭만주의 시가 되기 쉽다. 낭만주의 시와 관련하여 가장 먼저 떠오르는 것은 워즈워스의 '시란 강렬한 감정이 저절로 넘쳐흐르는 것'이라는 개념이다. 시를 노래로 받아들이고 시가 저절로 흘러나오는 것이라고 이해하는 것으로 미루어보면 김남주가 본래 낭만주의자인 것은 확실하다. 이는 "시가 술술 나오는구나/거미줄이 거미 똥구녕에서 풀려나오듯이/막힘없이 거침없이 빠져나오는구나/기분 좋구나 어절씨구"(「시를 쓸 때는」) 등에서 보이는 그의 시작 태도에서도 확인된다.

물론 이러한 논의를 그가 단순하고 순진한 원론적 낭만주의자라는 뜻으로 받아들여서는 안된다.[10] 낭만주의자로서 시인 김남주에게는 아무래도 '혁명적'이라는 수식어가 필요하다. 그렇다. 그가 남긴 시와 산문에서 혁명적 낭만주의자로서의 풍모를 찾기란 별로 어렵지 않다.

대지로부터 곡식을 거둬들이는 농부여
바다로부터 고기를 길러내는 어부여
화덕에서 빵을 구워내는 직공이여
광맥을 찾아 불을 캐내는 광부여
돌을 세워 마을의 수호신을 깎아내는 석공이여
무한한 가능성의 영원한 존재의 힘 민중이여!

---

10 김남주 「나의 창작습관과 창작태도」, 앞의 책 225면 참조.

그대의 삶이 한 시대의 고뇌라면
서러움이라면 노여움이라면
일어나라 더이상 놀고먹는 자들의
쾌락을 위해 고통의 뿌리가 되지 말고

—「민중」 부분

이 시는 민중 주체의 혁명을 고무, 추동하는 강렬한 정서로 일관되어 있다. 이러한 정서적 특질과, 그것이 내포하는 이데올로기가 바로 그가 혁명적 낭만주의자라는 것을 말해준다. 이 시에 드러나 있는 정서는 아직 정화되기 이전의 정신형질, 즉 감정 그 자체라고 해도 과언이 아니다. 미처 절제되지 않은 원초적이고도 즉각적인 감정이 아무런 숨김 없이 표출되어 있는 것이 이 시이다. 따라서 이러한 정서를 담고 있는 시를 가리켜 작은 갈래로서의 서정시라고 부르기는 곤란하다. 이 시의 기본 정조가 조화와 일치에 따른 합일의 정서, 곧 평화의 정서가 아니라 대립과 갈등에 따른 투쟁의 정서라는 점을 유의해야 한다.

슈타이거(E. Staiger)는 서정시에 수용되는 정서를 크게 서정적 정서와 파토스적 정서로 나누어 논의한 바 있다. 서정적 정서가 조화와 균형을 추구하는 일치의 정서라면 파토스적 정서는 극적 격정을 추구하는 대립의 정서이다.[11] 그러한 연유에서 이 시에서와 같은 강렬한 정서는 서정적 정서라고 하기가 곤란하다. 이러한 투쟁의 정서가 바로 파토스적 정서이거니와, 파토스적 정서는 기본적으로 적대적 정서를 뜻한다. 갈등과 대립을 전제로 하는 파토스적 정서는 본래 그러한 갈등과 대립을 적극적으로 타개하려는 의지의 산물이다. 존재하는 세계를 향한 협력의 정서가 아니

11 E. 슈타이거 『시학의 근본개념』, 이유경·오찬일 옮김, 삼중당 1978, 207~12면 참조.

라 부재하는 세계를 향한 대결의 정서인 파토스적인 정서는 격정적일 수밖에 없다.[12] 상대적으로 좀더 공적인 의미영역을 갖는 김남주의 시의 파토스적 정서는 지속적인 정신적 긴장을 바탕으로 한다. 따라서 계속되는 열망이 만드는 그의 강인한 정신적 긴장이 성공한 옥중시에서 눈부신 아름다움으로 빛나는 것은 당연하다. 비수와 같은 날카로움으로 "단숨에 핵심을 찔러가는 놀라운 직접성"[13]을 보여주고 있는 다음의 시가 그 대표적인 예이다.

미군이 있으면
삼팔선이 든든하지요
삼팔선이 든든하면
부자들 배가 든든하고요

미군이 없으면
삼팔선이 터지나요
삼팔선이 터지면
부자들 배도 터지나요

—「삼팔선」 전문

이 시는 민족통일을 방해하는 제국주의 외세와 그에 기생하는 지배계급에 대한 강렬한 적개심을 보여주고 있다. 얼마간 지적 아이러니를 응용하고 있기는 하지만 이 시의 기본 정조가 민족통일에 대한 갈망이 만드는 파토스적인 정서라는 것은 분명하다. 김남주 시의 대부분은 이처럼 격정

12 김준오, 앞의 책 50~51면 참조.
13 김사인 「김남주 시에 대한 몇가지 생각」, 『창작과비평』 1993년 봄호 152면.

적인 파토스적 정서를 기본 정조로 삼고 있다. 물론 그의 시 중에는 그렇지 않은 정서, 이른바 서정적 정서를 담아내고 있는 작품들도 상당하다. 본고의 문제제기가 이들 작은 갈래의 서정시를 바탕으로 하고 있다는 점을 망각해서는 안된다. 당연히 이때의 서정시는 파토스적 정서가 아니라 서정적 정서, 곧 하나됨의 정서를 바탕으로 한다.

원론적인 의미에서의 서정시(작은 갈래의)는 두말할 필요도 없이 서정적 감동을 준다. 서정적 감동은 대립과 갈등에 따른 격정적 감동이 아니라 조화와 일치에 따른 따뜻한 감동을 가리킨다. 이러한 감동을 주는 서정시가 사람들의 마음을 부드럽게 하리라는 것은 불문가지이다.[14] 온화하고 온유한 정서를 갖는 이들 시에서는 서정시의 본원적인 특징을 반영해 자아와 세계가 상호 분리되지도 않고, 대립되지도 않는다. 좀더 사적인 의미영역을 갖는 서정적 정서가 적대적인 대결의 정서가 아니라 조화와 일치의 정서인 것은 바로 이 때문이다.

서정적 정서는 조화와 일치의 심리상태를 있어야 할 당위의 세계로 추구하지 않는다. 합일의 세계, 곧 일여(一如)의 세계를 억지로 강제하는 것은 본래의 서정적 정서가 아니다. 서정시에 자연의 이미지가 많이 등장하는 것도 이와 무관하지 않다. 자연의 세계야말로 시인의 정신영역 안에서 대립이나 갈등이 없이 곧바로 조화와 일치를 이룰 수 있는 대상이기 때문이다. 시인에 의해 포착되는 모든 것들을 하나로 용해시켜 분리와 구분이 허락되지 않는 혼융의 상태를 보여주는 것이 서정적 정서인 것이다.

대지에 뿌리를 내리고
해를 향해 사방팔방으로 팔을 뻗고 있는 저 나무를 보라
주름살투성이 얼굴과

14 E. 슈타이거, 앞의 책 21면 참조.

상처 자국으로 벌집이 된 몸의 이곳저곳을 보라
나도 저러고 싶다 한 오백년
쉽게 살고 싶지 않다 저 나무처럼
길손의 그늘이라도 되어주고 싶다

—「고목」 전문

이 시에서 화자인 시인은 고목이 되고 싶어한다. 그가 고목이 되고 싶어하는 까닭은 그것이 지니고 있는 넉넉함과 너그러움 때문이다. 여기서 고목은 "주름살투성이 얼굴과/상처 자국으로 벌집이 된 몸"을 지니고 있지만 "쉽게 살"지 않으면서도 여유있는 마음으로 "길손의 그늘"이 되어주는 존재이다. 다름아닌 그러한 고목과 하나가 되고 싶어하는 것이 이 시에 나타나 있는 화자인 시인의 현존이다. 세계와 일심동체가 되고자 하는 서정시의 보편적 정서를 담고 있는 것이 이 시라는 것이다. 김남주의 시는 이처럼 적잖은 부분에서 서정적 정서의 보편적 특징을 보여준다. 그의 몇몇 시와 관련하여 특별히 '서정시'라는 이름을 붙일 수 있는 근거가 바로 여기에 있다.

4

김남주가 자신의 시에 표출되어 있는 정서적 특징에 대해 얼마나 구체적으로 이해하고 있었는지는 잘 알기 어렵다. 그러나 다음과 같은 글을 남기고 있는 것을 보면 그가 이에 대해 일정한 고민을 했던 것은 분명하다.

나는 가능하다면 내 시에서 소위 서정성을 빼버리려고 의식적으로 애를 쓰기도 했는데 그것이 어느 정도 성공적으로 되었는지 모릅니다.

특히 내가 제거하려고 했던 서정성은 소시민적인 서정성, 자유주의 서정성, 봉건사회에서 자연스럽게 이루어진 고리타분한 무당굿이든가 판소리 가락에서 묻어 나오는 골계적, 해학적, 한적 서정성이었습니다. 이런 전통적이고 인습적인 서정성이나 자유주의적 소시민적 서정성으로는 내가 바라는 또는 그런 서정성을 옹호하는 사람들이 바라는 어떤 이상은 실현되지 않을 것입니다. 내가 시에서 무기로써 사용하고자 하는 서정성은 일하는 사람들의 서정성 중에서 진보적인 것, 전투적인 것, 혁명적인 것입니다. 일하는 사람들 중에서 이런 정서를 일상적으로 갖고 있는 사람은 많지 않을 것입니다.[15]

위 인용문에서 먼저 알 수 있는 것은 김남주가 시적 정서 일반을 하나의 무기로 인식하고 있다는 점이다. 그가 자신의 시에서 의지적으로 추구했던 정서가 진보적인 것, 전투적인 것, 혁명적인 것도 다름아닌 이에서 비롯된다. 그러나 앞에서 줄곧 논의해온 것처럼 이러한 정서는 서정적 정서 본래의 것이 아니다. 서정시의 정서적 내면을 이루는 중요한 일부이기는 하지만 이러한 정서는 일종의 극적 정서, 다시 말해 파토스적 정서로 분류되는 것이 보통이다.

위의 인용문에서 또 하나 간과할 수 없는 것은 그가 비판, 부정하고 있는 서정성들의 목록이다. "소시민적인 서정성, 자유주의 서정성", 봉건사회의 유산인 "골계적, 해학적, 한적 서정성", "전통적이고 인습적인 서정성" 등이 그것들의 세목이다. 이 글을 쓸 즈음의 시인 김남주에게는 무엇보다 이들 서정성이 가장 중요한 극복의 대상이었던 듯하다. 그가 이들 서정성에 대해 거부의 마음을 갖고 있는 까닭은 자명하다. 일단은 사적 유물론에 입각해 역사의 발전을 확신하고 있던 것이 당시의 그라는 점을

15 김남주 「시의 길, 시인의 길」, 『불씨 하나가 광야를 태우리라』 84면.

이해할 필요가 있다. 그 무렵의 현실로 미루어볼 때 이러한 입장을 견지하고 있는 그로서는 이들 정서가 의심할 바 없는 퇴영적 정서로 받아들여졌을 것이기 때문이다.

한 시인의 정서적 특징은 자기 시대의 정서적 특징 일반과 맞물려 있을 수밖에 없다. 자기 시대의 정서적 특징 일반으로부터 완전히 초월해 있는 시인은 존재하지 않는다. 자기 시대의 사회적 성격이 다양하고 복잡한 만큼 그 시대를 반영하는 시인의 정서적 특징이 다양하고 복잡한 것은 당연하다. 이러한 면은 김남주의 시도 다르지 않다. 그의 시의 정서적 특징 역시 자기 시대의 정서적 특징 안에 존재할 수밖에 없다는 뜻이다. 그가 그토록 타매해 마지않았던 예의 서정성들로부터 완전히 자유롭지 못했던 것도 이러한 논리에 의하지 않고서는 잘 설명되지 않는다.

그의 몇몇 시들에는 그가 비판, 극복하고자 했던 예의 정서들이 여전히 잔존해 있는 것이 사실이다. 그 자신에 의해 '전통적 서정'이라고 불린 것들이 특히 그러하다. 이들 전통적 서정이 상당한 비중으로 그의 시의 정서적 내면을 이루고 있기 때문이다. 이는 무엇보다 그가 그만큼 자주 전통적 발상법을 자신의 시에 응용해왔다는 뜻이 된다. 이로 미루어보더라도 그의 시에 남아 있는 이들 전통적 정서를 구태여 부정적으로 받아들일 필요는 없다. 옛것을 바탕으로 하지 않고 어떻게 새것이 이루어질 수 있겠는가. 민족적 정서의 원형으로 자리해 있기 마련인 것이 정통적 정서라는 점을 간과해서는 안된다.

서정시에서 정서를 산출하는 요소는 다양하다. 일단 정서가 발생되는 초보적 계제에는 리듬과 어조가 자리한다. 물론 여타의 형상 자질인 이미지와 이야기도 정서를 산출하는 중요한 근거로 작용한다. 뿐만 아니라 서정시의 언술방식이며 구성방식도 정서를 산출하는 데 적잖은 역할을 한다. 또한 정서의 산출과 관련하여 무엇보다 중요한 것이 시인의 세계관이다. 세계관이라는 말에는 당연히 대상에 대한 시적 자아의 심리적 거리며 태도도 포함되어 있다. 이처럼 복잡한 요인들이 함께 작용하여 태어나는 것이 서정시의 정서적 특질이다. 따라서 김남주의 시에 전통적 정서가 남아 있다면 앞에서 말한 정서 산출의 요인에 그러한 점이 남아 있다는 뜻이 된다.

김남주의 시가 지니고 있는 전통적인 정서는 우선 리듬의 면에서 그 단초가 드러난다. 리듬은 시의 형식적 특징을 이루는 핵심 요인이다. 그렇다면 이는 곧 그가 시의 형식 면에서 익히 전통적인 것을 취하고 있다는 뜻이 된다. 일단은 이때의 '전통적인 것'이 그가 도처에서 강조하고 있는 '민족적 형식'과 유기적으로 얽혀 있다는 점을 주목할 필요가 있다. 민족적 형식의 경우 곧바로 전통적 형식이 되지 않을 수 없기 때문이다. 일찍이 그는 "민족적 형식을 취"하는 것이 "민족적 정서와 문화유산, 사고와 습관 등을 비판적으로 받아들여 계승하고 발전시키는"[16] 일이라고 말한 바 있다.

이러한 논의는 우선 그가 시의 형식 면에서 전통적 가치를 계승, 발전시키는 일에 소홀하지 않았다는 것을 말해준다. 그의 시의 구성법이며 리듬 체계가 결코 낯설지 않게 받아들여지는 것도 실제로는 이에서 연유한다. 그의 시가 남달리 리듬과 가락에 예민한 반응을 보여주고 있는 것도 이 때문이다. 일찍이 염무웅(廉武雄)이 그의 시로부터 "최선의 절제된 형식, 우리말의 내재적 힘과 가락을"[17] 읽을 줄 알아야 한다고 말한 것도 이와 무관하지 않을 것이다.

김남주의 시에서 리듬과 가락은 우선 반복과 병렬의 언어구조로부터 비롯된다. 반복과 병렬은 전통민요의 가장 원초적인 구성 원리이다.[18] 병렬은 본래 언어의 동질적인 요소가 나란히 반복되어 나타나는 것을 가리

16 김남주「시와 변혁운동」,『불씨 하나가 광야를 태우리라』334면.

17 염무웅「사회인식과 시적 표현의 변증법」,『창작과비평』1988년 여름호 114면.

18 김대행『한국시의 전통연구』, 개문사 1980 참조.

킨다. 이러한 반복에 의해 리듬과 가락이 태어나는 것인데, 엄밀하게 말하면 반복은 병렬의 하위개념에 속한다. 여기서는 반복과 병렬의 개념을 따로 떼어 받아들이지 않는데, 대부분은 그것들이 상호 뒤섞여 있는 가운데 발현되고 있기 때문이다.

일반적으로 반복과 병렬 그 자체는 객관적 지시내용을 갖지 않는다. 그 대신 그것은 주체의 의식에 투영되어 정서적 효과를 불러일으킨다. 이때의 정서적 효과는 대부분 강조의 역할을 하지만 때로는 그밖의 다양한 심리적 효과, 특히 주술적 효과를 제공하기도 한다.[19] 그렇다면 반복과 병렬에서 비롯되는 리듬과 가락이 곧바로 시적 정서를 산출하는 주요 요소라는 것을 알 수 있다. 보통 반복과 병렬은 언어의 형태 및 구조의 면에서 이루어지지만 의미의 면에서 이루지는 경우도 없지는 않다.[20] 시의 형태의 면에서 이루어지는 반복과 병렬의 유형은 음운, 어휘, 통사, 연 등 모든 구성단위에 걸쳐 있다.

> 별 하나 초롱초롱하게 키우지 못하고
> 새 한마리 자유롭게 날지 못하는
> 서울의 하늘
>
> 물 한모금 깨끗하게 마실 수 없고
> 고기 한마리 병들지 않고 살 수 없는
> 서울의 강
>
> 그리고 아침저녁으로

---

19 김대행 『한국시가구조연구』, 삼영사 1976, 190~91면 참조.
20 김대행 『한국시의 전통연구』 50면 참조.

공기 한 바람 상쾌하게 들이켤 수 없는
서울의 거리

나는 빠져나간다
지옥을 빠져나가듯 서울을 빠져나간다
영등폰가 어딘가 구론가 어딘가
시커먼 굴뚝 위에 걸려 있는 누르팅팅한 달이
자본의 아가리가 토해놓은 서울의 얼굴이라 생각하면서

—「서울의 달」 전문

이 시는 모두 4연 14행으로 구성되어 있다. 일단은 1연의 통사구조가 약간의 변주를 이루면서 2연과 3연에서 반복되고 있음을 알 수 있다. 3연까지 계속되던 유사한 통사구조는 4연에 이르러 일련의 변용을 낳는데, 이러한 구성방식은 우리 시의 오래된 전통 중의 하나이다.

이 시의 각각의 연들이 이루는 구조적 특징을 기호화하면 'aaab형'이 된다. aaab형은 김남주 시에서는 아주 익숙한 구성방식인데, 「자유」 「재순이네」 「우리 시대의 사랑」 「서울의 달」 등의 시가 그 예이다. aaab형은 전통적으로 우리 시가 지니고 있는 다양한 구성방식 중의 하나이다.[21] 그의 시들 중에는 이밖에도 aa형, aab형, abba형, aaba형, aaabb형 등 우리 시의 전통적 구성방식에 의거하고 있는 예가 허다하다. 이 또한 그의 시가 우리 시의 전통형식으로부터 깊은 영향을 받고 있다는 증표라고 할 수 있다.

시행의 대구적 전개 또한 반복과 병렬의 중요한 일부이다. 그의 시들 중에는 대구적 전개를 통해 시행을 구성하고 있는 작품도 상당하다. 대구

21 오세영·장부일 『시창작론』, 한국방송대학교출판부 1994, 161면 참조.

적 구성방식은 동일하거나 유사한 시행을 마주 보게 배치함으로써 가락과 리듬, 그리고 시적 긴장을 유지하는 미학적 장치이다. 이는 당장 위의 시의 "별 하나 초롱초롱하게 키우지 못하고/새 한마리 자유롭게 날지 못하는" 등의 구절에서도 확인된다. 물론 시행의 대구적 구성방식은 전통시의 대표적인 장르 중의 하나인 한시와 민요에서 쉽게 발견할 수 있는 표현기법이다.

그의 시의 이러한 형식적 가치들은 시적 정서를 산출하는 여러 자질들 중의 하나이다. 그의 시의 정서적 특징이 이처럼 여러 부분에서 전통적 정서에 닿아 있다는 것인데, 물론 이는 그의 의지적 노력의 결과이다. 그가 자기 시의 형식을 민족적 형식에서 취하고자 했다는 것은 앞에서도 말한 바 있다. 그렇다고 하더라도 그의 시의 형식적 특징에 대한 앞에서의 논의가 그 자체로 의미를 지닐 수 있는 것은 아니다. 여기서는 그의 시의 정서적 특징이 형성되는 과정에 다소나마 이들 형식적 가치가 기여한 바를 살펴보고자 했을 따름이다.

(『현대문학이론연구』 11권, 1999 / 개고)

이은봉 李殷鳳 시인, 문학평론가. 광주대 문예창작과 교수. 시집으로 『내 몸에는 달이 살고 있다』 『길은 당나귀를 타고』 『책바위』 『첫눈 아침』 『걸레옷을 입은 구름』 등이, 평론집으로 『실사구시의 시학』 『진실의 시학』 『시와 생태적 상상력』 등이 있음.

혁명의 길 전사의 시

김남주 시에 나타난 불의 상상력

남진우

1. 프로메테우스의 꿈

그대는 타오르는 불길에
영혼을 던져보았는가
그대는 바다의 심연에
육신을 던져보았는가
죽음의 불길 속에서
영혼은 어떻게 꽃을 태우는가
파도의 심연에서
육신은 어떻게 피를 흘리는가

—「잿더미」 부분

김남주의 시를 읽을 때 받게 되는 인상 중의 하나는 강렬함이다. 그의 시는 뜨거운 화력과 강한 빛을 내장하고 있는 불길이다. 그 불은 스스로 타오르면서 읽는 사람을 화염에 휩싸이게 만든다. 인용한 시에 따르면 영혼의 꽃 속에도, 육신을 타고 흐르는 피에도 불길이 숨어 있다. 꽃은 타오르며 번져가고 피는 흐르며 태운다. 인간의 몸과 영혼은 불을 전달하는 통로이며, 불과 더불어 연소했다가 잿더미 속에서 다시 살아날 기회를 엿보는 불씨이다. 그런 의미에서 이 시의 화자는 신에게서 불을 훔친 자이며 그렇게 훔친 불을 인간에게 가져다준 자, 신화적 존재인 프로메테우스와 같다. 이 불의 영웅은 새벽과 황혼, 봄과 겨울이란 상반된 시간대를 통과하며 세계를 편력한다. 긴 여정의 종점에서 그는 시의 종결부가 말해주듯 다음과 같은 깨달음에 도달한다.

꽃이여 피여
피여 꽃이여
꽃 속에 피가 흐른다
핏속에 꽃이 보인다
꽃 속에 육신이 보인다
핏속에 영혼이 흐른다
꽃이다 피다
피다 꽃이다
그것이다!

시인의 데뷔작이기도 한 이 작품에서 화자는 꽃과 피, 영혼과 육신의 이원론에서 출발하여 양자가 극적으로 합일하는 순간의 황홀을 향해 나아간다. 그것은 곧 화자가 '그대'라고 부르는 가상의 청자와 일체가 되는 순간이기도 하다. 현상세계의 이원론은 불을 매개로 하여 궁극적 통일의 순간을 맞이한다. '그것이다'라는 단언은 일상의 지평을 뛰어넘는 시적 순간의 눈부신 현현을 말해주고 있다. 물론 불을 거론하거나 노래한다고 해서 모두 진실된 존재인 것은 아니며 역사의 진보에 더 긍정적으로 기여하는 것도 아니다. 때로 어떤 사람들에게 불은 기회주의적 영합의 표상이거나 진정성을 결여한 일시적 포즈의 산물에 지나지 않을 때도 있다.

불이 아니면 안된다고 자못
핏대를 올리는 녀석들이 있다
놈들을 조심하라 그들은 적당한
아주 적당한 간격을 두고
불 앞에서 불과 타협한다

불을 노래하는 녀석들이 있다
놈들의 주둥이를 비틀어라 그들의 눈은
사슬에 묶인 시인의 간과 닮고 있지 않다

—「불」 부분

반어적 어법을 취하고 있는 이 시에서 화자는 위선적으로 불을 찬양하고 쉽게 불을 흉내내는 무리를 풍자적으로 질타하고 있다. 이들은 "가련한 휴머니스트"이며 "머리 털 깬 친구"로서 "불행한 천사"(같은 시)에 불과하다. 그들에게 불은 한순간의 위장에 지나지 않으며 적당한 타협의 대상에 지나지 않는다. 반면 이들의 대척점에 사슬에 묶인 채 매일 새롭게 돋아나는 간을 맹금에게 뜯어먹히는 시인, 즉 프로메테우스가 존재한다. 따라서 프로메테우스의 삶을 선택한다는 것은 불에 뛰어든다는 것이며 불의 운명이 예비하는 투쟁과 박해로 가득 찬 지난한 삶을 능동적으로 선택한다는 의미이다. 그것이 이 시의 종결부가 말해주고 있는 전언이다.

불은 끝나지 않는 고난이 되어
죽음으로써만이 끝장이 나는

신화(神話)가 되어 너를 기다린다

죽음으로써만이 끝날 수 있는 고난의 장정, 그것이 프로메테우스의 후예에게 허락된 유일한 길이다. 그는 빛의 영광 속에서 사는 게 아니라 "암울한 시대 한가운데/말뚝처럼 횃불처럼 우뚝 서서/한 시대의 아픔을/온몸으로 한 몸으로 껴안고/피투성이로 싸"(「황토현에 부치는 노래」)워야 하는 운명에 처해진다. 간을 파먹히는 고통은 열정을 소진시키는 것이 아니라 불속에 저장된 불을 더욱 타오르게 하며 자신에게 주어진 소명에 대한 확신을 더 굳건하게 하는 데 기여한다.

참기로 했다
어설픈 나의 신념 서투른 나의 싸움은 참기로 했다
신념이 피를 닮고
싸움이 불을 닮고
자유가 피 같은 불 같은 꽃을 닮고 있다는 것을 알 때까지는
온몸으로 온몸으로 죽음을 포옹할 수 있을 때까지는

—「진혼가」 부분

신념과 싸움과 자유가 의미론적으로 동류항을 이루듯 피와 불과 꽃은 이 시인의 상상력 속에서 상호 호환되는 동일한 이미지군을 이룬다. 불이 자신에게 투신할 존재를 기다리듯 화자는 궁극적 순간이 도래할 순간까지 '참기로 한다'. 화자는 죽음을 목전에 두고 자신의 전존재를 건 싸움을 시작할 그 순간을 향해 나아가고자 한다. 시인은 자신이 꿈꾸는 이런 프로메테우스적 운명을 다른 작품에서 시의 서두에 에피그램의 형태로 다음과 같이 서술해놓고 있다.

신으로부터 불을 훔쳐 인류에게 선사했던 프로메테우스가 인류의 자랑이라면 부자들로부터 재산을 훔쳐 민중에게 선사하려 했던 나 또한 민중의 자랑이다

—「나 자신을 노래한다」 부분

산문으로 표현된 만큼 시적 울림이 약하고, 또 자신의 지난 행적에 대한 직접적 변호가 과연 그 기대만큼 설득력이 있는 것인지 의심이 들지 않는 것은 아니지만, 이 구절은 시인이 상상하는 자아의 거울 이미지를 매우 명료하게 보여준다. "불을 달라 프로메테우스가/제우스에게 무릎 꿇고 구걸했던가"라고 반문하고 있는 것처럼 모든 혁명의 과실은 투쟁과 희생을 통해서만 얻어진다는 사실을 역설하고 있는 이 작품에서 화자는 불굴의 투지와 인내의 화신인 프로메테우스를 자신의 자아 이상(egoideal)으로 제시하고 있다. 이 시에서 화자가 "나는 혁명시인" "나는 민중의 벗" "나는 해방전사"라고 거듭 힘주어 단언하고 있는 바와 같이 우리 시대에 신화적 인물 프로메테우스는 억눌리고 헐벗은 계급을 대신해서 싸우고 발언하는 시인에 대한 상징으로 나타난다. 보통 사람들의 범속한 일상을 뛰어넘어 창조적 소수의 자발적 선택을 강조한다는 점에서 시인의 프로메테우스적 정신(prometheism)은 영웅주의의 흔적을 지니고 있으며, 주어진 조건에 구속되지 않고 모든 가시적·비가시적 한계를 열정과 신념으로 돌파하고자 한다는 점에서 그것은 의지주의의 흔적을 지니고 있다. 프로메테우스에 대하여 아름다운 글을 남긴 상상력의 철학자 바슐라르에 따르면 "불을 지피고 불길을 타오르게 하는 인간은 세계의 힘들을 과대평가하면서 또한 지배하고 통제하려고 애쓴다"(『불의 시학의 단편들』). 그는 인간의 본성을 한 단계 더 높여주는 정신현상의 미학을 대변하고 있는 존재이다.

프로메테우스 신화는 향일성의 신화가 대개 그렇듯이 무의식의 깊이보

다는 의식의 투명성을 지향한다. 그것은 어두운 밤의 몽상이 아니라 밝은 빛 아래서의 각성과 관련되기 쉽다. 이 신화가 비교적 용이하게 계몽주의적 담론에 이끌리는 것은 그 때문이다. 과연 프로메테우스의 후예로서 이 시인이 남긴 시편들도 광명에 찬 미래를 위해 현재 고통과 형극의 길을 가는 자의 수난의 기록이란 성격을 지니고 있다. 그는 시를 통해 무의식적 침잠을 유도하기보다는 확고한 의식의 명정상태에 도달하고자 한다. 그러나 이 시인의 시적 본령이라 할 수 있는 실천적 담론으로서의 시—폭로하고 비판하고 탄핵하는, 시대의 기소장으로서의 시를 살펴보기 전에 자신 속에 은밀히 간직하고 있는 불의 상상력이 빚어낸 관능의 풍경을 만나볼 필요가 있다. 감옥에 갇힌 채 사랑하는 여성을 그리워하고 있는 다음 시에서 화자는 한 고독한 남성이 그리는 성적 몽상의 편린을 보여준다.

나는 쓴다
모래 위에 그대 이름을 쓴다
파도가 와서 지워버린다
지워진 이름 위에 나는 그린다
내 첫사랑이 타는 곳 그대 입술 위에
다시 와서 파도가 지워버린다
그 위에
모래 위에 미끄러지는 입술 위에
나는 판다 오 갈증의 생이여
깊고 깊은 그대 몸속의 욕망을 오 환희여
파도가 와서 메워버린다

—「파도는 가고」 부분

오 부챗살처럼 펼쳐지는 여인의 몸 밤의 잠자리여
입술을 기다리는 입술
팔을 기다리는 허리
가슴을 기다리는 가슴
오 귀가 멀수록 가깝게 들리는 그대 거친 숨결이여
나는 놓는다 나는 놓는다 나는 놓는다
그대가 마시는 모든 술잔에 나의 입술을
그대가 만지는 모든 사물에 나의 무기를
그대가 그리는 모든 그리움에 나의 노래를
깊고 깊은 골짜기에서 그대는 갈증의 샘처럼 흐르고
나는 땅속 깊이 그대를 파헤쳐 하늘 아래 별처럼
붉은 아기 하나 태어나게 하고 싶다

—「고뇌의 무덤」 부분

화자가 호명함에 따라 육체의 각 부위는 수줍은 관능성으로 서서히 불타오른다. 사랑하는 여성의 젖가슴을 굳이 '내 고뇌의 무덤'이라고 표현한 데서 그의 도저한 도덕적 순결벽이 드러나지 않는 것은 아니지만, 이 시인의 작품으로서는 매우 이례적인 이들 시편은 그가 열렬한 혁명의 시인일 뿐만 아니라 몸의 욕망에 정직한 사랑의 시인이기도 하다는 점을 나타내주고 있다.[1] 여인의 육체는 모래사장-백지(「파도는 가고」)이며 골짜기-대지(「고뇌의 무덤」)이기도 하다. 시인이 꿈꾸는 성애는 백지에 서명을 하는

1 프로이트는 프로메테우스 신화를 정신분석학적 시각으로 해석한 논문 「불의 입수와 지배」에서 프로메테우스가 하늘의 불을 훔쳐 인간에게 가져다주기 위해 이용한 속이 빈 회향풀 줄기를 남성 성기로 보고, 이 신화 속에 숨어 있는 요도 에로티시즘을 지적한 바 있다. 아울러 이 신화를 불을 끄기 위해 오줌을 싸는 아이들의 야뇨증과 결부시키면서 성적 욕망의 해소와 관련하여 물/불 이미지가 전도되어 나타나고 있음을 밝혀내고 있다.

글쓰기와 겹치기도 하고 대지를 가꾸는 농부의 경작과 조응하기도 한다. 사랑의 결실로 대지에서 태어나는 아기는 '붉은 아기', 즉 불의 아이이며 그 아이는 천상의 별을 지향한다. 그 아이는 그 아버지를 이어 다시 불의 운명을 사는 자, 프로메테우스의 반역을 꿈꾸는 존재로 이 땅에 남게 될 것이다.

이러한 리비도의 불 저편에 부정한 것을 살라버리고 적을 태워서 없애버리는 파괴의 불, 심판의 불이 있다. 불은 희생물의 피를 연료로 하여 불타오르고 세상을 붉게 물들이며 번져간다. 그 불은 현실의 모순을 향한 격정의 불이자 분노의 불이고 시대의 어둠을 밝히는 예지의 불이자 정화의 불이다.

활
성조기를 살라 먹고
반미의 불꽃이 타오른다
활
식민지의 하늘을 붉게 붉게 물들이고
해방의 불꽃이 타오른다

—「불꽃」 부분

내란의 무기 위에 새져진
피의 이름

시가전의 바리케이드에서 피어나는
꽃의 이름

자유여 나는 부르지 않으리

함부로 그대 이름을

(…)

내란의 무기 위에서 시가전의 바리케이드에서

피의 꽃으로 내가 타오르는 그 순간까지는

—「피여 꽃이여 이름이여」 부분

불은 점화되어 외부에 그 모습을 드러내는 순간 다른 세상을 고지(告知)한다. 파괴와 약탈, 방화와 결부된 불의 폭력적 힘은 자연적 질서에 역행하는 모든 것을 쓸어버리고 현실의 전면적 변화를 초래한다. "이 들판은 날라와 더불어/불이 되자 하네 불이/타는 들녘 어둠을 사르는/들불이 되자 하네"(「노래」), "우리도 뭉쳐야겠다 하나로/하나로 뭉쳐 열여덟 작은 불씨/큰불 하나 이루어야겠다"(「불씨 하나가 광야를 태우리라」) 같은 구절이 말해주듯 불은 동지적 결속과 외부의 금지, 구속, 압제를 무너뜨리는 해방을 동시에 성취하는 원소로 나타난다. 이처럼 불 이미지가 외부를 향해 거침없이 표출될 때 그의 시는 현실을 옥죄고 있는 온갖 제도, 관습, 규범에 대한 도전이자 풍자로 기능한다. 시인은 고양된 어조와 확신에 찬 태도로 불합리한 현실을 타기하고 시대의 참담함을 이겨내기 위한 무기로 자신의 시를 정립시킨다. 이때 프로메테우스의 불은 단지 신념이나 열정 같은 정서적 차원에 머무는 것이 아니라 현실의 모순을 파악하고 이를 넘어서기 위한 지적 노력으로 현상한다. 흔히 프로메테우스가 인류에게 선사한 불을 지성의 다른 표현이라고 보는 관점이 있다. 이 시인의 시에서 정서적 감동과 지적 인식은 서로 분리돼 있지 않고 융합돼 있으며 동시적으로 작용한다. 그는 당대의 '뜨거운 주제' 한가운데로 뛰어들어 갈등을 일으키고 있는 정치적 현안과 대결한다. 여기서 그의 시집을 채우고 있는 다수의 계몽적 서정시가 탄생하게 된다.

2. 투쟁의 무기로서의 시

지금까지 이야기했듯이 불의 영웅 프로메테우스는 반역과 모반을 기획하는 이들의 역할 모델이기도 하다. 신화적 설명 그대로 그는 '건설적인 불복종'의 상징이다. 그는 살부를 감행하여 아버지의 자리를 찬탈하는 아들이며 주인을 배신하고 권력을 쟁취하는 노예(종)이다.

노예라고 다 노예인 것은 아냐
자기가 노예라는 것을 알고 그게 부끄러워서
참지 못하고
고개를 쳐들고 주인에게 대드는 자
그는 이미 노예가 아닌 거야

—「노예라고 다 노예인 것은 아니다」 부분

낫 놓고 ㄱ자도 모른다고
주인이 종을 깔보자
종이 주인의 목을 베어버리더라
바로 그 낫으로

—「종과 주인」 전문

바슐라르의 흥미로운 통찰에 의하면 프로메테우스 콤플렉스는 '지적 생활에 있어서의 오이디푸스 콤플렉스'(『불의 정신분석』)이다. 이 신화적 존재는 모든 인간 속에 숨어 있는 '지성에의 의지'를 일깨운다. 불의 운반자는 지성의 전달자, 미망에 사로잡힌 의식에 정신의 빛을 가져오는 자이다. 이 시인에 따르면 노예 스스로 자신이 노예라는 것을 자각하는 것이야말로 자기갱신과 세계변혁의 출발점이다. 그 순간 노예의 노예됨을 증거하던 낫이 해방의 무기로 돌변하는 엄청난 전도가 일어날 수 있다. 세계 속에서의 자신의 위치에 대해 알지 못하는 무지야말로 모든 억압과 불의를 존속시키는 근본 요인이다. 그런 의미에서 프로메테우스가 인류에게 선사한 불은 인식의 불이요, 진리의 불이다. 세상을 바로 보지 못하는 것은 허위의식에 사로잡혀 있다는 것이며 자아의 진정한 모습과 대면하는 것을 회피하는 것에 다름아니다. 지배와 피지배, 권력과 저항의 이분법으로 이루어진 세상의 숨은 원리를 간파하고 주인-스승-아버지에 대항해서 노예-학생-아들이 떨치고 일어날 때 진정한 구원의 길이 열린다. 이 시인이 되풀이하여 강조하는 것은 바로 시에 주어진 이러한 진리 의무에 대한 충실성이다. 이를 단순히, 흔히들 그렇게 부르듯이, 목적의식적 시라고 불러서는 별 의미가 없다. 시인은 서정적 발화의 진리 능력을 믿고 따름으로써 혹독한 정치적 야만성이 지배하는 시대에 문학이 나아갈 수 있는 길의 한 극점을 보여주었다.

나는 나의 시가
오가는 이들의 눈길이나 끌기 위해
최신 유행의 의상 걸치기에 급급해하는 것을 바라지 않는다
나는 바라지 않는다 나의 시가
생활의 현실에서 눈을 돌리고
순수의 꽃으로 서가에 꽂혀
호사가의 장식품이 되는 것을
나는 또한 바라지 않는다 자유를 위한 싸움에서
형제들이 피를 흘리고 있는데 나의 시가
한과 슬픔과 넋두리로
설움 깊은 사람 더욱 서럽게 하는 것을

나는 바란다 총검의 그늘에 가위눌린
한낮의 태양 아래서 나의 시가
탄압의 눈을 피해 손에서 손으로 건네지기를
미처 먹지도 마시지도 못하고
배부른 자들의 도구가 되어 혹사당하는 이들의 손에 건네져
깊은 밤 노동의 피곤한 눈들에서 빛나기를
한자 한자 손가락으로 짚어가며
그들이 나의 시구를 소리 내어 읽을 때마다
뜨거운 어떤 것이 그들의 목젖까지 차올라
각성의 눈물로 흐르기도 하고
누르지 못할 노여움이 그들의 가슴에서 터져
싸움의 주먹을 불끈 쥐게 하기를

—「나는 나의 시가」 부분

시에 대한 시인의 순정한 믿음을 토로하고 있는 이 시는 감동적인 만큼이나 어느 면 순진한 구석이 없지 않다. 중요한 것은 이 시인에게 시는 '존재'하는 것이 아니라 '의미'하는 것이며 한걸음 더 나아가 '사용'하는 것이라는 점이다. 시를 두고 순수와 참여, 유희성과 실용성을 거론하며 벌이는 문학장 내에서의 여러 갑론을박처럼 이 시인에게 공허한 것도 없었으리라. 그에게 시는 무엇보다 도구이며 현실 속에서 비록 실질적이고 결정적인 힘을 발휘하는 것은 아니지만 사용가치에 의해 그 존재가 정당화되는 언어기계에 불과하다. 도덕적, 실천적 진술로서의 시만이 그에게 유효성과 더불어 자신이 속한 시대에 '존재할 수 있는 권리'를 허여받을 수 있는 조건으로 여겨졌을 것이다.

직접적이고 직정적인 그의 언어는 모든 예술적 의장(意匠)을 멀리하고

대상을 향해 직선으로 나아간다. 정치적 목적을 위해서라도 심미적 효과라는 당의(糖衣)를 입혀야 한다는 통념을 그는 수락하지 않는다. 수사적 윤색을 최소화한 그의 시작법은 예술적 세련성에 대한 불신과 맞물려 있다. 어쩌면 그에겐 표현의 직접성만이 상황의 절박성에 대한 유일한 응답일 수 있었을 것이다.

학살의 수괴가 지금
옥좌(玉座)에 앉아 있다

학살에 반대하여 들고일어선 민중들의 수괴도 지금
옥좌(獄座)에 앉아 있다

어느 자리가 더 편안한 자리이고
어느 자리가 더 불안한 자리이냐

—「옥좌」 전문

한 나라의 대통령이란 자가
외적의 앞잡이이고
수천 동포의 학살자일 때
살아남은 사람들이 있어야 할 곳
그곳은 어디인가
전선이다 감옥이다 무덤이다
도대체
동포의 살해 앞에서 저항하지 않고
누가 있어 한낮의 태양 아래서 자유로울 수 있단 말인가
누가 있어 한밤의 잠자리에서 편안할 수 있단 말인가

—「살아남은 자들이 있어야 할 곳」 부분

정치적 암흑기였던 지난 연대에 생산된 김남주의 옥중시편은 단순하면서도 정확한 언어가 줄 수 있는 충격이 어느 정도인지 보여주는 대표적 사례라 할 만하다. 급진적, 정치적 상상력으로 무장한 그는 시대상황을 외면한 공허한 예술을 지양하고 현실적으로 즉각적이고 유용한 시적 담론을 추구했다. 그의 공격 대상은 단지 권력자나 외세에 부역하는 족속들에 머물지 않는다. 그의 시는 때로 심술궂거나 잔인하다고 여겨질 정도로 소시민의 유약한 허위의식을 여실히 들추어냄과 동시에 당연시되어온 기존의 시적 관습이 얼마나 부실한 토대 위에 유지돼오고 있는지 예각적으로 드러내고 있다. 삶에서 노동과 투쟁이라는 실제적 체험의 무게를 삭제하고 추상적인 관념의 놀이에 탐닉하는 지식인이나 문사 역시 이 시인의 집요한 언어적 공세의 과녁에서 벗어나지 못하고 있다. 자신에게 허여된 사회적 지위와 철저히 결별하고 농부나 노동자 같은 소외받고 수탈당한 계급의 대변자로서 존재 전이를 할 때에만 그들에게도 구원의 가능성이 주어진다. 초기시편 가운데 하나로, 어두운 밤 홀로 고향을 찾아와 배회하는 모습을 그린 「달도 부끄러워」나 사랑하는 사람과 떨어진 채 감옥에 갇혀 반복되는 일상을 수행하는 모습을 담담하게 그린 「수인의 잠」 같은 시가 보여주듯이, 과거의 자아와 절연하고 불의한 세상에서 전사의 임무를 수행하는 단독자에게 고립감과 소외감은 어쩌면 필연적인 것일지 모른다. 구금이나 체포, 고문 같은 개인의 육체에 가해지는 즉각적인 위협에 맞서며 인간으로서의 위엄을 지키기 위한 기나긴 투쟁엔 전적인 투신과 자기 증여가 요청된다. 지배 이데올로기에 오염된 의식을 깨뜨리고 시대적 정당성에 입각한 실천을 선도자적으로 감행하는 것, 그것이 바로 김남주가 꿈꾸었던 참된 시인의 초상이다.

세상을 적과 동지, 가해자와 피해자, 의인과 악인으로 구분짓는 이분법적 인식의 완강함은 부정적 대상에 대한 비타협적 태도와 더불어 이 시인의 정신세계를 구성하고 있는 기본요소에 해당된다.[2] 이항대립의 세계인식하에 자기동일성의 원칙이 지배되는 이 시인의 시는 당연히 분할, 배척, 대조에 의해 양립되는 두 힘 진영의 갈등으로 축조돼 있다. 관료/백성, 독재자/인민, 미제국주의/식민지 조국, 자본주의/사회주의처럼 선명한 이분법에 의거한 세계 파악은 필연적으로 개개 시편에서도 시적 대상에 대한 숨길 수 없는 호오(好惡)의 감정 표출을 초래한다. 간헐적으로 예외가 없진 않지만 그의 시가 대부분 사랑/증오, 찬양/비난, 고발/변호 같은 어느정도 단순화되고 스테레오타입화한 범주에 갇혀 있다는 인상을 주는 이유도 그 때문이다. 인간을 포함하여 모든 존재는 일종의 상호 투쟁 속에 놓여 있으며 세상은 빛과 어둠이 결전을 치르는 마니교적 전쟁터이다. 박해와 고통이 일용할 양식이 되어버린 이 땅에서 시인은 혁명을 통한 구원을 갈망한다. 시는 아직 도래하지 않은 혁명의 시간을 지금 이곳에 현재형으로 불러들이는 주문에 다름아니다. 단순성과 정직성에 기초한 시적 언어만이 상실된 인간의 존엄성을 회복하고 분열된 세계에 새로운 결집력을 제공할 수 있다.

정치적 기능성을 극대화한 그의 시편은 읽는 사람을 수동적 관조 상태

---

2 김사인은 김남주에 대한 자상한 이해를 보여준 글에서 이 시인의 시세계를 관류하고 있는 '몇가지 양보할 수 없는 고정관념'을 다음과 같이 정리해놓고 있다. "첫째, 시는 혁명의 무기로서 복무해야 하며 그러기 위해 시는 여타의 물리적인 수단들과 마찬가지로 '사용'되어야 한다는 것. 둘째, 모든 사회적 현실과 인간관계, 나아가 자연현상들까지도 유물론적 계급론적 관점에서 파악해야 하며 시의 성취도는 그 철저성에 비례한다는 것. 셋째, 따라서 시는 '감정의 자연스런 흘러넘침' 따위가 아니라 이지적 판단에 의해 계산되고 통제되어야 한다는 것. 넷째, 우리 민족사회의 본질적 현실은 제국주의에 의한 분단과 매판적 지배계급의 독재적 지배로 규정될 수 있고, 따라서 근로대중의 비타협적 계급투쟁만이 새로운 사회를 가능하게 할 수 있으며 시인은 모름지기 그러한 혁명운동의 이념적 전위가 되어 동참함으로써만 감동적인 시를 쓸 수 있다는 것."(「김남주 시에 대한 몇가지 생각」, 『창작과비평』 1993년 봄호) 내용적 측면에 국한되긴 했지만 김남주의 시에 대한 요점제시적 설명으로는 충분하다고 여겨진다.

에 놓아두는 것이 아니라 정감을 자극하고 행위를 촉발시킴으로써 현실에 구체적이고도 실질적인 변화를 가져오기를 원하는 의도의 산물이다. 지적, 정서적 동의를 이끌어내려는 일련의 진술로 이루어진 그의 시는 당연히 '설득의 수사학'의 지배를 받고 있으며, 그 결과 시행의 많은 부분이 웅변을 닮은 구절들로 채워지고 있다. 이는 그의 시가 은유나 환유, 상징 같은 의미의 전환을 가져오는 비유(figures of thought)보다 반복, 열거, 과장, 대조, 도치 같은 언어적 효과를 노린 비유(figures of speech)에 더 의존하고 있다는 사실과도 관련된다. 그래서 그의 시집을 펼치면 상식이라는 이름하에 지배 이데올로기가 유포한 개념들을 논박하거나 희화화하는 데 상당한 지면을 할애하고 있음을 보게 된다. 사실, 그의 정치시편에서 두드러진, 수난받는 희생자가 자아내는 비장미 못지않게 주목을 요하는 특성으로 공격적인 희극성을 들 수 있다.

미군이 있으면
삼팔선이 든든하지요
삼팔선이 든든하면
부자들 배가 든든하고요

미군이 없으면
삼팔선이 터지나요
삼팔선이 터지면
부자들 배도 터지고요

—「삼팔선」 전문

인용한 시에서 볼 수 있듯이 설득의 효과를 높이기 위해 시인은 유추에 의한 논증을 적절히 활용하고 있다. 그는 가장 단순하게 말하는 방식을 통해 정치·사회적으로 금기시된 영역까지를 단번에 과감하게 돌파해버린다. 논거를 적절히 배분하고 극적으로 장면화시키는 능력은 그의 중요한 시적 자질 중의 하나이다. 진지함과 아이러니, 고백과 풍자, 비판과 조롱의 경계선을 자유롭게 횡단하면서 시인은 고정관념을 교란시키고 일상에 매몰된 의식에 균열을 일으킨다. 내용적으로 비교적 단조로운 테마를 변주하고 있는 그의 시는 형식적으로는 서간체, 대화체, 독백, 우화, 경구, 추억담, 조사(弔辭), 벽문 등 다양한 외양을 취하고 있다. 어떤 경우든 그의 시에서 두드러진 것은 촌철살인의 공격성이다. 그의 시는 증오하는 적으로 설정된 존재에 대해 단호한 적개심을 표출할 때 활력을 부여받고 강렬함을 획득한다. 이 순간 적대감으로 한껏 충전된 시인의 언어는 그 어떤 권위도 용납하지 않고 거칠 것 없는 행로를 선보인다. 하여 불가피하게 교화적이고 선동적인 성격을 지닐 수밖에 없는 그의 시는 슬로건을 지향하게 된다. 식민지 시대 카프문학의 좌절 이후 이 나라에서 예술적 추문의 다른 이름이었던 프로파간다(propaganda)를 오히려 이 시인은 적극적으로 수용하여 자신의 시적 실천의 동력으로 삼았다고 할 수 있다.

> "조국은 하나다"
> 이것이 나의 슬로건이다
> 꿈속에서가 아니라 이제는 생시에
> 남모르게가 아니라 이제는 공공연하게
> "조국은 하나다"
>
> —「조국은 하나다」 부분

> 겨레의 마지막 순결 너 백두산 기슭이여
> 자본의 유혹 앞에서 치맛자락을 걷어올리지 말아라
> 너 금강산 일만이천봉 민족의 기상이여

자본의 위협 앞에서 무릎을 꿇지 말아라

—「겨레의 마지막 순결 너 백두산 기슭이여」 부분

시인은 선언하고 명령하고 권유하고 광고하고 호소하고 끝내 절규한다. 심리적 피라미드의 정점에서 시인은 거의 날것의 구호를 그대로 발설해버린다. 그의 격렬한 어조에 담긴 역사적, 실존적 고통의 무게가 시간에 의해 마모되고 세태에 휩쓸려 희석돼가는 지금, 그가 남긴 구절의 많은 부분이 이젠 예전과 같은 시대적 절박성도 정서적 울림도 지니고 있지 못한 듯하다. 구호로서의 문학이 가질 수밖에 없는 한계가 아닐 수 없다. 하지만 어쩌랴. 시대적 소명에 충실하고자 한 것이 그의 최고의 소망이었고 그의 시는 바로 그러한 소망의 구체적 실현물로 우리 앞에 지금 남아 있는 것이기 때문이다. 그가 남긴 시 앞에서 예술적 한계 운운하며 비평적 저울의 눈금을 들이대기 전에 그가 온몸을 바쳐 살다 간 시대의 죄악상을 떠올리는 것이 그의 시 앞에서 우리가 취해야 할 온당한 자세일 것이기 때문이다.

3. 이 땅에서 아름다운 것

피와 학살과 무기의 저항 그 사이에는
서정이 들어설 자리가 없다 자격도 없다

—「바람에 지는 풀잎으로 오월을 노래하지 말아라」 부분

이 땅에서 아름다운 것 그것은 싸우는 일이니
그것을 다른 데서 찾지 말아라

—「잣나무나 한그루」 부분

그가 살던 시대는 시 쓰기가 곧 투쟁의 일환이고 서정의 부재야말로 시가 시로 존재할 수 있는 부재증명으로 인식된 시절이었다. 양자택일을 강요당한 시대에 그는 선명한 선택을 했고 그 선택에 평생 충실했다. 생애 말년에 매일 간을 뜯어먹히는 고통을 당하는 프로메테우스처럼 육체적 병고에 시달리며 거기다 현실사회주의 정권의 몰락이라는 최악의 현실과 조우해야 했던 그는, 그럼에도 희망을 포기하지 않고 주위 사람을 독려하는 면모를 보인다. 「노동의 대지에 뿌리를 내리고」라는 작품에서 "무너진 산/내려진 깃발/파괴된 동상/나는 그 앞에서 망연자실 어찌할 바를 모른다"라고 방향감각의 상실을 토로하는 화자는 "기고만장해서 환호하는 자본자의 검은 손들"을 보고 "기가 죽었는지 어처구니가 없었는지/노동과 투쟁의 어제를 입술에 깨물고 우두커니 서 있는 낯익은 사람들"을 본다. 이처럼 절망과 좌절에 빠져 있던 화자는 그러나 먹구름 저편에서 손짓하는 무수한 별들과 아직도 뿌리가 뽑히지 않고 바람에 흔들리고 있는 나뭇가지, 그리고 날벼락에도 꺾이지 않고 요지부동으로 서 있는 불굴의 바위들을 보고 "가자/가자/그들과 함께 들판 가로질러 실천의 거리와 광장으로/가서 다시 시작하자 끝이 보일 때까지"라고 외치게 된다. 어느정도 의식의 도식성이 시적 구체성을 압도하는 결점을 노출하고 있는 작품이긴 하지만, 다수 대중을 결집시키고 움직이게 만드는 시를 원했던 이 시인의 특징과 당시 국내외에 불어닥친 진보적 이념의 퇴조에도 불구하고 절망과 패배를 끝내 수락할 수 없었던 이 시인의 기질이 잘 드러난 작품이라고 할 수 있다. 과거의 자신과 비교하여 "사물의 핵심을 찌르지 않고 비켜가는/내 시와 말이 비겁하지 않느냐는 생각"(「길」)에 고민하기도 하고 "요즘 나는 먹고사는 일에 익숙해졌다"거나 "이제 나는 아무짝에도 쓰잘 데 없는 사람이다"(「근황」)라고 일상에 매몰되어가는 자신에 대해 자괴감을 토로하기도 하지만, 깊은 어둠속에서 반짝이는 작은 불빛이라도 놓치지 않으려는 열정만은 여전했다고 할 수 있다. "빈 들에 어둠이 가득"한 깊은 밤 시인은 "깜박깜박 빛을 내고 있"는 개똥벌레를 보며 끝내 "나만 남아/ 어둠의 끝에서 밝아오는 아침을 맞이한다"(「개똥벌레 하나」)라고 노래한다. 죽음에 임박해서도 그는 현실변혁의 꿈을 버리지 않고 희미하게 가물거리는 희망의 불빛에 시선을 고정시키고 있었던 것이다. 아마도 시인의 이러한 낭만적 비전이 가장 아름답게 형상화된 만년의 작품으로 다음 시를 들 수 있을 것이다.

콕
콕콕
콕콕콕
새 한마리
꼭두새벽까지 자지 않고
깨어나
일어나
어둠의 한 모서리를 쫀다
콕 콕콕 콕콕콕……

이윽고 먼 데서
닭 울음소리 개 울음소리 들리고
불그레 동편 하늘이 열리고
해 하나 불쑥 산 너머에서
개선장군처럼 솟아오른다

이렇게 오는 것일까 새 세상은
하늘이 열리고 땅이 열리고

새 세상은 정말
새 세상은 정말
어둠을 쏘는 새의 부리에서 밝아오는 것일까

—「적막강산」 전문

새 세상은 요란하고 거친 소음과 더불어 오는 것이 아니라 깊은 밤부터 이른 아침까지 나무를 쪼아대는 새의 꾸준한 부리질에 의해 밝아오는 것이다. 적막강산을 깨우는 새의 끝없는 부리질, 그것은 위대한 자연의 섭리이기도 하고 겉으로 드러나지 않는 다수 대중의 말없는 노력을 가리키기도 한다. 이제 불을 간직한 프로메테우스와 그의 육체를 쪼는 새는 대립되는 존재가 아니다. 오히려 새의 부리질에 의해, 어둠의 한 모서리를 쪼아대는 지속적인 노동 끝에 불을 머금은 둥근 해의 출현이 가능해지는 것이다. 불현듯 밝아오는 새날 새 아침은 저절로 도래하는 것이 아니라 한 밤을 다한 새의 혼신을 다한 지극한 정성에 의해 비로소 개막된다. "콕콕/콕콕콕"이라는 날카로운 어감의 의성어가 연상시키는 점진적이면서도 누적적인 도발 끝에 둥글게 빛으로 세상을 감싸는 해가 떠오른다. 지극히 작은 존재의 노력에 의해서 새롭게 큰 세상이 열린다.

비극적 시대를 살다 간 그는 자신이 꿈꾸던 정치적 민주화가 만개한 시절을 살아보지 못한 채 험난한 투쟁으로 점철된 인생을 거둬들였다. 역설적으로 이야기해서, 어쩌면 지금 우리가 마주하고 있는 천박한 민주화의 양상을 보지 않고 떠날 수 있었던 것은 비극적 삶으로 시종한 그가 누릴 수 있었던 드문 행운이었을지도 모른다. 역사적 전환과 권력의 부침이란 파고를 겪으며 민주화운동의 경력이 값싸게 거래되고 그 공과가 허술하게 재단되기에 이른 작금의 상황에서 생전에 그 어떤 영광도 누리지 못하고 서둘러 삶에 종지부를 찍은 그의 운명은 착잡한 감회를 불러일으킨다. 하지만 비록 그의 육신은 죽음으로 방부처리되었어도 그의 시는 여전히 살아 있다. 아직도 지하시(underground poetry)로서의 성격을 잃지 않고 있는 그의 유니크한 시세계는 미완의 생애와 달리 하나의 완결물로 우리 앞에 존재한다. 언어의 명료성과 윤리적 성실성이 만나 이루어진, 우리 시사에서 만나기 힘든 희귀한 정신의 결정체인 그의 시는 우리 문학이 자유와 평등과 해방의 이념을 향해 나아갈 때마다 응시하지 않을 수 없는 '항로 안내를 위한 삼각점 내지 부표'(귄터 아이히)로서 저 멀리 빛나고 있을 것이다.

(『시인』 제3권, 2005년 2월)

남진우 南眞祐 시인, 문학평론가. 명지대 문예창작과 교수. 시집 『깊은 곳에 그물을 드리우라』 『죽은 자를 위한 기도』 『타오르는 책』 『새벽 세 시의 사자 한 마리』 『사랑의 어두운 저편』, 평론집 『바벨탑의 언어』 『신성한 숲』 『숲으로 된 성벽』 『그리고 신은 시인을 창조했다』 『나사로의 시학』 『폐허에서 꿈꾸다』 등이 있음.

행동의 시와 시의 양심

김남주를 다시 읽으며

임홍배

1

김남주 시인이 유명을 달리한 지 어언 20년이 지났다. 어두운 시대의 장막을 찢고 불꽃처럼 산화한 그의 삶과 문학을 돌이켜보려니 그가 살던 시대와 오늘의 낙차가 아득하기만 하다. 그의 시를 노래로 부르며 가슴이 뛰고 목젖이 달아오르던 절정의 순간들이 아직도 기억에 생생하다. 그러나 광장을 울리던 그날의 함성은 허공에 흩어진 지 오래고, 강산이 두번 바뀌는 세월에 떠밀려서 우리는 “밤이 대낮처럼 발가벗은 이 세상에서” “배가 터지도록 부어오른 이 거리에서”(「근황」) 어제와 다르지 않은 하루하루를 살아가고 있다. 이 벌거벗은 자본의 시대에 김남주를 어떻게 기억해야 할까. 오늘의 뒤틀리고 갑갑한 현실에서 그의 순정한 투혼을 되새기는 일이 과연 어떻게 가능할까. 나 자신도 이 물음에 뭐라고 답할 준비가 되어 있지 않다. 다만 김남주에게 시를 쓰는 행위와 변혁을 위한 투쟁은 언제나 하나였다는 사실, 가혹할 만큼 철저하게 양자를 일치시켰다는 분명한 사실이 그의 시에서 어떻게 구체화되고 있는가를 살펴보는 일은 김남주의 시정신을 계승하고 역사적으로 온당하게 자리매김하기 위한 최소한의 출발점이 아닐까 한다.

대부분 감옥 안에서 이루어진 김남주의 시 창작은 일찍이 김수영(金洙暎)이 "지금의 가장 진지한 시의 행위는 형무소에 갇혀 있는 수인의 행동이 극치가 될 것이다"[1]라고 주문했던 바로 그 혼신의 실천이자 투쟁이었다. 그러면서도 김수영은 이러한 주문을 '영웅대망론'으로 받아들여서는 안되며 "결국 모든 문제는 '나'의 문제로 귀착된다"[2]고 역설했고, 그런 의미에서 시대현실을 시인 스스로 정직하게 감당하는 시정신을 진정한 '현대의 양심'이라 일컬었다. 김남주 시의 상당수는 집단적 투쟁을 호소하는 언술을 취하고 있지만 그럼에도 그의 시는 단순히 투쟁을 위한 주술적 선전선동의 시와는 엄연히 구별되는 '가장 진지한 시의 행위'로서 누구보다 치열하게 '현대의 양심'을 온몸으로 실천했다고 감히 말할 수 있다. 가령 시를 쓰는 자세에 대하여 김남주는 "전후좌우 살피지 말라 시를 쓸 때는/ 시를 쓸 때는 어둠으로 눈을 가리고 써라"라고 하면서 "네가 쓴 시가 깜부기가 될지 보리밥이 될지 그것은 농부에게 맡기고 써라"(「시를 쓸 때는」)라고 말한다. 오로지 투쟁을 위해 시를 썼으되 자신의 시가 어떻게 읽힐 것인가 하는 계산마저 남김없이 버리고 자신의 시를 관찰하는 자기 자신마저 모두 지울 때 비로소 시는 투쟁의 도구가 아니라 온몸으로 밀고 가는 투쟁 자체가 되는 것이다.

2

김남주 시의 에너지가 저장된 원체험은 가난에 대한 기억이다. 가난은

1 김수영 「제정신을 갖고 사는 사람은 없는가」, 『김수영 전집 2: 산문』, 민음사 2003, 186면.
2 같은 곳.

그의 삶과 문학을 지탱한 양심의 발원지이기도 하다. 그의 부친은 "밭 한 뙈기 없는 남의 집 머슴"(「아버지」)으로 농사일을 시작했고, 어머니는 "봄 여름 가을 없이 평생을 한시도/일손을 놓고는 살 수 없었던 사람/(…)/나의 피이고 나의 살이고 나의 뼈였던 사람"(「어머니」)으로 기억된다. 그런 아버지와 어머니는 성장기의 김남주에게 커서 사람대접 받는 사람이 되라고 했지만, 알다시피 김남주는 일찌감치 대학 시절부터 투사의 길로 들어섰다. 대학 재학 중인 1972년 친구 이강(李剛)과 함께 유신반대 투쟁의 일환으로 만든 지하신문 『함성』지 사건으로 이듬해 체포되어 8개월의 옥고를 치렀고, 1974년과 1977년에는 고향인 해남으로 내려가 농사를 지으면서 해남농민회 조직에 주력했다. 1978년에는 황석영(黃晳暎) 등과 함께 광주 민중문화운동을 조직하다가 정보기관에 쫓기는 신세가 되어 서울로 피신해 있다가 남민전에 가입하였고, 그해 말 체포되어 징역 15년을 선고받고 꼬박 9년 3개월을 복역하였다. 이처럼 감옥 안팎에서 숨 가쁜 투쟁의 나날을 보내야 했던 김남주의 가슴에는 그가 저버린 아버지 어머니의 비원이 새겨져 있다. 감옥에서 "나오자마자 또다시/나오기가 무섭게 가야 할 곳/갈 곳으로 뒷걸음질치며 가버"(「아버지」)린 아들은 아버지의 삶과 죽음을 이렇게 돌아보고 있다.

아비야
확확 숨통 터지는
논바닥을 기다니면
보람도 없이 뻑뻑
논바닥을 허물면 뭣한다냐

—「아버지」(초기작) 부분

그는 죽었다 화병으로

내가 자본과 권력의 모가지에 칼을 들이대고
경찰에 쫓기는 몸이 되었을 때
식구들에게 둘러싸여 마지막 숨을 거두면서
그는 손을 더듬거리고 나를 찾았다 한다

—「아버지」(옥중시) 부분

김남주가 떠나온 가족과 그들이 평생 헤어나지 못한 가난에 대한 이 뼈아픈 기억은 전사의 길로 들어선 그에게 단호한 투쟁의 결의와 열정으로 전화되거니와, 고향 마을에 내려가서 농민회 활동을 하던 무렵에 쓴 「노래」(1977) 같은 절창에서 이미 그 점은 확인된다.

이 두메는 날라와 더불어
꽃이 되자 하네 꽃이
피어 눈물로 고여 발등에서 갈라지는
녹두꽃이 되자 하네

이 산골은 날라와 더불어
새가 되자 하네 새가
아랫녘 윗녘에서 울어예는
파랑새가 되자 하네

이 들판은 날라와 더불어
불이 되자 하네 불이
타는 들녘 어둠을 사르는
들불이 되자 하네

되자 하네 되고자 하네
다시 한번 이 고을은

반란이 되자 하네
청송녹죽(青松綠竹) 가슴으로 꽂히는
죽창이 되자 하네 죽창이

—「노래」 전문

노래가 되어 80년대의 투쟁현장에서 함성으로 울려퍼진 이 시의 곡조는 나중에 김남주가 옥중에서 바깥의 현실을 향해 외친 투쟁시의 원형을 보여준다. 노래의 가락과 자연스럽게 합치되는 반복의 리듬은 김남주 시의 가장 두드러진 특징으로, 이미지의 고양과 확장을 통해 시의 표현력과 호소력을 증폭시키는 역할을 한다. 위의 시에서 처음 2연까지는 '두메산골'이 '나'와 더불어 '녹두꽃'과 '파랑새'가 되자고 호소하고 있다면, 3연에서는 '타는 들녘'의 '들불'로 의미가 확장되면서 '나'가 '고을'의 '반란'에 동참하여 집단적 주체로 전화되는 도약을 예비한다. 처음 2연에서 동학혁명의 비극적 좌절로 희생된 넋을 기리는 만가(輓歌)의 처연한 울림이 배음으로 깔려 있는 반면 3연에서 그러한 역사적 기억을 되새기며 지금 이곳의 어둠을 불사르고자 하는 열망을 모아 미래의 전망을 열어가는 것도 그와 같은 의미 확장에 상응한다. 그리고 앞에서 반복되었던 후렴구를 "되자 하네 되고자 하네"로 중첩시켜 3연의 첫머리에 배치한 되먹임도 역사적 기억을 현재로 불러내어 집단적 결의를 다지면서 호흡을 모으고 숨을 고르는 효과적인 언술이다. 이처럼 반복의 리듬을 타는 김남주의 시들은 다른 어떤 설명이나 수식어로도 대체될 수 없는 격렬한 몸짓을 느끼게 한다. 독자는 시적 화자의 진술을 따라 읽고 음미하기보다는 처음부터 발화자와 함께 호흡하면서 스스로 노래의 주체로 호명되어 함께 노래를 부르는 방식으로 그 몸짓에 동참하게 되는 것이다. 브레히트가 '시적 언어의 게스투스(Gestus)'[3]라 일컬은 그런 혼신의 울림에 힘입어 김남주의 시는 행동의 도구가 아니라 시적 언술 자체가 곧 행동이 된다. 그런 점에서 김남주의 시는 일찍이 김수영이 말한 대로 온몸으로 온몸을 밀고 나가는 진정한 행동의 시라 할 수 있다. 이 시가 '녹두꽃'이나 '반란'이 아니라 '노래'를 표제로 삼고 있는 데서도 알 수 있듯이, 시인은 이 시를 통해 자기 시의 근본적 지향을—노래가 되어 만인의 가슴에 울려퍼지기를—표명하고 있는 것이다.

「노래」에 붙인 시작 메모에서 김남주는 "농부들과 더불어 나아가 일하고 피와 땀과 눈물을 나눠 흘리다보면 노래라는 것이 저절로 나오지 않겠느냐 하는 제법 대단한 각오에서 시골로 내려왔다"[4]는 소회를 피력한 바 있다. 그런 정황에 비추어볼 때 "발등에서 갈라지는"이라는 표현이 문맥상의 통사적 의미와 달리 자연스럽게 거친 노동으로 갈라진 발바닥을 떠올리게 하고 "타는 들녘" 또한 가뭄에 타는 들녘과 그로 인해 애간장이 타들어가는 농사꾼의 심정을 연상케 하듯이, 노동과 대지는 김남주 시의 태생적 기반이라 할 수 있다. 대학 시절 『창작과비평』에서 농촌생활의 애환을 실감나게 묘사한 김준태(金準泰)의 시를 보고 '이런 것이 시라면 나도 쓰겠다'고 생각한 것이 시를 쓰는 빌미가 되었다는 시인 자신의 회고도 그 점을 뒷받침한다.[5]

---

3 브레히트 『시의 꽃잎을 뜯어내다: 브레히트 시론집』, 이승진 옮김, 한마당 1997, 117면. 브레히트는 서양의 전통적인 서정시의 규칙적인 운율을 가리켜 "규칙적인 리듬은 듣는 이의 이성을 마비시킨다"(같은 책 93면)고 비판한 바 있는데, 이와 달리 김남주의 시에서 반복의 리듬은 오히려 갑갑한 산문적 현실에 파열구를 내고 현실의 지배적 고정관념을 분쇄하면서 둔화된 이성을 각성케 하는 전복적 기능을 수행한다.

4 김남주 『진혼가』, 청사 1984, 69면.

5 김남주 『불씨 하나가 광야를 태우리라』, 시와사회사 1994, 12면. 앞으로 이 책에서의 인용은 본문에 면수만 표기함.

그러나 노동을 수탈하고 대지를 유린하는 폭압적 권력에 맞선 싸움은 결국 그를 노동과 대지의 기반으로부터 단절시키는 결과를 가져왔다. 0.7평의 감옥 독방에 갇힌 채 필기구도 없이 시를 써야 하는 혹독한 상황은 혼신의 집중과 긴장을 요하지 않을 수 없었고 그에 따라 시의 톤도 달라질 수밖에 없었던 것이다. 김남주의 시가 초기부터 이미 "'맑은 물속에 가라앉은 칼날'처럼 선명하다"[6]라는 평이 어울리게 고도로 압축된 평이한 언어 속에 폭발적 힘을 비장하고 있는 것은 그런 맥락에서 이해된다.

최초의 투쟁 경험이 시인의 의식에 불러온 격렬한 파장과 그 귀추를 예감케 하는 초기시편으로 1974년에 발표한 「진혼가」와 「잿더미」를 꼽을 수 있다.

> 총구가 내 머리숲을 헤치는 순간
> 나의 신념은 혀가 되었다
> 허공에서 허공에서 헐떡거렸다
> (…)
>
> 참기로 했다
> 어설픈 나의 신념 서투른 나의 싸움은 참기로 했다
> 신념이 피를 닮고
> 싸움이 불을 닮고
> 자유가 피 같은 불 같은 꽃을 닮고 있다는 것을 알 때까지는
> 온몸으로 온몸으로 죽음을 포옹할 수 있을 때까지는
> 칼자루를 잡는 행복으로 자유를 잡을 수 있을 때까지는

---

6 김준태 「혁명성·전투성·역동성·순결성: 김남주론」, 시와사회사 편집위원회 엮음 『피여 꽃이여 이름이여』, 시와사회사 1994, 162면.

참기로 했다

—「진혼가」 부분

이 시는 『함성』지 사건으로 체포되어 모진 고문과 위협으로 취조를 당하던 때의 심경을 말하고 있다. 훗날 시인은 "싸움 말고 내가 할 수 있는 것이라고는 없었습니다/적어도 그렇게 생각하며 살아왔습니다"(「시집 『진혼가』를 읽고」)라고 당시를 회고한 바 있다. 권력의 가혹한 물리적 폭력에 굴복한 육신을 추스르면서 시인은 결코 그의 삶에서는 끝나지 않을 싸움을 예감하며 그 싸움에 자신의 삶을 걸고 있는 것이다. 그래서 '나의 서투른 싸움은 참기로' 하겠다는 결의를 다지고 있다. 그러나 "온몸으로 온몸으로 죽음을 포옹할 수 있을 때까지는" 결정적 싸움을 유보하겠다는 이 묵시론적 결의는 곧 시인 자신의 운명으로 점지된다. 일찍이 김수영이 「사랑의 변주곡」에서 아들을 수신자로 삼아 '사랑을 알 때까지 자라라'고 했던 다짐이 그의 시대에 이행하지 못한 유언이 되고 말았듯이, 김남주는 자유를 위한 투쟁이 '피'와 '불'의 화염 속에서 피어나고 스러질 꽃의 운명과 닮은 것임을 직감하고 있는 것이다.

3

김남주 시의 대부분은 옥중에서 씌어진 것이다. 청년기 이후 짧았던 생의 절반을 감옥에서 보내야 했던 그에게 시를 쓰는 일은 곧 정지된 시간의 사슬과 유폐된 공간의 벽을 허물기 위한 고투였다. 종이와 연필도 없이 우유갑에서 떼어낸 은박지에 글씨를 새기거나 머릿속에 외워둔 시구를 면회 온 사람에게 구술해주기도 하면서 감옥 바깥으로 전파된 그의 옥중시는 그 자체가 곧 나날의 투쟁의 기록인 것이다.

똑 똑 똑
벽을 세 번 두드려
'ㄷ'을 쓰고
찍
벽을 한번 그어서 그 옆에
'ㅏ'를 붙이고
똑 똑
다시 벽을 두번 두드려 그 밑에
'ㄴ'을 달면
'단' 자가 된다

—「단식」 부분

이렇게 독방의 벽을 두드리고 그어서 '단식투쟁'이라는 글자를 방에서 방으로 전하는 통방행위는 감옥 안의 시인에게 시 쓰기와 투쟁이 하나임을 단적으로 보여준다. 바깥세상과 격절된 상태에서 그러한 싸움과 글쓰기는 당연히 자기 자신과의 처절한 고투를 동반한다. 얼핏 읽으면 옥중 상황과는 무관해 보이지만 시인 자신이 펴낸 옥중시 전집에 수록되어 있는 다음 시도 그런 싸움의 한 극점을 보여준다.

첫눈이 내리는 날은
빈 들에
첫눈이 내리는 날은
캄캄한 밤도 하얘지고
밤길을 걷는 내 어두운 마음도 하얘지고
눈처럼 하얘지고

소리 없이 내려 금세
고봉으로 쌓인 눈 앞에서
눈의 순결 앞에서
나는 나도 모르게 무릎을 꿇는다
시리도록 내 뼛속이
소름이 끼치도록 내 등골이

—「첫눈」 전문

첫눈이 내리는 풍경의 한 귀퉁이를 창살 사이로 바라보면서 시인은 이렇게 첫눈이 내리던 날 빈 들로 나가서 어두운 밤길을 걸었던 기억을 되살리며 그 기억 속의 풍경에 잠겨든다. 어쩌면 다시는 그 눈길을 밟을 수 없을 것 같은 막막한 절망감을 캄캄한 밤과 어두운 마음까지도 하얘지게 하는 '눈의 순결'로 다스리면서, 감옥 안에 갇혀 있는 상황을 뼛속까지 시리도록 처절하게 자신의 운명으로 받아들이고 있는 것이다. 그렇게 "눈의 순결 앞에서/나는 나도 모르게 무릎을 꿇는다"는, 의식의 제어마저 벗어난 저 참담한 순명의 결의를 어찌 필설로 다 헤아릴 것인가.

이런 고투를 거쳐 김남주는 자신의 외로운 싸움이 감옥 바깥에서 벌어지는 투쟁에 불씨가 되기를 갈망했고, 그리하여 그의 옥중시는 대부분 감옥 밖의 긴박한 현실 상황에 맞선 치열한 대응과 호소의 성격을 띤다. 광주학살의 소식을 접하고 철창을 붙잡고 울었다는 시인은 "너희들이 팔아먹은 탄환으로 벌집투성이가 된 내 조국의 심장을"(「학살 2」) 보라는 절규로 80년 광주의 처참한 실상을 누구보다 예리하게 포착하고 있다.

밤 12시
도시는 벌집처럼 쑤셔놓은 심장이었다
밤 12시

거리는 용암처럼 흐르는 피의 강이었다
밤 12시
바람은 살해된 처녀의 피 묻은 머리카락을 날리고
밤 12시
밤은 총알처럼 튀어나온 아이의 눈동자를 파먹고
밤 12시
학살자들은 끊임없이 어디론가 시체의 산을 옮기고 있었다

—「학살 1」 부분

광주학살에 관한 그 어떤 현장기록보다 통렬하게 폐부를 찌르는 이 분노의 절규는 시인 자신이 그 현장에 없었기에 오히려 더 통절하게 울려온다. 앞에서 언급한 「노래」가 농촌생활의 현장에서 우러나오는 반복의 리듬을 타고 있다면 이 시에서 반복은 전혀 다른 양상을 띤다. '밤 12시'는 시체의 산이 쌓이는 암흑천지의 세상과 그럼에도 시인 자신은 속수무책으로 갇혀 있어야 하는 유폐 상태의 어둠을 하나로 연결하면서 관찰자적 거리를 소멸시키고, 이로써 시인은 역사의 시계가 멈춘 극한상황을 바로 자신의 현실로 경험한다. 또한 다른 어떤 수식어도 없이 — 평화로운 시절이라면 만인이 잠든 평온한 정적의 시간일 — '밤 12시'가 캄캄한 암전 상태로 정지된 시간으로 고정됨으로써 학살의 참상을 진술하면서 병치되는 시행의 변주는 비록 말로 표현하되 끝내 형언할 수 없는 극한의 참혹함을 더욱 선명히 부각시킨다.[7] "벌집처럼 쑤셔놓은 심장"이나 "총알처럼

7 로만 야콥슨에 따르면 시의 반복어법에서 불변소가 엄격하게 배치될수록 시적 진술의 의미작용은 증폭된다. R. Jakobson, *Der grammatische Parallelismus und seine russische Spielart*, in: *Poetik. Ausgewählte Aufsätze 1921-1971*, Frankfurt a. M. 1979, 297면 이하 참조. 야콥슨은 주로 구전민요를 예로 들어 시어의 발성효과가 의미작용을 고조시킨다고 설명하고 있는데, 김남주의 「학살」 연작시도 그냥 눈으로 읽기보다는 육성으로 낭송할 때 제대로 의미가 살아나고 울림이 증폭된다는 점을 상기할 필요가 있다. 낭송을 통해 독자와 함께 호

튀어나온 아이의 눈동자"는 도대체 인간의 언어가 감당할 수 있는 사태가 아닌 것이다. 이처럼 언어적 표현 자체의 한계에 육박하는 의미의 증폭작용을 거쳐 이어지는 연에서 "밤 12시/하늘은 핏빛의 붉은 천이었다"라는 언술은 한낱 비유가 아니라 시인이 피의 학살을 세상의 종말로 받아들이고 있음을 여실히 보여준다.

이처럼 시인이 감옥 바깥의 상황에 촉각을 곤두세우고 폭력과 억압에 맞서는 투쟁이 가열될수록 시에 대한 생각도 견고해진다. 옥중에서 박광숙 여사에게 보낸 편지에서 김남주는 "나는 남민전에 들어갈 때 이름도 없이 죽어가야 한다고 생각했소"(122면)라고 전사로서의 결의를 다지면서 스스로를 "낡은 사회의 뿌리를 통째로 뽑아버리는 혁명적 민주주의자"(107면)로 규정했다. 시에 대한 생각 역시 그러한 자기규정과 정확히 일치한다. 김남주는 "소시민적 서정성, 자유주의적 서정성, 봉건사회에서 자연스럽게 이루어진 고리타분한 무당굿이라든가 판소리 가락에 묻어나오는 골계적, 해학적, 한적 서정성"(84면)을 남김없이 제거하려 했다. 그의 이야기 시편 중에 촌철살인의 풍자가 적지 않지만, 대상의 허구성을 폭로하는 데 주력하는 풍자가 김남주 시의 본령이 아닌 것도 그런 연유에서다. "산문적 호언장담을 일삼는 경향시"(198면)에 거리를 두었던 것도 같은 이유로 설명될 수 있다. 그리고 김남주 시의 간명한 구체성은 "민중생활의 자질구레하고 구차스럽고 미분화된 삶을 자연주의적 수법 내지 몽타주 수법으로 나열"(90면)하는 작법 또한 거부한다. 김남주 시가 지향하는 '다양성의 통일' 즉 구체성은 이런 이유에서 압축과 긴장을 그 생명으로 한다. "미군이 있으면/삼팔선이 든든하지요/삼팔선이 든든하면/부자들 배가 든든하고요"(「삼팔선」) 같은 언술이 그러한 시적 운산의 단적인 본보기라면,

---

흡하면서 호소력을 발하는 것도 김남주 시의 두드러진 특징이다.

때로는 나의 시가 탄광의 굴속에 묻혀 있다가
때로는 나의 시가 공장의 굴뚝에 숨어 있다가
때를 만나면 이제야 굴욕의 침묵을 깨고
들고일어서는 봉기의 창끝이 되기를

—「나는 나의 시가」 부분

갈구하는 반복어법 역시 김남주 특유의 시적 긴장과 고도로 절제된 치열한 사유의 산물이지 결코 '산문적 호언장담'이 아니다. 시의 전경에 드러나는 반복의 리듬보다 오히려 보이지 않게 흐르는 리듬이 더 역동적이다. 보이지 않는 리듬의 호흡은 시간의 순차적 흐름—자본주의적 삶에서는 자본의 작동기제에 포섭되어 결국 사물의 무덤으로 공간화되는 그런 흐름—을 일순간 분쇄하고 낡은 세계를 전복시켜 다른 삶을 열어갈 창조적 파괴의 에너지를 내장하고 있기 때문이다.[8] 이처럼 형식과 내용이 팽팽한 긴장 속에 통일된 국면이야말로 김남주 시가 구현한 진정한 현대성에 해당될 것이다. 그 현대성의 핵을 옹글게 다지는 역동적 힘이 곧 혼신의 투신에서 발원하는 것임은 두말할 나위 없다.

수감생활 막바지에 쓴 「방」과 같은 시에는 10년 동안의 옥중투쟁을 결산하는 태도가 엿보인다. 원래 선고된 형기를 5년 남겨놓고 여전히 언제 바깥세상을 볼 수 있을지 알 수 없는 상황에서 시인은 "내가 이 방을 뜨고 나면/죽어서 송장으로 뜨건/살아서 다른 어떤 것으로 뜨건" 과연 무엇이

8 이런 반복어법의 본보기로 하이네의 「슐레지엔의 직조공들」에서 후렴구로 반복되는 "우리는 짠다 우리는 짠다"라는 구절을 들 수 있다(이 시는 김남주의 번역시집 『아침 저녁으로 읽기 위하여』에도 실려 있다). 직물을 짜는 직조공들의 노동행위에 대한 모사가 표면상의 리듬이라면, 보이지 않는 리듬의 문맥에서는 그러한 행위가 낡은 세계의 수의를 짜는 행위로 반전되어 다른 울림을 낳는 것이다.

남을까 하고 자문한 끝에 이렇게 답한다.

아무것도 남지 말거라
마루 위에 벽에 또는 허공에
증오의 손톱으로 내가 새겨놓았던 말들—
압제여 착취여 양키 제국주의여
그 흔적마저 사라져 없어져버리거라
내가 뜨고 나면 이 방은
벽과 함께 마루와 함께 허공에서 무너져내리거라
썼다가는 지워버리고
지웠다가는 다시 쓰고는 했던 이름들—
자유여 해방이여 노래여 혁명이여
너마저 그 흔적마저 사라져 없어져버리거라

—「방」 부분

증오로 가득했던 투쟁과 그 투쟁의 흔적마저 사라져버리기를 희구하는 시인의 마음은 어쩌면 불가에서 말하듯 마음속의 모든 상을 허물고 열반에 들기를 바라는 이상적멸(離相寂滅)에의 간절한 염원에 닿아 있는지도 모르겠다. 하지만 "이 방은/벽과 함께 마루와 함께 허공에서 무너져내리거라"라는 말에서 알 수 있듯이 시인은 단지 이런 질곡의 상황으로부터 벗어나고픈 소망을 넘어 투쟁에 바쳐진 자신의 삶이 압제와 착취의 체제를 무너뜨리는 불쏘시개로 남김없이 산화하기를 염원하고 있다.

이러한 소신공양의 결연한 자세에도 불구하고 감옥 밖에서 그를 기다리는 가족에 대한 그리움은 무엇보다 견디기 힘든 고통이었을 것이다. 감옥의 벽을 때리는 흙바람 소리에 떨리는 가슴을 노래한 「수인의 잠」이나 창밖의 별을 보며 자식으로서 임종도 못한 아버지를 생각하는 「아버지

별」 같은 시에는 돌아갈 수 없는 고향과 가족에 대한 사무치는 그리움과 비애가 묻어 있다. 이 생이별의 고통을 극복하는 것도 투쟁을 통해서이다. 죽음의 집에 정지된 시간과 싸우며 시인은 일찍이 김수영이 「사랑의 변주곡」에서 설파한 '사랑의 기술'을 자신의 것으로 터득한다.

기다려요 기다리며 우리 배워가요
쇠사슬 달구어 칼을 벼리는 기술을
안팎으로 쑤셔 들쑤셔 증오의 벽 무너뜨리는 기술을
입술과 입술을 만나게 하고
가슴과 심장을 만나게 하고
형제와 누이와 아버지와 아들이
민중이 나라의 주인이 되게 하는 기술을

—「사랑의 기술」 부분

감옥 바깥에서 언제 나올지 모르는 자신을 기다리는 여인에게 보내는 편지 형식을 취하고 있는 이 시는 끝없는 기다림의 시간을 "증오의 벽 무너뜨리는" '사랑의 기술'로, 그리하여 너와 내가 함께 일구어야 할 '민중의 나라'에 대한 염원으로 승화시키고 있다. 투옥 후 10년째를 맞은 1988년에 쓴 다음 시에서는 일상의 삶으로 복귀하기를 바라는 간절한 소망이 대지의 노동과 함께하는 평화로운 목가적 삶에 대한 소망과 포개져 있음을 볼 수 있다.

취침나팔 소리가 들리고 밤이 깊어갑니다
(…)
나는 보고 싶습니다 이 밤에
잠자리를 펴는 여인의 허리를

나는 듣고 싶습니다 이 밤에
아기를 잠재우는 어머니의 자장가를
나는 보고 싶습니다 아침에 일어나
행주치마 허리에 두르고 밥상을 차리는 주부의 모습을
나는 듣고 싶습니다 잠자리에서
늦잠꾸러기 남편에게 바가지를 긁는 마누라의 잔소리를
나는 보고 싶습니다 먼 훗날
바람에 날려 대지에 씨를 뿌리는 농부와 그 뒤를 따라오면서
흙으로 씨를 덮는 농부의 아내를

—「세월」 부분

4

1988년 12월 마침내 김남주는 10년 동안 그를 가두었던 감옥에서 나와 우리 곁으로 돌아왔다. 그러나 출옥 후 그를 기다리고 있는 현실은 결코 순탄치 않았다. 80년대 말의 가파른 시대상황은 그를 여전히 집회장마다 불러내었고, 그 자신 투사의 역할을 기꺼이 감당했다. 그러나 다른 한편 자신이 발 딛고 있는 일상의 삶과 투사의 삶 사이의 간극 앞에서 시인은 끝까지 괴로워했던 것으로 보인다. 나날의 삶이 그를 괴롭힌 것은 속속들이 도시인이었던 김수영이 「사랑의 변주곡」에서 말한 '도시의 피로'에 그가 적응할 수 없는 체질이었기 때문일 것이다. 더구나 10년의 유폐기는 그러한 부적응을 더욱 가중시켰음이 틀림없다. 시인에게 거대한 자본의 기계에 포섭된 욕망의 도시는 "내가 인간이라는 사실에 구역질이 나는 토악의 세계"(「토악의 세계」)에 다름아니었던 것이다. "너무나 많은 것들이/너무나 많은 것들을 만들어놓고/잠시도 가만있지를 못하는 곳/잠시도 가만두

지를 못하는 곳"(「밤의 도시」)의 속도는 일찍이 시인을 혁명의 길로 인도한 시간의 화살로도 겨냥할 수 없는 유령의 표적이 되어버렸다. 그래서 시인은 「캄캄한 세상 바다」 같은 시에서 목가적 은둔을 꿈꾸기도 하지만, 그렇다고 자신의 시와 삶을 일상의 대지에 뿌리내리려는 노력을 포기한 것은 아니다. 이제 "나의 시도 생활에 뿌리를 박고 그 뿌리가 세상의 무관심 속에 방치된 채 외롭고 힘겹게 노동하며 살아가는 사람들의 가슴을 적시는 이슬이 되어야 할 것"(381면)이라는 생각은 시작 태도의 일정한 변화를 동반한다.

시도 사람의 일
신이 아닌 신이 아닌 것도 아닌
일하고 노래하고 싸우고 그러다 끝내 죽고 마는
보통 사람의 일인 것이다
(…)
제 새끼도 남의 새끼마냥 키우고 싶어하는
소박한 사람들의 일인 것이다

—「시를 대하고」 부분

생활의 이 기반에서 내가 발을 떼면
내 시는 깃털 하나도 들어올리지 못한다
보라 노동과 인간의 대지에 뿌리를 내리고
생활의 적과 싸우는 이 사람을
피와 땀과 눈물로 빚어진 이 사람의 얼굴을

—「다시 시에 대하여」 부분

아직은 시에 대한 생각에 머물고 있는 이런 시를 읽으면서 나는 김남주가 조금만 더 살았더라도 이러한 시작 태도의 변화가 뜻깊은 결실을 거두지 않았을까 하고 부질없는 상상을 해본다. 그러나 시인의 생시에는 많은 평자들이 그의 시에서 여전히 가열한 정신의 긴장만 요구하며 다그쳤던 것도 사실이다. 가령 "이제 그의 시가 구체적인 생활의 냄새와 숨결을 담아주기를 기대"[9]했던 임규찬(林奎燦)의 발언에 대하여 김남주 평전을 쓴 강대석은 "그것은 오히려 김남주가 거부했던 '생활의 군더더기'가 아닌가"[10]라는 반론을 제기하고 있는데, 앞의 시에서 "생활의 이 기반에서 내가 발을 떼면/내 시는 깃털 하나도 들어올리지 못한다"는 발언이야말로 그런 강파른 생각의 교정제라 하겠다.

생활의 실감에 다가가려는 그러한 노력과 더불어 김남주는 브레히트가 말한 '서정시를 쓰기 힘든 시대'의 중압이 그에게 강요했던 선명한 전투성에 대해서도 조금씩 다른 생각을 갖기 시작했다. 출감하기 얼마 전인 1988년 초의 편지에서도 김남주는 시가 마구 씌어지는 것이 두렵기까지 하다며 그 두려움은 내용에서 오는 게 아니고 형식에서 오며, 당분간 시를 그만 써야겠다는 생각을 피력한 바 있다.[11] 자신의 시가 이미 확고한 의식으로 확보되어 있는 변혁이념과 투쟁의지에 대한 일종의 자동기술로 흐를 위험을 스스로 경계했던 것이다. 그리고 출옥 후에는 더욱 분명하게 "내 창작 태도상의 단점이라면 시의 사회적 기능, 즉 변혁운동에 이바지해야 한다는 생각에 너무 사로잡혀 있는 나머지 사고의 폭과 생활의 다양성에의 접근을 못하고 있다"(219면)는 것이라며 투쟁 일변도의 시가 봉착한 어떤 한계를 스스로 밝히고 있다. "증오의 뼈다귀로 앙상한 내 시의 나무를/사랑의 끈으로 결합시켜주는 화엄의 세계"(「거대한 뿌리」)를 희구하는

9 임규찬 「'이 좋은 세상'을 향한 사랑과 증오의 미학: 김남주의 풍자시」, 김남주 『이 좋은 세상에』 해설, 한길사 1992, 153면.

10 강대석 『김남주 평전』, 한얼미디어 2004, 300면.

11 김남주 『나와 함께 모든 노래가 사라진다면』, 창비 1995, 208면 참조.

것은 그런 맥락에서 이해될 수 있다. 다음 시는 그러한 변화와 결부된 자기성찰의 일단을 보여준다.

그동안 몇십년 동안
때라도 묻은 것이 있으면 고개 넘어
불혹의 강물에 가서 씻어내리고
그러자 그러자 잠시
찬 바람 이는 언덕에서 내려와
찔레꽃 하얗게 아롱지는 강물에
내 심장 깊이깊이 담그고 거기
피 묻은 자국이라도 있으면 그것마저 씻어내고
내 마음의 거울 손바닥만 한 하늘이라도 닦자
맑게 맑게 닦아 그 자리에
무엇 하나 또렷하게 새겨넣자
이를테면 별처럼 아득한 것
절망의 끝이라든가
내가 아끼는 사람 이름 석자 같은 것이라든가

—「절망의 끝」 부분

윤동주(尹東柱)의 「자화상」을 떠올리게 하는 이 시를 두고 역시 시인 생시에 어떤 평자는 '이런 원점회귀로 어떻게 새 출발을 한단 말인가'라고 질타한 바 있다.[12] 그러나 뒤돌아보지 않는 삶은 자본의 운동 속에 맹목으로 휩쓸리게 마련임을 나날이 실감하는 것이 지금 우리 삶의 실상이 아닌가. "피 묻은 자국이라도 있으면 그것마저 씻어내고/내 마음의 거울 손바

12 정채찬 「닫힌 세계 속의 열린 시」, 『피여 꽃이여 이름이여』 428면.

닥만 한 하늘이라도 닦자"는 순연한 양심에 자신을 비춰보는 마음가짐이야말로 '절망의 끝'에서 '아득한 별'까지의 아득한 거리를 가늠해볼 수 있는 새로운 출발의 실마리일 것이다. 그리고 '증오의 뼈다귀로 앙상한 나무'에 새 생명의 숨결을 불어넣을 푸른 기운도 그런 언저리에서 불어올 것이다.

그러나 비통하게도 김남주는 그가 새롭게 찾아가려 했던 길을 몇걸음 더 옮기지 못하고 병마와의 싸움에 끝내 지고 말았다. 유고 일기에서 시인은 '내 병의 근원은 내 몸속의 독기'라는 아픈 말을 남기고 있다.[13] 정의를 위한 투쟁에 끓어오르는 의분도 증오의 덩어리로 응고될 때는 삶을 북돋우는 것이 아니라 삶의 기운을 잠식하고 소진시키고 만다는 것을 시인은 목숨과 맞바꾼 처절한 싸움의 교훈으로 유증하고 있는 것이다. 김남주에게 시인으로서의 양심이 일찍이 김수영이 '진짜 시의 증거'라 했던 '죽음의 보증'을 통과한 것이라고 단언할 수 있는 근거가 여기에 있다. 물론 파쇼권력이 시인의 육신과 영혼에 가한 폭력이, 그리고 그 폭력에 온몸으로 맞선 싸움이 그를 죽음에 이르게 했다는 엄연한 사실을 결코 잊어선 안될 것이다.

5

일찍이 하이네는 독일의 시민혁명이 거듭 좌절되고 세상이 거꾸로 가는 복고의 시대상을 가리켜 "이제는 송아지가 요리사를 기름에 튀기고/말이 사람을 타고 달린다"[14]고 개탄한 바 있다. 하이네가 살던 시대에 못

13 『나와 함께 모든 노래가 사라진다면』 205면.

14 하이네 「거꾸로 된 세상」, 『신시집』, 김수용 옮김, 문학과지성사 1989, 197면.

지않게 거꾸로 가는 이 시대를 살면서 우리는 김남주를 어떻게 기억해야 할까. 시인이 죽음을 예감하면서 적막강산에서 되뇌었던 물음을 오늘 여기서 다시 되새겨본다.

콕
콕콕
콕콕콕
새 한마리
꼭두새벽까지 자지 않고
깨어나
일어나
어둠의 한 모서리를 쫀다
콕 콕콕 콕콕콕……

이윽고 먼 데서
닭 울음소리 개 울음소리 들리고
불그레 동편 하늘이 열리고
해 하나 불쑥 산 너머에서
개선장군처럼 솟아오른다

이렇게 오는 것일까 새 세상은
하늘이 열리고 땅이 열리고
새 세상은 정말
새 세상은 정말
어둠을 쪼는 새의 부리에서 밝아오는 것일까

—「적막강산」 전문

우연의 일치인지 모르겠으나 백석(白石)의 「적막강산」[15]과 동일한 시제를 빌린 이 시는 자연의 소리와 풍경이 어우러지는 제재의 친연성에도 불구하고 '서정시를 쓰기 힘든 시대'의 중압에 맞서 싸운 김남주에게 순수한 자연 서정은 불가능의 영역임을 새삼 확인시켜준다. 백석의 시에서는 늦여름 산과 들에서 뭇 새들이 울어대고 산과 들이 들썩이는 생명의 약동과 대비되어 시적 화자의 묵묵한 고독이 선연히 부각되고 있다. 그처럼 시인이 그를 반기는 자연 앞에서도 고절감에서 헤어나지 못하는 것은 아마도 해방 직후 어지러운 정국 속에서 자신의 정처를 가늠하기 힘들었던 혼미한 시대상황과 무관하지 않을 것이다.

백석의 시에서는 시의 배면에 감추어진 시대적 정황이 김남주의 시에서는 시인으로 하여금 불면의 밤을 지새우게 하는 어둠으로 전경화된다. 꼭두새벽까지 "새 한마리"가 "어둠의 한 모서리"를 쪼고 있는 사태는 감옥 바깥의 현실에서도 시인이 여전히 자신을 막막한 어둠속에 갇혀 있는 고립된 존재로 느끼고 있음을 말해준다. 그것은 지난 시절 자본과 권력에 맞서 싸우는 투쟁의 길을 비춰주었던 이념적 좌표가 흔들리면서 변혁의 열정이 사그라지고 청산주의적 분위기마저 번져가는 90년대 초반 혼돈의 시대상을 김남주 자신도 절박하게 체감하기 때문인 것으로 보인다. 유고시집에 수록된 시작 메모에서 그는 "이제 아무도 제 오던 길을 되돌아보지 않는다/지워버렸기 때문이다"[16]라고 말하고 있는 것이다. 다른 한

---

15 "오이밭에 벌배채 통이 지는 때는/산에 오면 산 소리/벌로 오면 벌 소리//산에 오면/큰솔밭에 뻐꾸기 소리/잔솔밭에 덜거기 소리//벌로 오면/논두렁에 물닭의 소리/갈밭에 갈새 소리//산으로 오면 산이 들썩 산 소리 속에 나 홀로/벌로 오면 벌이 들썩 벌 소리 속에 나 홀로//정주 동림 구십여 리 긴긴 하룻길에/산에 오면 산 소리 벌에 오면 벌 소리/적막강산에 나는 있노라."(1947년 발표 「적막강산」 전문. 이 시는 백석이 해방 직후 잠시 고향 정주에 귀향해 있던 무렵에 쓴 것으로 알려져 있다.)

16 『나와 함께 모든 노래가 사라진다면』 197면.

편 "이제 아무도 제가 한 말을/귀담아들으려 하지 않는다/소음이 와서 지워버렸기 때문이다//아무도 제 삶을 반추하지 않는다"(같은 곳)라는 언명에서 보듯이, 도시의 소음과 자본의 속도가 현실과의 전면적 대결은 물론 정직한 자기성찰마저 어렵게 만드는 착잡한 현실 속에서 시인은 감옥 안에서와는 또 다른 질곡을 경험한다. 그래서 시인이 새롭게 시작하는 싸움은 새 '한'마리가 밤을 지새우며 어둠의 '한 모서리'를 쪼는 형국이 될 수밖에 없다. 낙숫물로 바위를 뚫는 것과 같은 이 싸움은 언제 밝아올지 알 수 없는 새날 새 아침을 기다리며 버티어야 하는 자기 자신과의 고독한 싸움이기도 하다. 시의 서두에서 새의 쪼는 소리가 행을 바꾸면서 반복되는 것은 매번의 쪼는 행위에 한점 한점 혼신의 무게를 싣고 고도로 의식을 집중하는 주체적 태도의 형용인 동시에, 그러한 행위가 아직은 그 귀결을 예측할 수 없는 분절적 고투임을 시사하는 것이다.

그렇게 끊어질 듯 이어지던 소리가 1연의 마지막에 이르러 하나의 시행으로 연속으로 배치되면서 하나하나의 소리가 적막강산의 풍경 속에 메아리로 되울리는 공명 효과를 낳는다. 그런 과정의 수없는 반복을 거쳐 마침내 새가 쪼는 소리와 온 산의 공명이 어느 쪽이 먼저랄 것도 없이 하나로 어우러져 웅혼한 울림으로 확산되고 고양된다. 2연에서 "이윽고 먼데서/닭 울음소리 개 울음소리 들리"는 것은 그렇게 산속 가득히 울려퍼지는 새소리에 대한 자연스러운 화답인 것이다. 그렇기에 "동편 하늘이 열리고/해 하나 불쑥 산 너머에서/개선장군처럼 솟아오"르는 사태는 결코 비약이 아니라 새 한마리가 어둠의 한 모서리를 쪼는 데서 시작된 외로운 싸움이 마침내 어둠을 걷어내고 고립을 넘어서 당당한 주체로 거듭나는 과정을 명징한 시상으로 펼쳐 보이는 것이다.

"불쑥 산 너머에서"라는 표현이 함축하듯 역사의 어둡고 험난한 고비를 넘어야 하는 이 끝없는 싸움에서 천지개벽의 새 세상이 과연 언제 어떻게 올 것인지는 싸우는 주체의 예측을 벗어나 있고, 그것이 우리가 경험한 역사의 철칙이기도 하다. 그래서 시인은 새 세상을 열자고 부르짖던 지난 시절의 뜨거운 외침을 속으로 삼키고 "새 세상은 정말/어둠을 쪼는 새의 부리에서 밝아오는 것일까"라고 조심스럽게 자신에게 되묻는 것으로 시를 맺는다. 김남주가 우리 곁을 떠난 지 20년이 지난 지금, 한때 몇걸음 전진하는가 싶었던 역사가 다시 뒷걸음질치면서 과거의 망령이 되살아나는 지금, 김남주의 이 마지막 물음을 거듭 되새기게 된다.

감옥에서 나온 후 간행된 시집 『사상의 거처』(창작과비평사 1991)에 수록되어 있는 다음 시는 짐작건대 투옥되기 이전 유신독재가 극에 달했던 암울한 시절을 회상하면서 쓴 것으로 보이지만, 힘겹게 쟁취한 민주주의적 가치가 전면적인 도전을 받고 있는 지금의 현실에서 김남주의 시가 어떻게 계승되고 다시 읽혀야 하는지 숙고하게 하는 깊은 여운을 남긴다.

하늘과 땅 사이에
바람 한점 없고 답답하여라
숨이 막히고 가슴이 미어지던 날
친구와 나 제방을 걸으며
돌멩이 하나 되자고 했다
강물 위에 파문 하나 자그맣게 내고
이내 가라앉고 말
그런 돌멩이 하나

날 저물어 캄캄한 밤
친구와 나 밤길을 걸으며
불씨 하나 되자고 했다
풀밭에서 개똥벌레쯤으로나 깜박이다가
새날이 오면 금세 사라지고 말

그런 불씨 하나

그때 나 묻지 않았다 친구에게
돌에 실릴 역사의 무게 그 얼마일 거냐고
그때 나 묻지 않았다 친구에게
불이 밀어낼 어둠의 영역 그 얼마일 거냐고
죽음 하나 같이할 벗 하나 있음에
나 그것으로 자랑스러웠다

—「돌멩이 하나」 전문

(『시인』 제3권, 2005 / 개고)

임홍배 林洪培 문학평론가. 서울대 독문과 교수. 주요 논문으로 「괴테의 상징과 알레고리 개념에 대하여」 「루카치의 괴테 수용에 대한 비판적 고찰」 등이, 역서로 『젊은 베르터의 고뇌』 『루카치 미학』(공역) 『나르치스와 골드문트』 등이 있음.

제3부

시적 자아와 영웅적 전사의 이중주

최애영

김남주는 시인인가, 전사(戰士)인가? 어쩌면 이 질문은 전적으로 무의미할지도 모른다. 그는 투쟁을 말하기 위해 시라는 형식을 빌렸고, 우리는 오직 그의 시를 통해서만 전사 김남주의 면모를 볼 수 있기 때문이다. 시인 자신부터 스스로 "나의 시는 내가 싸운 싸움의 부산물 외 아무것도 아"(「시집 『진혼가』를 읽고」)니라고 말한 적이 있기도 하다. 그렇다면 이처럼 시인이 시와 투쟁이 하나이기를 바랄 때, 다시 말해 시가 하나의 행동이기를 바랄 때, 그리고 그에게 시인이라는 것이 곧 전사라는 것을 의미할 때, 그의 시를 읽는다는 것은 과연 무엇을 의미할 수 있는가? 그의 언어가 한 시대의 정치적 고발이나 투쟁으로만 읽히지 않고, 그와 함께 투쟁에 동참하지 않은 독자들에게도 그의 언어 자체만으로 강렬한 감동을 불러일으킬 수 있다면, 도대체 무엇이 그것을 가능하게 하는 것일까?

이러한 질문들은 그의 시집 『사랑의 무기』를 엮으면서 염무웅(廉武雄)이 제기한 의문과도 맞닿아 있다.

시라고 하는 것이 대체 인간의 삶에서 무엇일 수 있으며, 무엇이어야 하는가. 김남주의 시가 가진 매력이 그 자신이 의식적으로 지향하는 계급적 관점만으로 모두 설명되지 않는다고 할 때 이러한 현상은 어떻게 해명되어야 하는가.(염무웅 「김남주 시에 대한 의문」, 『사랑의 무기』 발문, 창작과비평사 1989, 218면)

그가 말하고자 하는 것은 우선 김남주의 시 속에는 의식적이고 즉각적인 형태로 설명되지 않는 어떤 힘이 있고, 이것은 노동계급적 투쟁이라는 사회적·정치적으로 제한된 한 시대의 역사적 명분을 뛰어넘는 것이며, 또 그럴 수 있어야 한다는 것이다. 이때 그가 말한 "김남주의 시가 가진 매력"은 독자들이 직관적으로 느끼는 것으로서, 시인이 의식적으로 추구하는 시세계가 분명 그 근거를 제공한다. 그러나 이 시적인 힘은 그의 시어가 표면적인 의미를 통해 의식적인 차원에서 독자들에게 주입할 수 있는 사상으로는 결코 대체될 수 없다. 염무웅은 그의 시가 생산해내는 정서적인 역동성을 막연하지만 아주 적절하게 다음과 같이 요약한다.

내가 생각하기에 시는 긴박한 현실문제에 불가분하게 깊이 연관되어 있으면서도 — 그리고 오히려 그러면 그럴수록 — 반동분자들이 좋아하는 낱말들 즉 영원이라든가 보편이라든가 인간의 내면이라든가 또는 그밖에 딱히 이름할 수 없는 무엇인가에 어쩔 수 없이 연루되어 있는 듯하다.(같은 글 219면)

그렇다. 우리는 이 비평가가 "딱히 이름할 수 없는 무엇"이라고 지칭할 수밖에 없었던 것에 지금 관심을 기울이려 한다. 한마디로, 여기서 그것은 무의식을 가리킨다. 어쩌면 무의식을 말하는 것이야말로 반역사적인 발상으로 보일 수 있으며, 그의 문학활동의 본질을 저버리고 그가 감내해야 했던 죽음과 같은 고통의 절실함을 희석시키는 반동적인 시도로 비칠

지도 모른다. 그러나 우리는 그 시대의 사회적·정치적 모순에 접근하는 김남주의 시적 표현들 속에서 원초적인 역동성을 아주 강하게 느낀다. 이 때문에 우리는 김남주의 시를 읽으며 마치 그의 생동하는 육체에서 솟아나는 충동들이 생생하게 전달되는 느낌에 흥분하기도 하는데, 바로 이러한 것들이 우리의 내면에서 알 수 없는 동요를 일으키는 것이다. 이것을 염무웅은 '매력'이라 불렀고 우리는 '감동'이라고 부른다. 사실, 이 두 단어는 불가분의 양면성을 지니고 있다. 그럼에도 구태여 우리의 단어를 떠올리는 이유는 시간과 공간의 한계를 넘어 텍스트와 소통하는 독자의 존재를 새롭게 강조하고 싶기 때문이다.

그러나 우리가 김남주의 시를 읽으며 이와 같은 소통을 경험한다고 해서 곧 그의 무의식의 핵심으로 들어갈 수 있다는 말은 아니다. 물론 시인은 자신의 육체와 더불어 미학적, 철학적, 더 나아가 정치적 관념을 포함한 전존재를 바쳐 글쓰기에 임하므로, 그의 작품이 하나의 문제상황을 집요하게 다룰 때 그 상황이 무의식적인 차원에서 시인에게 무엇을 의미할 수 있는가를 짐작하는 것은 어느정도 가능하다. 우리가 여기서 하고자 하는 것도 그 문제상황이 우리에게 환기하는 무의식적인 의미를 해석하는 것이다. 그러나 우리가 만나는 김남주는 어디까지나 작품이 그려주는 이미지, 그것도 특정 관점에서 바라보는 이미지일 뿐이다. 그런 만큼, 인간 김남주의 내적 진실에 다가간다는 중압감으로부터 자유로워지는 것이 생산적인 독서에 더 도움이 된다. 문학은 무엇보다 언어를 통한 상상의 공간이 아닌가. 그리고 정신분석은 무의식이 말을 표현 통로로 삼는다는 사실을 가르쳐주었다.

이렇게 독서의 입장을 밝힌 만큼, 이제 김남주의 시들이 독자에게 불러일으키는 감동의 비밀을 분석해보자. 이를 위해 먼저, 창작 속에서든 독서 속에서든 그가 어떤 형태로 시와 관계 맺는지를 검토할 필요가 있다. 왜냐하면 창작과정에서 진행되는 쓰기와 읽기의 이중적인 작업에서 생겨나는 역동성은 그 자체로 독자와의 만남 속에서 새로이 작용하는 시적 공간을 확보해주기 때문이다. 그리고 이렇게 설정된 과제 속에서, 우리는 그의 시 속에 그토록 짙은 그림자를 드리우는 전사의 존재가 어떻게 그의 상상세계 속에 용해되어 있는가를 동시에 살펴볼 것이다.

김남주의 시세계는 주제에 따라 크게 세개의 범주로 나뉠 수 있다. 첫째는 민중해방을 위한 혁명적 사상으로 고취된 전투적인 시들이다. 둘째는 그러한 사상적 바탕 위에서 시라는 것이 무엇이며 시를 쓴다는 것이 무엇인가에 대한 질문과 반성을 담은 시들이다. 그리고 셋째는 그의 전사적 자아를 형성한 근본 환경이라고 할 수 있을 아버지와 어머니에게 바쳐진 시들이다. 이때 첫번째 범주를 지배하는 시인의 혁명가적 기질은 나머지 두 범주에 깊이 연루되어 있다. 아버지와 어머니는 시인이 혁명가로 성장하는 데 밑거름이 된 인물들이며, 특히 아버지는 그가 해방시켜야 할 민중이라 일컫는 집단의 원형이자, 때로는 부당하게 권력을 휘두르는 '상징적인' 부권의 초라한 대리표상자이기도 하다. 이렇게 그의 시세계는 민중과 조국의 해방이라는 역사적 대의와 가난하고 힘없는 아버지와 어머니, 그리고 그들의 틈바구니에서 성장한 어린 시절의 '나'가 구성하는 극히 개인적인 역사를 동시에 포함하며, 이 두 축을 하나로 묶어주는 것이 그의 시 쓰기 작업이다.

그의 시가 어떻게 아버지의 이중적인 이미지를 바탕으로 이 두 축을 포괄하는지는 그의 시세계가 그려내는 가족 로망스의 구도에 암시되어 있다. 그는 「사실이 그렇지 않느냐」에서 "너와 나를 낳아준 어머니 (…) 너와 나를 키워준 아버지"라고 쓰고 있다. 이것은 '아버지 날 낳으시고 어머니 날 기르시니'라는 유교적인 전통과 가부장적 가족체계를 뒤엎는 발상이다. 여기에서는 어머니에 대한 절대적인 확신과는 반대로 아버지는 그 진위가 항상 불확실한 가족 로망스의 전형적인 특징이 발견된다. 이를 통해 그의 시세계와 민중해방이 공유하는 상상적 기반이 어떤 무의식적 토양 위에 형성되었는가를 그려볼 수 있다. 영웅 탄생 신화의 기본 골격은 영웅과 아버지 사이의 이중적인 관계로 구성된다. 아들의 탄생이 자신을 위협한다는 예언 때문에 아버지는 아들을 죽이려 하지만, 어머니의 기지 덕분에 아들은 강물에 몰래 버려짐으로써 생명을 건진다—이것은 아이가 어머니의 자궁으로 되돌아갔다가 다시 탄생하는 환상 구조를 띤다. 아들은 훗날 성인이 되어 아버지와 재회하게 되고, 아들 즉 영웅에게는 위험에 처한 아버지의 원수를 갚는 사명이 주어진다. 우리의 독서에서 영웅 탄생 신화가 관심을 끄는 것은 박해자로서의 아버지와, 아들의 영웅적 권위를 받쳐주는 보루로서 지켜야 할 아버지라는, 아버지와 혁명 주체 사이의 이중적 관계가 문제되기 때문이다.

가족 로망스와 관련하여 그의 시에서 일관되게 드러나는 것은 "어머니인 대지"(「전사 2」), 또는 "대지의 자궁"(「자유를 위하여」)과 같이 어머니에 비유되는 대지의 이미지들이다. 그 대지는 노동에 뿌리내린 농민들이 성취해야 할 혁명의 기반이며, 동시에 그가 추구하는 "시의 기반"(「편지 1」)이다. 반면 아버지의 이미지는 훨씬 복합적이다. 「아버지」에는 아내를 구타하고, 아들의 "공책이란 공책은 다 찢어 담배말이 종이로 태워버"리고, 아들이 숙제를 하고 있으면 "섹유 닳아진다 어서 불 끄고 자"라고 독촉하는 무지막지한 아버지의 이미지가 부각된다. 아들로부터 글쓰기의 물질적인 바탕을 박탈하고 앎의 욕망을 부정하는 폭력적인 검열자의 모습이다. 이와 같은 아버지에게 면서기나 조합직원, 세리, 그리고 더 크게는 "금판사"(검판사)와 같은 양복쟁이들의 삶은 아주 근사해 보인다. 그는 아들에게 "빼돌이 의자에 앉아 펜대만 까딱까딱하고도/먹을 것 걱정 안하고 사는 그런 사람이 되어주기를 바랐다". 후에 전사가 된 아들은 구슬땀 흘리는 노동이 인간을 생명의 대지에 가장 깊이 뿌리내리게 하는 지상 최대의 미덕이라고 외치며, 금력과 자본 지향적인 아버지의 욕망과 한에 맞서 싸운다.

그는 죽었다 화병으로
내가 자본과 권력의 모가지에 칼을 들이대고
경찰에 쫓기는 몸이 되었을 때
식구들에 둘러싸여 마지막 숨을 거두면서
그는 손을 더듬거리고 나를 찾았다 한다

—「아버지」 부분

아버지의 욕망이 갈망하던 "자본과 권력의 모가지에 칼을 들이대"는 행동과 아버지의 임종의 순간이 일치하는 시의 흐름 속에서, 아들의 혁명적인 전투는 무의식적인 부친 살해의 욕망에 연결된다. 모든 혁명이 그러하듯, 여기에도 부친 살해가 상징적으로 연루되어 있는 것이다. 그러나 혁명의 명분은 조국의 해방, 농민의 해방이며, 시인은 노동시를 통하여 어머니의 대지에 뿌리내리고, 투쟁을 통하여 농부(아버지)의 권리를 회복시키기를 바란다. 이것은 혁명과 관련하여 두가지 의미를 암시한다. 먼저 아들은 박해자 아버지를 살해하고 어머니의 대지 위에 자신의 질서를 세우려 한다는 것이다. 그러나 이를 통해 아들은 마찬가지로 대지에 뿌리내린 상처입은 아버지의 권위를 동일시를 통해 복구하는 작업도 동시에 진행한다.

이러한 이중적 작업 속에는 아들의 죄책감이 들어 있다. 아버지는 아들에게 가해자이며 그가 도저히 용납하고 싶지 않은 인물이지만, 동시에 의무감을 가질 수밖에 없는, 부정할 수 없는 존재이다. 이 이중적인 감정은 아들이 그리는 아버지의 대립적인 두 위치에 대응한다. 한편으로 그는 자신의 글쓰기를 방해하고 그 토대를 박탈하던 박해자로서의 아버지의 이미지를 권력과 자본을 움켜쥔 자들과 연결시킴으로써 이들을 처단해야 할 "매국노"(「어머님께」)와 압제자의 자리에 놓는다. 다른 한편으로, 농사꾼으로서 아버지의 핍박받는 이미지를 민중이라는 이름으로, 더 나아가 조국이라는 — 그는 모국이라는 말을 쓰지 않는다 — 이름으로 숭고한 지위로 격상시킨다. 그리고 "가난한" 시인의 신분을 농부에 — 따라서 아버지에 — 동일시하고(「시인과 농부와」), 스스로 "조국"을 사랑하는 "애국자"로 불리기를 바란다. 부정적 아버지의 죽음과 긍정적 아버지의 건설은 아버지에 대한 동일시 속에서, 부정적 '나'의 폐기와 긍정적 '나'의 재탄생과 동시에 이루어진다.

이것은 곧장 시 쓰기의 문제로, 시적 자아의 탄생의 문제로 우리를 이끈다. 호미와 쟁기로 밭 갈고 씨 뿌리는 농부의 생산활동은, 시가 시인에게 있어 육체와 정신의 모든 에너지를 상상의 대지 위에 투여하는 정신적 생산활동인 것처럼, 호미와 쟁기라는 펜대로 토지 위에서 실현하는 노동의 글쓰기라 할 수 있다. 이런 의미에서, 농민이 그토록 소유하고 싶어하는 토지는 아버지가 그의 이기적인 욕망을 채우기 위하여 아들로부터 박탈했던 그 '공책'과 같은 의미와 기능을 갖는다. 토지와 공책은 모두 그 위에 무언가 주체의 활동을 새겨넣어야 할 정신적·육체적 바탕이자, 노동과 글쓰기를 통하여 그것들과 내밀한 관계를 맺고 싶은 욕망을 부르는 사물이다. 이렇듯, 김남주에게 글쓰기는 처음부터 박탈과 결핍에 맞서 싸워야 하는 현실을 내포하고 있었고, 농민을 해방시켜야 할 혁명의 명분은 아들의 이러한 글쓰기 욕망으로부터 발전했다. 여기서 농부 아버지와 그에 동일시된 시인[1], 아들은 동일하게 대지-어머니의 기반 위에 서 있다.

이제 그에게 시라고 하는 것이 무엇인지 살펴보자. 그에게 시는 하나의

---

1 김남주의 시 속에서 혁명가는 농민인 아버지와 시인의 모습을 모두 가지고 있다. 「녹두장군」에서 혁명가는 자신과 아버지의 이미지가 거의 융합된 상태로 그려진다. "무엇 때문일까/백년 전에 죽은 그가 아니 죽고/내 안에 살아 있는 것은/내 가슴에 내 핏속에 살아 숨 쉬고/맥박처럼 뛰는 것은//그도 내 아버지의 아버지처럼/서너마지기 논배미로 평생을 살았던 가난한 농부였기 때문일까/나와 같이 그 사람도 한때는/글줄이나 읽었던 서생이었기 때문일까"

관념을 완벽한 형태로 표현하려는 예술가적인 노력의 산물이 아니다. 그는 엄격하게 계산된 시가 아니라, 끓어오르는 뜨거운 피로써 시를 쓰고자 한다. 이 까닭에 그의 시는 아주 직설적이고 충동적이다. 죽음의 능선을 넘나드는 싸움이 아닌 관념적이고 서정적인 형태의 시를 그는 "인간의 육화된 내면의 방귀 소리"(「시를 대하고」)에 비유한다. '방귀'는 섭취한 음식물이 충분히 소화되지 못했을 때 내장이 뿜어내는 가스이다. 마찬가지로, 시적·정신적 방귀는 압제와 착취 앞에서 자유와 빵을 주장하는 뜨거운 외침을 내지르지 못하고 힘없이 내뿜는 미지근한 감정놀음의 입김에 지나지 않는다. 알맹이 없이 몸 밖으로 새어나오자마자 흔적도 없이 사라져버리는 인간 내면의 가스는 현실세계 앞에서 느끼는 거북함과 공허함 그리고 그 밑바닥에 깔린 무기력감의 표출이다. '방귀'라는 말이 드러내는 항문기적인 특성의 부정적인 측면에 빗대어, 세상 위에 우뚝 서서 새로운 질서를 세우고자 하는 혁명가의 영웅적 모습이 역으로 떠오른다.

'배설'이 보다 긍정적이고 생산적인 의미로 쓰이는 것은 김남주 자신이 정말 시를 쓴다고 느끼는 순간이다. 「시를 쓸 때는」의 한 소절을 읽어보자.

시가 술술 나오는구나
거미줄이 거미 똥구녕에서 풀려나오듯이
막힘없이 거침없이 빠져나오는구나
기분 좋구나 어절씨구 배설의 쾌감처럼
시원스럽기도 하구나 소위 카타르시스라는 것처럼

먼저 우리의 관심을 끄는 말은 "배설의 쾌감"과 "카타르시스"이다. 굵직한, 그리고 "걸쭉한" 막대 덩어리는[2] 뱃속을 가득 채우고 있던 노폐물을

2 이것과 대조적인 이미지가 「똥 누는 폼으로」에 아주 재미있게 표현되고 있다. "앉아서 기

단숨에 몰아내는 승리감이다. 더구나 그것이 "막힘없이 거침없이" 그리고 "거미줄"처럼 끊이지 않고 길쭉하게 빠져나오는 만큼 그 쾌감은 더없이 후련하다. 그에게서 시적 활동이 배설행위에 비유된다면, 그것은 우선 그의 시가 무엇보다 민중의 아픔과, 압제자와 그 앞잡이들이 가하는 폭력에 대한 폭로이자 절규라는 점에서 그렇다. 이런 의미에서 그의 시는 설움과 분노와 증오를 분출시키는 자기정화의 기능을 수행한다.

그러나 이러한 배설행위는 "백척간두에 모가지를 걸고" 하는 전투행위이며, 죽음이라는 극히 현실적인 위험을 무릅쓰고 실천하는 행동을 의미한다. 시인은 스스로 시 쓰기가 항문기적 공격성을 동반하는 실천적인 행동이라는 사실을 직감하고 있다. 혹시, 이것은 혁명가로서의 굳건한 자아를 새로이 다지는 무의식적인 과정을 내포하는 게 아닐까. 그리고 그러한 시적 창작활동의 가장 밑바닥에는 그러한 무의식적인 움직임을 내포하는 승화과정이 동시에 진행되었던 게 아닐까. 그리고 그가 시를 쓸 때 느끼는 배설의 쾌감이 실은, 창작을 통한 혁명의 미학적 실현을 가능하게 해준 시적-전사적 자아의 탄생을 암시하는 게 아닐까. 프로이트의 유아기 성이론이 이러한 생각들을 뒷받침해준다.[3]

다리는 자여/앉지도 서지도 못하고/엉거주춤 똥 누는 폼으로/새 세상이 오기를 기다리는 자여/아리랑고개에다 물찌똥 싸놓고/쉬파리 오기나 기다리는 자여"

3 알다시피, 유아기의 성이론에서 항문기의 어린아이에게 배변 훈련은 어머니가 뱃속의 아이를 잉태하여 출산하는 과정을 아이의 수준에서 이해할 수 있는 계기이다. 그 속에서 그는 자신이 생산하여 배출해낸 그 굵직한 물건을 자신과 동일시하게 된다. 배변 훈련을 통해 어머니가 그에게 간절하게 요구하는 그 물건을 내줌으로써 아이는 어머니의 욕망을 충족시켜주는 커다란 만족감을 누리는 한편, 어머니의 욕망 대상이 될 만한 가치를 지닌 훌륭한 자신을 새로이 탄생시키는 해산의 경험도 간접적으로 한다. 다른 한편, 이 물건은 창조과정에서 벌어지는 무의식의 활동의 원초적인 형태를 보여준다. 창조는 무에서 이루어지는 것이 아니라, 주체의 존재를 형성하는 요소들이 그의 내면에서 서로 어울리며 반죽되어 전혀 새로운 형태를 만들어내는 생산이다. 이것이 미학적인 관점에서 다듬어졌을 때 우리는 이것을 특히 예술창작품이라고 부른다.

이제 그러한 미학이 어떤 형태로, 어떤 통로로 실현되는지 살펴보기로 하자. 승화과정이 흔히 말하듯이 사회적으로 인정받을 수 없는 어떤 무의식적인 충동을 긍정적이고 생산적인 방향으로 전환시키는 것이라면, 그에게서 시 쓰기를 통하여 승화되는 충동 에너지는 과연 무엇일까? 그의 시에는 죽창, 낫, 칼, 망치, 도끼, 총부리, 손톱, 발톱, 이빨 등 폭력적인 도구들이, 압제자와 관련하든 저항하는 민중과 관련하든, 서슴없이 등장한다. 그리고 피, 시체, 무덤, 어둠 등과 같은 죽음의 이미지들이 잔혹한 학살과 격렬한 싸움의 장 한가운데서 활동하고 있다. 시퍼런 칼날로 갈기갈기 찢고 날카로운 창끝으로 찌르고 도끼로 내리찍는, 그래서 피가 용솟음치고 고통으로 몸부림치고 시체가 나뒹구는, 우리가 그의 시를 읽으면서 상상할 수 있는 이 섬뜩한 파괴의 장면들은 이빨로 씹고 찢고 분쇄하는 저작(咀嚼)활동과 관련된 구순기적 파괴 충동들[4]을 연상시킨다. 이 유아기의 성 발달단계가 이유기를 거친 다음의 항문기와 겹쳐 나타난다는 점에서, 앞서 살펴본 항문기적 특성이 지닌 생산성이 더욱 의미심장해 보인다.

김남주의 시세계에서 이와 같은 파괴는 새로운 질서를 세우기 위한 필연적인 과정으로, 더 근본적으로는 그러한 질서를 절실하게 희망하게 하는 원인으로서 가치를 갖는다. '피'는 생명과 모든 파괴의 극치인 죽음을 동시에 떠올리게 하는 가장 효율적인 표현이다. 피가 분출하는 죽음의 이미지는 전복과 파괴가 절정에 다다른 순간이자 가장 아름답고 숭고한 혁명의 순간을 알린다. '피의 꽃'은 그의 시세계의 한 중심에서 죽음을 아름다움으로 변모시킨다. 이렇게 피의 미학이 성립될 수 있는 것은, 비록 구순기적인 파괴성이 그의 문학의 한 중요한 축을 이루기는 하지만 시인이 그것을 문학 속에서 혁명의 숭고함과 아름다움으로 발전시켰기 때문

4 「불꽃」에서는 증오와 분노가 천연덕스럽게 식인행위로 표출되고 있다. "활/불꽃이 타오른다/부자를 만나면 기름진 배때기/증오의 불길로 튀겨 먹고/활/불꽃이 타오른다/흰둥이 깜둥이 이방인을 만나면/저주의 낙인 까맣게 하얗게 태워 먹고"

이다.

만약 그가 삼십대의 젊은 나이에 투옥되지 않고 계속 투쟁에 참여했더라면, 그리고 구체적인 전투에 들어갔더라면, 그러한 공격성을 그가 실제로 살았을까? 이 질문은 조금 어리석어 보이지만 사실은 매우 예민한 부분을 건드린다. 가상의 혁명적인 전투에 내려질 수 있을 역사적인 평가는 지금 우리에게 전혀 문제가 되지 않는다. 다만 여기서 명백해 보이는 것은, 어떤 경우에든 그 개인의 차원에서는 새로운 사회의 건설이라는 영웅적인 명분이 있으며, 그가 했을 어떠한 파괴적인 행위도 이상적인 사회 건설이라는, 아버지-농민의 해방과 온전한 주체로서의 권리 쟁취라는 명분에 의해 충분히 정당화되었을 것이라는 점이다. 승화되어야 할 충동이 있다면, 그것은 초자아가 그 충동을 용납하지 않기 때문이다. 따라서 그가 승화시켜야 했을 충동은 기존 질서의 부정이란 사명이 실제로 요구했을 파괴성을 가리키지는 않는다. 그러니, 그러한 가설적인 파괴행위들 또한 그의 시 쓰는 행위만큼이나 보다 높은 차원의 건설적인 목표를 지향하는 과정일 수 있다.

결국, 그의 시 표면에 드러나는 공격적이고 폭력적인 표현들은 그가 의식적으로는 도저히 행할 수 없었을 난폭한 충동들이 시를 쓰는 과정에서 해소되고 길들여졌을지도 모른다는 가설적인 수준에서 막연히 이해될 수는 없다. 그렇다면 구태여 이러한 것들을 내세우기 위해 승화를 운운할 필요는 없지 않았을까. 그의 시 창작에서 드러나는 항문기적인 특성이 암시해준 예술적 승화과정은 우리로 하여금 그의 시세계로 좀더 깊이 들어가도록 요구한다. 그의 시적 행위가 혁명과 불가분의 관계를 맺는 만큼, 우리의 독서는 궁극적으로 그의 혁명적 자아가 어떻게 시를 통해 실현되는가 하는 문제에 연결된다.

「시를 쓸 때는」에서 그는 "뜨는 해와 함께 밑씻개가 되기 위하여 오늘 밤에 써라"라고, "쓰는 족족 어둠으로 지워가면서" "찢어가면서 써라"라고 외친다. 시 자체가 비천하게 다루어지고 있다. 그렇다고 이처럼 시를 학대하고 폐기하는 그의 행위를 그저 자학적이라거나 패배주의적이라고만 말할 수는 없다. 흔히 '뜨는 해'가 밝은 희망을 떠올린다는 점에서, 그러한 해석은 충격적으로 들릴 것이다. 암흑 속에서 박해받던 '나'가 밝은 태양 아래조차 설 자리가 없다는 말이 될 것이기 때문이다.[5] 잠시 판단을 유보하고 시를 계속 읽어보자.

분명 그는 자신의 시가 의도대로 독자에게 잘 전달되기를 바랄 것이다. 그러나 그가 동시에 잘 알고 있는 것은 독서과정에서 생산되는 의미들이 결코 자신의 의도대로 미리 결정될 수 없다는 엄연한 현실이다.

> 사후의 부활? 아나 천주학쟁이 너나 먹어라 내던져주고 써라
> 사후의 평가? 아나 비평가 너나 처먹고 입심이나 길러라 하고 써라
> 네가 쓴 시가 깜부기가 될지 보리밥이 될지 그것은 농부에게 맡기고 써라
> 네가 쓴 시가 꼴뚜기가 될지 준치가 될지 그것은 어부에게 맡기고 써라
> 네가 쓴 시가 황금이 될지 똥금이 될지 그것은 광부에게 맡기고 써라
> 네가 쓴 시가 비싸게 팔릴지 싸게 팔릴지 그것은 임금노동자에게 맡기고 써라

5 그의 시에는 '대지' '별' '땀' '피' '꽃' '새벽' 등 일정한 심적 가치를 구현하는 비유들이 있는가 하면, 그 심적 가치가 애매한 경우도 있다. 예를 들어 「잿더미」에서 한낮의 불타는 태양은 밝은 세상의 행복한 질서를 암시하기보다 "폐허를 가로"지르는 시련의 시간대로서 오히려 황혼이 지면서 다시 통과해야 할 폐허의 암흑을 연상시킨다. "동천에서 태양이 타오르자"마자 "서천으로 사라지는 달"을 아쉬워하고, 지는 별들의 죽음을 애통해하고, 그들의 부활을 위해 "새벽의 언덕에서 기도"하는 시의 흐름은 흔히 희망과 질서를 표상하는 것으로 해석하는 태양의 상징적 가치를 전복시키는 것처럼 보인다. 그러나 이것이야말로 '아버지'로 불리는 상징체에 대한 그의 이중적 관계맺음의 증거라 할 것이다.

모든 것을 독자들의 심판에 맡기고 의연하게 시를 써야 한다. 시를 쓰는 동안에는 철저하게 '나 자신'이 되어야 한다. 시를 쓰기 위해 자신의 내부로 침잠한다는 것은 그에게 무엇보다 "겨드랑이에 소름이 돋고 아랫도리가 떨려오는" 죽음의 공포와 "피비린내 나는 고문 도구들"의 위협을 모두 무시하고 "귀를 막고 침묵 속에서" 쓴다는 것이다. 그에 따르면, 이런 자세로 시를 쓰면 "똥구녕에서 걸쭉한 것이 막힘없이 거침없이 빠져나오듯이 술술" 시가 나올 것이다. 이렇게 죽음의 경계선에서, 어둠속에서, 찢고 지워버리고 폐기해버리면서 거의 자학적으로 쓰는 시는 결국, 자신의 내부에 아직 조금은 살아 있을 비겁한 자아를 죽이는 과정이 된다. 비겁한 자아를 죽임으로써 암흑을 벗어나 뜨는 태양을 맞으며, 동일시를 통해 나쁜 아버지, 박해하는 아버지의 죽음까지도 동시에 실현할 것이다. 그의 시세계에서 승리를 위한 필연적인 과정으로서 죽음이 등장하는 이유도 여기에 있을 것이다. 그렇다면 그렇게 창조된 그 굵직한 시 덩어리는 시대에 맞서 당당하게 선 영웅적인 시적 자아의 탄생을 의미하는 게 아닐까. 아울러, 시인에게 독자로부터의 자유 또한 바로 그러한 전사의 영웅적 탄생의 조건이라 할 수 있지 않을까. 독재자가 자신의 권력을 강제로 인정받는 것과 반대로, 혁명가가 민중으로부터 자발적인 추앙을 받기를 원하듯 말이다. 왜냐하면 그때야 비로소 그의 시가 진정한 힘을 발휘할 수 있을 것이니까.

그렇다면 그의 시가 독자들의 가장 깊고 가장 절실한 부분에 와닿으면서 감동을 줄 때 어떤 현상이 벌어지는가? 치밀어오르는 분노와 들끓는 피가 싸움의 꽃이 되게 하는 것일까? 당장이라도 죽창 높이 쳐들고 행진하는 것일까? 어쩌면 김남주는 그것을 바랐을지도 모른다. 그러나 그 자신이 시를 어떻게 느끼는지를 알아보는 것이 우리에게는 더 흥미로운 일이다. 「그들의 시를 읽고」를 따라가보자. 하이네, 마야꼽스끼, 네루다, 브레히트, 아라공과 같이 나라도 다르고 시대도 다르고 언어도 다른 시인들의 시를 읽으면서, 그는 노동으로 대지에 뿌리내린 "투쟁의 나무가 흘리는 피의 맛과도 같은" 그 무엇을 느낀다. 그리고 그는 그 격렬한 삶을 노래하는 이 시인들의 작품을 읽으며 무엇보다 생동하는 육체를 느낀다. "천사"의 "유방", "비너스"의 "궁둥이", "공동묘지"에서의 "입맞춤", 그리고 "박꽃처럼 하얀 허벅지"가 계급투쟁과 어우러지면서 그에게 주는 감동은 생명으로 충만하다.

> 나는 자신한다 감히 다른 것은 자신 못해도
> 밤으로 낮으로 형이상학적으로 이마에 내 천 자를 그리며
> 육체의 허무를 탄식하는 도덕군자들도 그들의 시를 읽으면
> 느끼게 될 것이다 빳빳하게 일어서는 아랫도리의 물질로
> 나는 자신한다 감히 다른 것은 자신 못해도
> 플라토닉 러브 어쩌고저쩌고하는 순수 여류시인들도
> 그 시를 읽고 감격해 마지않는 신사 숙녀 여러분들도
> 알게 될 것이다 그들의 시를 읽으면
> 자기들도 관념이 조작해놓은 위선의 인간이 아니라는 것을
> 축축하게 젖어드는 아랫도리의 물질로 알게 될 것이다

육체가 표현하는 모든 욕망의 에너지가 한곳에 집중하는 순간이다. "빳빳하게 일어서는" 그 "아랫도리의 물질"이 땀과 체액으로 "축축하게 젖어드는" 흥분과 함께 '나'가 진실로 존재한다는 것을 온몸으로 느끼게 하는 순간이다. 이처럼 '나'가 육체를 통해 가장 적극적으로 살아 있음을 느끼는 순간은 바로 사랑과 욕망이 절정에 도달했을 때이다. 이것은 "관념이 조작해놓은" 공허한 추상이 아니다. 끓어오르는 욕망이 '나'와 타인을 절실하게 부르는 순간이며, '나'와 타인이 반드시 거기 함께 있어야 하는, 다

시 말해 만남이 절대적으로 필요한 때이다. 이처럼 그가 혁명시인들의 시를 읽을 때 받는 감동의 바탕에는 강렬한 무의식적 욕동들이 깔려 있다. 시가 어떤 물리적인 힘보다도 큰 위력을 발휘하는 것은 이처럼 무의식의 적극적인 활동을 부추길 수 있는 마력을 지녔기 때문이다. 그렇기에 시적 감동은 이성적으로 이해될 수 없는 흥분의 무의식적인 원동력이 될 수 있고, 비폭력적인 혁명이 될 수 있다.

그는 이 시의 앞부분에서 이미 그 "아랫도리의 물질"에 대해 아주 상징적인 해석을 내린다.

> 한마디로 말하자 그들의 시에는
> 인간이 있는 것이다 육체를 가진 인간이 있고
> 인간과 인간 사이를 원수지게 하기도 하고 동지이게 하기도 하는
> 물질이 있는 것이다 그 깊이와 역사가 있는 것이다

인간과 인간 사이에 갈등을 일으키게도 하고 하나의 가치를 위해 뜻을 모으게도 하는 그 '물질'은 단순히 인간의 성적 욕망을 표현하는 동물적 기능의 대명사가 아니라, 어떤 거대한 심적인 가치를 상징한다. 그 심적 가치는, 정신분석의 용어로 말하자면, 인간의 무의식적인 욕망과 원천적으로 결부된 '팔루스'(phallus)이다. 그것은 자신의 것을 타인이 욕망한다고 느끼고 그것을 타인에게 준다고 느낌으로써만 자신이 그것을 소유하고 있음을 확인할 수 있는, 말하자면 일종의 상징적인 교환매체이다. 항문기에 있는 아이에게 변(便)이나, 어머니와의 관계 속에서의 아이, 그리고 돈이나 선물 등이 모두 팔루스를 표상하며, 특히 남근기를 거치면서는 시인이 말하던 그 "빳빳하게" 일어선 "아랫도리의 물질"이 팔루스를 상징하는 대표적인 사물이 된다. 또 권력을 추구하거나 부를 축적하려는 야망, 이념을 위해 목숨을 바치는 영웅적 행위 속에서도 팔루스를 뒤쫓는 주체

의 무의식적인 활동을 엿볼 수 있다. 바로 이러한 것들이 역사를 움직여 왔고, 김남주는 바로 그 '물질' 속에서 인간의 역사를 움직인 주체의 내적 동력을 짐작했다.

여기서 다시 질문을 하나 던지기로 하자. 그가 시를 읽으면서 느끼는 육체적인 흥분은 무의식적으로 무엇을 의미할까? 그가 시를 읽으면서 받는 감동과 주체가 팔루스와 관련하여 취하는 입장을 연결해서 생각해보자. 민중을 이끄는 혁명시인이 되기를 스스로 희망하는 시인이 민중의 삶을 노래하는 시를 읽으면서 경험하는 흥분상태를 우리는 영웅적이라고 표현할 수 있다. 그런데 보다시피 시인은 그 흥분을 자신의 육체의 중심에서 그 뿌리가 꿋꿋이 서는 순간에 비유하고 있다. 욕망이 절정에 이른 이 순간은 상상의 타자가 욕망하는 그것을 충족시킬 수 있으리라는 희망과 용기가 용솟음치는, 더 나아가 그것 자체가 된 듯한 나르시스적인 뿌듯함을 느끼는 순간이다. 김남주는 나라의 장래를 걱정하고 민중을 각성시키려 했던, 역사에 남은 애국자들을 "하늘의 별", 혹은 "대지의 별"(「역사에 부치는 노래」)이라 부르며 찬양한다. 이들은 단순히 타인이 자신을 욕망해주기를 욕망했던 이들이 아니다. 그들이 내세우는 대의가 자신의 존재를 통하여 전달되기를 간절하게 원했던 이들이며, 자신이 추구하는 가치의 화신이 되기를 바랐던 이들이다. 이들은 말하자면 팔루스적 가치를 자신의 존재로써 구현하는 상징적인 인물이 되기를 간절히 원했던 이들이다. 그럼으로써 그 자신이 새로운 세계를 건설하는 정신적인 지표가 되기를 바랐던 것이다.

그런데 「거대한 뿌리」에서 그려지는 혁명적 영웅의 이미지는 참으로 놀랍다.

> 장성 갈재를 넘으면 거기 산 하나 있다 무등산
> 그는 하늘에 우람한 수목을 기르지 않는다 그 자신이 우람하다

> 무등산을 오르다보면 거기 산기슭에 사람 하나 있다 강영균
> 그는 대지에 거대한 뿌리를 내리지 않는다 그 자신이 거대하다

위의 시 구절에서 마지막 행은 특히 의미심장하게 다가온다. 지금까지 우리는 김남주의 가족 로망스 구도 속에서 그가 대지-어머니에 뿌리내리기를 염원한다고 믿었었다(「노동의 대지에 뿌리를 내리고」). 그런데 이 시에서 드러나는 영웅은 대지조차 초월하는 거인이다. 대지의 자궁에 뿌리를 내리기에 영웅은 너무도 거대하다. 우리는 앞서 영웅 탄생의 신화를 언급하면서 모태 회귀와 재탄생의 환상에 잠시 주목한 적이 있다. 영웅의 탄생이 아버지의 체제 위에서 이루어진다는 사실을 놓고 볼 때, 여기서 핵심적인 것은 모태 회귀가 아니라 오히려 그것으로 가능해진 재탄생, 다시 말해 어머니와의 단절의 재확인이다. 이것을 라깡 식으로 말하자면 상상적 어머니의 '팔루스로 존재하기'의 위치와 결정적으로 결별하는 것이라 할 수 있을 것이다.[6] 그럼으로써 영웅은 질서를 상징하는 팔루스적 '존재'가 되는 것이다. 이 영웅적인 팔루스적 존재는 상징계적인 측면과 상상계적인 측면의 경계에서 양면성을 지니고 있다. 혁명은 실패할 경우 단순히 어떤 과격분자의 위험하고 이상주의적인, 상상계에 포획된, 공상적인, 더 심각하게는 정신병적인 행각으로 축소되거나 변질되고, 때로는 죽음과 함께 끝장나고 만다. 그러나 성공했을 때 혁명은 전복된 과거의 폐허 위에 새로운 질서 체계를 세우게 되고, 혁명가는 새로운 질서를 제어하는 '상징적 아버지'의 위치에, 그리고 최초의 완벽한 아버지의 이미지가 깨어지기 이전의 그 절대적인 아버지의 모습을 모방하는—비록 그 환상이 결국 깨어지는 한이 있더라도—'이상적 아버지'의 거대한 대리표상자

6 라깡은 팔루스를 구조적으로 설명하면서 주체가 선택할 수 있는 두가지 위치에는 '팔루스로 존재하기'와 '팔루스를 소유하기'가 있다고 했다.

로서 우뚝 서게 된다. 그는 "대지에 거대한 뿌리를 내리지 않는다 그 자신이 거대하다". 김남주는 영웅의 거대함이 어떤 것일지, 어떤 것이어야 하는지를 직관적으로 알고 있었다.

지금까지 우리는 스스로를 "혁명시인", "민중의 벗" 그리고 "해방전사"(「나 자신을 노래한다」)라고 부른 김남주가 시에 어떤 의미를 두었는지 알아보았고, 그가 죽음과 파괴를 피의 미학으로 승화한 것이 단순히 구순기의 공격성을 문학작품으로 빚어내는 데 성공한 것이라고 정리하는 데 만족할 수 없었다. 승화는 그에게 시적 자아를 통해 혁명적 자아를 실현하는 과정이었다. 그는 시를 쓰면서 전사의 영웅적인 탄생을 꿈꾸었다. 그의 시적 행위는 박탈당한 대지-공책의 회복을 위한 투쟁을 의미했다. 그에게 대지는 "반전의 싹을 틔우"(「자유를 위하여」)는 — 여기에 영웅 탄생과 혁명의 환상이 들어 있다 — 자궁이면서, 절망과 분노를 딛고 노동의 글쓰기가 새겨지는 투쟁의 실천 공간이었다. 시 쓰기는 그에게 영웅적 자아를 꿈꿀 수 있게 해주었다. 그가 시를 쓰는 순간조차 스스로를 전사로 자처한 것도 아마 그래서였을 것이다. 바로 여기에 그의 시세계 창조라는 승화의 의미가 있다. 명분이 권력에 의해 억압받고 위협받는 상황에서 시가 비등하는 에너지의 출구를 열어준 것은 다행한 일이었다. 어찌 그가 시를 쓰지 않을 수 있었겠는가.

시를 통한 혁명은 이상을 지향하는 상상계를 의식적인 삶의 표면으로 부상시키는 일이라고 할 수 있다. 이것은 상상세계 속에서 감성으로 느끼는 것을 일상의 진부한 언어에 새로운 기운을 불어넣어 새로운 언어공간으로 건축하려는 시적 창조 작업이다. 이것은 권력으로부터 언어를 해방시키는 일이다. 김남주는 감옥에서의 격리된 삶 속에서 — 기성 세계질서와의 결별만이 새로운 세계를 열게 한다 — 시적 자아의 창조 작업과 함께 매 순간 영웅으로 새로이 탄생했다. 그리고 우리가 우리의 육체와 그것에 접목된 무의식과 함께 그의 시를 읽으면서 느끼는 감동은, 바로 우리 모두가 단념했어야 했던, 억압된 그 최초의 욕망들이 시적 언어에 자극받고 그것에 화답하며, 우리의 내면 가장 깊숙한 곳에서 일어나는 울림이다. 그는 인간의 억압받는 가장 원초적인 힘들이 문학에 작용한다는 것을 직감했다. 그가 그것을 표상하는 말들로써 자신의 시세계를 구축했다는 사실은 자신의 혁명적 전투의지를 표현하고, 더 나아가 독자들에게 동일한 혈기를 느끼게 하기 위한 가장 효율적인 시적 전략을 그가 본능적으로 알았음을 의미한다. 그의 직관이 그를 시인으로 만들었다.

(『김남주 통신 1』, 일과놀이 2000 / 개고)

최애영 崔愛英　번역가, 문학평론가. 서울대 불문과 강사.

김남주 시의 상징과 은유

한성자

1. 들어가는 글

김남주의 시에 대한 대부분의 글은 투사로서의 시인의 성격을 부각하고 있다. 그것은 시대적 소명에 대한 철저한 확신과 실천을 보여주는 시인의 삶과 문학이 글쓴이들에게 커다란 감동으로 다가왔기 때문일 것이다. 그러나 한편으로 김남주 문학에 대한 평가가 지나치게 그의 사상과 삶을 조명하는 쪽으로 기울지 않았나 하는 생각을 하게 된다. 김남주의 삶에 근거한 그 문학의 감동이 오히려 김남주 문학의 진실성을 가리는 게 아닐까 우려되는 것이다. 이런 뜻에서 이 글에서는 될 수 있는 대로 문학적인 틀 내에서 시인의 작품을 바라보려는 시도를 해보았다. 그 가운데서도 특히 문학적인 수사와 기법을 살펴봄으로써 김남주 시의 문학적인 정통성을 확인해보려고 한다.

문학적인 수사의 기본은 전의(轉義)라고 할 수 있다. 전의란 어떤 낱말이 원래의 의미에서 전이되어 다른 의미로 쓰인 모든 경우를 가리키는 것으로, 직유와 은유 등의 비유, 상징, 알레고리, 반어 등을 포함하는 상위개념이다. 이는 문학적 표현과 일상어가 다름을 보여주는 가장 대표적인 예일 것이다. 김남주의 시가 이해하기 쉽고 시인 자신도 일부러 지어낸 말이 아닌 일상어를 사용할 것을 주장했기 때문에 언뜻 보면 그의 시에 별다른 수사법이 없는 것으로 생각하기 쉽다. 하지만 실제로 그의 시는 수사법의 보고라고 할 수 있을 만큼 다양한 수사법을 구사하고 있다. 시인이 스스로를 투사 또는 전사라고 자칭한 것과는 달리 그의 작품을 대할 때마다 그가 타고난 시인임을 새삼 확인하지 않을 수 없는 것은 무엇보다도 문학적 표현 수단에 대한 탁월한 활용 능력 때문일 것이다. 이는 시인의 문학적인 수업, 특히 외국의 저항문학의 수용에 적지 않게 힘입은 결과라고 하겠다. 시인 자신은 거기서 저항정신을 배웠음을 강조하고 있지만 어찌 그에 그쳤겠는가? 그가 수용한 하이네와 브레히트, 네루다 등을 비롯한 외국의 저항시인들은 반어와 풍자를 위시한 다양한 수사법의 대가들이었던 것이다.

2. 상징: 사람

김남주의 시세계의 원천은 농사꾼인 아버지이다. 가족이라는 의미에서도 그렇지만 힘없는 농부의 삶을 살았다는 점에서 아버지는 시인의 작품세계를 규정하는 결정적인 의미를 지닌다. 아버지는 농부의 고단한 삶을 대변하는 인물이며 아버지에 대한 연민은 바로 약자에 대한 연민이다. 게다가 더 거슬러올라가 아버지는 머슴 출신이었으니, 어린애다운 맑은 눈으로 시인이 일찌감치 약자와 강자가 존재하는 사회구조에 눈뜨게 됨은 당연하다고 하겠다.

이 고개는

솔밭 사이사이를 꼬불꼬불 기어오르는 이 고개는
어머니가 아버지한테
욱신욱신 삭신이 아리도록 얻어맞고
친정집이 그리워 오르고는 했던 고개다
바람꽃에 눈물 찍으며 넘고는 했던 고개다
어린 시절에 나는 아버지 심부름으로
어머니를 데리러 이 고개를 넘고는 했다
고개 넘으면 이 고개
가로질러 들판 저 밑으로 개여울이 흐르고
이끼와 물살로 찰랑찰랑한 징검다리를 뛰어
물방앗간 뒷길을 돌아 바람 센 언덕 하나를 넘으면
팽나무와 대숲으로 울울한 외갓집이 있다
까닭 없이 나는 어린 시절에
이 집 대문턱을 넘기가 무서웠다
터무니없이 넓은 이 집 마당이 못마땅했고
농사꾼 같지 않은 허여멀쑥한 이 집 사람들이 꺼려졌다
심지어 나는 우리 집에는 없는 디딜방아가 싫었고
어머니와 함께 집으로 돌아갈 때
외할머니가 들려주는 이런저런 당부 말씀이 역겨웠다
나는 한번도 들여다보지 않았다
아버지가 총각 머슴으로 거처했다는 이 집의 행랑방을

—「그 집을 생각하면」 전문

위의 시는 경험시의 특성이 잘 드러난 대표적인 시로서, 시인의 가슴속에 깊이 각인된 어린 날의 기억을 형상화하고 있다. 시는 "욱신욱신 삭신이 아리도록 얻어맞"는 어머니와 그렇게 때려놓고 다시 어머니를 데리러 아들을 심부름 보내는 아버지의 대립으로 시작된다. 얻어맞고 "친정집이 그리워" 고개를 넘는 어머니는 약자임이 틀림없다. 어릴 때 어머니를 데리러 고개를 넘었고 지금 다시 그 자리에 선 시적 자아는 "바람꽃에 눈물 찍으며" 고개를 넘는 어머니의 모습을 떠올리는 것이다.

그러나 강자인 아버지와 약자인 어머니라는 대립관계는 외갓집 쪽으로 풍경이 옮겨가면서 곧 역전되기 시작한다. 고개를 넘으면서 마주치는 공간들이 이미 그 역전을 예감케 한다. "개여울"은 고개를 "가로질러" 흐르며 징검다리는 "이끼와 물살로 찰랑찰랑"하고 언덕은 '바람이 세다'. 여기에서 감도는 당당하고 풍요롭고 세찬 기운은 변변치 않은 아버지의 존재하고는 거리가 먼 낯선 기운이다. 그 낯선 기운을 지나서 도달하는 곳, 외갓집은 "팽나무와 대숲으로 울울"하다. '나'는 그 집 대문턱을 넘기가 무섭다. "터무니없이 넓은 이 집 마당" "농사꾼 같지 않은 허여멀쑥한 이 집 사람들" "우리 집에는 없는 디딜방아가 싫었고" 외할머니의 "당부 말씀이 역겨웠"던 것이다.

그러나 이 집이 무서운 더 근본적인 이유는 시가 끝나는 마지막 행에 비로소 제시되는데, 그것은 바로 장가가기 전 "아버지가 총각 머슴으로 거처했다는 이 집의 행랑방"이다. 총각 머슴과 주인집 딸이라는 더 근원적인 대립구도가 아들인 '나'로 하여금 얻어맞는 어머니를 약자로 하는 현재의 대립구도를 떠나 어머니가 그리워하는 외갓집을 무섭고 못마땅하고 역겹게 느끼도록 한 것이다. '나'는 그 행랑방을 "한번도 들여다보지 않"음으로써 아버지와 연대한다. 어린 시절의 기억으로부터 비롯된, 머슴 출신인 아버지에 대한 연민과 주인집인 외갓집에 대한 혐오로 양분된 감정은 시인이 성장한 후에는 모든 억압받는 자에 대한 연민과 연대감, 그리고 권력을 가진 자들에 대한 혐오와 적대감으로 발전되는 것이다.

그러나 정작 아버지는 아들이 자기처럼 힘없는 사람들과 연대하기를 바라지 않는다. 아버지는 아들이 자라서 자기와는 다른 힘 있는 사람이 되기를 바라는 것이다.

> 농사꾼은 그에게 사람이 아니었다
> 빼돌이 의자에 앉아 펜대만 까딱까딱하고도
> 먹을 것 걱정 안하고 사는 그런 사람이 되어주기를 바랐다
> 그는 못돼도 내가 면서기쯤은 되어야 한다고 했다
> 그러면 자기도 면에 가면 누구 아버지 오셨냐며
> 인사도 받고 사람대접을 받는다 했다
> 그는 내가 고등학교 대학교 다닐 때
> 금판사가 되면 돈을 갈퀴질한다고 늘상 말해왔다
> 금판사가 아니라 검판사라고 내가 고쳐 일러주면
> 끝내 고집을 꺾지 않고
> 금판사가 되면 장롱에 금싸라기가 그득그득 쌓일 거라고 부러워했다
>
> —「아버지」 부분

아버지가 아들에게 '사람'이 되라고 할 때 '사람'에는 아버지가 소망하는 삶의 모든 내용이 담겨 있다. 땅 파먹고 버러지처럼 일하는 자신과 같은 농사꾼은 '사람'에 속하지 못한다. 그러나 아버지가 '사람'으로 꼽는 '순사' '산감' '면서기' 등이 되면 다르다. 아들이 그들 중의 하나가 되면 "누구 아버지 오셨냐며" "사람대접"도 받고 그동안 힘이 없어서 당한 원통함도 아들이 다 갚아주고 소중한 땅도 끄떡없이 지켜줄 수 있는 것이다. 그보다 더 높은 "금판사"라도 되면 "빼돌이 의자에 앉아 펜대만 까딱까딱하고도/먹을 것 걱정 안하고" 살 수 있다. 게다가 온갖 사람이 와서 허리를 굽실거리고 "돈을 갈퀴질"할 수 있는 것이다. 이런 모든 삶이 '사람'이라는 상징 속에 들어 있다.

'상징'은 원래 헤어지는 두사람이 먼 훗날에 서로 알아볼 수 있도록 하

나를 반으로 갈라서 나누어가졌던 반쪽의 물건을 뜻한다. 그러던 것이 '감각적으로 알기 쉬운 기호로서 더 높은 정신적인 것을 가리키는 표시'가 되었다. 이 시에서 아버지가 아들에게 '사람'이 되라고 할 때 '사람'이라는 낱말은 바로 이런 상징의 역할을 한다. 아들은 '사람'이 무엇을 말하는지 안다. 못되어도 '면서기'는 되어야 하는 것이고 최상으로는 아버지가 소망하는 힘 있는 자의 모든 초상이 다 그 안에 들어 있다. 그러나 아들은 머슴이었던 아버지로부터 멀어지기를 바라지 않으며, '금판사'는커녕 '면서기'가 될 가능성조차 없애버림으로써 아버지의 바람을 저버린다.

늦가을 어느 해
추곡수매 되짜 맞고
빈속으로 돌아오시는 아버지 앞에
밥상을 놓으시며 우시던 어머니
순사 한나 나고
산감 한나 나고
면서기 한나 나고
한 집안에 세사람만 나면
웬만한 바람엔들 문풍지가 울까부냐
아버지 푸념 앞에 고개 떨구시고
잡혀간 아들 생각에
다시 우셨다던 어머니

—「편지 1」 부분

아버지가 아들에게 최소한 면서기라도 해서 '사람'이 되라고 한 것은 그들로부터 많은 시달림을 받으며 살아왔기 때문이다. 솔가지를 꺾어서 아궁이에 지피면 산림계 직원이 나와서 위협해 뜯어가고, 일을 하기 위해서 농주(農酒)를 해 먹다 들키면 씨암탉을 뺏기는 등 '양복쟁이'만 나타났다 하면 온 동네가 아수라장이 되었던 것이다. 그러므로 힘없는 아버지가 그들을 부러워하고 아들이 그들처럼 되기를 바라는 것은 당연한 일이다. 그러나 아버지의 기대와는 달리 대학까지 나온 아들은 힘 있는 자가 되기를 거부하고 아버지와 같은 힘없는 사람들 편에 서서 그들을 위해 싸우는 쪽을 택했던 것이다.

그렇다고 해서 아들이 아버지와 동일한 존재가 될 수 있는 것은 아니다. 아들은 머슴의 기억이 없으며 주인집 딸인 어머니의 아들이기도 하고, 대학까지 다닌 지식인으로서 '사람'이 못된 게 아니라 될 수 있는 가능성을 스스로 거부했기 때문이다. 간절하게 '사람'대접을 받고 싶은 아버지와 '사람'이 되고 싶지 않은 아들은 같은 존재일 수 없다. 이런 점에서 아들은 오히려 지금은 옛 머슴의 아내지만 그 출신은 주인집 따님이었던 어머니에 더 가깝다고 하겠다.

> 옥살이 십년 동안 단 한번도 자식을 보러
> 감옥을 찾은 적은 없었으되
> 정월 초하루나 팔월 보름날 같은 날이면
> 한번도 빠짐없이 절을 찾으셨다는 어머니
> 그런 어머니를 두고 사람들은 고개를 갸우뚱하지만
> 실은 나도 모를 일이다
> 자식이 보고 싶을 때
> 감옥 대신 절을 찾으셨던 어머니의 그 속을
> (…)
> 니 나왔은께 인자 나는 눈 감고 저승 가겄어야
> 니 새끼가 너 같은 놈 나오면 그때는
> 니 여편네가 이 고개를 넘을 것이로구만

풍진 세상에 남정네가 드나들 곳은 까막소고
아낙네는 정갈하게 몸 씻고 절을 찾아나서는 것이여

—「무심」 부분

머슴에게 시집보내진 어머니는 친정에서는 당당하지 못한 존재지만 남편에게는 "보리 서너말 얹어 떠맡"(「아버지」)겨진 주인집 따님이다. 머슴이었던 아버지는 아들이 '사람'이 되기를 간절히 바라는 데 반해서 어머니는 그런 바람을 보이지 않는다. '주인집 따님'이었던 그녀는 '사람'에 대한 간절한 바람이 없으며 '사람'이 되기를 거부하는 아들의 고집을 당연하게 받아들인다. "풍진 세상에 남정네가 드나들 곳은 까막소"일 수밖에 없는 것을 어머니는 안다. "니 새끼가 너 같은 놈 나오면 그때는/니 여편네가 이 고개를 넘을 것이로구만" 하고 말할 때 어머니는 오히려 아들보다 더 깊은 인내심, 더 긴 투쟁을 준비하고 있다.

'사람'이 되는 것에 대해서 아무런 바람이 없이 담담한 어머니는 한사코 '사람'이 되기를 거부하는 아들과 닮아 있어서, 이들 모자는 머슴이었던 농사꾼 아버지와 그 뒤를 이어 농사꾼 노릇을 하고 있는 아우 '덕종이'(「나에게는 갚아야 할 원수가 있소」)로 이루어진 부자와 대립쌍을 이룬다. 간절하게 '사람'대접을 받기를 원하는 아버지-동생 부자와 '사람'이 되어 그들 부자와 같은 약자를 억누를 생각이 전혀 없는 어머니-나 모자는 '사람'이라는 상징을 두고 서로 엇갈리는 관계에 이를 수밖에 없다. 부자는 '사람'에 매달리고 모자는 부자를 놓치지 않으려는 것이다. 소원을 못 이루고 푸념하는 아버지 앞에서 어머니는 다만 울 수밖에 없다. 마찬가지로 아우가 "식구마다 논밭 팔아/대학까지 갈쳐논께/들쑥날쑥 경찰이나 불러들이고/허구한 날 방구석에 처박혀/그 알량한 글이나 나부랑거리면/뭣한디요 뭣한디요 뭣한디요"(「아우를 위하여」)라고 귀청을 찢을 때, 그 앞에서 형은 스스로에 대해 웃을 수밖에 없다. 이처럼 일상적인 날말의 비유적 의미를 축으로 하여 현실의 모순과 갈등을 적나라하게 표출하는 것이야말로 김남주 시세계의 상징성이 갖는 중요한 의의라고 하겠다.

3. 은유: 빛과 어둠

시인은 아버지와의 연대를 넘어서 사회의 약자를 향하여 적극적인 연대의 손길을 내민다. 그러나 그의 활동은 곧 혹독한 시련을 맞게 되고, 그 과정에서 겪는 갈등은 이제 은유의 표현을 통하여 그의 시에 형상화된다. 시대적 고통을 바탕으로 하여 어둠이 위협하는 현재와 밝아오는 내일 사이에서 끊임없이 반복되는 절망과 그 극복을 통한 새로운 확신이 그의 시의 중요한 부분을 이루게 되는 것이다. 이러한 과정을 잘 나타내는 것이 '빛'과 '어둠'의 은유이다. 은유는 기표로 쓰인 말과 기의로 해석된 말, 즉 은유로 사용된 명칭과 그 뜻으로 해석된 낱말 사이에 공통적인 의미소가 있어야 한다. 거기에 근거해서 보면 '빛'은 밝은 세상, 새로운 세상, 모든 사람이 억압 없이 사는 세상을 가리키며, '어둠'은 암울한 세상, 바꿔야 할 세상, 억압하고 억압받아 사람답게 살 수 없는 세상을 말하는 것이라고 하겠다. 나아가서 '빛'은 그의 작품에서 '불빛' '개똥벌레' '해' '달' '별' 등으로, '어둠'은 '밤' '죽음' '무덤' 등으로 다양하게 변이되어 나타난다.

그래
솔직히 말해서 나는
별것이 아닌지 몰라
열개나 되는 발가락으로
열개나 되는 손가락으로
날뛰고 허우적거리다

허구한 날 술병과 함께 쓰러지고 마는
그 주정인지도 몰라
누군가 말하듯
병신 같은 놈 그 투정인지도 몰라
아 그러나 그러나 나는
강물인지도 몰라라 강물인지도
눈물로 눈물로 눈물로 출렁이는
강물인지도 몰라라 강물 위에 떨어진
불빛인지도 몰라라 기어코
어둠을 사르고야 말 불빛인지도
그 노래인지도 몰라라

—「솔직히 말해서 나는」 부분

시적 자아는 보잘것없는 자기 존재를 의식하면서도 자기 안에 있을지 모를 불빛과도 같은 존재를 조심스럽게 불러내본다. 그 불빛은 "기어코/어둠을 사르고야 말 불빛"으로, '열개의 발가락 손가락으로 허우적거리는' 초라함과는 전혀 다른 존재형태이다. "허구한 날 술병과 함께 쓰러지고 마는" 제 모습을 돌아보면 감히 불빛이 될 수 있다고 장담하는 것이 가당치 않은 일이지만, 그래도 시적 자아는 그것이야말로 부인할 수 없는 자신의 진짜 모습이란 것을 예감한다. 그것은 '어둠' 때문이다. 어둠이 존재하는 한 끊임없이 그것을 사르고야 말 것을 꿈꾸며 기어코 어둠을 밝히고야 말 것을 확신하는 것이다. "강물인지도 몰라라" "불빛인지도 몰라라" "불빛인지도/그 노래인지도 몰라라"라고 '몰라라'를 반복하는 것은 조심스러우면서 단호한 자기확신을 내보이는 것이라고 하겠다.

'빛'의 은유 외에 '꽃'의 이미지도 같은 맥락으로 쓰인다. 위 시의 1연에는 "아 그러나 그러나 나는/꽃잎인지도 몰라라 꽃잎인지도/피기가 무

쉽게 싹둑 잘리고/바람에 맞아 갈라지고 터지고/피투성이로 문드러진/꽃잎인지도 몰라라 기어코/기다려 봄을 기다려/피어나고야 말 꽃인지도 몰라라"라는 구절이 있는데, 이처럼 '꽃'이 '불빛'의 은유와 나란히 사용될 수 있는 것은 어둠을 사르는 불빛처럼 꽃도 시련을 딛고 피어나기 때문이다. 둘 다 보잘것없는 것으로 시작해서 화려하게 피어났다 이내 한갓되이 사그라지는 존재이다. 또 강렬한 색채도 '빛'과 '꽃'이 서로 공유하는 요소이다. 시에서 '빛'과 '꽃'이 함께 어우러질 때 '환함' '밝음' 등의 공유 의미가 더욱 강조되는 것은 물론이지만 공유되지 않은 요소들, 즉 꽃의 아름다움이라든가 불의 파괴력 같은 것까지도 연상작용을 통해 꽃잎이기도 하고 불빛이기도 한 '나'의 이미지를 더욱 풍요롭게 만든다. '빛'이라는 하나의 은유, 또는 '꽃'이라는 은유는 시어 자체로서는 그다지 유별날 것이 없으나 그 둘의 혼용을 통해 '나의 존재'를 부각시킨 그 형상화 과정이 뛰어나다고 하겠다. 다음의 시에서는 '불'과 '꽃'에 이어 '피'의 이미지까지 자유를 향한 나의 '싸움'에 섞여들어오는 것을 볼 수 있다.

> 참기로 했다
> 어설픈 나의 신념 서투른 나의 싸움은 참기로 했다
> 신념이 피를 닮고
> 싸움이 불을 닮고
> 자유가 피 같은 불 같은 꽃을 닮고 있다는 것을 알 때까지는
> 온몸으로 온몸으로 죽음을 포옹할 수 있을 때까지는
> 칼자루를 잡는 행복으로 자유를 잡을 수 있을 때까지는
> 참기로 했다
>
> —「진혼가」 부분

이 시는 "총구가 내 머리숲을 헤치는 순간/나의 신념은 혀가 되"어 "기

꺼이 똥개가 되어/당신의 똥구멍이라도 싹싹 핥아주겠노라/혓바닥을 내밀었"던 수모의 순간을 당하고 나서 상처받은 자신의 영혼을 위로하기 위하여 쓴 시이다. 아직은 자신의 싸움이 "어설픈" 것을 인정하며 "자유가 피 같은 불 같은 꽃을 닮고 있다는 것을 알 때까지는" 자신의 "어설픈" 신념을 견디겠다는 것이지만, 이는 뒤집어 말하면 싸움이 '피' '불' '꽃'이 되지 않으면 결코 자유를 얻지 못하리라는 뼈저린 반성과 결연한 의지의 표현이기도 하다. "신념이 피를 닮고/싸움이 불을 닮고" 다시 "자유가 피 같은 불 같은 꽃을 닮"고, 그래서 마침내 그 꽃이 "죽음"을 닮아 "온몸으로 죽음을 포옹할 수 있을 때" 비로소 "자유를 잡을 수 있"다는 것이다. 실제 의미대로 쓰인 일련의 낱말들 '신념' '싸움' '자유' '죽음'을 둘러싸고 '불' '피' '꽃' 등의 은유가 현란하게 뒤섞이면서 이들 은유가 갖는 공통 의미소, 즉 빨강색으로 야기되는 강렬함, 처절함 등이 응집되어 죽음으로까지 이르는, 자유를 위한 싸움의 치열함과 엄정함을 강력하게 부각시킨다.

이제 '빛'과 '어둠'의 대비 가운데 어둠이 강조된 시들을 보기로 하자. 감옥에 대한 시들은 거의 예외 없이 '어둠'의 은유가 사용되고 있는데, 이런 평범한 비유의 사용은 역시 억지로 꾸며낸 말을 싫어하는 김남주다운 특색이라고 하겠다.

이제
어둠이 너의 세계다
너의 장소 너의 출발이다
너는 지금
죽음으로 넘어가는
삶의 절정에 서 있다
떠나버린 과거를 향해

고개를 돌려서는 안된다
예측할 수 없는 내일을 두고
사지를 움츠려서는 안된다
기다려야 한다, 꺼져가는
마지막 불씨를 부둥켜안고
너의 참음으로 기다리게 해야 한다

오 지하의 시간이여 표독한
야수의 발톱에 떨어진
살점이여 살점으로 뒹구는
육신이여 영혼이여
죽어서는 안된다
살아남아야 한다
살아서 이 어둠을
불살라버려야 한다

—「눈을 모아 창살에 뿌려도」 부분

여기에서도 '빛'과 '어둠' 외에 '피'의 은유가 혼용된 것을 볼 수 있는데, '빛'은 여기서 "마지막 불씨"로, '피'는 "살점"으로 나타나고 있으며 이에 대립해서 역시 "불살라버려야" 할 '어둠'이 버티고 있다. 어둠은 또한 다른 비유로 "죽음으로 넘어가는/삶의 절정" "지하의 시간"으로 표현된다. 시적 자아가 어둠속에 있을 때 그는 어쩔 수 없이 "야수의 발톱에 떨어진" "살점으로 뒹"굴 수밖에 없다. 그의 육신은 물론 영혼까지도 한갓 살점으로 전락하고 마는데, 살점으로서의 존재는 "죽음으로 넘어가는/삶의 절정"에 있는 것으로 죽음에서 멀지 않다. 여기서 '살점'은 부분으로서 전체인 '몸'을 가리키는 대유의 성격을 지닌다. 그 몸은 온전한 몸이 아니라 육신도 영혼도 살점으로 뒹구는 몸이다. 그러므로 육신과 영혼의 온전한 몸을 향한 시도가 있게 되는데, 그것은 "꺼져가는/마지막 불씨를 부둥켜안"는 몸부림으로 나타난다.

위의 시에서는 감옥이라는 직접적인 표현 없이 '어둠'으로써 감옥 안에서의 죽음과도 같은 상황을 표현했다면, 다음의 시는 감옥 자체를 묘사 대상으로 하고 있다.

제대로 팔다리를 뻗을 수 없는
0.7평짜리 이 방이
7년 전에 내가 1심에서
징역 2년을 받고 앉아 있을 때는
한 3년 도나 닦고 나갔으면 좋겠다 싶은
절간의 선방 같다고 생각했는데

펜도 없고 종이도 없고
책이라고는 달랑 예수쟁이들이 기증한
성경밖에 없었던 이 방이
그후 서너달 지나고 2심에서
집행유예를 받고 누워 있을 때는
하룻밤 느긋하게 묵고 가고 싶은
나그네의 역려 같다고 생각했는데

서른 넘은 나이로
15년 징역 보따리를 들쳐메고
다시 와 이 방에 앉아 생각해보니
이제는 무덤이구나!

생사람 죽어 살아야 하는

—「다시 그 방에 와서」 전문

감옥을 '무덤'으로 표현하는 것은 역시 보편적인 은유이다. '감옥'과 '무덤'이라는 단어 사이의 공통적 의미소인 어두움, 갇혀 있음, 죽음 등이 자연스럽게 두 단어를 함께 떠올리도록 한다. 김남주에게는 비유로 택한 언어 자체가 기발하고 독특한 것이 아니라는 사실을 다시 한번 확인할 수 있는 대목이다. 감옥은 또한 "선방" "역려" 등의 형태로도 나타나는데, 이들 비유들과의 혼용을 통해서 '무덤'이라는 은유의 진부함을 벗어나게 된다. "징역 2년" "집행유예" "징역 15년" 등을 "남의 집 개 이름 부르듯 하는 저 당당한 검사 나으리"와 "판사 나으리"가 "나를 결정할 사람"(「편지」)은 아니지만 감옥은 그 형량에 따라 시적 자아에게 모습을 달리해서 다가온다. '선방' '역려' '무덤' 등의 은유는 각각의 경우에 시적 자아가 겪는 마음 상태를 군더더기 없이 잘 표현해주고 있다. 이중에서 은유의 중심은 마지막의 '무덤'에 있다. 15년 감옥생활을 눈앞에 둔 참담함이 '무덤'을 통해 연상되는 죽음, 캄캄함, 갇힘 등의 의미에 의해 드러나며, '선방' '역려' 등 무덤에 비하면 턱없이 가벼운 비유들은 역으로 감옥의 심각성을 부각시킨다. 동시에 이들 시어들은 앞의 시에서 '살점'으로 뒹굴 때의 격렬함과 비장함과는 사뭇 다른 좌절과 주저앉음의 분위기를 자아내고 있다. 긴 감옥생활 동안 그 안에서의 작가의 심경이 다양한 편차를 보이는 것이다.

그러나 심각한 좌절의 경우에도 그대로 주저앉는 일은 없다. 비록 다시 갈등이 온다고 하더라도.

콕
콕콕

콕콕콕
새 한마리
꼭두새벽까지 자지 않고
깨어나
일어나
어둠의 한 모서리를 쫀다
콕 콕콕 콕콕콕……

이윽고 먼 데서
닭 울음소리 개 울음소리 들리고
불그레 동편 하늘이 열리고
해 하나 불쑥 산 너머에서
개선장군처럼 솟아오른다

이렇게 오는 것일까 새 세상은
하늘이 열리고 땅이 열리고
새 세상은 정말
새 세상은 정말
어둠을 쪼는 새의 부리에서 밝아오는 것일까

—「적막강산」 전문

이 시는 마치 자연을 그린 다큐멘터리 필름을 본 것 같은 여운을 남긴다. 밤에서 새벽으로 가는 자연의 변화에 대한 관찰이 자연스럽게 어두운 세상에서 새 세상으로의 변화에 대한 염원으로 이어진다. 시간적으로 진행되는 과정을 그리고 있으니 형식은 자연스럽게 점층법을 취하게 된다. 시를 일으키는 것이 적막 속에 울리는 '콕'이라는 한마디 말, 아니 말이라고 하기 이전의 하나의 소리였다면 뒤이어 "닭 울음소리 개 울음소리"가 시끄럽게 들려오고, 시의 절정에 이르면 '해'가 "불쑥 산 너머에서/개선 장군처럼 솟아"올라 장관을 이룬다. 그리고 말미에서는 해와 같은 새 세상에 대한 염원을 말하면서 동시에 그에 대한 회의도 살짝 비치며 시를 맺는다.

'빛'과 '어둠'의 대조를 위해서 이 시에 사용된 은유는 '해'와 밤의 '어둠'이다. 그리고 은유와 함께 공감각의 사용을 통해서 더욱 생생한 상황을 전달하고 있다. "어둠을 쪼는 새의 부리"라는 표현에서 '어둠'은 빛의 영역, '쪼다'는 소리의 영역에서 사용될 수 있는 말들로서 본래는 함께 쓰일 수 없는 말이지만, 이렇게 함께 사용함으로써 훨씬 더 실감나게 상황을 드러낼 수 있는 것이다. '쪼다'라는 표현을 통해 나무를 쫄 때의 소리가 '어둠'과 어우러져 한밤에 적막을 깨고 나무를 쪼는 새의 모습이 생생하게 떠오르는 것이다.

이 시에서는 특히 제목의 가치에 대해서 주목하게 되는데, "적막강산"은 사실 이 시에서 묘사되고 있는 상황을 일컫는 것은 아니다. 이 시가 시작되기 전의 상황을 말하는 것이다. 그러므로 이 시는 제목에서부터 본격적으로 시가 시작된다고 볼 수 있으며, 현재의 암울한 상황이 제목을 통하여 십분 드러나고 있다. 가령 끝 부분에 비중을 두어서 '새 세상'이라는 제목을 달았을 경우를 가정해보면 제목 하나 때문에 시 전체에 대한 감동이 얼마나 달라지는지를 금방 알 수 있다. '적막강산'이라고 함으로써 가슴을 짓누르는 세상의 답답함과 밝아오는 새벽의 대비가 한층 더 선명해지는 것이다.

이상에서 살펴본 시들 이외에도 많은 시들이 '빛'과 '어둠'을 주축으로 하는 은유의 수사기법을 통하여 약자를 위한 시인의 투쟁정신이 확립되는 과정을 보여준다. 그러다가 이윽고 시인이 확고한 의지를 획득한 어느 시점부터는 더 적극적인 공격 수단인 반어와 풍자의 표현이 주를 이루게 된다. 여기서 상징과 은유, 반어와 풍자 사이의 단계적인 발전이나 질적인 우열을 가릴 생각은 없다. 김남주의 사상을 중심으로 그의 작품을 바라보는 관점에서는 반어와 풍자 쪽에 더 높은 완성도를 매김하는 경향이 있으며, 보편성을 획득한 저항문학의 기반이 튼튼하지 못한 우리 상황에서 김남주의 반어와 풍자가 일거에 풍성한 열매를 거둬냈다는 것은 부인할 수 없는 사실이라고 하겠다. 그러나 상징과 은유의 간접적이면서도 함축적인 수사법을 사용한 작품이 보편성을 확보하는 데는 더욱 효과적이며 또한 문학성이 높다는 평가도 내릴 수가 있는 것이다. 따라서 다음의 시가 보여주듯이, 출감 후의 시에서 은유를 통하여 바뀐 상황 아래서의 불안과 흔들림을 표현한 것도 반드시 그의 문학이 흔들린 것으로 해석돼야 하는 것은 아닐 것이다.

> 차라리 어둡고 괴로운 시절이라면
> 가시덤불 속에서 깜박깜박 어둠을 쫓는 시늉이나 하다가
> 날이 새면 스러지고 마는 개똥벌레라도 될 것을
> 차라리 춥고 배고픈 시절이라면
> 바람 찬 언덕에서 늙은 상수리나무쯤으로 떨다가
> 나무꾼의 도끼에 찍혀 땔감으로라도 쓰여질 것을

—「근황」 부분

(『김남주 통신 1』, 일과놀이 2000 / 개고)

한성자 韓醒子　전 동국대 BK21 연구교수. 주요 논문으로 「김남주의 하이네 읽기」 「「진혼가」의 상징구조를 통해 본 시인의 길」 「메타퍼의 특성 및 기능에 관하여: 하이네의 경우를 예로 들어」 「한국의 하이네 문학 수용: 하이네와 로렐라이 전설의 망령」 「초기 표현주의 시에 나타난 절망과 구원의 모티프」 「괴테 시대의 살롱 문화: 궁정문화에서 시민문화로」 등이 있음.

김남주 시의 여성 이미지 연구

박종덕

1. 서론

김남주는 80년대를 대표하는 저항시인, 참여시인으로 알려져왔다. 본고는 민족해방, 민주주의, 사회적 약자의 권리 옹호 등으로 요약될 수 있는 80년대 소위 '운동권 문학'에 나타난 여성의 실체를 여성 이미지 비평(androtext criticism)의 방법으로 고찰하려는 데 목적이 있다. 이념 과잉의 시대이기도 했던 80년대를 돌아보며 진보적인 남성 작가의 한사람인 김남주의 작품을 통해 당대 사회의 또다른 약자이자 가부장적 사회의 최대 피해자인 여성이 어떤 모습으로 재현되어 있는가를 살펴봄으로써, 참여문학이 여성문제에 대해 취한 입장과 문제의식을 발견할 수 있기 때문이다. 그것은 전대의 반성을 의미하기도 하지만, 텍스트에 내포된 가치가 과장되었거나 혹은 폄훼되었던 것에 대한 재평가이기도 하다. 따라서 김남주의 텍스트를 한걸음 물러나 객관적으로 다시 읽되 당대적 관점에서 분석하는 것은 텍스트에 현재적 의의를 부여하여 그 공과를 재정립하는 중요한 임무가 될 것이다.

80년대 운동권 문학이 지향했던 민중은 여성과 사회적 부적응자, 가령 전과자, 부랑인, 외국인노동자 등을 제외한 남성 민중만을 함의한다. 이는 80년대 운동권 문학 속의 민중이 천편일률적으로 노동자, 농민의 모습으로만 호명되고 있는 데서도 은연중에 드러나는 사실이다. 김남주가 호명하는 민중 또한 농민과 노동자의 범주를 벗어나지 않는다. 특히 여성은 중층적 억압 구조에 놓여 있었음에도 불구하고 김남주가 호명하는 민중에 포함되지 않으며, 그 이미지가 심각하게 굴절되고 있다.

2. 자기 관계 외의 여성에 대한 부정

2-1. 부정적 메타포로서의 여성 이미지

김남주가 인식한 민중의 범주에서 여성이 소거되었다는 것과 더불어 더 심각하게 제기되어야 할 문제는 텍스트에 드러나는 여성 이미지이다. 우선 여성의 이미지가 미제국주의와 독재권력에 의해 능욕당하는 메타포로 이용된 경우를 살펴보기로 하자.

> 그리하여 그동안 사십년 동안 양키 제국주의자들은/야바위꾼의 손놀림으로 꼭두각시 정권을 바꿔치기하면서/이가를 박가로 바꿔치기하고 박가를 전가로 바꿔치기하면서/떡 주무르듯 내 조국의 아랫도리를 주물러왔다/(…)/강 건너 마을의 순결한 처녀지를 집단으로 능욕했을 뿐만 아니라/끝내는 겨레의 골수까지 반공의식으로 파먹어/우리의 팔과 다리를 마비시키고 민족의 동질성까지 남남으로 갈라놓았다
>
> —「길 1」 부분

“양키 제국주의자들”, 혹은 “신식민주의자들”은 “떡 주무르듯 내 조국

의 아랫도리를 주물러왔"고 "강 건너 마을의 순결한 처녀지를 집단으로 능욕했"던 억압의 주체이다. 이러한 형상화는 여성성의 계열체, 즉 '아랫도리-순결-처녀-능욕' 등을 언제나 하위계급을 드러내는 약자의 형상화로 이용한다. 따라서 타자인 하위주체, 즉 여성은 제국의 담론을 논의하는 데 하나의 은유적 기표로서 작용할 뿐 결코 문제의 핵심부로 접근하지 못한다. 이와 같이 여성이 주체화되지 못하고 '여성-약자-순결-능욕-방출'의 계열체로 확장되는 과정은 앞으로 분석할 많은 텍스트에서도 드러난다.

> 내 큰누이는 해방된 조국의 밤골 처녀/고은(高銀)식 독설을 빌리자면/미8군 군화 밑에서 짝짝 벌어진 밤송이보지/내 작은누이는 근대화된 조국의 신식여성/뽀이식 표현을 빌리자면/쪽발이 엔화 밑에서 활짝 벌어진 관광보지/썩어 문드러져 얼마나 빠져버렸나/흔들어 흔들어도 깨어나지 않고/꼬집어 꼬집어도 감각이 없는/아, 반토막 내 조국/허리 꺾여 36년 언제 눈뜨리/치욕의 이 긴긴 잠에서
>
> —「불감증」 전문

인용한 텍스트에서 "벌어진"이라는 발화의 문제는 이 행위가 여성이 능동적으로 행한 것이 아니라는 점에 있다. 여성의 몸을 "벌어"지게 한 권력의 폭력성이 문제임에도 불구하고 김남주는 그에 대한 문제의식을 가지고 있지 않다. '능욕당한 조국'의 메타포는 "큰누이" "작은누이"이다. 여성-큰누이는 "미8군 군화 밑에서" 몸을 파는 양공주의 모습이고, 여성-작은누이는 엔화 획득이라는 미명하에 묵인된 기생관광의 희생자로 그려지고 있다. 이 두 여성-누이는 '치욕의 조국'이라는 의미로 확장되는데, 텍스트의 내부에서는 여성의 희생만이 강조될 뿐 여성의 주체적 저항은 드러나지 않는다. 결국 이 텍스트에는 '양공주'라 일컬어지던 주한미

군부대 근처 매매춘 여성들의 비극적 삶의 이면에 제국 이데올로기 또는 남성 이데올로기가 어떻게 작용하고 있는가에 대한 진지한 성찰은 배제되어 있으며, 마찬가지로 일본인을 상대로 여성의 성을 팔던 '기생관광' 속에 숨겨진, 또다른 제국인 일본의 경제침탈과 같은 새로운 지배구조에 대한 심층적 문제제기도 결여되어 있다.

> 잡년아 어제는/미친년 고쟁이로 펄럭이는 히노마루 깔고/쪽발이 왜발이 좆대강이 빨더니/아이고 무서워 아이고 무서워/월남이라 망국사 못 읽게 하더니/잡년아 오늘은/피 묻은 고쟁이로 펄럭이는 성조기 깔고/흰둥이 깜둥이 좆대강이 빨더니/아이고 무서워 아이고 무서워/베트남이라 해방사 못 읽게 하더니/내일은 또 누구의 것 빨면서/무슨 책 못 읽게 하려나 잡년아 썩을년아
>
> —「전후 36년사」 전문

여성을 비하하는 기표로서의 "잡년" "썩을년"은 "월남"의 "망국사"를 "못 읽게 하"고, "베트남" "해방사"를 "못 읽게 하"던 독재권력의 메타포이다. 문제는 전복의 대상인 독재정권에 대한 메타포가 여성으로 그려지고 있다는 것인데, 이는 심리적 기저에 여성에 대한 비하의 의미가 담긴 언어표현을 작가-화자가 그대로 수용한 결과로 보인다. 이것은 가부장적 이데올로기 아래에서 여성 비하적 표현을 스스럼없이 써왔던 남성 중심의 언어가 남성 작가-화자의 의식을 지배하고 있기 때문이다.

> 그해 봄에 병실 앞에 뜨락에/추하게 지는 어떤 꽃을 보면서/하룬가 이틀인가 화사한 햇살에/탐스럽게 피었다가는/바람에도 실바람에 간드러지게 웃기도 하다가는/하루아침에 꺾어지고 마는/어떤 꽃을 보면서/나는 어떤 생각을 하게 되었다/꽃에 대해서/자본주의 사회의 어떤

여자들에 대해서

—「어떤 생각」 전문

작가-화자는 병실 앞뜰에 피어 있는 봄꽃을 바라보고 있다. 이 꽃은 "하룬가 이틀"의 "화사한 햇살"에 "탐스럽게 피"는 존재이며, "실바람에도 간드러지게 웃"다가 "추하게 지는" 꽃이다. 이를 통해 작가-화자는 "자본주의 사회의 어떤 여자들"에 대해서 생각한다. 그 여자들의 실체는 매매춘 여성으로 추정된다.

'꽃＝여자'라는 등식은 '여자는 꽃과 같이 아름답다'거나 '아름다워야만 한다'라는 관념이 조작한 허상이다. 이는 역으로 '아름답지 않은 꽃'은 꽃이 아니듯 '아름답지 않은 여자'는 여자가 아니라는 철저한 이분법적 사고의 발로이다. "하룬가 이틀인가" "간드러지게 웃"다가 "하루아침에 꺾어지고 마는/어떤 꽃"의 기표는 '순간성-헤픔-순결의 상실-버려짐' 등의 의미로 확장되는데, '추하게 지는 어떤 꽃＝자본주의사회의 어떤 여자'라는 언술은 자본주의사회의 모든 여성들을 남성들의 뭇 유혹에 쉽사리 넘어가 버리는 무주체성의 존재로 인식하는 작가-화자의 왜곡된 여성의식에서 기인한다. 작가-화자는 "하루아침에 꺾어지고 마는 꽃"에 대해서 "생각"을 할 것이 아니라 왜 그 꽃들이 하루아침에 꺾이고 말았는가를 '성찰'했어야 하지만, 김남주의 텍스트는 그러한 근원적 문제의식을 비켜간다.

2-2. 매매 대상으로서의 여성 이미지

김남주의 텍스트에서 여성은 종종 매매의 대상으로 그려지는데, 그에 대한 인식은 그 여성과 화자와의 관계에 따라 극심한 편차를 보인다. 다시 말하면, 작가-화자와 관련이 있는 매매된 여성은 희생적 존재로 그려지는 반면에 관계가 없는 여성은 자본주의사회에서 자발적으로 매매춘을 선택한 것으로 그려진다. 그렇기 때문에 전자는 동정의 대상이 되지만,

후자는 철저하게 비난과 지탄의 대상으로만 인식된다. 먼저 여성-누이가 동정의 대상이 되는 다음의 텍스트를 살펴보자.

> 달은 저리 밝고/밤새워 야경은 담을 도는데/한번 해볼까 마지막으로 한번만/한번 넘어 부잣집 담 한번만 넘어/우리 누나 순이 누나/술집에서 빼낼 수만 있다면
>
> —「도둑의 노래」 부분

여성-누이는 현재 술집에서 일하고 있다. 그 여성-누이를 구출하기 위하여 남성-화자는 부잣집 담을 넘어 도둑질을 하고자 한다. 남성의 이 부도덕한 행위는 여성-누이를 위해 스스로를 희생하는 것으로 인식되면서 면죄부를 받는다. 그러나 텍스트 어디에도 왜 여성-누이가 술집으로 팔려가야 했는지, 여성-누이가 어떻게 남성 이데올로기에 의해 억압받고 있는지에 대한 천착은 드러나지 않는다. 다만 남성-동생은 구출의 주체이고 여성-누이는 구출되는 대상에 지나지 않는다는 인식이 있을 뿐이다. 결국 여성이 매매춘의 대상으로 전락할 수밖에 없었던 사회구조적 모순에 대한 성찰은 드러나지 않는다.

> 머리 좋아 일류대학 나와서/달러에 엔화에 싸여 유학 갔다 와서/자본가의 이윤추구에 우리네 처녀들을 이용해먹는 화이트칼라 신사들/개새끼들아 개새끼만도 못한 사람 새끼들아/가난 때문에 순결을 팔고/첫사랑의 추억에 우는 항구의 여자를 생각하면/가난 때문에 고향을 버리고/타향에서 억지 술에 가슴이 터지는 바닷가의/처녀를 생각하면/나는 미치겠다 네놈들 화이트칼라들을 자본가들을/한입에 못 씹어 먹어 환장하겠다 환장하겠다
>
> —「항구의 여자를 생각하면」 부분

인용한 텍스트의 서사를 요약하면 이렇다. ①'나'는 어느 자리에서 벌주를 마시다가 죽은 호스티스의 이야기를 듣고는 십년 전에 어느 항구에서 만났던 여자를 떠올린다. ②고향이 해남인 어떤 여자가 술집에서 뛰쳐나와 부둣가에서 서럽게 울고 있었다. ③그녀의 오빠는 월남에서 전사했고, 아버지는 병석에 누워 있으며, 남동생은 야간 상고를 다니고 있었다. ④고향을 떠난 그녀는 공장에서 일을 하기도 했지만 결국엔 다방과 술집을 전전하게 되었다. ⑤'나'는 그녀의 이야기를 들으며 이렇게 순결한 처녀들을 능욕하는 화이트칼라들과 자본가들을 타도하지 못하는 것이 환장할 만큼 고통스럽다.

③과 ④ 사이에 생략된 서사는 충분히 짐작할 만하다. 그녀는 병석에 누운 아버지의 약값을 마련하고 야간학교에 다니는 동생을 뒷바라지하기 위해 삶의 현장에 투신한 것이다. 그녀가 결국 다방과 술집을 전전하게 되는 과정은 70년대 산업화·근대화의 전사로 미화되었던 여성 노동자들의 삶이 어떻게 왜곡되었는가를 짐작하게 한다.

그러나 텍스트 내에서 왜 그녀가 매매춘의 대상으로 전락할 수밖에 없었는가에 대한 사회구조적 문제제기는 결여되어 있다. '나'는 그녀를 능욕한 자본가, 화이트칼라 지식인들에 대한 증오를 보이며 그녀를 위해 복수를 하지 못했음을 억울해할 뿐이다. '아버지-가부장'과 '남동생-가부장을 승계할 남성' 때문에 여성이 희생당하고, 질곡의 삶으로 밀려난 여성을 다시 능욕하는 것이 남성이라는 문제의식이 철저하게 배제되어 있는 것은 여성을 '(가부장을 위한 당연한) 희생자-약자'의 계열체로 바라보는 김남주의 의식적 편단을 여실히 보여주는 것이다.

이와 반대로 희생자의 이미지가 결여된 여성, 즉 "자본주의 사회의 어떤 여자들"은 극단적일 만큼 부정적인 모습으로 그려진다.

들리는 바로는 요즈음/얼굴 밴밴하고 다리 미끈한 여자는/거개가 써비스업으로 몰린다지/좀 삼삼하다 싶은 여자에게 물으면/너 이담에 무엇이 되고 싶냐고 물을라치면/모델이 되고파요 스튜어디스가 됐으면 해요 탤런트가 될 거예요/이런 대답이 십중팔구라지/자본주의 사회에서는 모든 게 상품이지 섹스도 상품이지/웃음 팔고 몸 팔아 먹고 있는 게 아냐/허벅지와 유방이 쾌락의 도구로 팔리고/밤이면 그것을 팔아 여자들이 입고 먹고 사는 거지/요즈음 술집에는 홀랑 벗고 팔지 않으면 손님이 오지 않는다지/이발소에서는 한낮에도 여자가 그것을 팔아 돈을 번다지/나라에서는 관광자원의 활성화를 위해/유흥업소의 근대화와 전 여성의 창녀화를 불사하겠다지

—「요즈음」 전문

"요즈음"의 상황은 김남주가 직접 목도한 것이 아니라 '들리는 바로는 ~한다지'라는 추정일 뿐이다. 자본이 권력이 된 시대적 상황에서 느끼는 화자의 절망감이 자본주의사회의 모든 여성을 매매춘의 대상으로 전락시키고 있다. 표면적으로는 자본주의사회가 갖는 모순의 한 측면을 비판하는 텍스트임에도 불구하고, 그녀들이 왜 자본에 의해 매매될 수밖에 없었는지, 자본으로 여성을 구매하는 남성적 폭력이 왜 문제가 되는지에 대한 문제의식이 드러나지 않는 이유는 그가 사회구조의 모순을 철저하게 남성 위주의 시각으로 바라보기 때문이다. 다시 말하면 여성은 남성과 등가를 이루는 주체가 될 수 없기 때문에 매매의 대상인 '몸'을 소유한 물질에 지나지 않는다는 인식의 결과물인 것이다.

"권력 앞에서 꿇지 않는 무릎 없고/돈뭉치 앞에서 걷어올리지 않는 치마가 없고"(「환상이었다 그것은」), "자본의 얼굴에서 인간성을 찾는 것은/갈보의 보지에서 처녀성을 찾는 것처럼 무익하다"(「침 발라 돈을 세면서」), "도대체 돈뭉치 앞에서 걷어올리지 않는 치마가 있었던가"(「밤의 도시」), "돈

앞에서/흘리지 않는 웃음 없고/걷어올리지 않는 치마 없지요"(「돈 앞에서」)와 같은 독설에서 '권력:자본'과 '굴종:여성'은 대응관계를 이루고 '인간성 없는 자본'은 '처녀성 없는 여성'과 등가를 이룬다. 여성은 언제나 자본의 폭력을 견디고 처녀성을 지키는 순결한 존재여야 하며, 처녀성을 상실한 여성은 순결함의 기의를 상실하였기 때문에 방출되어야 한다는 논리인데, 이런 인식이 바로 김남주의 제국주의적 남근의식이 발현된 부분이라 할 수 있다.

뿐만 아니라, 자본주의사회의 (남한) 여성은 북한의 여성들과 극단적인 비교 대상이 되어 북한 여성의 순수성을 부각시키는 수단이 되기도 한다.

> 여그 가시냑년들은/까발치고 되바라지고 싹수없기가/자갈치시장 뒷골목의 개망나니 빰치긴데 거그 처녀들은/순박하기가 하얀 박꽃 같고/순진하기가 대처에 처음 나온 촌색시 같더라/여그 가시냑년들은/우리 것은 속곳까지 벗어버리고/논노다 판탈롱에 고고춤 디스코 바람인데 거그 처녀들은/다홍치마 색동저고리에 부끄럼 빛내는 새악시 볼이더라/자주댕기는 봄바람에 나부끼는 강변의 버들이고/몽금포타령에 맞춰 추는 군무는/참말이제 참말이제 장관이더라는
>
> —「자주댕기는 봄바람에 나부끼고」 부분

"여그"의 여자는 "가시냑년"이고, "거그"의 여자는 "촌색시" 같다는 사고는, 다소의 과장을 통해 북한 여성의 순수성을 부각하고 자본주의사회가 갖는 모순을 비판하려는 의도라 확대해서 읽는다 하더라도, 극단적 이분법이라 볼 수밖에 없다. "여그"의 "가시낙년"을 수식하는 기표들은 '까발친' '되바라진' '싹수없는' '자갈치시장 뒷골목의 개망나니 같은' '속옷까지 벗어버리는' '판탈롱 스타킹에 서양춤을 추는' 등이며, "거그"의 "처녀"를 수식하는 기표들은 '하얀 박꽃같이 순박한' '촌색시같이 순진한'

'다홍치마 색동저고리에 자주댕기를 드리운' '몽금포타령에 맞춰 춤을 추는' 등이다. 대립되는 두 기표는 제국주의적 음악에 경도된 남한의 '타락'과 민족음악을 향유하는 북한의 '순수'라는 의미로 수렴된다.

미제국주의적 문화에 오염되지 않은, 나아가 문화적 주체성을 담보한 북한의 모습을 대조적으로 드러내 보이고자 하는 의도임을 감안한다 하더라도, 이러한 성급한 일반화는 남한 여성이 겪는 문제의 본질을 전혀 인식하지 못하는 맹점을 그대로 노정한다. 이처럼 자본주의사회에서의 여성을 인식하는 김남주의 극단적 시선은 과연 그가 사회변혁운동의 주체였을까 하는 의구심이 들 정도로 폭력적이다. 여자는 "불을 훔치듯 입술을 훔"치고, "다부지게 박아" "억세게 다뤘어야"(「여자는」) 하는 대상에 지나지 않는다는 식의 언술 태도는 상당히 폭력적이며, 이는 여성을 변혁운동의 주체인 민중이 아니라 성적 대상으로만 인식하고 있다는 면에서 문제로 지적할 만하다.

여성을 폭력적으로 대하는 것이 남자답다고 생각한다면 김남주의 담론은 그가 그토록 증오하고 저주해 마지않았던 제국주의적 담론과 다른 점이 없다. 여성은 "백치가 되어/전사의 피를 닦아주는" 도구에 지나지 않는다는 태도나, 혹은 "천치가 되어/노동의 땀을 씻어주는 푸른 손수건"(「여자」)이 되어야 한다는 인식은 궁극적으로 여성을 남성에게 종속된 기표로 간주하고 여성의 본질을 수동적인 존재, 무주체성의 존재로 간주하는 인식의 오류를 극명히 드러낼 뿐이다.

3. 자기 관계 내의 여성에 대한 긍정

3-1. 애인-아내에 나타난 여성 이미지

앞서 밝힌 대로 여성에 대한 김남주의 인식 태도는 극단적이라 할 만큼 이중적이다. 그런데 이러한 인식은 자기 관계 내의 여성에 대한 태도에서 더욱 심화된다.

①지금쯤 아마 그들은 어느 은밀한 곳에서/나 아닌 딴 남자와 마주하고 있겠지/사내의 유혹을 예감하며 술잔을 비우고/유행가라도 한가락 뽑고 있을지도 모르지/이윽고 밤은 깊고 숲 속의 미로에서/비밀 속의 비밀을 속삭이고 있을지도 모르고……/죽일 년들! 십년도 못 가서 폭삭 늙어/빠진 이로 옴질옴질 오징어 뒷다리나 핥을 년들!

②아 그러나 철창 너머 작은 마을에는 처녀 하나 있어/세상 모든 남자들 중에서 나 하나를 기다리고 있나니/이 밤이 처음이자 마지막인 양 그렇게 안아주세요/속삭일 날의 기약도 없이 나를 기다리고 있나니

—「한 여자가 나를 기다리고 있다」 부분(번호는 필자)

인용한 텍스트에서 문제의 핵으로 지적할 수 있는 곳은 ①이다. 텍스트 내에 그녀들이 왜 떠났는지에 대한 언급은 없다. 다만 남성인 '나'를 떠난 여성은 떠나는 바로 그 순간부터 "죽일 년"이 된다는 것이 중요할 뿐이다. 그러다가도 작가-화자는 ②에서 "나 하나를 기다리고 있"을 한 여자에 대한 칭송과 그리움을 노래하며 자기 관계 내의 여성에 대한 매우 심각한 이중적 시각을 보여준다. 자신을 떠난 여자는 처녀성을 상실한 여성으로 비하하고(①) 자신을 기다리는 여성은 순결한 처녀성을 간직하고 있다고 칭송하는(②) 식의 서술은 김남주의 남근중심주의적 가치관을 극명하게 드러내며, 더 나아가 그가 남성이 세계의 중심이라는 왜곡된 사고를 지니고 있음을 확인하게 한다. 김남주의 로망인 '순결한 처녀'의 실체는 다음의 텍스트에서 확인된다.

그대만이/지금은 다만 그대 사랑만이/나를 살아 있게 한다/(…)//광

숙이!//그대가 아녔다면/책갈피 속의 그대 숨결이 아녔다면/내 귓가에 서 맴도는 그대 입김이 아녔다면/오 사랑하는 사람이여/지금의 내 가슴은 얼마나 메말라 있으랴/지금의 내 영혼은 얼마나 황량해 있으랴// 세계를 잃고 그대 하나를 내 얻었나니/그대 이름 하나로 우주와 바꿨나니/나는 만족하나니/지금은 다만 그대만이 그대 사랑만이/내 안에 가득한 행복이나니

—「지금은 다만 그대 사랑만이」 부분

물론 여기에서도 여성-'광숙'은 동지애적 대상이 아니다. 작가-화자는 "내가 모든 것을 빼앗기고/떠돌 때" "내가 최초로 잡은 것은/보이지 않는 그대 손이었"고, "대낮처럼 뛰는 그대 젖가슴이었"고, "내가 최초로 맛본 것은/꿈결처럼 감미로운 그대 입술이었다"라고 고백하며 여성의 몸을 고단한 자신의 안식처로 인식한다. '운동'으로 고단해진 자신의 몸을 쉬이기 위해 여성의 몸을 빌리는 이러한 태도는 여성을 변혁운동의 주체 혹은 동반자로 인식하는 것이 아니며, 처녀성을 간직한 순결하고 순수한 대상으로 한정된 여성의 몸은 그저 물화(物化)된 몸일 뿐, 역사를 기록하고 체화(體化)하는 몸이 아니다. 김남주에게는 오직 '순결한 처녀'만이 "전사에 팔에 안겨/부챗살처럼 펼쳐질/꿈의 여인"이자 궁극적으로는 "나의 신부"(「하얀 눈」)가 될 수 있는 사람으로, 이는 '처녀-순결함-수동적-나약함-기다림'의 기의를 부여받는 "광숙"이라는 특정인에게만 해당될 뿐이다.

자신을 기다리는 사랑은 순결하고 자신을 떠난 여성은 추악하다는 이 극단적 이분법은 과연 김남주의 텍스트에서 여성의 위치는 무엇이며, 민중의 의미는 무엇이며, 궁극적으로 그가 주장하는 민족해방의 본질은 무엇인가 하는 근원적 질문을 제기하게 한다. '세월이 주는 중압감'을 참아야 하고, '감옥이 주는 추위'를 이겨야 하고, '운동 부족과 소화불량이 반

복되고 되풀이되는 생활의 악순환'과 싸워야 하는 이유는 "다시 한번 그대 입술 위에 닿기 위해"(「그대를 생각하면 나는 취한다」)서일 뿐이지 여성과 동지적 사랑으로 연대하여 함께 투쟁의 길을 걷기 위해서가 아니다. 이것이 바로 김남주의 텍스트가 균열되는 이유이다.

3-2. 어머니에 나타난 여성 이미지

김남주의 텍스트에 나타나는 여성-어머니는 "나의 피이고 나의 살이고 나의 뼈였던 사람"(「어머니」)이고 "나를 따뜻한 아랫목에 눕혀놓고/그 까끌한 손바닥으로 배꼽 주위를 슬슬 문질러주"면 "영락없이 아픈 배가 싹 낫"(「어머니의 손」)는 치유의 존재로 형상화된다. 어머니는 작가-화자의 말을 들어주는 청자이며, 투쟁의 정당성을 담보할 수 있는 대상이 된다. 그것은 어머니의 이미지가 자식의 투쟁을 더욱 순수하게 빛내는 절대적 선의 기표로서 기능하기 때문이다.

> 우리가 지켜야 할 땅이/남의 나라 군대의 발아래 있다면/어머니 차라리 나는 그 아래 깔려/밟힐수록 팔팔하게 일어나는 보리밭이고 싶어요/(…)/어머니 차라리 나는 차라리 나는/한사람의 죽음이고 싶어요/천사람 만사람 일으키는 싸움이고 싶어요.
>
> —「조국」 부분

> 칠년 가뭄에도/우리 어머니 살았습니다 죽지 않고/시원하게 물 한모금 없이/한낮의 불 같은 더위 먹고 살았습니다/보릿고개 너머로 불어오는 황사 바람이/우리 어머니 격한 숨결이었습니다/칡뿌리 나무껍질이 아침저녁의 밥이었고/손톱 끝에 피 나는 노동이/칠십 평생 우리 어머니 명줄이었습니다//그 명줄 한 매듭 끊고 태어나/나 이 땅에 갇혀 삽니다/가뭄의 자식 칠년 옥살이에도 시들지 않고/주먹밥 세덩이로 살

아 있습니다/철창 끝을 때리는 북풍한설이 나의 숨결입니다/내 어머니 노동의 착취에 대한 증오가 내 명줄입니다/증오 없이 나 하루도 버틸 수 없습니다/증오는 나의 무기 나의 투쟁입니다//노동과 그날그날이 우리 어머니 명줄이듯이/나의 명줄은 투쟁과 그날그날입니다/노동과 투쟁 이것이 어머니와 나의 통일입니다

—「명줄」 전문

「조국」에서는 어머니를 청자로 설정하여 자신의 투쟁이 갖는 정당성을 확보하고자 하는 의도를 확인할 수 있다. "천사람 만사람 일으키는 싸움"이며 "한사람의 죽음"이 되고자 하는 작가-화자의 투쟁 의지는 어머니를 통하여 더욱 극적이고 절실하게 드러난다. 뿐만 아니라 「명줄」에서 어머니는 화자와 함께 "피 나는 노동"의 동지로서 한길을 걸어온 동반자적 인물로 표상된다. 작가-화자가 세상을 살아야 하는 당위는 "내 어머니 노동의 착취에 대한 증오"에 있고, "증오 없이"는 "하루도 버틸 수 없"기 때문에 "증오는 나의 무기 나의 투쟁"이 된다.

더 나아가 노동의 두 주체인 어머니와 '나'는 대응 구조를 보이며 변증법적 일치에 이른다. 즉 '칠년 가뭄에도 죽지 않고 살아낸 어머니'는 '칠년 옥살이를 하고 있는 나'와 대응되고, '보릿고개 너머 황사 바람'과 '어머니의 격한 숨결'은 '철창 끝을 때리는 북풍한설'과 '나의 숨결'에 대응된다. 또한 '평생의 노동이 어머니의 명줄'이듯 '어머니의 노동의 착취에 대한 증오가 내 명줄'이 되어 종국에는 어머니와 '나'의 "노동과 투쟁"이 "어머니와 나의 통일"로 귀결된다.

그러나 여성-어머니의 노동이 작가-화자의 투쟁이라는 공통분모를 통해 통일에 이르고 있음에도 불구하고 그 목표는 상당히 이질적이다. 여성-어머니의 노동이 생존을 위한 노동이거나 자식을 위한 헌신적 사랑의 발현인 미시적 노동이라면, 화자의 노동은 민중과 조국을 위한 투쟁, 즉

거시적 노동으로 대별되는 것이다.

여성-어머니는 이렇게 대등한 동지적 관계의 이미지로 드러나기도 하지만, 경우에 따라서는 모성성의 이미지를 지니는 희생의 기표로 드러나기도 하고, 또는 무지함이라는 이질적 기표로 구현되기도 한다.

> 어머니 그동안 이 고개를 몇번이나 넘으셨어요//니가 까막소 간 뒤로 이날 이때까장 그랬으니까/나도 모르겄다야 이 고개를 몇차례나 넘었는지//(…)//니 나왔은께 인자 나는 눈감고 저승 가겄어야/니 새끼가 너 같은 놈 나오면 그때는/니 예편네가 이 고개를 넘을 것이로구만/풍진 세상에 남정네가 드나들 곳은 까막소고/아낙네는 정갈하게 몸 씻고 절을 찾아나서는 것이여
>
> —「무심」 부분

어머니가 자식이 감옥에 갇혀 있는 십년 동안 단 한번도 면회를 오지 않은 대신 자식의 무탈함을 위해 헤아릴 수 없이 자주 절에 불공을 드리러 다녔다는 진술에서, 텍스트에 나타난 어머니가 희생적 존재임을 확인할 수 있다. 어머니는 자식이 출옥을 하자 이제 죽어도 여한이 없다고 말한다. 그런데 이 어머니의 인식에는 사회적 투쟁은 남성-아들의 몫이고 그 남성-아들을 뒷바라지하는 것은 "정갈하게 몸 씻"은 여자-어머니-아내의 소임이라는 태도가 전제되어 있다. 이것은 여성-어머니가 모성성을 지니는 존재라는 의미이기도 하지만 여성-어머니의 인식 층위가 가부장적이고 봉건주의적인 사고를 벗어나지 못하였음을 그대로 드러내는 것이기도 하다.

> 자식 사랑은 한으로 쌓여 가슴이 막히신 어머니/(…)//지금 이 나라에는/보수와 진보가 있는 게 아니어요/우익과 좌익이 있는 게 아니어

요/매국노와 애국자가 있을 뿐이어요/그 중간은 없는 거예요 없는 거예요 어머니

—「어머님께」 부분

여기에서 어머니는 "자식 사랑밖에는 모르"는 존재이지만 한편으로 어떤 결함을 지닌 존재로 그려진다. 그 결함의 핵심은 교육받지 못한 여성-어머니의 무지이다. 따라서 남성-아들은 맹목적인 모성애를 드러내는 무지한 여성-어머니에게 당신이 평생 동안 받은 "징용통지서"나 "세금통지서"와 같은 것이 본질적으로는 수탈임을 인지시키고 그 원인이 "매국노" 즉 자본가와 독재권력, 그리고 미제국주의에 있음을, "보수와 진보가 있는 게 아니"라 "매국노와 애국자가 있을 뿐" "그 중간은 없"다는 것을 교육해야 한다. 그러므로 남성-아들은 교육의 주체가 되고 여성-어머니는 피교육자가 되는 관계가 성립된다. 이렇듯 아버지의 이름을 승계한 남성-아들이 여성-어머니를 교육하는 과정은 여성을 타자로 규정하는 가부장적 이데올로기를 여성-어머니에게 그대로 주입하는 과정의 반복으로 볼 수 있다. 이를 통해 남성-아들은 여성-어머니가 이중 삼중의 사회구조적 억압에 놓여 있음을 인지시키는 주체인 동시에 또다른 억압의 기제로 작동하게 된다.

4. 결론

지금까지 김남주의 텍스트에 형상화된 여성을 통해 여성 이미지의 구현 양상을 살펴보았다. 서론에서 밝힌 바대로 이는 80년대 참여문학이 여성문제에 대해 어떤 입장을 취해왔는가 하는 문제의식을 발견할 수 있는 실마리가 된다는 점에 의미를 둘 수 있다.

첫째, 김남주의 텍스트에서 투쟁의 전위로서 끊임없이 호명된 민중은 농민과 노동자의 범주를 벗어나지 않는다. 뿐만 아니라 김남주가 설정한 민중의 범주에서 여성은 호명되지 않은 채 소거된 존재이다. 이는 김남주가 거대담론으로서의 민족문학을 지향했지만 그의 의식 속에는 여전히 가부장적 이데올로기가 자리잡고 있기 때문인데, 이는 해방투쟁을 위한 담론의 생산자라는 위치와는 상당히 모순적인 태도이다.

둘째, 자기 관계 외의 여성은 투쟁의 주체에서 비켜선 '결여된 기표'로서 타도 대상인 권력의 희생자이거나 권력의 메타포로 형상화된다. 또한 자기 관계 내의 여성-누이는 자본에 의해 매매된 희생적 존재로 그려지지만, 그외의 경우에는 자발적으로 성적 매매를 즐기는 대상으로 왜곡된다. 더 나아가 남한의 여성은 타락의 기표를 부여받고, 북한의 여성은 순수의 기표를 부여받아 극단적 비교 대상으로서 형상화된다.

셋째, 자기 관계 내의 여성 중 작가-화자를 떠난 여성은 '더러움-방출'이라는 기표를 부여받는 반면, 작가-화자를 기다리는 여성에 대해서는 '헌신-고결'의 기표가 부여된다. 특히 자본주의사회 내의 여성을 인식하는 김남주의 시선은 염려스러울 만큼 극단적이며 폭력적인데, 이는 여성을 변혁운동의 주체인 민중이 아니라 성적 대상으로 인식하고 있다는 면에서 문제로 지적할 만하다. 뿐만 아니라 여성을 도구로 인식하는 김남주의 태도는 여성을 남성에게 종속된 기표로 보고 여성성의 본질을 수동적이며 무주체성의 존재로 규정하는 오류를 드러낸다.

넷째, 여성-어머니는 희생과 모성성이라는 긍정적인 기표를 부여받아 작가-화자에게 미제국주의와 독재권력에 맞서 투쟁할 수 있는 힘의 원천으로 인식되지만, 경우에 따라서는 아버지의 이름을 승계한 남성-아들에 의해 교육받아야 하는 무지한 존재로도 그려지고 있음을 확인할 수 있다. 또 어머니에 대한 인식의 편차는 노동에 대한 차이에서도 드러나는데, 여성-어머니의 노동은 생존을 위한 노동이거나 자식을 위한 헌신적 사랑의 발현인 미시적 노동이라면, 작가-화자-남성의 노동은 민중과 조국을 위한 투쟁, 즉 거시적 노동으로 대별된다.

당대가 요구하는 문학의 소명을 가장 명확하게 인식하고 그것에 충실했던 김남주의 텍스트가 여성문제에 대해 집중하지 않았으며 여성 이미지 비평의 관점에서 상당한 결함을 드러낸다는 이유로 그의 텍스트 자체를 부정할 수는 없다. 그것은 시대가 호명한 텍스트의 가치뿐만 아니라, 더 나아가 한국문학사의 한 축을 전면적으로 부정하는 결과를 초래할 것이 자명하기 때문이다. 다만, 80년대에 창작된 텍스트에 대한 다양한 비평적 접근을 시도하는 이유는 이를 통해 80년대의 민중문학이 지니고 있는 함의, 즉 민족문학 혹은 민중문학으로 규정된 텍스트라 할지라도 그것이 당대의 사회구조적 모순을 전면적으로 포괄하는 데 일정 정도의 한계를 지니고 있음을 확인하는 과정으로 이해하여야 할 것이다.

(『비평문학』 29호, 2008 / 개고)

박종덕 朴鍾德 충남대 국문과 강사. 주요 논문으로 「80년대 노동담론의 여성이미지 연구」 「백석 시의 초근대적 욕망과 수사적 층위」 등이 있음.

정직성과 죽음의 시학

김수영과 김남주의 문학적 유산

임동확

1. 시적 영향과 양심의 소리

해럴드 블룸(Harold Bloom)의 『시적 영향에 대한 불안』에 따르면, 후배 시인은 어떤 식으로든 선배 시인을 수정적으로 모방하면서 자기 세계를 구축한다. 새로운 시인의 탄생 배경엔 크건 작건 존경할 만한 앞 세대 시인의 영향이 스며 있기 마련이다. 하지만 일단 자기 세계가 구축되었다고 판단될 경우, 후배 시인은 자신이 그 선배 시인으로부터 영향받았다는 사실을 숨기려 한다. 정도의 차이는 있을지언정 선배 시인의 영향력에서 자유로울 수 없는 모든 시인들은 선배 시인의 모체시(母體詩)를 다른 의미로 왜곡하거나 오히려 빈번하게 노출시키는 등의 방법들을 통해 그 자신에게 절대적인 영향을 끼친 작가들로부터 자유로워지고자 한다.

얼핏 보아 동일성보다는 그 차이가 더 두드러져 보이는 김수영(金洙暎) 시인과 김남주 시인의 시 텍스트 사이에 그러한 '시적 영향에 대한 불안'의 관계가 실제로 형성되었는지는 확실치 않다. 다만 김남주가 김수영의 시 「그 방을 생각하며」「푸른 하늘을」「사령(死靈)」「거대한 뿌리」 등을 외우고 다녔으며, 역시 김수영이 번역한 빠블로 네루다의 현실참여적인 시들에서 깊은 감명을 받은 것은 사실이다. 출신성분이나 감성 면에서 자신과 다름에도 불구하고 김남주가 김수영과 네루다의 시의 현실지향성이 자신의 정치적 성향과 일치하는 면이 있어 그들의 문학에 대해 지속적인 관심을 가졌으며, 무엇보다도 그 점이 그가 시인으로 입문하는 데 일정한 역할을 했다는 사실을 부인할 수는 없다.[1]

실제로도 그렇다. 먼저 김남주의 시 「도로아미타불」에 나오는 "곰보 애꾸 애 못 낳는 여자, 요강 망건 장죽"은 널리 알려진 대로 김수영의 시 「거대한 뿌리」에 동일하게 등장하는 시어들이다. 또 김남주의 시 「음모」에 나오는 "운산"이라는 시어는 정확히 김수영의 산문 「시작 노트 2」에 나오는 단어와 일치한다. 특히 김남주의 「여자는」과 「함께 가자 우리 이 길은」이란 시들은 김수영의 시 「성(性)」과 「아픈 몸이」의 어법을 차용하거나 변용하고 있다.[2] 그리고 이것은 대체로 모더니즘과 리얼리즘, 개인적 가치와

---

1 물론 김남주에게 영향을 준 시인으로 김수영이 유일하다거나 지배적이라는 것은 아니다. 김남주는 김수영과 더불어 국내 시인으로는 김준태, 김지하 등이 자신에게 영향을 주었다고 밝히고 있다. 또한 외국 시인으로는 네루다를 비롯해 브레히트, 하이네, 아라공, 마야꼽스끼 등이 그의 시에 직·간접적으로 영향을 끼쳤다고 고백하고 있다. 김남주 「암울한 대학생활을 비춘 시적 충격」, 『불씨 하나가 광야를 태우리라』, 시와사회사 1994, 22~49면 참조. 앞으로 이 책의 인용은 본문에 제목과 면수만 밝힌다.

2 구체적으로 김남주의 시 「여자는」에 나오는 "억세게 다뤘어야 했는데/불을 훔치듯 입술을 훔쳤어야 했는데/허벅지라도 압박해줬어야 했는데/다부지게 박아줬어야 했는데"는, "그년하고 하듯이 혓바닥이 떨어져나가게/물어제끼지는 않았지만 그래도/어지간히 다부지게 해줬는데도/여편네가 만족하지 않는다"라는 김수영의 시 「성」의 한 구절을 연상시킨다. 또한 김남주의 "함께 가자 우리 이 길을/투쟁 속에 동지 모아/셋이라면 더욱 좋고/둘이라도 떨어져 가지 말자/함께 가자 우리 이 길을/앞에 가며 너 뒤에 오란 말일랑 하지 말자/뒤에 남아 너 먼저 가란 말일랑 하지 말자"(「함께 가자 우리 이 길을」)라는 구절은 김수영의 "아픈 몸이/아프지 않을 때까지 가자/온갖 식구와 온갖 친구와/온갖 적들과 함께/적들의 적들과 함께/무한한 연습과 함께"(「아픈 몸이」)의 어법을 닮아 있다.
이외에도 김남주의 시 「조국은 하나다」에 나오는 "언제고 끝내는 부자들의 편이었다는 신의 입김도/감히 범접을 못하는 하늘 높이에/최후의 깃발처럼 내걸리라"라는 구절은 김

집단적 가치 추구와 같은 타협할 수 없는 간극이 존재하는 것처럼 보이는 두 시인 사이에 일정한 공감대와 영향관계가 형성되어 있다는 것을 보여준다.

그뿐 아니다. 지면 관계상 자세히 살펴볼 수는 없지만, 김수영과 김남주는 공통적으로 일상어의 과감한 사용과 비속어의 도입, 남성적인 풍자와 저항의식을 보여주고 있다. 또한 그들의 시는 대부분 묘사보다 진술의 힘에 의지하고 있으며, 무엇보다도 지식인적인 자의식 또는 부채의식을 바탕으로 불의의 시대에 맞서 자신의 신념과 이상을 실천해가고자 했다는 점에서 일치한다. 서울 지주 집안 출신과 전라도 소농 집안 출신이란 장벽이 극히 표면적인 것으로 보일 정도로, 그들 사이엔 시대와 출신성분을 뛰어넘은 문학적 경향과 지향점의 유사성이 발견된다.

하지만 이것들마저도 어쩌면 지극히 표피적인 것일지도 모른다. 왜냐하면 그들의 관계에서는 그러한 현상적인 일치점보다 내면적인 결속성이 더 큰 비중을 차지하기 때문이다. 달리 말해, 김남주와 김수영 사이에 불가분의 관계가 있다면 그것은 단지 문학 내적인 영향관계에 그치지 않는다. 많은 평자들이 지적하듯이 그 어떤 거짓이나 허위도 용납하지 않으려는 양심의 치열성이 그들 사이의 진정한 연결점이라고 할 수 있다. 자신들의 양심에 비추어 정당화되지 않는 일체의 것들을 결코 용납하거나 수긍하지 않으려는 시인적 자세가 그들로 하여금 자기 시대를 격정적으로 사랑하고 노래하게 했으며 또 한 시대와 더불어 기꺼이 죽어갈 수 있게 했던 원동력이었다고 할 수 있다.

수영의 시 「거대한 뿌리」의 마지막 연 "괴기영화의 맘모스를 연상시키는/까치도 까마귀도 응접을 못하는 시꺼먼 가지를 가진/나도 감히 상상을 못하는 거대한 거대한 뿌리에 비하면……"을 연상시킨다. 특히 김수영의 시 「거대한 뿌리」는 김남주에게도 동일한 제목의 시로 나타나고 있으며, 김수영의 「전향기(轉向記)」와 김남주의 「전향을 생각하며」는 그 내용과 상관없이 비슷한 정신적 흐름을 보여준다는 점에서 주목할 만하다 할 것이다.

김남주 시인의 데뷔작 가운데 하나인 「진혼가」가 그 증거이다. 김남주가 시국사건에 연루돼 체포된 이후의 고문 체험이 바탕이 된 이 시에서 중점적으로 문제 삼고 있는 것은 다른 것이 아니다. 바로 고문자의 "총구가 나의 머리숲을 헤치는 순간" "똥개가 되라면/기꺼이 똥개가 되어" 고문자의 "똥구멍이라도 싹싹 핥아주겠"다는 허약한 "나의 양심"이다. 내가 제대로 된 싸움을 수행하기 위해 "나"의 "양심이 피를 닮고/싸움이 불을 닮고", 그리하여 "피와 불이 자유를 닮고/자유가 시멘트 바닥에 응집된/피 같은 불 같은 꽃을 닮"기를 그토록 열망하는 배경엔, 고문자가 가하는 육신의 학대를 견뎌내지 못하고 쉽게 "무릎을 꿇"고 "손발을 비"빈 "어설픈 나의 양심"에 대한 질책이자 자기고발이 들어 있다.

김남주의 또다른 데뷔작 가운데 하나인 「잿더미」 역시 이러한 '양심'의 문제와 직결되어 있다. 이 시가 꿈꾸는 "꽃"과 "피"의 "합창" 또는 완전한 일치는, 고문으로 일시에 무너져버린 육신으로 인해 영혼의 굴욕을 맛본 자로서 쉽게 동요하는 육체와 부동의 정신의 굳건한 결합을 통한 불굴의 양심의 획득을 의미한다. 어떤 상황에서도 흔들리지 않는 혁명가적 양심의 획득이, 당위적이고 역사적인 진리와 그 진리를 위하여 현실을 개혁하고 변화시키려는 의무감에 가득 차 있던 그의 확고한 생의 목표였던 것이다.

일찍이 "누가 무엇이라 하든 나의 붓은 이 시대를 진지하게 걸어가는 사람에는 치욕"(「구라중화」)이라고 선언한 김수영 역시 그렇다. "동요도 없이 반성도 없이/자꾸자꾸 소인이" 되거나 "속돼"가는 "나"(「강가에서」)에 대한 지나칠 정도의 자의식과 자기반성의 태도는 무엇보다도 자신의 양심의 부름에 응하고자 하는 시인의 자세에 다름아니다. "외양만이라도 남과 같이 살아간다는 것"마저 "쑥스"(「구름의 파수병」)럽게 생각할 정도로 끝없이 스스로를 돌아보고 채찍질하는 수행자적인 모습은 한 인간의 존재론적인 한계를 떠맡는 가운데서 암중모색 자신의 본래성을 회복하고자 하는 예술가적 양심과 깊게 관계되어 있다.

따라서 "아무래도 나는 비켜서 있다 절정 위에는 서 있지/않고 암만해도 조금쯤 옆으로 비켜서 있다/그리고 조금쯤 옆에 서 있는 것이 조금쯤/비겁한 것이라고 알고 있다!"(「어느 날 고궁을 나오면서」)라는 탄식은 단지 지식인의 소시민적 반성이나 저항의식을 나타내는 것이 아니다. "더운 날" "나의 양심과 독기를 빨아먹는/문어발 같"은 "적(敵)"(「적」)에 대한 경계와 싸움은 자기 존재에 대한 투명한 인식을 방해하는 것과의 투쟁이자 가장 독자적인 존재 가능성을 묻는 양심을 획득하려는 노력을 나타낸다. "자기의 나체를 더듬어보고 살펴볼 수 없는" "시를 배반하고 사는 마음"의 "시인"의 "비참"(「구름의 파수병」)은 일상의 세계에 던져진 채 살아가다가 문득 자신의 내면으로 밀려드는 낯선 힘으로서의 양심과의 마주침 때문에 발생한 것이라 할 수 있다.

다만 김수영의 양심이 대중 속에 있으면서 고독하게 자기의 내면으로 파고드는 성격을 나타낸다면, 김남주의 경우는 타자와의 완전한 일치를 통한 거리낌 없는 양심의 획득이 목표였다. 또 다분히 개인적이고 실존적이며 관조적인 양심의 완성에 초점을 맞추고 있는 것이 김수영이라면, 김남주는 역사적이고 집단적이며 행동적인 양심의 확보를 우선시한다. 곧 김수영은 "사람들은 내 말을 믿지 않고 내가 내 말을 안 믿는다"(「거짓말의 여운 속에서」)라는 구절처럼 자신의 위선과 허위성에 대한 거듭된 자기반성과 개인적 도덕성에서 시적 양심을 찾으려 한다. 반면에 김남주의 양심은 "내 혼자만의 길"이 아닌 "함께 어깨동무하고" "발맞추고 걸었던 그 길"(「한 매듭의 끝에 와서」)의 성취 여부에 따라 결정되고 완성되는 그 어떤 것을 의미한다.

그러나 "괴롭히고 있는 보이지 않는 고문인(拷問人)"과 같은 "신의 발자국 소리" 또는 "가난한 침묵"(김수영 「장시 2」)으로 다가오는 양심은 일개 시인이자 지식인으로서의 의식의 부산물이 아니다. 또한 "보이는 것"이라곤 "농민을 위한/허수아비뿐"인 "고향"을 "밤으로 찾아"들며 "차마 부끄러워"(김남주 「달도 부끄러워」)하는 마음을 의식적으로 획득된 개별적이고 사회윤리적 차원의 것으로 볼 수만은 없다. 그들의 양심은 단지 당대 세계의 도덕과 윤리규범과 가치관에 입각한 것만이 아니기 때문이다. 무엇보다도 그들의 시엔 무엇이 옳고 잘못되었는가 판단하기 이전의, 인간의 본성에서 나온 내면의 목소리가 담겨 있기 때문이다. 긍정적이든 부정적이든 집단사회의 규범으로 억압할 수 없는, 그들의 무의식에 선험적으로 내재하는 양심의 발로가 그들의 시작품이었다고 할 수 있다.

2. '폭포'의 정신과 행동의 시학

김남주는 일단 "시를 쓸 때" "전후좌우 살피지 말"고 쓰고자 한다. 마치 "백척간두에 모가지를 걸고 있는" 듯한 절박함을 지닌 채 그 어떤 타협이나 검열에도 굴하지 않고 "막힘없이 거침없이"(「시를 쓸 때는」) 쓰고자 한다. 오랜 감옥생활과 탄압에도 불구하고 일체의 압력이나 권력에 굴하지 않는 내면적 결기가 그의 시적 특성을 결정짓는 중요한 정서로 자리하고 있다. "모름지기 시인이 다소곳해야 할 것은" "산전수전 다 겪"은 민중들의 "파란만장한 삶"(「시인은 모름지기」)일 뿐이라는 그의 시 쓰기에선 다른 어떤 상황도 고려의 대상이 아니다.

그러한 김남주에게 시인은 어디까지나 인간적인 삶과 정치적인 자유 확보를 위해 앞장서야 하는 임무를 갖고 있으며, 이때 시는 당연히 현실 변혁과 직접적으로 관계되어 있다. 예컨대 김남주에게는 "우리가 지켜야 할 땅이/남의 나라 군대의 발아래 있"을 때 "천사람 만사람" "싸움"을 "일으키는"(「조국」) 자가 시인이며, "인간다운 삶을 살 수 있는 세계를 건설하는 일에, 동참해야 할 의무와 책임이 있"(「시인의 일, 시의 일」 320면)는 자가 또한 시인이다.

김수영 역시 일체의 검열을 의식하지 않았던 김남주처럼 문학행위에서 절대자유를 누리고자 한다. 즉 그에게 "시를 쓰는 사람, 문학을 하는 사람의 처지로서는 '이만하면'이란 말은 있을 수 없다".[3] 또한 "새로운 문학에의 용기"를 포함하는 "자유의 이행에는 전후좌우의 설명이 필요없"(「시여, 침을 뱉어라」 401면)다. 김수영에게 "민주주의사회"는 "'비교적' 자유가 있다는 말은 통하지 않는" "절대적인 권리가 있는 사회"(「히프레스 문학론」 205면)이며, 그 속에서 시인은 "언어를 통하여 자유를 읊고, 또 자유를"(「생활현실과 시」 264면) 사는 존재이기 때문이다.

하지만 김수영은 김남주와 달리 "이미 가슴속에서 통일된 남북의 통일선언을 소리 높이 외치"는 것이 "참여시의 종점이 아니라 시발점"(「반시론」 415면)이라고 주장하면서도 바로 그것을 직접적으로 행동화하는 것에는 회의적이다. 일체의 권위와 압박에 굴하지 않으려는 태도를 보이면서도 "모든 창작활동"은 직접적인 현실의 문제를 다루기보다 그에 대한 "감정과 꿈을 다루는 것"이며, 무엇보다도 이것은 "현실상의 척도나 범위를 넘어선 것"(「창작 자유의 조건」 177면)이라고 보기 때문이다.

그래서일까, 김수영은 "정정당당하게/붙잡혀간 소설가를 위해서/언론의 자유를 요구하고 월남파병에 반대하는/자유를 이행하"(「어느 날 고궁을 나오면서」)는 모습을 직접적으로 보여주지 않는다. 대신 "4·19 후에 8개월 동안"을 제외하고 "무슨 소리를 해도 반토막 소리밖에는 못하고 있다는 강박관념"(「히프레스 문학론」 284면)에 시달린다. 김남주가 직접적인 탄압과 검열을 의식하지 않은 채 "세계에서 제일 높은" 이데올로기적 "빙산"이라 할 "38선"의 역사성과 현재성에 비판적이었다면, 김수영의 경우 "이 강파

3 김수영 「창작 자유의 조건」, 『김수영 전집 2: 산문』, 민음사 2003, 177면. 앞으로 이 책의 인용은 본문에 제목과 면수만 밝힌다.

른 철 덩어리를 녹이려면 (…) 깊은 사랑의 불의 조용한 침잠이 필요"(「해동」 144면)하다는 식의 유보적인 태도를 보여주고 있다.

그러나 이러한 좁힐 수 없는 차이에도 불구하고 김남주와 김수영의 시정신이 맞닿아 있다면, 그것은 바로 '폭포의 정신'이다. 공통적으로 그들 사이엔 "곧은 소리는 곧은/소리를 부른다"는, 그 어떤 것도 주저하거나 회피하지 않은 채 나아가려는 '폭포의 시정신'이 깊이 새겨져 있다. 그러니까 김남주의 비타협적인 시세계는 "취할 순간조차 마음에 주지 않고/나타(懶惰)와 안정을 뒤집어놓은 듯이/높이도 폭도 없이/떨어"지는 김수영 식 '폭포'의 영향에서 자유롭지 못하다. "무엇을 향하여 떨어진다는 의미도 없이/계절과 주야를 가리지 않고" "곧은 절벽을 무서운 기색도 없이 떨어"(김수영 「폭포」)지는 폭포의 모습은, "세상이 무덤처럼 입을 봉하고 있을 때/천둥처럼 땅을 치고 하늘을 구르"며 "세계와 싸우"(김남주 「역사에 부치는 노래」)고자 했던 김남주 자신의 삶을 연상시키기에 충분하다.

두 시인이 보여준 '폭포의 시정신'은 단지 시적 인식론이나 존재론의 차원에 그치지 않는다. 또한 그것은 세계를 어떻게 인식할 것이냐의 문제나 작품 생산의 조건의 문제로 국한되지 않는다. 특히 김남주의 경우 그것은 어떤 목적에 부합되도록 현실을 개혁하고 혁명하려는 실천론 또는 행동철학으로 이어진다. 필연적으로 어떤 목적이나 이념의 실현을 위한 말과 사실, 시와 실제의 일치를 통한 '행동에의 개방성'으로 자연스레 연결된 것이 김수영이라면, 자신의 행동을 시대와 역사에 개방화하는 마음의 열린 자세를 통해 시와 현실의 일치를 꿈꾸었던 것이 김남주라고 할 수 있다.

예컨대 김수영에게 시는 "행동을 위한 밑받침"이자 "행동까지의 운산(運算)이며 상승"이다. 그리고 "행동에의 계시"이며, "행동의 열쇠가 열릴 때"는 바로 "시는 완료되"는 순간이다. "7할의 고민과 3할의 시의 총화가 행동"이며, "3할의 비약이 기적적으로 이루어질 때" "한편의 시가 완성"

(「시작 노트 2」 430~33면)된다. 그러니까 김수영에게 '행동'은 단순히 시와 시론, 시와 삶의 일치를 의미하지 않는다. 결코 일정한 규칙에 따라 답을 내는 '운산'만으로는 될 수 없는 시적 도약, 곧 관습적이고 일반적인 인식방법과 그때그때 현실의 새로운 차원과 관계하는 높은 수준의 의미구성의 결합이 순조롭게 진행될 때 한편의 진정한 시가 탄생한다는 것이다. 현실과의 올바른 관계설정 없이는 어떤 인식론적인 일치나 정합성이 생길 수 없다는 것이 김수영이 말하는 '행동'의 진정한 의미라고 할 수 있다.

이에 반해 "시인은 해방전사와 동의어"라고 생각하는 김남주에게 '행동'은 역사를 직접적으로 개조하고 뒤바꾸려는 인간의 의지와 노력이다. 특히 피지배계급에 대한 지배계급의 "죄악상을 폭로하는 것"에 그치는 것이 아니라 "의식화된 대중을 조직으로 묶어 세우는 데까지 기여"(「나의 창작습관과 창작태도」 241면)하는 것이 올바른 '행동'의 의미이다. 김남주의 시와 산문에서 자주 눈에 띄는 '싸움'과 '투쟁'이라는 낱말은 '행동' 또는 '실천'과 동의어이며, 혁명을 이데올로기적으로 준비하는 수단이 시이다. 김남주에게 문학은 주관적인 것이 아니라 어디까지나 인간과 사회의 객관적인 발전법칙과 함께하는 것이며, 특히 비인간적인 자본주의사회에서는 그것과의 전면적 투쟁만이 진정한 의미의 '행동'이다.

하지만 아이러니하게도 김남주와 김수영이 만나면서 동시에 결별하는 지점이 바로 여기다. 4·19혁명의 좌절과 함께 김수영이 현실에 대한 '풍자' 또는 저항보다 '해탈' 또는 순응에 더 비중을 두면서 '폭포'의 세계에서 이탈해갔다면, 김남주는 "자유와 정의의 원칙에 따라/진실"(「어둠속에서」)을 추구하면서 시종일관 더욱 치열하게 폭포의 시정신을 견지해갔다고 할 수 있다. 다시 말해, 김수영의 폭포의 정신이 "5·16 이후" "사상까지도 복종"(「전향기」)하려는 움직임으로 이행되었다면, 김남주의 그것은 감옥에 갇히는 신세에도 불구하고 더욱 "현실의 세계에 눈과 가슴을 열"어 "실천의 거리와 광장으로"(「노동의 대지에 뿌리를 내리고」) 나가려는 움직임으로 확산되었다고 할 수 있다.

3. 금기에의 도전과 자유의 추구

김수영에게 "모든 살아 있는 문화는 본질적으로 불온"하다. 왜냐하면 "문화의 본질이 꿈을 추구하는 것이고 불가능을 추구하는 것이기 때문"(「실험적인 문학과 정치적 자유」 221면)이다. 특히 김수영은 시인이 사랑하는 것은 "불가능"이며, 그런 점에서 시인은 "선천적인 혁명가"(「시의 '뉴 프런티어'」 239면)라고 말하고 있다. 진보적이고 양심적인 세계 구현을 추구하는 시인에게 '불온함'의 추구는 필연적이며, 당대의 지배세력이 금기시하는 문제에 늘 도전한다는 점에서 시인과 혁명가는 유사하다는 지적이다.

김수영이 "기성 육법전서를 기준으로 하고/혁명을 바라는 자는 바보"라고 말한 이유가 여기에 있다. 그의 관점에서 기존의 법을 "합법적으로" 지켜가면서 하는 혁명이란 존재하지 않는다. "불법을 해도 될까 말까 한"(「육법전서와 혁명」) 것이 혁명이기 때문이며, 합법적인 테두리에서 불가능한 것을 추구하는 것이 문화의 본질이자 시인 됨의 참된 조건이기 때문이다. 사회적 금기와 그에 대한 위반과 도전의 위상 격차로부터 어떤 형태로든 참된 문화나 예술이 탄생해왔다는 것을 익히 알고 있었기에, 김수영은 "예술과 문화의 원동력"으로 "불온성"(「'불온성'에 대한 비과학적인 억측」 225면)을 옹호하고자 했던 셈이다.

남북한이 첨예한 이데올로기 대립을 벌이던 시대 속에서 그가 "너희들 미국인과 소련인은 하루바삐 가다오"라고 말한 것이 그 한 증거이다. 비록 4·19혁명이 일어난 지 얼마 되지 않은 시점이라곤 하지만, 김수영은 "말갛게 개인 글 모르는 백성들의 마음"에는 "'미국인'도 '소련인'도 똑같은 놈들"(「가다오 나가다오」)이라고 규정하면서 한반도로부터 미·소 양국의 철수를 주장한다. 남북분단에 대한 미·소 양국의 책임을 묻는 발언 자체가 불온시되고 금기시되던 엄혹한 반공체제하에서 외세와 자본가, 그리고 이데올로기적 장벽에 도전하는 자세를 보여주고 있는 것이다.

비록 생전에 지면을 통해 발표되지 않았지만, 근래에 발굴돼 충격을 준 바 있는 김수영의 미발표시 「김일성 만세」는 그러한 금기에 대한 도전의식의 극단을 보여준다. "한국의 언론자유의 출발"은 "김일성 만세"라는 최대의 금기를 "인정하는 데 있"다는 주장은 결코 그가 김일성을 영웅화하거나 사회주의체제를 옹호한다는 것을 의미하지 않는다. 이것은 분단된 남한사회의 최대 금기어로서 '김일성 만세'가 그에게 '창작의 자유'에 대한 시금석이자 진정한 민주주의사회를 가늠하는 '사상의 자유'를 보여주는 지표로서 다가왔다는 것을 의미한다. 달리 말해, 그가 시인 됨의 조건으로 내세운 '불가능한 자유의 추구'를 위한 상징물이 '김일성 만세'이며, 이는 인류의 문화사와 예술가 자체가 바로 이와 같은 불온과 금기의 추구 역사라는 걸 보여주기 위한 행위라고 할 수 있다.

김남주는 여기에서 한걸음 더 나아가 "법이니까 지켜야 한다"(「아나 법」)는 일반적인 상식부터 의문시하면서 모든 이들에게 공평하다는 법은 실상 "부자들에게는 목걸이가 되고/가난뱅이들에게는 밧줄"(「법 좋아하네」)일 뿐이라고 말한다. 특히 민주주의 체제의 근간이라는 "선거의 자유라는 것을 통해/독재정권이 민주정권으로 교체된다는 것은 불가능하다"(「환상이었다 그것은」)는 태도를 보인다. 자신의 사상과 신념을 방해하는 일체의 법과 금기 자체를 처음부터 인정하지 않으려 한 것이 김남주가 보여준 일관된 태도인 것이다.

차라리 "어둠으로 눈을 가리"거나 "공포탄으로 귀를 막고 침묵 속에서" 자신이 생각한 바를 "써라"(「시를 쓸 때는」)라는 정언명령적인 시 쓰기의 자세가 여기에 해당한다. 김남주는 실정법의 위반에서 오는 모든 고통과 압박을 감수하면서라도 50년대 이래 반대세력의 억압이나 정권유지의 수단으로 곧잘 악용되어온 바 있는 "반공의 벽을 무너뜨"(「환상이었다 그것은」)리는 시 쓰기를 주저하지 않았다. 또 우방 또는 "유엔군의 이름으로" 조국에 들어왔지만 실상 냉전체제를 촉발하고 강화시킬 뿐인 "이방인의 군대"(「고개 들어 조국의 하늘 아래」) 자체를 한사코 인정하지 않았다. 당대의 정치권력을 비롯한 외세와 자본가들, 그리고 그들의 이익과 세력 유지를 위해 봉사하는 모든 인간들은 단지 그가 극복해야 할 "벽"(「조국은 하나다」) 이자 금기의 대상으로서의 적에 불과했던 것이다.

바꿔 말하자면 김남주에게 "세상이 법 없이도 다스려"지는 일체의 금기 없는 자유의 세계가 될 때 "시인은 필요 없다". "법이 없으면 시도"(「시인」) 존재할 수 없기 때문인데, 이것은 바로 금기에 대한 도전을 통해서만 시인의 존재의의를 찾을 수 있다는 것을 의미한다. 예컨대 '남민전'의 일원이 되어 "모 재벌 집을 습격"(「역사」)한 것에 대한 자기변호가 이를 잘 보여준다.[4] 일체의 기준과 질서를 만들어내는 모든 종류의 법들이 단지 부정의 대상일 뿐이었던 김남주에게는 모든 금기를 부수는 것만이 유일한 법칙이었고, 따라서 "그곳에 간 것은" 한낱 재물을 훔치기 위한 "파렴치한으로가 아니"다. 그야말로 압박받는 민중과 세상을 구원하기 위한 "해방전사로서 갔"을 뿐이다. 그리고 후일의 역사가 "논개를 평가할 때 기생으로서 그의 직업을 문제 삼"지 않는 것처럼, "도덕적인 순결" 또는 의분에서 시작된 자신들의 행동 역시 시간이 지나면 정당한 평가를 받을 것이라고 믿고 있다.

중요한 것은, 그러나 김남주와 김수영이 과연 현실세계와 법의 필연성을 전면적으로 부정했는가, 아니면 얼마만큼 인정했는가가 아니다. 이들의 불온성 추구 또는 금기에의 도전이 결국 자유의 추구 문제로 이어진다

---

4 김남주는 한 대담을 통해 자신을 긴 감옥생활로 이끌었던 '남조선 민족해방전선 준비위원회'의 성격과 조직, 사건의 전말과 의의에 대해 얘기하고 있다.(「노동해방과 문학이라는 무기」 255~56면)

는 점이다. 달리 말해, 부자유한 한국 현대사 속에서 김수영이 "자유의 회복"을 "신앙"(「자유의 회복」 182면)으로 삼거나 김남주가 "만인을 위해 내가 일할 때"가 아니라 "만인을 위해 싸울 때 나는 자유다"(「허구의 자유」)라고 말하는 것은, 이들의 자유가 그들을 둘러싼 온갖 제도적·정치적 금기와 직결되어 있다는 것을 의미한다. 그들이 추구하는 예술 창작뿐만 아니라 인간이 추구하는 최고 가치로서 자유가 필연적으로 사회제도적 금기에 대한 위반 내지 도전과 맞물려 있다는 것이다.

그러나 김수영에게 자유는 단지 외부적인 부자유나 불평등으로부터 벗어나거나 그것을 극복하는 것만을 의미하지 않는다. 물론 김수영 역시 "정치적 자유를 인정하지 않는 사회에서는 개인의 자유도 인정하지 않는다"(「시여, 침을 뱉어라」 401면)라고 말하고 있다. 하지만 진정한 자유로움 또는 자유의 쟁취는 그것만으로 부족하다. 그것은 "자유를 위하여/비상하여본 일이 있는/사람"만이 느끼거나 얻을 수 있는 그 어떤 것이다. "노고지리"의 맑고 청아한 노래는 비상에의 공포와 거기서 오는 어쩔 수 없는 유한성의 체험, 그리고 자유 속에 섞여 있는 "피의 냄새"와 혁명 속에 숨어 있는 "고독"(「푸른 하늘을」)을 감내할 때 가능한 것이다.

이와 달리 김남주에게 인간의 자연스러운 속성으로서 자유는 결코 개별적인 영역이 아니다. 그의 자유는 "만인을 위해 내가 일할 때"와 직결되어 있다. 한 개인보다는 "만인을 위해" "함께 싸우"거나 "몸부림칠 때" '나'의 자유가 성립한다. "만인을 위해" "피와 땀과 눈물을 나눠 흘리지 않고서야/어찌 나는 자유이다라고 말할 수 있으랴"(「자유」)라는 말 속엔, 인간의 진정한 자유는 그러한 객관적 합법칙성에 대한 인식을 통해 자연과 사회에 대한 지배력을 늘려가는 데서 성립한다는 인식이 함의되어 있다.

결과적으로 김수영의 자유가 정치적 자유를 넘어 인간의 본래성 차원으로 뻗어 있다면, 김남주의 자유는 다분히 정치적이고 제도적인 차원의 자유에 집중되어 있다. 달리 말해, 김수영의 자유는 순결한 "눈을 바라보며" "마음 놓고/기침을 하"고 "밤새도록 고인 가슴의 가래"를 "마음껏 뱉"(「눈」)는, 곧 스스로를 자유롭게 하려는 양심적인 노력과 의지에서 나온다. 반면에 김남주의 자유는 조건적이며 제약적인 것으로서 "인간의 노동과 투쟁이 깎아 세운 입상"(「자유에 대하여」)처럼 자연과 사회에 대한 지배력을 높이는 데서 온다. 창작의 자유를 포함한 본래적인 진리를 회복하거나 그 안에 서는 것이 김수영의 자유라면, 부조리하고 불평등한 현실의 개혁과 혁명을 위한 사회참여와 관련된 것이 김남주 식 자유라고 할 수 있다.

4. '명령의 과잉'과 죽음의 극복

김수영은 생전에 "우리의 시의 (…) 미래는 기껏 남북통일에서 그치고 있다"며 "편협한 민족주의의 둘레바퀴 속에서 벗어나지를 못"(「반시론」 416면)하고 있음을 질타하고, 한국 현대시가 "문화를 염두에 두지 않고, 민족을 염두에 두지 않고, 인류를 염두에 두지 않"으면서도 "문화와 민족과 인류에 공헌하고 평화에 공헌"(「시여, 침을 뱉어라」 403면)하는 보편성의 차원에 이르지 못하고 있는 것을 아쉬워한 바 있다. 하지만 김수영의 이러한 시적 요구는 그의 말대로 "아직도 명령의 과잉을 용서할 수 없는 시대"(「서시」) 속에서 매우 성급한 주장이었는지 모른다. 김수영이 타계한 지 쉰 해가 가까워오도록 우린 '아직도 명령의 과잉을 요구하는 시대'에 살고 있기 때문이다.

김남주가 시인이 있어야 할 곳을 굳이 억압과 착취가 있는 곳으로 한정하고(「나의 창작습관과 창작태도」 230면) 자신의 시를 기꺼이 해방투쟁의 부산물이나 종속물로 취급했던 저간의 사정도 이와 무관하지 않다.[5] 그러니

5 김남주는 문학이 혁명에 종속된다고 해서 문학의 독자성이 훼손된다고 보지 않는다.

까 김남주가 김수영과 달리 인류보편적인 가치보다 남북분단과 계급갈등이라는 한국적 특수성과 모순에 집중한 것은 다른 이유 때문이 아니다. 그는 보편적인 가치를 추구하기에 앞서 "누르는 자와 눌리는 자, 착취하는 자와 착취당하는 자의 관계로" 양분된 한국사회를 개혁하는 것이 우선이라고 생각했기 때문이다. 또한 독재권력과 자본가, 외세와 관료집단의 '명령의 과잉' 상태가 역사 앞에서 "최선을 다하지 않은" 모든 "싸움"을 "유죄"(「시집 『진혼가』를 읽고」)로 만들었으며, 이것은 곧 "살아남은 사람들이 있어야 할 곳"이 다름아닌 "전선"과 "감옥"과 "무덤"(「살아남은 자들이 있어야 할 곳」)일 수밖에 없다고 믿었기 때문이기도 할 것이다.

분명한 것은, 여전히 "때와 장소에 상관없이" "착취와 압박"이 우리 사회에 존속하는 한 "그게 부끄러워 참지 못하고 싸우는"(「노예라고 다 노예인 것은 아니다」) 제2, 제3의 김남주가 나타난다는 사실이다. 또한 "온 세상"이 "죽음의 질서" 혹은 "죽음의 가치로 변해"갈 때면, 어김없이 "죽음을 꿰뚫는 가장 무력한 말"이자 "만능의 말"(「말」)의 소유자인 또다른 김수영이 지금 여기에 환생한다는 사실이다. 달리 말해, 생전에 그들이 극복하고자 한 남북분단과 자본주의의 모순이 그대로 살아 있는 한 김남주도 김수영도 영원하다. 온갖 제도적이고 역사적인 변혁과 문학적 과제들이 혁신적인 모습을 보여주지 않는 한, 앞으로도 그들의 문학은 강력한 영향을 미치며 한국 시단의 주변을 유령처럼 배회하리란 예감이다.

결과적으로 그런 만큼 우리의 관심을 끄는 것은 사실 김남주와 김수영 간의 문학적 영향관계나 차별점이 아니다. 김남주가 시에 대한 무거운 영향과 책임을 끌어안으며 자신만의 독자적인 시세계를 열어갈 수 있었던 힘이다. 김남주와 김수영이 보여준 문학과 행동, 이론과 실천의 일치를 통

그는 혁명에 봉사함으로써 오히려 문학이 보다 풍부해지고 깊어진다는 입장에 서 있다.(「나는 왜 남민전에 참가했는가」 123면)

해 성취한 문학적 유산을 '끌어안으면서 극복하는'(包越) 일이다. "우리의 현실이 시대에 뒤떨어진 것을 부끄럽고 안타깝게 생각하지만, 그보다도 더 안타깝고 부끄러운 것은 이 뒤떨어진 현실을 직시하지 못하는 시인들의 태도"(「모더니티의 문제」 350면)라는 김수영의 말이다. 마흔여덟, 마흔아홉의 나이로 작고한 그들이 말과 행동, 시와 삶의 일치를 통해 남긴 문학적 유산이 무엇인지 헤아리는 작업이다.

특히 간과해서는 안될 것은, 김수영이 말한 대로 "죽어가는 자기를 바라볼 수 있는 자기가 아니라, 죽어가는 자기 — 그 죽음의 실천"(「새로움의 모색」 171면)과 긴밀히 연결된 그들의 양심이다. 그리고 어떤 권위나 권력에도 굴하지 않으려 했던 그들의 영원한 자유정신과 양심의 획득이 "언어가 죽음의 벽을 뚫고 나가기 위한" "오래된" "숙제"와 관계되어 있으며, 결코 달갑지 않은 죽음의 실존적인 "괴로움과 괴로움의 이행"(「설사의 알리바이」)을 통한 참다운 행동의 윤리를 정립하기 위한 움직임과 무관하지 않다는 사실을 새삼 깨닫는 일이다.

따라서 김남주가 자신의 삶과 문학을 기꺼이 희생하면서까지 가난하고 소외된 자의 편에 서려 했던 것은 단지 지식인으로서의 부채의식이나 책임감 때문만이 아니다. 어쩌면 그것은 "시도 때도 없이" 닥쳐오는 가난하고 소외된 이웃들의 불행한 "죽음"(「날마다 날마다」)을 자신의 본질로서 받아들이고자 하는 자세와 무관하지 않다. 특히 그가 "체포"와 "고문", "투옥"과 "학살"에도 불구하고 "언젠가는 역사와 더불어 이르러야 할" "자유와 해방과 통일의 길"(「길 1」)을 일말의 두려움 없이 가게 된 것은, 그야말로 자신의 죽음을 적대자가 아닌 동반자로서 수용함으로써 시작되었다고 할 수 있다.

정도의 차이는 있을지언정 어떤 식으로든 선배 시인의 시적 성과에 빚지기 마련인 후배 시인들이 명심할 대목은 바로 이것이다. 한국 현대시가 그들의 시적 영향권에서 자유롭지 못한 것은, 우리가 스스로의 죽음을 자신의 본질로 받아들임으로써 실존적이고 물리적인 죽음을 결코 두려워하지 않는 불멸의 양심을 확보하지 못했기 때문이다. 우리가 여전히 거짓과 허위의 삶과 문학에서 자유롭지 못한 것은, 그들처럼 죽음 앞에서 정직해지고 당당해지려는 양심적 의지와 노력이 한참 못 미치고 있기 때문이라 할 것이다.

(『내가 만난 김남주』, 이룸 2000 / 개고)

임동확 林東確 시인. 한신대 문예창작과 교수. 시집 『살아있는 날들의 비망록』 『운주사 가는 길』 『벽을 문으로』 『처음 사랑을 느꼈다』 『나는 오래전에도 여기 있었다』, 시론집 『사람이 꽃보다 아름다운 이유』 등이 있음.

대지인으로서의 김남주

정우영

1

새삼 다시 그와 그의 시를 언급하지 않아도 될 만큼 김남주는 한국문학에서 뚜렷한 봉우리이자 역사이다. 80년대 우리 문학의 저항과 비판은 그에게서 나와 그에게로 돌아간다. 어찌 80년대뿐이랴. 민족민중문학의 중심에는 여전히 그와 그의 시가 올연히 서 있다. 감히 말하건대 이후 그 누구도 이와 같은 그의 입지를 넘어서지 못했다. 이 점이 한편으로 우리 문학의 불행 아닐까 생각한다. 김남주에게는 김남주만이 긴장 팽팽하다.

그래서 그럴까. 김남주와 그의 시가 요즘 들어 조금씩 뒤로 물러서는 느낌이다. 근래의 독자들 시 입맛에는 그의 시가 어울리지 않는 것인가. 그렇지 않다고 믿는 편이지만, 현실은 녹록지 않다. 그를 찾는 독자는 확실히 줄어들고 있는 것처럼 보인다. 서점에서 그의 시집 구하기가 쉽지 않다. 이러다간 그의 시는 사라지고 김남주라는 전설만 남을 것 같아 적이 불안하다.

가만히 생각해본다. 왜 이와 같은 결과가 빚어졌을까. 위에서 말한 것처럼 김남주 이후 문학의 부재 때문인가. 혁명적 시기가 아니라서 그가 관심 밖으로 멀어진 것인가. 현실사회주의권의 몰락과 그 궤적을 함께하는 것인가. 셋 다 영향을 끼쳤으리라. 변화하는 시대적 흐름을 어찌 무시할 수 있으랴. 하지만 이것만으로는 부족하다고 생각된다. 김남주 시에 대한 홀대를 설명하기에는 어쩐지 미흡한 것이다.

기억에 남아 있는 그의 시들을 조용히 읊조려본다. 세다. 지금 읽어도 센 시들만 남아 전율의 기억들을 간추리고 있다. 「학살 1」「전사 1」「종과 주인」「조국은 하나다」 등이 그 시들로 편편마다 뜨겁다. 김남주를 단호한 전사적 시인의 이미지로 각인시키는 시들이다. 가슴에 박히어 통렬한 분노를 불러일으키고 터뜨린다. 얼마나 선연한가. 그러니 이러한 시들이 김남주의 얼굴로 살아나는 것은 어쩌면 당연한 일인지도 모른다. '전사 시인'이라는 호칭은 그 귀결이었으리라.

하지만 이 호명이 김남주에게는 영광이자 동시에 슬픔이라고 여겨진다. 이 호명 아래로 김남주의 중요한 한 축이 가라앉아버렸기 때문이다. 내가 보기에 그는 전사이자 시인이면서 또한 '대지인'이었다. 김남주의 지향으로 가른다면, 그는 '전사 시인'이자 '대지인'으로 나뉘어야 한다. 그는 혁명의 무기로 시를 택했으나 삶의 지향으로는 대지를 꿈꿨던 것이다.

그의 이러한 대지적 풍모를 받치고 있는 시들은 단호함보다는 따뜻함이 저변에 깔려 있다. 그의 본래적 성격이 이런 것 아닐까 싶게 감성이 짙게 깔려 있으며, 인정의 아름다움을 담고 있다. 사람들이 왜 그에게 '물봉'이란 별명을 붙여주었는지 알 수 있을 만큼 다감한 시들이다.

이와 같은 대지의 시들도 함께 읽어야 김남주의 총체적 면모가 드러나지 않을까. 김남주는 단순하지 않다. 그의 시에는 한 몸이 감당하기 쉽지 않은 한국사의 다양한 모순이 들어 있다. '대지인'으로서의 김남주를 수면 밑에 놓고 그의 시를 말하는 건 따라서 그의 시 일부만을 언급하는 셈이다.

하여, 이제 나는 대지인으로서의 김남주를 만나러 가고자 한다. 그가 대지인일 수밖에 없는 이유는 그가 우리나라 땅끝마을 해남의 궁벽진 농가에서 태어났다는 사실과 무관치 않다. 농촌은 그를 이룬 몸이자 그의 정신세계의 기반이었던 것이다. 하지만 그가 꿈꾸는 농촌은 종래의 농촌이 아니다. 그는 새로운 대지의 아들이고자 했다. 농촌이 전근대적인 생활공동체를 의미한다면 그가 꿈꾸는 대지는 미래지향적인 생활공동체를 뜻한다.

2

그러면 이제 그의 대지를 따라가보기로 하자. 그의 대지 선언을 듣는 것으로 처음을 연다. 그는 「편지 1」에서 "내 시의 기반은 대지"라고 말하고 있다.

내 시의 기반은 대지입니다
대지를 발판으로 일어서서 그 위에
노동을 가하는 농부의 연장과 땀입니다
씨를 뿌리기 위한 바람과의 싸움입니다
뿌리를 내리기 위한 어둠과의 격투입니다
노동의 수확을 지키기 위한 거머리와 진드기와의 피투성이의 실랑이입니다
추위를 막기 위한 벽과의 싸움이고
불을 캐기 위한 굴속과의 숨바꼭질입니다
대지 노동 투쟁이 기반을 잃으면
내 팔의 힘은 깃털 하나 들어올릴 수 없습니다

이 발판이 없어지면 나는 힘센 자의 입김에도 쓰러지고 마는 허깨비
입니다
내가 한줄의 시를 쓸 수 있는 것은
가뭄을 이기는 저 농부들의 두레에 내가 낄 때입니다
그들과 더불어 내가 있고
그들과 더불어 내가 사고하고
그들과 더불어 내가 싸울 때
그때 나는 한줄의 시가 됩니다

—「편지 1」 부분

이 시에서도 보이듯이 그는 대지의 포용성이 아니라 역동성을 강하게 드러낸다. 흔히 우리가 대지의 시인이라고 부를 때에는 왠지 드넓은 포용과 관용을 내보여야 할 것 같은데 말이다.

게다가 그의 대지는 결코 순응하는 대지가 아니다. 그의 아버지처럼 그저 묵묵히 참고 농사짓는 그러한 농부를 그리지도 않는다. 그의 대지와 농부는 강건하다. 그가 그리는 농부는 "대지를 발판으로 일어서서 그 위에/노동을 가하"며 "씨를 뿌리기 위한 바람과의 싸움"과 "뿌리를 내리기 위한 어둠과의 격투"를 벌인다. 그들은 그야말로 "대지 노동 투쟁"의 기반이자 전사의 '발판'이다. 그는 그가 "한줄의 시를 쓸 수 있는 것은/가뭄을 이기는 저 농부들의 두레에" 낄 때라고 여긴다.

이 시행은 굉장히 중요한 함의를 지닌다. 그가 시를 혁명의 무기로 본다고 할 때, 그 힘의 원천적 '발판'이 곧 대지임을 밝히는 부분인 까닭이다. "그들과 더불어 내가 있고/그들과 더불어 내가 사고하고/그들과 더불어 내가 싸울 때/그때 나는 한줄의 시가 됩니다"라는 고백은 그래서 의미심장하다. 이는 단순히 동지적 연대와 유대감을 표시하고 있지만은 않다. 이 발언에는 그의 시의 몸과 마음이 다 들어 있다. 스스로 대지 시인임을

구체적으로 천명하고 있는 것이다. 이로써 그가 중요한 비유를 쓸 때 왜 대지의 움직임과 농부의 삶, 낫 등 농기구를 동원하는지 알 수 있다. 그의 시의 마음도 실은 대지이며 시의 몸도 대지인 것이다.

"내 시의 기반은 대지"라는 선언은 「다시 시에 대하여」에도 나온다. 그는 이 시에서도 "생활의 이 기반에서 내가 발을 떼면/내 시는 깃털 하나 들어올리지 못"할 것이라고 말한다. 대지라는 현실에서 발 떼버린 시들에 대한 경고로도 읽히지만, 주요하게는 스스로의 다짐 아닐까 싶다. 그는 대지(생활)를 떠난 관념시는 세상의 "깃털 하나 들어올리지 못"하는 공허한 것이라 믿는다. 그러므로 그에게 대지 곧 현실을 떠난 시는 시가 아니다. 김남주의 투철한 현실인식이 명확해지는 대목이라고 할 수 있다.

「다시 시에 대하여」에는 주목해야 할 시행이 또 있다. "노동과 인간의 대지에 뿌리를 내리고/생활의 적과 싸우는 이 사람" "피와 땀과 눈물로 빚어진 이 사람의 얼굴"이라는 표현이다. 이 농부의 얼굴, 이 민중의 표상은 과연 누구인가.

나는 그의 아버지와 어머니라고 읽는다. 누구든 그렇지 않겠는가. 대지의 동의어는 자기 몸의 본체인 아버지와 어머니일 것이다. 김남주라고 다를 것이랴. 그의 대지관의 바탕에는 이처럼 그의 아버지와 어머니의 삶이 자리하고 있다. 그러나 안타깝게도 그의 아버지와 어머니의 삶은 그가 부정하고 극복해야 할 대상이기도 하다.

그는 이름 석자도 쓸 줄 모르는 무식쟁이였다
그는 밭 한뙈기 없는 남의 집 머슴이었다
그는 나이 서른에 애꾸눈 각시 하나 얻었으되
그것은 보리 서너말 얹어 떠맡긴 주인집 딸이었다

그는 지푸라기 하나 헛반 데 쓰지 못하게 했다

어쩌다 내가 그릇에 밥태기 한톨 남기면 죽일 듯 눈알을 부라렸다

그는 내가 커서 어서어서 커서
사람이 되어주기를 바랐다
농사꾼은 그에게 사람이 아니었다
뺑돌이 의자에 앉아 펜대만 까딱까딱하고도
먹을 것 걱정 안하고 사는 그런 사람이 되어주기를 바랐다
그는 못돼도 내가 면서기쯤은 되어야 한다고 했다
그러면 자기도 면에 가면 누구 아버지 오셨냐며
인사도 받고 사람대접을 받는다 했다
그는 내가 고등학교 대학교 다닐 때
금판사가 되면 돈을 갈퀴질한다고 늘상 말해왔다
금판사가 아니라 검판사라고 내가 고쳐 일러주면
끝내 고집을 꺾지 않고
금판사가 되면 장롱에 금싸라기가 그득그득 쌓일 거라고 부러워했다

—「아버지」 부분

이 시 「아버지」는 김남주에게는 대지 시인으로서의 출사표와도 같다. 이 시에는 대대로 이어지는 농민 삶의 모순과 개인으로서 그의 아버지의 기구한 생애가 모두 들어 있을 뿐만 아니라, 수탈의 삶을 끝내고자 하는 아들의 비원도 스며 있다. 아버지라는 대지를 딛고 새로운 대지를 열고자 하는 숨 가쁜 욕구도 들끓는다.

이 시에서 알 수 있듯, 그의 아버지는 "일제시대 때 태어나 거의 삼십년간을 남의 집 머슴살이를 했"으며 "꼴머슴에서 시작해서 중머슴 상머슴에 이르기까지 청춘을 거의 종으로 살았"다. 그러다가 "마지막으로 머슴살이했던 바로 그 주인집의 딸과 결혼"했는데, 그의 "어머니는 한쪽 눈이

불구였"다. 그래서 그의 "아버지가 머슴살이했던 집의 주인이 밭 몇 뙈기를 떼어서 그 딸을 시집보낸" 것이다.(김남주 「시적인 내용은 생활의 내용」, 『불씨 하나가 광야를 태우리라』, 시와사회사 1994 참조)

사정이 이러하므로 그의 아버지는 그에게 딱 하나, '사람'이 되기를 바란다. 이게 무슨 소리인가, 사람이 되라니. "농사꾼은 그에게 사람이 아니었"던 것이다. "빽돌이 의자에 앉아 펜대만 까딱까딱하고도/먹을 것 걱정 안하고 사는 그런 사람"이 그가 생각하는 사람이었다. 차별받지 않고 살고 싶은 아버지의 비원이 '사람'이라는 말 속에는 들어 있는 것이다.

그러나 한편으로 저 아버지는 얼마나 모질고 무식한가. 자식 사랑이라곤 눈꼽만큼도 없어 보인다. 그런데 문제는 이러한 형편이 김남주만의 유난함은 아니었다는 점이다. 김남주의 아버지에게서는 당시의 일반화된 아버지들 상이 보인다. 그의 아버지의 한계는 그만의 독특한 습성이 아니라 전쟁 이후를 살아남아야 했던 많은 가장들의 고투의 몸부림이었던 것이다. 김남주도 이 점을 인식한 듯 자전 에세이에서 이렇게 말하고 있다.

> 제 핏속에는 제가 알게 모르게 어떤 인간적인 권리도 없는 그런 삶을 살았던 사람에 대한 애정이랄까 안타까움의 정서가 흐르고 있는 것 같아요. 그와 반면에 제 아버지와 같은 사람을 종살이시켰던 그 대상과 그런 사회에 대한 어떤 악감정, 이를테면 적개심 같은 것이 나도 모르게 어렸을 때부터 내 몸속을 흐르고 있었지 않나 생각합니다. 내가 철이 들면서 그것이 이제 의식적으로 되었을 뿐이죠.(같은 글)

이 발언은 김남주의 행로를 이해하는 데 상당히 중요하다. 그의 시를 이루는 기본 정서와 사유가 드러나 있기 때문이다. 그의 가슴 밑바닥에는 아버지의 기구한 삶을 통해서 받아들인 "어떤 인간적인 권리도 없는 그런 삶을 살았던 사람에 대한 애정"과 "안타까움의 정서"가 깃들어 있다. 이러한 애정과 안타까움의 정서가 그를 대지의 시인으로 이끌어갔을 것이다. 그러나 동시에 "아버지와 같은 사람을 종살이시켰던 그 대상"과 "그런 사회에 대한 어떤 악감정, 이를테면 적개심 같은 것"도 그의 "몸속을 흐르고 있었"다. 이 적개심이 자라나 다른 한편으로 그를 전사의 길, 혁명의 길로 이끌어갔을 것이라 짐작한다.

이런 점들로 미루어보면 김남주의 아버지는 마치 대지처럼 그가 품어야 할 대상이자 넘어서야 할 장벽이었다. 아이러니하게도 그는 아버지와 같은 사람들이 제대로 사는 세상을 만들기 위해서 그 자신 아버지의 바람을 접을 수밖에 없었다. 아버지의 바람이 깃든 '사람'으로서의 면서기나 '금판사'는 그가 갈 길이 아니었기 때문이다. 김남주가 보기에 그들은 농민 위에 군림하는 착취와 수탈자들에 다름아니었다.

김남주의 삶과 문학에서 거의 언급되지 않지만 관심 가져야 할 인물이 한사람 더 있다. 바로 김남주의 아버지가 "마지막으로 머슴살이했던 바로 그 주인집"의 '주인'이다. 쉽게 말하면 김남주의 외할아버지다. 그런데 김남주는 그 어디에서도 그를 외할아버지라고 부르지 않는다. 그 사람은 '주인집'으로 표시될 뿐이다.

이에 관해서 김남주는 「문학은 주장이 아니고 느낌이다」(같은 책)에서 "내가 최초로 이런 의식을 갖게 된 것은 책이나 사회의 선배를 통해서가 아니라 외갓집에 대한 반감에서 싹트지 않았나" 생각한다고 말하고 있다. 초가삼간인 그의 집과 구조도 다르고, "또 어엿이 머슴 2~3명을 부리고 사는 것들에 대해 어린 나이에도 거부감이 일었"던 것으로 보아 외갓집은 '주인집' 이상의 의미를 가질 수 없었던 것으로 생각된다. 우리가 통상적으로 그리는 외할아버지, 외할머니의 인자함이 거세된 외갓집이 김남주의 가슴에 각인된 것이다.

나는 어린 시절 그의 이와 같은 거부감이 적개심으로 자라나 그의 대표작 중 하나인 시 「종과 주인」을 배태한 것 아닌가 생각한다. "낫 놓고 ㄱ자도 모른다고/주인이 종을 깔보자/종이 주인의 목을 베어버리더라/바로 그 낫으로"(「종과 주인」) 단호하게 씌어진 이 시의 섬뜩한 계급척결 의지는 오랫동안 쌓인 적개심의 발로인 셈이다.

이처럼 계급모순에 대한 인식의 맹아를 키울 수 있었다는 점에서 '주인집'은 불행하긴 해도 남다른 토양으로 기능했을까. 반드시 그렇지만은 않다고 본다. 이 특이한 환경은 김남주에게 이른바 '외갓집 정서'의 결핍을 가져온 것이다. 외갓집 정서란 무엇인가. 넉넉한 대지적 모성을 키우는 곳 아닌가. 어머니의 어머니라는 포괄은 그 어떤 분란과 대치도 감싸안는 궁극의 모성이다. 그런데 김남주는 그곳에서 원천적으로 배제된 것이다.

어떤 평자들은 김남주 시에서 도식적이고 메마른 감성을 찾아내고는 하는데, 만일 이때 그가 외갓집 정서를 획득했더라면 어땠을까. 그의 시는 훨씬 더 넉넉해지고 풍요로워졌을 것이다. 반드시 그 때문은 아니겠지만 김남주의 대지시에는 모성의 입김이 드물다. 단호한 선지자의 쑥스러운 고백이 더 두드러진다. 그가 쓴 어머니에 대한 시를 봐도 그렇다.

일흔 넘은 나이에 밭에 나가
김을 매고 있는 이 사람을 보아라

아픔처럼 손바닥에는 못이 박혀 있고
세월의 바람에 시달리느라 그랬는지
얼굴에 이랑처럼 골이 깊구나

봄 여름 가을 없이 평생을 한시도
일손을 놓고는 살 수 없었던 사람
이 사람을 나는 좋아했다
자식 낳고 자식 키우고 이날 이때까지

세상에 근심 걱정 많기도 했던 사람
이 사람을 나는 사랑했다
나의 피이고 나의 살이고 나의 뼈였던 사람

—「어머니」 전문

어쩐지 이 시에서는 어머니와의 거리감이 느껴진다. 안기고 싶은 어머니라기보단 객관적으로 바라다보고 있는 어머니 같다. 그렇지 않은가. 그는 '보라, 여기 이 여인이 내 어머니다'라고 외치며 "이 사람을 나는 좋아했다" "이 사람을 나는 사랑했다"라고 표현한다. '사랑해요, 어머니'가 아니다. 어머니와 나 사이에 어떤 격절감이 끼어드는 것이다. 그런 까닭에 그가 어머니를 "나의 피이고 나의 살이고 나의 뼈였던 사람"이라고 지칭해도 썩 살갑게 다가오지 않는다.

어머니를 사랑하지 않는 것도 아니면서 그는 왜 이렇게 쓸까. 그 오래된 의문 하나를 나는 외갓집 정서의 결핍으로 푼다. 세상과의 교감에는 어머니와 어머니의 어머니 같은 대지적 모성이 스며 있기도 해야 하는 것이다.

물론 「어머니」가 이렇게 묘사된 것에는 그의 시적 전략이 담겨 있기도 하다. 그는 시에서 "생활의 군더더기 살을 빼야 한다"고 보았다. "지금 이 땅에서 가장 건강한 문학, 가장 인간적인 문학은 자본의 폭력과 비인간성에 저항하는 문학"이라고 믿기 때문이다. 그는 문학이 "뼈처럼 단단하기 위해서"는 정서보다는 인식을 개조해야 한다고 본다. 이러한 생각이 이 시에도 반영되어 있는 것이다.(「나의 창작습관과 창작태도」, 같은 책 참조)

그가 감옥에 있을 때 동생 덕종에게 보낸 편지에 이런 구절들이 보인다. "어머니에게 쉽게 이야기해드려라. 자본가들은 거머리들이라고. 어머니가 모심기할 때 허벅지에서 떼어내고는 했던 피둥피둥 살이 찐 그 징그러운 흡혈귀 말이다." 이것이 그의 대지적 시관이고 그의 사랑법이다. 그의 사명도 바로 여기에 놓인다. 그는 이어서 쓴다. "이들 거머리와 진드기가 없으면 세상은 좋아질 일이고 우리 농민들은 물론 노동자들도 제 피와 땀을 자본가들에게 빨리지 않고 건강하게 살아갈 것이다. 이들 흡혈귀들이 없어지면 산적과도 같은 저 독재자들도 없어질 것이다."(「나는 왜 남민전에 참가했는가」, 같은 책)

3

아버지, 어머니를 통한 그의 대지관이 형성된 것은 어쩌면 태생적이라 할 수 있다. 아버지가 이룬 가족관계에서 이미 모순의 집적이 이뤄지고 있기 때문이다. 하지만 이는 그의 품성을 간과한 채 그의 일부만 들여다본 것에 불과하다. 김남주에게 외갓집 정서의 부재를 넘어서는 '부끄러움'이 찾아든 것이다. 부끄러움을 모르는 인간은 반성할 수 없으며 반성하지 않는 자는 혁명을 말할 수 없다. 그런 점에서 대학생이 되자 찾아온 부끄러움은 김남주에게 일생일대의 전기가 된다.

> 대학교 1학년 여름 어느날의 일이다. 방학을 해서 고향을 찾아 마을로 들어서는데 밭에서 김을 매던 늙수그레한 동네 아줌마가 일손을 놓고 일어서더니 머릿수건을 벗고는 "유순이 오빠 오시오" 하고 공손하게 절을 하는 것이었다. 나는 엉겁결에 "예" 하며 맞절은 했지만 여간만 당황한 게 아니었다. 또 얼마쯤 가다가 길가에서 풀을 베고 있는 마을 어른도 벌떡 일어서더니 "어이 오신가, 방학해서"라고 공대말을 하는 것이었다. 나는 너무 무안해서 대답도 제대로 못하고 그 자리를 피해버렸다. (…) 흙이나 파먹고 사람 대접도 받지 못하는 무지렁이들이라고 늘 자기를 비하하며 살고 있는 그들의 눈에 대학생인 나는 딴 세상의

사람으로 보였던 것일까.

이런 당황스럽고, 무안하고, 부끄러운 장면을 피하기 위해서 나는 그 후 고향을 찾게 되면 주로 밤을 이용했다.(「반유신투쟁의 대열에 서서」, 같은 책)

바로 이 지점에서 김남주의 어제와 오늘은 달라졌을 것이다. 그는 이때 '부끄러움'이라는 염치를 자각했다고 여겨진다. 대학생이 되어 돌아온 그를 자기들과는 뭔가 다른 인종으로 우러러보는 저 동네 사람들의 공대를 통해 그는 계급모순의 단면을 깨우친 것이다. '배운 자들, 가진 자들은 배우지 않은 자들과 가지지 못한 자들에게 아주 삶을 시달리게 하는 존재'라는 사실 말이다. 이 계급모순의 실체를 확인한 그는 이후 밤을 타서 고향을 찾을 수밖에는 없었다. 자신을 다른 계급으로 바라보는 이웃들의 시선을 그는 차마 부끄러워서 마주할 수 없었던 것이다.

이는 보기 드문 김남주만의 품성과 각성이 아닐까. 대개의 경우 사람들이 이렇게 대하면 우쭐하게 마련이다. 신분 상승의 어리둥절함은 곧 사라지고 그것을 당연한 지위로 착각하는 것이다. 하지만 김남주는 그 상황에서 오히려 부끄러운 자신을 들여다본 뒤 새로운 경지로 나아갔다.

공기와도 같은 것
공기 속에 보이지 않는 산소와도 같은 것
물과도 같은 흙과도 같은 것
질소와도 같은 것
어디에나 있으면서 어디에도 없는 것
존재하고 존재하지 않는 것
흔해빠져 아무도 눈여겨보지 않으면서도
내가 없으면, 일분일초도 없으면
세상은 순식간에 죽음의 바다, 나는 농민이다

조상대대로 농민이다
천·지·현·황 삼라만상이 생긴 이래 으뜸가는 농민이다
보라
이글이글 검게 탄 얼굴 나를 보라
보라
무릎까지 빠진 대지의 기둥 나를 보라
더는 빠질 수 없는 밑바닥 인생 나를 보라
나는 쩍쩍 벌어진 가뭄의 논바닥이다
나는 수마와 모기와 거머리에 할퀴고 뜯기고 빨린 상처투성이
나는 천년을 하루같이 가을이면 빈손으로 그득한 쭉정이
(…)
값은 고하간에 규격미달 반팽이 나는 농민이다
읽을 줄도 모르는 까막눈이다.
화물차에 실려 도시의 잡담에서 밟히고 뭉개지는 배추 포기이다
도시의 어금니에서 씹히는 보리알이고
도시의 배 속에서 부글부글 끓어오르는 분노의 쌀이고
자본가가 통째로 삼킨 안 뽑힌 터럭의 통닭이다
뿐이랴! 네놈들 인육의 시장에서 매매되는 노예이다

—「농민」 부분

그는 '농민'이라는 존재의 위대함을 발견한 것이다. 그들의 시선으로 바라본 '나'라는 존재의 부끄러움을 통해 그는 오히려 '그들이라는 존재', 곧 '나의 아버지이자 어머니들이라는 존재'의 위대함을 깨닫게 되었다. 아, 이들이 바로 세상의 으뜸이구나, 하고 깨달은 순간 그에게는 전율이 타오르지 않았을까. 그렇지 않은가. 농민이야말로 "공기 속에 보이지 않는 산소와도 같은 것/물과도 같은 흙과도 같은 것/질소와도 같은 것"이

다. 그것이 없으면 우리의 목숨도 없다.

그는 농민의 아들로서 자각한다. "흔해빠져 아무도 눈여겨보지 않으면서도/내가 없으면, 일분일초도 없으면/세상은 순식간에 죽음의 바다"라고. 그런데 지금 농민인 나는 무엇인가. 어떤 취급을 받고 있는가. "쩍쩍 벌어진 가뭄의 논바닥이"며 "도시의 잡담에서 밟히고 뭉개지는 배추 포기이다". 어디 이"뿐이랴!" 가진 자들, 배부른 자들, 도시 놈들의 "인육의 시장에서 매매되는 노예"로 전락해버리기까지 했다.

그러니 이제 그의 분노, 대지의 분노를 어찌 멈출 수 있겠는가. 그는 이 땅의 모든 농부들이자 생산자들에게 묻는다. "지상의 모든 부(富)/쌀이며 옷이며 집이며/이 모든 것의 생산자여" "그대는 충분히 먹고 있는가/그대는 충분히 입고 있는가/그대는 충분히 쉬고 있는가" 하고. 이 물음에 대한 답은 너무 쉽다. 누구나 알고 있다. "그렇지 않다 결코". 이것이 그 답이다. 그리하여 그는 외친다. "이것은 부당하다 형제들이여/이 부당성은 뒤엎어져야 한다"(「민중」)고.

그는 생산자의 삶이 "부자들의 웃음처럼 펴지는" 걸 보지 못했다. "제 입으로 쌀밥을 가져가는 것을" "춤이 되고 노래가 되"어 퍼져나가는 것을 그는 한번도 본 적이 없었다. 이 세상에서 생산자는 완벽하게 소외되어 있는 것이다.

그러나 나는 보지 못했네 아직
이 손의 주름이 부자들의 웃음처럼 펴지는 것을
제 노동의 주인이 되어 이 손이
제 입으로 쌀밥을 가져가는 것을
노동의 기쁨이 되어 이 손이
춤이 되고 노래가 되는 것을
제 노동의 계산이 되어 이 손가락이

나락금을 셈하는 것을 나는 한번도 본 적이 없네

나는 묻겠네 친구
따가운 햇살 등에 받으며 한낮의 이랑 속에서 배추 포기를 키우는 사람이
가장 싱싱한 채소를 먹어서는 안되는가
척박한 땅에 사과나무를 심고 땀을 흘리는 사람이
지성으로 자식보다 귀하게 소를 키운 사람이
겨울의 화롯가에서 등심구이를 먹어서는 안되는가
연장 대신에 이 손에 무기를 쥐여주고
그 무기를 내 시가 노래해서는 안되는가

—「손」 부분

그리하여 그는 묻는다. "따가운 햇살 등에 받으며 한낮의 이랑 속에서 배추 포기를 키우는 사람이/가장 싱싱한 채소를 먹어서는 안되는가"라고. "연장 대신에 이 손에 무기를 쥐여주고/그 무기를 내 시가 노래해서는 안되는가"라고. 왜 안되겠는가. 그러라고 있는 '손' 아닌가. 손은 일하라고 있는 것이면서 동시에 싸우라고 있는 것을.

이처럼 이 땅의 모순을 자각한 김남주는 친구들과 함께 동학농민전쟁의 현장을 더듬게 되는데, 그때 녹두장군 전봉준과 조우한다. 우리도 익히 알고 있는 그 사진 속의 전봉준이다. 그는 "들것에 실려 서울로 압송되어 가는" 전봉준의 얼굴에서 "두개의 눈을 본다". "양반과 부호들에 대한 증오의 눈과/가난한 민중에 대한 사랑의 눈"(「녹두장군」)이다. 계급적으로 확연히 갈라진 눈이다. 이후 김남주를 밝히는 바로 그 두개의 눈이다.

4

더이상 다른 선택지는 없었다. 그의 일생은 이 두개의 눈에 바쳐진다. 하지만 그 어느 때라도 그의 행보 밑바탕에는 대지적 염원이 자리하고 있었을 것이다. 그러한 염원이 시에서는 "조선의 마음"으로 나타난 것으로 보인다. 그가 "찬 서리/나무 끝을 나는 까치를 위해/홍시 하나 남겨둘 줄 아는"(「옛 마을을 지나며」) 마음으로 묘사한 그 마음은 기실 대지의 마음이다.

그런데 그는 왜 조선의 마음이라 부르는가. '조선'이야말로 그가 꿈꾸는 대지의 원형이며 그것이 곧 우리의 오랜 전통이기 때문이다. 그에 의하면 "무릇 먹고 마시고 하는 것은 옛부터/남몰래 혼자 먹는 게 아니"었다. "모자라면 모자라는 대로 나눠 먹어야 제멋이"(「황영감」)었던 것이다. 예컨대 새참을 먹다가도 지나가는 길손이 있으면 불러 함께 나누는 게 사람살이의 참멋이었다. 그는 이같은 전통이 우리의 미래인 '조선의 딸'에게도 이어지길 바란다. "지나가는 낯선 사람도 불러/이웃처럼 술도 한잔 드시게 하는/조선의 딸 그 마음을"(「조선의 딸」) 오래도록 보존하고 싶은 것이다.

그의 '대지인의 꿈'은 이와 같은 '조선의 마음'에 서려 있다. 그가 바라는 이상사회의 전범은 '조선의 마음'이 살아 숨 쉬는 농촌공동체인 것이다. '조선의 딸'과 같은 사람들이 모여 '조선의 마음'으로 인정을 나누고 살피는 세상이다. 이는 참 쉽고도 어려운 바람이다. 자본주의를 거스르는 꿈인 까닭이다. 그의 바람처럼 이 땅에서 수탈과 착취가 정말 사라진다면 얼마나 좋을까.

김남주는 시 「이 세상 넘으면」에서 여든아홉 정정한 노인을 통해 그 이상적인 삶을 제시한다. 아주 단순한 삶이다. 배고픈 설움을 면하고, 밥 잘 먹고 즐겁게 일하는 것이며, "기쁨도 없이 살 때" 서로 나눠 먹는 것이다.

노인은 "사람에게 배고픈 서럼보다 더한 서럼이 없"는 것을 잘 알고 있다. 그러니까 "기쁨도 없이 살 때 서로 나눠 묵는 기쁨이 제일"이라고 보는 것이다. 노인의 이 바람이 곧 김남주의 바람이며 동시에 민중의 바람이다. 그는 사람이 사람을 억압하지 않고 서로서로 기쁘게 나누는 세상 속에 살고자 했던 것이다.

대지에 뿌리를 내리고
해를 향해 사방팔방으로 팔을 뻗고 있는 저 나무를 보라
주름살투성이 얼굴과
상처 자국으로 벌집이 된 몸의 이곳저곳을 보라
나도 저러고 싶다 한 오백년
쉽게 살고 싶지는 않다 저 나무처럼
길손의 그늘이라도 되어주고 싶다

—「고목」 전문

이 시에 나오는 나무의 꿈도 이와 다르지 않다. 김남주의 지향은 이처럼 "대지에 뿌리를 내리고" 살아가는 대지인이었다. 비록 "주름살투성이 얼굴과/상처 자국으로 벌집이 된 몸"일망정 지나는 "길손의 그늘이라도 되어주고 싶"었던 것이다. 나는 대지인으로서의 그의 바람이 여기에 보이는 고목의 마음이며 또 조선의 마음이라 여긴다.

김남주라는 이름은 사실 내게 어떤 원죄이다. 그의 시는 언젠가부터 내게 떨떠름하게 남아 있었다. 그의 이름을 떠올리면 현실이 나를 짓누르고, 그의 시를 읊조리면 나의 앞길이 또 나를 옥죄곤 했다. 나태해진 나의 마음이 그의 시를 기피하고 싶었던 것일 게다. 그런데 어쩌랴, 이렇듯이 딱 붙잡히고 말았으니.

김남주 시를 처음 만나던 때로 돌아간 듯 찬찬히 그의 시들을 다시 살

핀다. "해를 향해 사방팔방으로 팔을 뻗고"자 한 그의 마음이 새록새록 되살아나길 바라면서. 오늘 여기서 우리에게 필요한 것은 그 어떤 침탈에도 의연한 그와 같은 대지의 마음 아닌가. 쉽게 살지는 않았던 대지인 김남주가 실로, 몹시 그립다.

정우영 鄭宇泳　시인. 시집 『마른 것들은 제 속으로 젖는다』 『집이 떠나갔다』 『살구꽃 그림자』 등과 시평 에세이 『이 갸륵한 시들의 속삭임』 『시는 벅차다』가 있음.

제4부

김남주의 옥중시와 브레히트의 망명시

정지창

1. 시의 요람과 무덤으로서의 감옥

김남주처럼 옥중시가 그의 대표시가 된 시인은 없다. 그가 남긴 500여편의 시 가운데 3분의 2에 달하는 300여편의 옥중시는 80년대 한국시의 한 절정을 이루고 있다. 그에게 감옥은 창작의 산실이자 투쟁의 현장이었다.

김남주처럼 감옥을 자신의 문학의 출발점으로 삼고 있는 시인은 없다. 그는 1973년 광주교도소에서 처음으로 시라는 것을 쓰고 싶은 충동을 느껴 감옥의 벽에 다음과 같이 새겨놓았다고 한다. "이 벽은/나라 안팎의 자본가들이/그들의 재산 그들의 특권을 지키기 위해/쌓아올린 벽이다/놈들로 하여금/놈들의 손톱으로 하여금/철근과 콘크리트로 무장한/이 벽을 허물게 하라/언젠가는 꼭"[1]. 그리고 감옥 안에서 구상하여 머릿속에 담아놓았던 시 몇편(「진혼가」 「잿더미」 「동물원에서」 등)을 출옥 후 원고지로 옮겨 『창작과비평』에 투고함으로써 시인으로 등단하게 된다. 만약 감옥생활을

---

1 김남주 『불씨 하나가 광야를 태우리라』, 시와사회사 1994, 11~12면.

겪지 않았더라면 김남주는 시인이 되지 않았을지도 모른다.

또한 김남주처럼 감옥이라는 조건에 의해 시의 내용과 형식이 전면적으로 규정된 시인은 없다. 오랜 투옥생활을 거치면서 옥중시를 써낸 김지하만 하더라도 그 시의 내용과 형식은 감옥에 들어가기 이전에 이미 틀지어져 있었다고 할 수 있다. 그러나 김남주의 경우, 감옥 안에서 쓴 시는 종전의 한국시들과는 사뭇 다른 내용과 형식을 획득하게 되었는데, 이는 그의 사상과 문학이 대한민국의 감옥이라는 특수한 조건에 의해 결정되었기 때문이다.

> 또 하나 내 감사의 말씀을 받아야 할 대상이 있다. 그는 대한민국이다. 연필 한 토막 종이 한 쪼가리 주지 않는 야만적이고 절박한 상황을 그가 만들어주지 않았다면 아마 나는 죽자 살자 하고 시 같은 것을 쓰지 않았을 것이다. 시는 비인간적이고 절박한 상황에서 잘 씌어지는 것이기 때문이다.[2]

김남주의 옥중시는 이러한 야만적이고 절박한 상황의 산물이다. 감옥은 육체적으로 가장 부자유스럽고 고통스러운 공간이지만, 역설적으로 최대한의 사상·표현의 자유가 보장된 곳이었다. 남민전 관련자로서 모두로부터 버림받고 내팽개쳐진 '개털'이기에 눈치 볼 것 없이 생각하고 표현할 수 있는 느긋한 배포와, 감시의 눈을 피해 몰래 한자 한자 시를 새겨가는 희열, 그리고 이를 몰래 감옥 밖으로 내보내 독자들의 손에까지 닿게 하는 힘겹지만 즐거운 투쟁의 나날들. 감옥에 갇힌 김남주는 공공연한 학살과 제도화된 폭력이 정의와 질서의 이름으로 떵떵거리며 활개 치던 칠흑의 시대에 감옥 밖의 어떤 시인보다 거침없이 폭력을 폭력이라 부르

2 김남주 『저 창살에 햇살이』 머리말, 창작과비평사 1992.

고 학살을 학살이라 부를 수 있는 자유를 누렸다. 그것은 "묶임으로써 풀어지는 포승의 자유/갇힘으로서 넓어지는 자유의 영역"(「정치범」)이었고 여기서 시인은 아무런 자기검열 없이 계급적 시각으로 반외세 민족해방의 의지를 표현하였다. 그는 출옥 후 "신체의 자유에서야 감옥에서보다는 더 많은 자유를 누리고 있지만 사실 나는 사상이라는가 표현이라는가 창작이라든가 하는 정신적인 자유에서는 감옥에서보다 훨씬 적은 자유밖에 누리지 못하고 있"[3]다고 한탄하면서 "피가 졸아드는 두려움"과 "쓰라린 희열"을 느끼며 시를 쓰던 그 시절이 가장 행복했노라고 고백한 바 있다.[4]

감옥은 시인을 현실의 직접적인 폭력으로부터 보호해주고 의식을 날카롭게 벼려주는 시의 요람이 되기도 하지만 동시에 현실의 구체성을 차단함으로써 "삭풍에 제 몸을 내맡긴 관념의 나무처럼/잎도 없고 가지만 앙상하"게 "시가 메말라"(「아 얼마나 불행하냐 나는」)가는 시의 무덤이 되기도 한다. 김남주의 옥중시가 80년대 한국시의 지평을 확대하고 문제의식을 한 차원 끌어올린 것은 누구도 부인할 수 없는 사실이지만 그중 상당 부분이 관념적 도식성과 계급적 이분법, 각박한 증오심에 갇혀 있는 것은 그것이 감옥에서 씌어졌다는 태생적 조건 때문일 것이다.

감옥이라는 극한상황은 또한 김남주 시의 형식에도 적지 않은 영향을 미쳤다. 머릿속에서 시상을 굴리다가 감시가 없는 틈을 이용하여 단숨에 써버리거나 면회 온 사람이나 출옥하는 사람에게 구술해야 했으므로, 그의 옥중시는 "복잡하고 까다로운 비유나 시각적 이미지에 의존할 수 없고 압축적이고 단순간명하며 청각에 호소하는"[5] 경향이 있다. 실제로 그의

---

3 김남주 『솔직히 말하자』 후기, 풀빛 1989.

4 『나와 함께 모든 노래가 사라진다면』(창작과비평사 1995)에 붙은 부인 박광숙 씨의 '엮고 나서'.

5 염무웅 「투쟁과 나날의 삶: 김남주의 시에 관한 세 개의 글」, 『혼돈의 시대에 구상하는 문학의 논리』, 창작과비평사 1995, 132면.

옥중시는 대체로 짤막한 단시가 많고 100행이 넘는 장시나 호흡이 늘어지는 시는 없다. 그리고 낭송하거나 노래하기에 적합한 구조와 리듬을 가지고 있다. 50행이 넘는 비교적 긴 시들도(가령 「학살1」 「그 나라에서는 7년 동안」 「오월 그날이 다시 오면」 「아버지」 등) 반복되는 후렴구 비슷한 시행들을 점층적으로 쌓아올리면서 긴장을 고조시킨다. 이러한 시들은 낭송할 경우 지루하기는커녕 오히려 단시보다 강렬한 시적 감흥을 자아낸다. 석방 후 김남주는 숱한 집회에서 자작시를 낭송하면서 그가 탁월한 시낭송가임을, 그리고 그의 시가 탁월한 선동의 무기임을 입증한 바 있다.

2. 번역시와 옥중시

김남주는 옥중에서 시 창작에만 전념한 것은 아니다. 그는 시를 쓰면서도 힘겹게 외국 혁명시인들의 시를 번역했고[6] 이를 바깥세상으로 몰래 내보내 한권의 시집으로 엮어내었다. 『아침 저녁으로 읽기 위하여』(남풍 1998)라는 이 번역시집에는 김남주가 번역한 하이네, 네루다, 브레히트의 시 101편이 수록돼 있다. 이 책의 '서문을 대신하여'와 '책 끝에'를 보면 이 시집은 김남주가 도피생활을 하던 1978~79년에 틈틈이 번역해두었던 것을 뒤늦게 1988년에 출판한 것으로 돼 있지만, 실은 1987~88년 전주 감옥에서 그가 직접 번역한 원고를 밀반출하여 출판한 것이라 한다.[7] 김남주가 감옥에서 이 번역시에 들인 공력과 애착은 그의 유고시집 『나와 함께 모든 노래가 사라진다면』에 수록된 편지들과 사후에 출판된 번역시집 『은박지에 새긴 사랑』(푸른숲 1995)에 실린 부인 박광숙 씨의 '역자의 말을

---

6 본인의 말에 따르면 번역은 주로 일어판을 중역한 것이라 한다. 물론 번역과정에서 충실한 사전이나 주석서를 참고하지도 못했다고 한다.

7 염무웅, 같은 글 128~29면 참조.

대신하여'를 통해 확인할 수 있다.

그렇다면 김남주는 왜 그토록 가혹한 상황에서 그토록 심혈을 기울여 시 번역에 매달렸고 온갖 난관을 무릅쓰고 이 시들을 출판하려고 했을까? 『아침 저녁으로 읽기 위하여』의 책머리에 붙은 "싸우는 사람들이 일상적으로 이 시들을 읽어주기 바랍니다"라는 당부의 말이 그의 의도를 밝혀준다. 시인은 자기가 사숙하는 혁명시인들의 시들을 번역하여 출판함으로써 감옥 밖의 '싸우는 사람들'이 아침저녁으로 이 시들을 읽고 더욱더 투쟁의 결의를 다지도록 하기 위해 사전이나 참고서적은 물론 펜과 종이조차 없는 감옥 안에서 감시의 눈을 피해 고통스러운 번역 작업에 매달렸던 것이다.

김남주의 번역에 의해 그 진면목이 소개된 세사람의 시인은 다같이 "민중의 편에 서서 열정적으로 역사의 변혁을 추구"(『아침 저녁으로 읽기 위하여』 후기)하다가, 조국을 떠나 망명객으로 낯선 고장을 떠돌면서도 식지 않은 열정으로 어두운 시대를 노래하기를 그치지 않았던 혁명시인들이다. 그리고 이러한 번역 작업은 당연히 김남주 자신의 문학과 사상에 상당한 영향을 끼쳤을 것이다. 실제로 그는 "제가 시에서 제 나름대로의 길을 찾게 된 것은 순전히 이들 시인들의 작품을 읽고 번역한 덕분이 아닌가 싶습니다"[8]라고 고백하고 있다.

이러한 학습과 번역과정을 통해 알게 모르게 서구적인 사고와 발상, 외국 혁명시인들의 어투와 억양이 김남주의 시에 섞이게 된 것은 당연한 일이다. 이러한 특징은 가령 「깡패들」 「쓰다 만 시」 「다 쓴 시」 「종과 주인」 「세상 참」 같은 단시나 「맨주먹 빈손으로」 「다시 와서 이제 그들은」 「읽을 줄도 쓸 줄도 모르는 어느 백성의 이야기」 「아나 법」 같은 풍자시, 「나의

8 염무웅, 같은 글 131면. 김남주는 옥중에서 보낸 편지나 석방 후의 강연, 대담에서 이들의 영향에 대해 소상하게 밝히고 있다.

칼 나의 피」「그러나 나는」「나 자신을 노래한다」 같은 투쟁시 어느 것을 보아도 금방 눈에 띈다.

그렇다고 해서 이들 혁명시인들의 영향력이 절대적이었다고 단정할 수는 없다. 또한 그러한 영향 때문에 김남주 시의 가치가 일정 부분 훼손되는 것도 아니다. 창작의 복잡미묘한 과정을 몇가지 요소로 환원시키는 것은 자칫 속류 문학사회학이나 영향론의 함정에 빠지는 결과를 낳는다. 김남주는 언제나 남도의 황토에 뿌리박은 가장 순결하고 투박한 토박이 시인이었다. 그의 시적 모태는 아무래도 그가 태어나고 자란 농촌이고 천성적인 농촌 정서는 우악스럽고 가파른 옥중시에도 바탕색으로 깔려 있다. 때로는 외국 시인들의 번역투 말씨가 투박한 남도 사투리의 감칠맛—여기에는 곰삭고 찰진 욕설도 포한된다—과 절묘하게 어우러질 때 그의 시는 현실인식의 치열함과 그 표현의 간경(簡勁)함으로 "그 자체로서 하나의 혁명"[9]이 된다.

다른 측면에서 김남주는 "혁명의 경험이 거의 전무했고 그것의 문학적 실천 또한 전무할 수밖에 없었던 시대"(『저 창살에 햇살이』 머리말)의 제약 때문에 불가피하게 외국의 혁명시인들을 통해 사상적·문학적 자양분을 섭취했던 점을 간과해서는 안된다. 이러한 사정은 단지 김남주뿐만 아니라 그의 세대가 겪었던 공통의 경험이었다. 진보적인 사상과 변혁적인 문학의 모범은 외국어로 된 책에서나 찾을 수 있었던 시절, 그는 미국문화원이나 미군부대의 도서관에서 훔쳐온 책으로 교양을 쌓고 영어나 일어로 된 시집을 통해 혁명시를 학습할 수밖에 없었던 것이다. 그 결과 그의 시는 때로 "역사와 현실을 구체적으로 반영해야 한다는 문학적 요구에 효과적으로 대응하지 못"(같은 곳)하고 관념적·도식적인 면을 드러내기도 하는데 이것 역시 김남주가 떠안을 수밖에 없었던 시대적 한계일 것이다.

---

9 김사인 「김남주 시에 대한 몇가지 생각」, 『창작과비평』 1993년 봄호 145면.

김남주가 직접 번역한 혁명시인들은 『아침 저녁으로 읽기 위하여』에 수록된 하이네, 브레히트, 네루다와 『은박지에 새긴 사랑』에 수록된 호찌민, 네루다(중복), 뿌슈낀, 릴레예프, 오도옙스끼, 로르까 등 8명이다. 이밖에 옥중시 「그들의 시를 읽고」와 「관료주의」에서는 아라공과 마야꼽스끼의 이름이 거명된다. 김남주는 출옥 후 한 잡지와의 인터뷰에서 이들 혁명시인들로부터 시의 형식적 측면보다는 내용적 측면, 즉 계급적 관점을 배웠으며, 그러한 계급적 관점을 전투적인 정서로 단순·명확하게, 즉 압축과 긴장의 형식 속에 담아내는 것이 자기 시의 목표라고 밝힌 바 있다.[10]

그러나 김남주의 경우 실제 창작과정에서는 먼저 내용을 생각해내고 거기에 형식의 옷을 입히는 방식이 아니라 감정이 고양된 상태에서 시의 내용과 형식을 머릿속에서 대충 정리하여 단숨에 써내려간다는 점을 고려한다면[11], 그는 외국 시인들로부터 내용뿐만 아니라 형식 면에서도 알게 모르게 영향을 받은 것은 아닐까? 가령 김남주의 「학살」 연작에서 우리는 분명 성난 물결처럼 굽이치며 가슴을 치는 네루다의 호흡을 느낄 수 있다. 이밖에도 김남주의 옥중시 가운데 비교적 길면서도 낭송에 적합한 시들(가령 「그 나라에서는 7년 동안」 「오월 그날이 다시 오면」 「아직 끝나지 않았다 오월의 싸움은」 「바람에 지는 풀잎으로 오월을 노래하지 말아라」 등)은 대체로 네루다의 시와 같은 리듬을 타고 있다. 그리고 피를 토하고 쓰러진 막노동자에게 과로와 영양실조 때문이니 푹 쉬고 영양가 높은 음식을 섭취하라고 처방하는 의사(「명의(名醫)」)는, 바로 추위와 굶주림으로 죽은 가난한 남녀를 검시하고 나서 "엄동설한이 오면 무엇보다도 먼저/모포로 몸을 따뜻하게 해야 한다/동시에 영양을 충분히 섭취해야 한다"라는 의견을 제시하는 하이네의 의사(「눈물의 계곡」)를 연상하게 한다.

---

10 김남주 『불씨 하나가 광야를 태우리라』 260면.

11 김남주, 같은 책 215면 참조.

3. 김남주와 브레히트의 단시

김남주의 시적 성취 가운데 단연 두드러지는 것은 비문체(碑文體)의 단시들이다. 가령 「깡패들」을 보자.

총칼 한번 휘둘러
수천 시민을 살해한 놈은
대통령이 되어 청와대로 가고

주먹 한번 휘둘러
빰 한대 때린 놈은
폭력배가 되어 까막소로 가고

간결한 형식과 명확한 논리, 질박한 언어로 촌철살인의 비수처럼 적의 심장을 찌르고 우리의 막혔던 숨통을 일거에 뚫어버리는 이 해방감! 「옥좌」 「종과 주인」 「쓰다 만 시」 「다 쓴 시」 같은 단시들은 고도의 정신적 긴장과 응축된 형식의 결정체로서 김남주의 소신공양에 의해 80년대의 불길 속에서 건져올린 몇알의 사리처럼 단단하고 영롱하다. 그런데 이러한 단시들의 원형을 우리는 김남주 시인이 번역한 외국 시인들의 시편들 가운데서 어렵지 않게 발견할 수 있다. 특히 『아침 저녁으로 읽기 위하여』에 수록된 브레히트의 단시들은 사상의 게릴라전을 위한 효과적인 무기로서 김남주 시인에게 모종의 자극과 시사를 준 것처럼 보인다.

김남주가 번역한 브레히트의 시 가운데 「아들의 탄생에 즈음하여 — 소동파에게」를 읽어보자.

자식들이 태어나면 부모들은
그들이 지적이기를 바란다
나는 지성 때문에
생애를 망쳐버렸다
이제 나는 오직 바랄 뿐이다 자식이
무식하고 사고하기를 싫어하며
자라주기를
그렇게 하면 자식은 편안하게 살게 될 것이다
내각의 각료로서

얼핏 보면, 난세에는 글공부를 하지 말고 초야에 묻혀 평범한 필부로 살라고 자식에게 유언했다는 소동파의 고사에 따라 명철보신(明哲保身)을 가르치는 교훈시 같다. 그러나 이러한 평범한 진행, 일상적이고 친숙한 교훈은 마지막 한행에 의해 전복되어 전혀 다른 의미관계로 전환된다. 어려서부터 글공부도 하지 않고 사고하기를 싫어하면 히틀러 내각의 각료쯤으로 출세하여 잘 먹고 잘살 것이라는 얘기다. 짤막한 한행으로, 지금 장관입네 하고 거들먹거리는 자들은 무식하고 골 빈 놈들이라는 신랄한 현실비판의 역전이 이루어지는 것이다. 이것이 전형적인 브레히트 식 단시의 게릴라 전법이다.

브레히트의 단시는 특히 망명 시절 덴마크에서 간행한 『스벤보르 시편』(*Svendborger Gedichte*, 1939)의 제1부인 「독일 전쟁교본」(*Deutsche Kriegsfibel*)에서 전쟁의 본질을 계급적 관점에서 폭로하기 위한 무기로 사용되고 있다. 그는 유럽에서 오래전부터 교술용으로 애용돼온 격언적 단시(에피그램)를 활용하여 나치의 관제 이데올로기에 대해 유격전을 시도하고 있는데, 이러한 단시 형식은 비합법 투쟁을 위한 기동성을 고려하여 채택된 것이다. 브레히트는 망명지에서 이 시들을 선전·선동용 삐라나 반나치 방송을 위해 썼고, 만약 이 시들이 독자의 손에 들어가거나 귀에 들릴 때 금방 이해하고 깨우침을 얻을 수 있도록 평범한 일상어로 간명한 메시지를 전달하고자 했다.[12] 몇편을 읽어보자.

고상한 사람들 사이에서는
먹는 것에 대해 이야기하는 것은 천한 일이다
왜냐하면 놈들은
이미 먹고 있기에

천한 사람들에게는 지상에서 사라지는 날까지
상품의 고기는
한점도 입에 들어가지 않는다

청명한 날 황혼에
인간은 어딘가에서 와서 어딘가로 간다고
명상하기에는 그들 천한 사람들은
너무나 지쳐 있는 것이다
산맥도 바다도
보지 못하는 사이에
그들의 해는 저물어간다

천한 사람은
천한 것을 생각하지 않으면

12 브레히트는 이 시집의 머리말에서 "이중에서 몇편의 시가 그대들의 손에 들어가거든 조심조심 사용하라"라고 당부하고 있다.

고상하게 되지 않는다

군더더기를 털어낸 직설적이고 소박한 단어들은 나치의 이데올로기를 계급적·유물론적 관점에서 통렬하게 전복시킨다. 이러한 촌철살인의 비수와도 같은 단시 기법은 이후 망명기간 내내 브레히트에 의해 애용되었다. 가령 "칠쟁이가 말하고 있다 위대한 시대가 온다고/삼림은 서 있다 아직은/밭에서는 곡식이 여물어가고 있다 아직은/도시는 존재하고 있다 아직은/인간은 숨을 쉬고 있다 아직은" 같은 시에서는 도치법과 '아직은'이라는 단어의 반복으로 긴장을 고조시키면서 엉터리 화가(칠쟁이) 히틀러가 떠드는 '위대한 시대'라는 것이 실은 전쟁을 의미하며, 전쟁이 터지면 밭의 곡식이며 도시며 인간이 모두 사라져 없어질 것임을 경고한다. 평이하고 일상적인 단어들을 사용하여 날카로운 대조법으로 계급적 대립관계를 부각시키는 기법은 절묘하다. "식탁 위의 고기를 약탈한 놈들이/안빈낙도를 가르친다/남을 희생시켜 벌어들인 놈들이/희생정신을 요구한다/끊임없이 먹고 있는 놈들이 주린 사람들에게/다가오는 위대한 시대에 관해서 이야기한다/국가를 파멸의 구렁텅이로 빠뜨린 놈들이/단순한 사람에게는/정치란 어려운 것이라고 말한다."

김남주는 옥중에서 이러한 단시들을 읽고 번역하면서 계급의식을 날카롭게 가다듬고 민중의 적에 대한 적개심을 키운 것 같다. 그는 특히 외세의 추종세력과 군부독재의 하수인들을 '개'로 지칭하면서 이들에 대해 경멸과 저주와 분노를 직설적으로 표현하는데, 이러한 언어의 격렬성은 우리 시보다는 오히려 브레히트의 시로부터 영향을 받은 것 같다는 인상을 준다.[13] 「주인과 개」 「어느 개에 관해서」 「개들의 경쟁」 「개들의 습격을 받고」 등의 시에서는 계급적 적대감의 사나운 이빨이 드러난다. 그렇지만

---

13 임헌영 「김남주의 시세계」, 김남주 『솔직히 말하자』 해설, 풀빛 1989 참조.

김남주의 옥중시에서 분노와 증오는 흔히 “에끼 순 날강도 놈들/학식과 덕망의 똥통에 대갈통 처박고/만세삼창 부르다가 급살 맞아/사지를 쭉쭉 뻗고 뒈질 양반 놈들아”(「아나 법」) 같은 전라도식 욕설들로 표현되는바, 여기서도 김남주 특유의 푸근하고 순박한 농촌 정서가 감칠맛으로 분노와 저주의 칼날을 감싸고 있다.

대개 불의에 분노하고 비열함을 증오하는 사람은 이웃에게 친절하고 힘없는 사람들에게 한없이 따뜻한 심성의 소유자이다. 그는 사실 속이 여리고 겁이 많지만, 고지식하게 말과 행동을 일치시키려 하고, 신념을 위해 기꺼이 자신을 희생한다. 불굴의 투사로만 알려진 김남주의 본디 모습은 순박하고 정 많은 촌놈일 따름이다. 그의 시에 나타나는 분노나 단호한 단죄는 가족과 이웃에 대한 한없는 사랑의 다른 표현에 지나지 않는다.

그러고 보니, 김남주는 농민의 아들답게 농촌과 농민의 현실을 노래할 때는 자연스럽고 수더분한 구어체를 구사하는 반면, 노동자를 노래할 때면 책을 통해 학습한 서구 혁명시의 번역어 투가 되곤 한다. 가령 「옛 마을을 지나며」 「농부의 밤」 「아버지」와 「여물」 「사료와 임금」 「전업」을 비교하면 그 차이가 확연히 드러난다. 또한 노동의 소중함과 자본주의의 본질을 다룬 시라도 농촌의 현실을 바탕으로 한 「감을 따면서」 「나물 캐는 처녀가 있기에 봄도 있다」는 구체적 현실감을 주면서 자연스럽게 독자를 설득하지만, 「자본주의」 「민중」 같은 시는 학습된 지식을 주입시키려는 교술시의 억양으로 경직된다. 마찬가지로 단호하고 결의에 찬 시 가운데서도 「나 자신을 노래한다」 「자유」 같은 시들은 서구적인 체취를 풍기지만, 「함께 가자 우리 이 길을」 「노래」[14] 같은 시들은 토속적인 친근감을 준다. 아마도 뒤의 시들은 농촌 정서를 바탕에 깔고 있기 때문일 것이고, 그

14 이 시는 옥중에서 쓴 시는 아니지만 김남주가 옥중에 있던 1984년에 발간된 첫 시집 『진혼가』(청사)에 수록됨으로써 널리 알려졌다.

때문에 바깥세상에서 곡조를 얻어 80년대 민중가요로 널리 애창되었을 것이다.

4. 사랑과 증오의 변증법

김남주와 브레히트. 그들은 다 같이 서정시를 쓰기 힘든 칠흑 같은 시대에 칠흑같이 어두운 시대에 대해 노래한 시인들이다.

> 칠흑 같은 시대에도
> 노래가 불리워질까?
> 그때에도 노래는 불리워질 것이다.
> 칠흑 같은 시대에 관한 노래가.(브레히트 전집 12권, 16면)

두 시인은 백주의 암흑이 지배하던 시대에 펜을 칼로 삼아 필사적으로 저항하였다. 그 결과 브레히트는 10년간 유랑생활을 해야 했고, 김남주는 10년을 감옥에 갇혀 지내야 했다. 그리고 이 시기에 그들의 시는 창작 여건의 변화만큼이나 뚜렷한 혁명적 변화를 겪는다. 김남주의 경우 그러한 변화는 1979년 투옥 이전의 초기시를 묶은 『진혼가』와 80년대의 옥중시를 묶은 『나의 칼 나의 피』(인동 1987) 『조국은 하나다』(남풍 1988) 등 옥중시집의 차이로 나타나고, 브레히트의 경우 망명 이전에 쓴 『가정기도서』(1927)와 망명 중에 쓴 『스벤보르 시편』(1939)의 차이로 나타난다. 김남주는 자신의 옥중시와 관련하여 "현실의 변혁을 위한 무기로서 시는 촌철살인의 풍자이어야 하고 백병전의 단도이며 치고 달리는 게릴라전"[15]이라

15 김남주 『불씨 하나가 광야를 태우리라』 93면.

고 밝힌다. 또 그의 시가 왜 그렇게 "땔나무꾼 장작 패듯 그렇게 우악스럽고 그렇게 사납냐"(「시의 요람 시의 무덤」)는 비난에 대해, 시는 허위의 장막을 헤쳐 피 묻은 진실을 찾아내는 칼이어야 하고(「하늘과 땅 사이에」) 싸움의 무기가 되어야 하므로, 싸우다보면 목청도 높아지고 입에 담지 못할 욕도 나오게 된다고 설명한다. '피와 학살과 저항의 연대'인 80년대에 '인간성의 공동묘지'인 파쇼의 감옥은[16] 한 순박한 '물봉'을 불굴의 투사로 단련시켰고, 종이와 펜조차 허용하지 않음으로써 그로 하여금 청송녹죽의 죽창처럼 날카로운 전투적 혁명시들을 필사적으로 한자 한자 은박지에 새겨넣도록 강요했던 것이다.

두 시인의 노래는 다같이 증오와 분노를 동력으로 삼고 있다.

> 증오 없이 나 하루도 버틸 수 없습니다
> 증오는 나의 무기 나의 투쟁입니다
>
> —김남주 「명줄」 부분

> 나의 내부에서 싸우고 있는 것은
> 꽃으로 만발한 사과나무에 대한 도취와
> 저 칠쟁이의 연설에 대한 분노이다
> 그러나 분노만이 나로 하여금
> 당장에 펜을 잡게 한다
>
> —브레히트 「서정시가 어울리지 않는 시대」 부분

김남주의 옥중시와 브레히트의 망명시는 이러한 분노와 증오를 값싼 감상이나 상투적 구호로 터뜨려 소진하지 않고 독자에게 이전하려 한다.

---

16 『저 창살에 햇살이』 머리말.

이른바 선동성, 감염성을 목표로 하는 것이다. 그러기 위해서는 간명하고 기습적인 몇행으로 충격을 주어 독자의 고정관념을 깨야 한다. 높은 양반들과 고명한 판검사, 학자, 예술가들이 신문, 방송에서 떠드는 그럴듯한 말씀들이 실은 지배층의 이익을 위한 궤변이고 '구라'라는 것을 폭로하는 것—이것이 바로 브레히트와 김남주의 미학적 전략이다. 때로는 흑백을 선명하게 대조시키는 상투적 도식성과, 짐짓 어르고 눙치며 뒤통수를 치는 풍자도 치밀하게 계산된 미학적 전략의 일부이다.

가슴속에서 치솟는 분노를 지그시 억누르고 짤막한 시구 속에 폭탄의 뇌관을 숨겨놓기 위해 감수해야 하는 고도의 정신적 긴장과 집중, 예고 없이 찾아오는 실패에 대한 두려움, 언제 자유를 되찾아 다시 칼자루를 잡아보나 하는 막막한 기다림—이런 것들은 독방에 갇힌 시인의 몸속에서 암세포를 키우고 머리를 백발로 만들 만큼 엄청난 고통을 수반한다. "히틀러의 손에 떨어진 한 동지에 관해서/우리 쪽 사람들이 보고한다—//그를 옥중에서 발견했음/좌절 않고 건강한 모습임 아직/흰머리 하나 없는 머리카락을 하고 있음/…………"(브레히트 「어떤 보고」 전문). 그러나 '아직'이라는 한마디와, 원문에는 없지만 옥중의 김남주가 번역하면서 첨가한 긴 말없음표에 고통의 피눈물이 배어 있다. 끝이 보이지 않는 칠흑 같은 터널 속의 싸움은 얼마나 고통스러운가. 김남주는 10년간의 감옥생활로 백발이 되어 나왔다. 그리고 시대의 어두운 터널을 빠져나오자마자 암으로 죽고 말았다.

이제 칠흑같이 어두운 시대가 지났다고 해서 왜 칠흑 같은 시대에 대해서만 노래했느냐고 그들을 비판할 수 있을까? 왜 그들의 표정은 일그러지고 그들의 새된 목소리는 쉬고 갈라 터졌냐고 불평할 수 있을까?

우리가 잠겨버린 밀물로부터
떠올라오게 될 너희들은

우리의 허약함을 이야기할 때
너희들이 겪지 않은
이 어두운 시대를
생각해다오.
신발보다도 더 자주 나라를 바꾸면서
불의만 있고 분노가 없을 때는 절망하면서
계급의 전쟁을 뚫고 우리는 살아오지 않았느냐

그러면서 우리는 알게 되었단다
비열함에 대한 증오도
표정을 일그러뜨린다는 것을.
불의에 대한 분노도
목소리를 쉬게 한다는 것을. 아, 우리는
친절한 우애를 위한 터전을 마련하고자 했으나
우리 자신은 친절하지 못했단다

그러나 너희들은, 인간이 인간을 도와주는
그런 정도까지 되거든
너그러운 마음으로
우리를 생각해다오.

—브레히트 「후손들에게」 부분

이제 김남주는 우리 곁을 떠났다. 그와 더불어 암울했던 한 시대도 지났다. 그러나 그처럼 치열하게 어두운 시대와 맞서 싸우고 그 시대의 고통과 한계까지도 사랑했던 시인의 노래는 더욱더 새록새록 우리의 귓전을 울린다.

한 시대의
불행한 아들로 태어나
고독과 공포에 결코 굴하지 않았던 사람
암울한 시대 한가운데
말뚝처럼 횃불처럼 우뚝 서서
한 시대의 아픔을
온몸으로 한 몸으로 껴안고
피투성이로 싸웠던 사람
뒤따라오는 세대를 위하여
승리 없는 투쟁
어떤 불행 어떤 고통도
결코 두려워하지 않았던 사람
누구보다도 자기 시대를
가장 정열적으로 사랑하고
누구보다도 자기 시대를
가장 격정적으로 노래하고 싸우고
한 시대와 더불어 사라지는 데
기꺼이 동의했던 사람

— 김남주 「황토현에 부치는 노래」 부분

(『독일어문학』 11집, 2000)

정지창 鄭址昶 전 영남대 독문과 교수. 저서로 『서사극·마당극·민속극』, 역서로 『상어가 사람이라면』(브레히트 단편선) 등이 있음.

시와 혁명

김남주와 브레히트의 경우

김길웅

1. 불과 칼과 꽃과 피

운동권 가요로 작곡되어 널리 알려진 김남주의 시 「노래」 3연은 이렇게 되어 있다. "이 들판은 날라와 더불어/불이 되자 하네 불이/타는 들녘 어둠을 사르는/들불이 되자 하네". 들녘에는 불이 타고 있지만 아직은 어둠이 깔려 있어, 어둠을 사르자고 들판이 요구한다. 같은 시 5, 6연에서 시적 화자는 이렇게 말한다.

되자 하네 되고자 하네
다시 한번 이 고을은

반란이 되자 하네
청송녹죽(靑松綠竹) 가슴으로 꽂히는
죽창이 되자 하네 죽창이

물론 '죽창'이나 '들불'은 일시적인 수단이고, 김남주가 최종적으로 되고 싶은 것은 '(녹두)꽃'(4행)이거나 '(파랑)새'(8행)이다. "아랫녘 윗녘에서 울어예는/파랑새"가 되고 싶다는 진술은 한반도의 통일과 평화를 염두에 둔 것으로 보인다. 그렇다면 그가 되고 싶은 '꽃'은 무엇인가? 김남주에게 꽃의 이미지는 이미 초기부터 매우 독특한 의미를 지닌다. 예를 들면, 「잿더미」라는 시 7연은 이렇게 되어 있다.

아는가 그대는
봄을 잉태한 겨울밤의
진통이 얼마나 끈질긴가를
그대는 아는가
육신이 어떻게 피를 흘리고
영혼이 어떻게 꽃을 키우고
육신과 영혼이 어떻게 만나
꽃과 함께 피와 함께 합창하는가를

"꽃 속에 피가 흐른다/핏속에 꽃이 보인다/꽃 속에 육신이 보인다/핏속에 영혼이 흐른다"(「잿더미」)라는 교차어법에도 드러나듯이, 꽃은 영혼이 피우는 소망이고, 피는 이를 실현할 육신이다. 꽃이 소망과 관련된다면, '녹두'라는 강력한 상징을 고려할 경우, '녹두꽃'은 평등사회의 그것에 다름아니다. 마치 영혼과 육신이 둘이면서 하나이듯이, 소망과 실천, 이상과 현실 역시 그러함을 이 시는 보여준다. 문제는 "육신과 영혼이 어떻게 만나/꽃과 함께 피와 함께 합창"을 할 것이냐는 점인데, 「노래」 마지막 행에 나오는 '죽창'도 이런 관점에서 봐야 한다. 그의 시에 자주 등장하는 시어 '칼'과 마찬가지로, '청송녹죽'으로 만든 죽창이라는 섬뜩할 정도로 선명한 이미지는 김남주에게는 시를 뜻하는 알레고리이다. 시 한편을 보자.

> 바람의 손이 구름의 장막을 헤치니
> 거기에 거기에 숨겨둔 별이 있고
>
> 시인의 칼이 허위의 장막을 헤치니
> 거기에 거기에 피 묻은 진실이 있고
>
> 없어라 하늘과 땅 사이에
> 별보다 진실보다 아름다운 것은
>
> —「하늘과 땅 사이에」 전문

칼로 "허위의 장막을 헤치니" 그곳에서 "피 묻은 진실"이 드러난다는 말은 시로써 허위와 실제, 곧 이데올로기와 현실의 대립을 폭로함을 뜻한다. 장막을 헤치고 별과 같은 진실을 찾아내는 것, 다시 말하면 숨겨둔 진실을 드러내는 것이 김남주가 추구한 시인으로서의 사명이었던 셈이다. "계급사회의 이데올로기는 지배계급의 이데올로기"[1]라는 전제를 내세운 김남주는 시가 변혁운동에 기여하는 방법을 이데올로기의 폭로에서 찾으며 이렇게 말한다.

> 시인은 이럴 경우 지배자의 지배 이데올로기가 갖고 있는 허위성과 천박성을 폭로하여 노동자 농민을 이로부터 해방시키고 근로 대중의 머릿속에 해방투쟁의 과학적 이데올로기를 심어주는 것을 자기 사명으

---

1 김남주 「시와 변혁운동」, 『불씨 하나가 광야를 태우리라』, 시와사회사 1994, 331면. 이하 이 책의 인용은 본문에 제목과 면수만 밝힘.

로 해야 합니다.(「시와 변혁운동」 332면)

「시인이여」에서 김남주가 "무엇일까/박해의/시대의/시인의 일 그것은/짓눌린 삶으로부터/가위눌린 악몽으로부터/잠든 마을을 깨우는 일/첫닭의 울음소리는 아닐까"라고 말한 이유도 여기에 있다. 어두운 시대에 "첫닭의 울음소리"처럼 "잠든 마을을 깨우는" 데에서 김남주와 브레히트가 만난다.

2. 김남주와 브레히트

브레히트와의 영향관계는 김남주 스스로 인정한 바 있고, 기존의 비평에서도 가끔 언급되었다. 김남주는 어느 편지에서 이렇게 말한다.

방금 저는 외국어를 통해서 세계를 바르게 인식했다고 말씀드렸습니다만, 그 바른 인식의 내용은 구체적으로 말씀드려서 인간관계와 사물과의 관계를 유물변증법적으로, 계급적인 관점에서 보게 되었다는 것입니다. 문학의 방면에서 특히 저는 그러했습니다. 하이네, 아라공, 브레히트, 마야코프스키, 네루다(주로 이들의 작품을 일어와 영어로 읽었지만)의 시 작품을 통해서 저는 소위 시법이라는 것을 배웠습니다. 그것은 현실을 물질적인 관점에서 그것도 계급적인 관점에서 묘사하는 것이었습니다.[2]

2 염무웅 「순결한 삶, 불꽃 같은 언어」, 김남주 『아침 저녁으로 읽기 위하여』, 푸른숲 1995, 299면.

“계급적인 관점에서” 현실을 묘사하기 위해 김남주는 브레히트와 같은 시인들에게서 시법을 배웠다고 고백하고 있는데, 그가 배운 것은 무엇일까? 이 문제는 브레히트의 리얼리즘론과 밀접히 관련을 맺고 있다. 브레히트는 나치스라는 체제가 단순히 히틀러의 독재적 성향에서 파생했거나 역사의 우연이 아니라 위기에 처한 독점단계의 자본주의가 나아갈 수밖에 없는 역사적인 필연으로 파악하였고, 따라서 독재와의 싸움은 자본주의와의 싸움에 다름아니라는 인식을 가지고 있었다.[3] 브레히트의 문학과 사상에서 히틀러에 대한 비판이 자본주의에 대한 비판과 겹치는 이유도 여기에 있다. 브레히트는 히틀러의 배후에는 위기를 돌파하고자 하는 자본계급이 있다고 믿었기 때문이다. 김남주의 경우도 사정은 매우 유사해 보인다. 70년대 민주화운동에서 출발한 그의 시가 곧장 계급과 민족의 문제를 제기한 이유, 그리고 70년대 말 실천을 위해 남민전에 가입하고 80년대 중반에 등장한 민중민주노선(PD)과 민족해방계열(NL)의 분화에 찬성하지 않은 이유는 이러한 세계관과 관련이 있어 보인다.[4]

남민전 사건으로 투옥 중이던 1987~88년 김남주는 모두 39편의 브레히트 시를 번역하여 출판한다.[5] 그가 브레히트를 비롯한 외국의 투쟁적인

---

3 B. Brecht, *Arbeitsjournal*, Bd. 1: 1938-1942, Bd. 2: 1942-1955, hrsg. v. Werner Hecht, Frankfurt a. M. 1973, 266면(1942년 2월 28일자 작업일지 내용). 브레히트는 이렇게 말한다. “모든 계급 가운데 가장 출구가 막혀 있던 소시민계급은 자본주의가 가장 출구 없는 상황에 처해 있을 때 형성된다.”

4 김남주 「노동해방과 문학이라는 무기」, 『불씨 하나가 광야를 태우리라』 253면. 이 글에서 김남주는 우리 사회의 주요 모순을 민족모순으로 보면서 동시에 계급적 시각을 놓쳐서는 안된다고 말한다.

5 김남주가 번역한 브레히트의 39편의 시들을 몇가지 갈래로 나누면, 1) 서정성과 이념 사이의 대립을 다룬 시(「서정시가 어울리지 않는 시대」), 2) 이데올로기와 현실의 대립을 통해서 지배적인 이념이 지배자의 이념임을 폭로하는 시(「밤의 안식처」「독일 전쟁 안내」), 3) 혁명 영웅에 대한 찬가(「킨 이에가 그의 누이에게」「일리치의 장화에 난 구멍」「예심판사 앞에 선 16세의 봉제공 엠마 리이스」「어떤 보고」「당을 찬양한다」), 4) 풍자를 통한 비웃음과 조롱(「아들의 탄생에 즈음하여」「쫓겨난 것은 당연하다」「시인들의 이주」

시인들에 관심을 가진 것은 "'싸우는 사람'들이 일상적으로"[6] 이 시들을 읽고, 싸움에 도움을 얻도록 하기 위해서였다. 도움은 물론 현실을 "유물변증법적으로" 바라보게 하는 것인데, 이런 의도에서 김남주가 번역한 브레히트의 시들은 대체로 히틀러 시대에 씌어진 것들이다. 브레히트는 초기에는 허무수의 계열의 시를, 중기에는 히틀러와 자본주의를 비판하는 시를, 후기에는 자연에 빗대어 강력한 서정성을 동반한 채 현실의 모순을 폭로하는 시들을 썼는데, 김남주는 주로 브레히트의 중기시들만을 번역하였다. 그 이유는 김남주가 70,80년대 우리의 상황에서 독재와 자본주의의 상관관계를 발견하고 이를 이겨내기 위한 시적 전략을 브레히트에게서 찾으려 했기 때문으로 보인다.

김남주가 브레히트의 시 이외에 그의 문학이론까지 접했다는 증거는 아직 발견되지 않는다. 그러나 히틀러 독재와의 싸움은 자본주의와의 싸움일 수밖에 없고, 따라서 문학은 자본주의 이데올로기의 폭로를 목표로 삼아야 한다는 브레히트의 시와 문학론은 김남주에게 상당한 영향을 남긴 것으로 보인다. 김남주는 "변혁운동을 이데올로기적으로 준비하는 문화적 행위"로서의 시는 1) 사회과학과는 달리 구체적이야 하고, 2) 누구나 쉽게 이해할 수 있을 정도로 대중적이어야 하며, 3) 복잡하게 보이는 사회현상을 선명하게 부각시켜야 하고, 4) "촌철살인의 풍자" "백병전의 단도" "밤에 붙였다가 아침에 떼어지는 벽시"와 같은 유격전의 형식을 가져야 하며, 5) 독자의 감성에 호소하되, 감성이란 것이 이성의 지도 없이는 제 길을 바르게 가지 못함을 염두에 두고 시인은 사회의 발전법칙에 대한 과학적인 지식을 가져야 한다고 주장한다(「시와 변혁운동」 328~35면). 흥미롭게도 김남주가 밝힌 이 다섯 범주는 모두 브레히트의 문학(론)에

「분서」), 5) 현실을 마치 모델처럼 단순화하여 재구성한 시(「도둑과 그 종」) 등으로 분류할 수 있다.

6 김남주 『나와 함께 모든 노래가 사라진다면』, 창비 1995, 209면.

서 발견된다.

브레히트는 주로 자신의 독자가 될 사람들이 노동자계층일 수밖에 없음을 염두에 두고 문학작품은 당나귀도 이해할 수 있을 정도로 쉽고 구체적이어야 한다는 점을 망명지 스벤보르에 있던 거처의 기둥에 써붙여놓았는데, 이것은 김남주가 밝힌 1) 2)의 항목과 일치한다. 또 브레히트는 자신의 문학을 비유극에 비유하며, 현실의 구조를 단순하고 선명하게 작품에 제시할 수 있어야 한다고 주장하는데, 이것은 김남주가 말한 세번째 범주와 일치한다. 김남주가 유격전 형태의 시에 관심을 가진 것은 브레히트의 시 「전쟁입문서 1」을 번역하면서 얻은 착상일 것으로 여겨진다. 브레히트는 전쟁과 같은 상황, 혹은 히틀러의 독재의 추적을 받는 상황에서 시란 간결해야 하며[7] 동시에 현실의 핵심을 순간적으로 드러나게 하는 예리함을 함께 갖추어야 한다는 의미에서 서양시의 '경구(Epigramm)'의 전통을 언급한다. 히틀러와의 싸움을 전개하던 1930년대 중반 브레히트의 시들이 마치 벽에 휘갈겨 쓴 구호시나 비문과 같은 특징을 띠는 이유도 여기에 있는데, 김남주가 말한 "촌철살인의 풍자" "백병전의 단도" "밤에 붙였다 아침에 떼어지는 벽시" 같은 요소는 이와 관련된다. 마지막으로 브레히트는 문학이란 감성에 호소하면서 동시에 이성적 판단을 내릴 수 있게 해야 한다는 점을 염두에 두고 자신의 풍자시들을 선보였는데, 이것은 김남주가 말한 마지막 범주와 관련된다. 이제 구체적으로 시적 기법들을 비교해보기로 하자.

---

7 브레히트는 이렇게 주장한다. "돌에 새겨넣는 시는 세심하게 선택되어야 한다."(B. Brecht, *Über Lyrik*, zusammengestellt v. E. Hauptmann u. Rosemarie Hill, Frankfurt a. M. 1964, 112면)

3. 리얼리즘의 원리로서의 변증법

3.1 시와 혁명: 주체와 객체의 변증법

1920년대 후반 '학습극'을 시도할 때, 브레히트는 독일의 좌파 사회학자 슈테른베르크와 철학자 코르쉬의 영향을 받아 인간과 세계, 다시 말하면 주체와 객체의 관계에 관한 변증법적 이론을 발전시킨다. 브레히트는 표현주의 논쟁에서 다투었던 루카치와는 달리 예술이 단지 현실을 수동적으로 반영하는 장치라는 반영론을 거부하며 이렇게 주장한다. "연극과 문학 그리고 예술은 (…) 효과적이고 실제적으로 우리 시대의 생활방식을 개조하기 위한 이데올로기적 상부구조를 만들어내야 한다."[8] 예술이 단순히 현실을 반영하는 수동적인 장치가 아니라 그 자체로 현실을 변혁할 수 있는 수단이라는 점에서 예술의 혁명적 기능을 주장하고 있는데, 이를 관철하기 위한 세부사항이 「상부구조론에 관한 명제」에서 더 분명하게 제시된다. '상부구조 작업의 혁명적 의미'(GW20, 17)라는 부제가 붙어 있는 이 글의 다섯번째 테제는 "상부구조가 생겨나는 방식은 선취"라고 주장하며, 이를 구체화한 아홉번째 테제는 "계급 없는 사회는 인간 스스로가 만들어가야 한다. —당분간 이것은 선취에 불과하다"(GW20, 78)라고 선언한다. 브레히트에 따르면 "실제의 변증법을 적용하여 우리의 사회질서에서 즉각적이고 직접적으로 혁명적 행위들과 조직을 이끌어내야 한다."(GW20, 146)

브레히트의 개념인 '선취'는 작가의 과학적 인식을 통해 혁명적 상황을 만들어내는 것을 목표로 하는데, 이러한 전략은 역사는 그 자체의 모

---

8 B. Brecht, *Gesammelte Werke* in 20 Bänden, hrsg. v. Suhrkamp Verlag in Zusammelarbeit mit Elisabeth Hauptmann, Frankfurt a. M. 1967, Bd. 15, 132면. 이하 이 전집의 인용은 GW로 약칭하고 본문에 권수와 면수만 밝힘.

순에 의해서가 아니라 계급의식에 의해 발전해간다는 세계관의 산물이다. 이런 맥락에서 중요한 것은 현실에 대한 과학적 인식과 주관적인 창작방식이다. 현실에 대한 개념(Begriff)을 얻는 것은 현실을 변화시킬 손잡이(Griff)를 확보하는 것과 같다는 입장에서, 브레히트는 작가가 현실을 충실하게 반영하는 데에 그쳐서는 안되고 보다 적극적인 개입, 즉 지적인 조작이 필요하다고 확신하였다. 자연주의에 대한 비판과 맥을 같이하는 이러한 관점의 의미는 "크루프 공장이나 AEG 공장을 찍어놓은 사진이 이들 공장에 관한 제도에 관해서는 거의 아무것도 말해주지 않는다"(GW18, 161)라는 표현에서 선명하게 드러난다. 진정한 리얼리즘은 현실의 충실한 재현이 아니라 "관객에게 사회적인 관점에서 유용한 비판을 가능하게 해주는 것"(GW16, 553)인데, 이러한 원리는 그의 '분자 모델' 개념에서도 잘 드러난다. 어니스트 러더퍼드가 설계한 분자의 모델이 실제의 분자가 아니면서도 분자의 작동방식과 구조를 더욱 선명하게 보여줄 수 있다는 예를 들며, 브레히트는 작품을 통해서 현실의 배후에 감추어진 현실의 작동원리를 드러내기 위해 강력한 작가의 개입, 다시 말하면 변증법적 작품 구성방식을 강력하게 요청했다. 예술을 통해 현실을 변혁하려는 브레히트에게 예술은 어디까지나 "삶을 위한 예술"이었고, 따라서 "모사는 모사된 것 앞에서 뒤로 물러나야"(GW16, 700) 하기 때문이다.

문학을 보는 유사한 관점이 김남주에게서도 발견된다. 김남주는 시란 혁명에 봉사해야 한다는 입장에서 시인은 독자에게 현실의 진실을 구체적이고 직접적으로 보여주어야 한다고 말하며 이렇게 주장한다.

> 시인은 복잡하게 보이는 사회현상이나 계급적인 이해관계를 선명하게 부각시켜줌으로써 대중에게 자기 시의 이해를 도와주는 것이지 사회현상을 무정부적으로 나열하거나 계급에 대한 애매한 태도를 보임으로써 자기 시의 이해를 돕는 것은 아닙니다. 우리가 현실을 구체적으로

묘사한다고 할 때 이것이 뜻하는 바는 현상의 다양성을 자연주의적인 수법으로 무분별하게 그려낸다는 것으로 이해돼서는 안되겠습니다. 구체적이란 말의 수사학적 개념은 현상 하나하나를 끊임없이 나열한다거나 현상의 여러 측면을 남김없이 드러낸다는 뜻이 아닙니다. 구체성이란 다양성의 통일이고 사물의 주요한 측면이나 경향을 일컫는 말입니다.(「시와 변혁운동」 330면)

김남주에게 시란 "복잡하게 보이는 사회현상이나 계급적인 이해관계를 선명하게 부각시켜"주는 것이고, 이것을 그는 "구체성"이라고 부르는데, 이러한 원리는 브레히트가 변증법을 통해 혁명적 상황을 선취하는 것과 다를 바 없다. 김남주가 말하는 구체성의 원리가 브레히트의 비유극의 그것과 다름이 없는 것도 사실이다.

3.2 작품 형상화 방식으로서의 변증법

1930년대 중반 서사극 대작들을 구상하면서 브레히트는 작품 구성에 변증법을 사용한다고 언급하며 그 근거를 이렇게 밝힌다.

실제로 변증법은 사고방식 혹은 서로 연관된 일련의 지적인 방법들이다. 이것들은 특정의 굳어진 관념들을 해체하고 지배적인 이데올로기에 대항해서 실제가 통용되게 해준다.(GW20, 152)

"지배적인 이데올로기에 대항해서 실제가 통용되게 해준다"라는 말은 '이데올로기 분쇄를 위해 변증법을 적용한다'라는 브레히트의 지적과 다름없다. 변증법이 이데올로기 비판에 적용될 수 있는 근거는 다음과 같은 주장에서 드러난다.

그 기교〔생소화 효과〕는 연극에, 그것〔친숙한 것, 현실〕을 모사하는 데에 새로운 사회과학의 방법론인 유물변증법을 활용하게 허용한다. 이 방법론은 사회의 유동성을 추적하기 위해 사회적인 상태들을 과정으로 다루고 이를 그 모순성 속에서 추적한다. 사회에서 모든 것들은 변화하면서, 즉 자신과의 불일치 속에서만 존재한다.(GW16, 682)

"리얼리즘 예술가는 인간과 인간 상호간의 관계들 속에 내재해 있는 모순을 묘사한다"(GW19, 547)라는 주장에서 드러나듯이, 브레히트는 자신이 살았던 세계, 곧 히틀러의 파시즘과 그 경제적 토대로서의 자본주의의 이데올로기를 비판하기 위해 변증법의 방법들을 다양하게 활용하였다.

흥미롭게도 김남주에게도 유사한 관점이 발견된다. 김남주는 70년대와 80년대 이 땅의 현실을 비판하기 위해 유물론적 시각을 활용하겠다면서 이렇게 말한다.

생활습관, 감정, 기분 등에서부터 사상, 이론, 정치적 견해 등에 이르기까지 사람들은 의식적이건 무의식적이건 자기의 계급적 성격을 드러내게 마련입니다. 심지어 사람들이 일상적으로 사용하는 몸짓 하나하나에, 말투 하나하나에도 계급의 성격이 배어 있습니다. 그런데 이러한 사회적 의식의 총체로서 계급사회의 이데올로기는 지배계급의 이데올로기인 것입니다.(「시와 변혁운동」 331면)

김남주가 이데올로기가 허구적임을 폭로하려는 이유는 "피지배계급의 근로대중은 자기의 정치적·경제적 이해와는 반대로 지배계급의 허위 이데올로기를 진실인 양 받아들이도록 길들여져 있"(같은 곳)기 때문이다. 이러한 입장을 염두에 둘 경우, 김남주와 브레히트는 시를 쓰는 데에 있어서 동일한 출발선에 서 있음을 알 수 있다. 마찬가지로 그의 작품에는 브레히트가 시를 쓸 때 활용한 변증법적 작품 구성방식들이 매우 뚜렷하게 나타난다. 이제 김남주와 브레히트의 시를 이와 같은 변증법적 방법론을 통해 구체적으로 비교해보기로 하자.

4. 김남주와 브레히트의 시 형식 비교

"나는 우선 혁명하는 사람이다"(「시와 변혁운동」 327면)라는 김남주의 선언은 문학을 통해 "사회의 혁명"(GW16, 671)에 이르겠다는 브레히트의 전략과 같은 입장이다. 잘 알려져 있듯이, 브레히트가 '생소화'라는 개념을 통해 추구했던 것도 변증법을 적용하여 현실의 모순을 밝히는 일이었다. 브레히트가 말한 "변증법론자는 모든 현상과 과정에서 모순적인 것을 찾아내서, 비판적으로 사고한다"(GW16, 794)라는 말의 의미도 이것이다. 이 두 작가의 시에 변증법이 적용된 사례를 모순과 대립, 양의 질로의 변화, 의문의 자세로 나누어볼 수 있다.

4.1 모순과 대립

모순과 대립은 서로 대립적인 요소들을 병치함으로써 얻어질 수 있는데, 김남주의 시 「삼팔선」은 이렇게 되어 있다.

미군이 있으면
삼팔선이 든든하지요
삼팔선이 든든하면
부자들 배가 든든하고요

미군이 없으면

삼팔선이 터지나요
삼팔선이 터지면
부자들 배도 터지고요

시에는 "미군이 있으면"이라는 상황과 "미군이 없으면"이라는 상황이 서로 대립된다. 겉으로 보기에 이 시는 "우리 사회의 주요 모순을 민족모순"(「노동해방과 문학이라는 무기」 253면)으로 파악한 그의 시각을 이분법으로 단순화하고 있는 듯이 보인다. 그러나 '미군'은 '삼팔선'과 겹치면서 이 땅의 분단이라는 문제와 결합되고, 이어 '부자들 배'라는 이미지가 제시되면서 계급적인 문제를 드러낸다. 대조를 통해 미국과 분단 그리고 계급의 문제가 어떻게 결합되어 이데올로기를 구성하는지가 선명해진다. 「남과 북」이라는 시 한편을 더 보자.

해방 직후 이북의 감옥은
친일한 사람들로 우글우글했지
미처 남으로 도망치지 못해서겠지

해방 직후 이남의 감옥은
항일한 사람들로 빽빽했지
미처 북으로 넘어가지 못해서겠지

"해방 직후 이북의 감옥"과 "해방 직후 이남의 감옥"이 각각 1연과 2연에서 대조된다. 이를 통해서 북한과 남한에서의 일본제국주의 과거 청산 문제가 대조된다. 1연에서 친일한 사람들은 "이북의 감옥"에 가두어졌지만, 2연에서 "이남의 감옥"은 오히려 항일한 사람들을 가두었음을 진술함으로써 남과 북의 이념의 차이를 드러낸다. 특히 1연에서 "친일한 사람들"이 "미처 남으로 도망치지 못해서겠지"라는 표현은 남한이 친일세력을 적극 옹호했음을 폭로한다.

대립의 기법은 김남주의 시에서 자주 발견되는데, 그가 번역한 브레히트의 시 가운데 히틀러의 전쟁 이데올로기의 허구성을 계급적 시각에서 폭로하는 매우 간결한 시들이 있다. 예를 들면 브레히트는 이렇게 썼다.

> 지체 높은 사람들은 말한다
> "명예로 이어질 것이다."
> 지체 낮은 사람들은 말한다
> "무덤으로 이어질 것이다."[9]

"지체 높은 사람들"과 "지체 낮은 사람들"의 말을 인용·대조함으로써, 브레히트는 히틀러가 내세운 전쟁이 결국 계급의 이익에 봉사할 뿐이고 피지배계급에게는 죽음만을 가져다줄 뿐임을 보여준다. 이러한 대조의 기법은 현실에 내재한 모순을 '구체적'으로 폭로함으로써 현실에 대한 새로운 인식에 이르도록 배려한다.

4.2 양의 질로의 변화

열을 가하면 물이 끓다가 갑자기 기체로 변하는 순간이 오는데, 이것을 변증법에서는 양의 질로의 변화라 부른다. 브레히트와 김남주의 시에서도 유사한 사태를 몇차례 나열하다가 갑자기 비약적인 진술이 이어지는데, 이러한 시적 기교는 양의 질로의 변화로 볼 수 있다. 브레히트의 표현을 빌리면, 이해할 수 없는 현상이 충분히 집적되면서 이를 통해 갑작스

9 김남주는 이 시를 이렇게 옮겼다. "상층 사람들은 말한다/길은 영광에로 이른다고/하층 사람들은 말한다/길은 무덤에로 이른다고."(『아침 저녁으로 읽기 위하여』 161면).

러운 이해에 이를 수 있는데(GW15, 360f), 김남주의 다음과 같은 시는 이러한 기법이 적용된 것으로 볼 수 있다.

경찰을 부르면
최루탄 터뜨리며 곤봉이 오고

군대를 부르면
피바람 일으키며 총알이 오고

자본과 노동이 싸우는 거리에서
자본가가 부르면 아니 오는 무기가 없지요

—「주인과 개」 부분

시위를 진압하기 위해 경찰과 군대가 출동하는 현실은 매우 낯익은 것인데, 낯익은 것은 그 이유만으로 충분히 인식되었다고 볼 수 없다. 브레히트가 생소화기법에 변증법을 적용하며 "그 기교(=소격의 기교)는 연극에, 그것(=낯익은 것, 현실)을 모사하는 데에 새로운 사회과학의 방법론인 유물변증법을 활용하게 해준다"(GW16, 682)고 말한 이유도 여기에 있다. 김남주는 위와 같은 시적 형식을 통해서 경찰과 군대를 동원한 민주화 시위의 진압이 결국 자본주의의 체제 수호와 관련이 있음을 효과적으로 드러낸다. 이런 전략을 통해 독재와 자본주의의 상관성이 더욱 효과적으로 드러난다. 의미의 비약이 가져오는 효과가 이런 것인데, 유사한 기법이 브레히트에게서도 발견된다.

나의 어린 아들은 묻는다. 수학을 배울까요?
뭣 때문에,라고 나는 답변하고 싶다. 빵 두조각은 하나보다 많다는

것을

너도 알 텐데.

나의 어린 아들은 묻는다. 프랑스어를 배울까요?

뭣 때문에,라고 나는 답변하고 싶다. 이 제국은 몰락할 텐데. 그리고

손으로 배를 문지르며 끙끙대기만 해봐라

그러면 너의 뜻은 금방 전달될 텐데.

나의 어린 아들은 물어본다. 역사를 배울까요?

뭣 때문에,라고 나는 답변하고 싶다. 땅에 너의 머리를 숨기는 법을 배워라

그러면 너는 아마 살아남을 것이다.

그래, 수학을 배워라, 나는 말한다.

프랑스어를 배워라, 역사를 배워라.

—「1940」 전문(GW9, 818)

수학, 프랑스어, 역사를 배우고 싶다는 아들의 소망과 배우지 말라는 아버지의 답변이 이 시의 1연을 이루고 있다. 그 이유는 지금은 전시이고, 살아남기 위해서는 지식이 아니라 '땅에 머리를 숨기는 법'이 더 효과적이기 때문일 것이다. 그러나 2연에서는 뜻밖에 수학, 프랑스어, 역사를 배우라는 아버지의 충고가 이어진다. 1연과 2연 사이에 아무런 매개도 없이 의미의 비약이 이루어지기 때문에 당황스러움과 놀라움을 주는데, 이를 통해 독자들은 그 매개항을 스스로 찾아내기 위해 사고를 작동시키게 된다. '내'가 '아들'에게 갑자기 수학, 프랑스어, 역사를 배우라고 충고하는 이유는 히틀러의 전쟁은 곧 끝나게 되어 있으며, 히틀러와 같은 야만을 이기기 위해서는 수학, 불어, 역사와 같은 지성의 힘이 필요하다고 믿기 때문이다. 양의 질로의 변화라는 기법을 통해서, 히틀러의 독재가 야만

의 산물임을 더욱 효과적으로 폭로하는 것이다.

4.3 의문의 자세

브레히트와 김남주의 시에는 의문문이 자주 등장한다. 이것은 자명하게 여겨온 현실을 새롭게 보게 하려는 시적 장치로, 설의법의 일종이다. 브레히트의 중기 희곡 「남자는 남자다」에서 과부 베그빅은 "확실한 것 가운데/가장 확실한 것은 의심이다"라고 밝히면서, 의심이 진실의 발견을 위한 행위임을 분명히 했다. 이런 측면에서 의심은 방법론적 의심으로 변증법적 현실인식을 위한 자세가 된다. 김남주의 시 「나 자신을 노래한다」 3연에는 이런 구절이 있다.

불을 달라 프로메테우스가
제우스에게 무릎 꿇고 구걸했던가
바스띠유 감옥은 어떻게 열렸으며
쎄인트 피터폴 요새는 누구에 의해서 접수되었는가
그리고 꾸바 민중의 몬까다 습격은 웃음거리로 끝났던가
그리고 프로메테우스의 고통은 고통으로 끝났던가
루이가 짜르가 바띠스따가 무자비한 발톱의 전제군주가
스스로 제 왕궁을 떠났던가
팔레비와 쏘모사와 이 아무개와 박 아무개가
제 스스로 물러났던가

이와 같은 의문의 자세를 통해서 김남주는 바스띠유 감옥 함락, 피터폴 요새 점령과 같은 역사적 사건들을 예시하며, 현실의 변혁은 저절로 이루어지는 것이 아니라 민중의 적극적인 참여로 이루어졌음을 보여준다. 유사한 방식을 브레히트에게서도 찾아볼 수 있다.

일곱개의 성문을 지닌 테베를 누가 지었단 말인가?
책에는 왕들의 이름들이 적혀 있다.
왕들이 바위 조각들을 이리로 끌고 왔단 말인가?
그리고 여러번이나 파괴된 바빌론 —
그때마다 누가 이를 일으켜세웠는가? 건축노동자들은
금빛 찬란한 리마의 어떤 집에서 살았단 말인가?
만리장성이 완성되던 날 밤
미장공들은 어디로 갔던가? 위대한 로마에는
개선문들이 많기도 하다. 누가 그것을 세웠단 말인가?
시저 같은 왕들은 누구와 싸워 이겼는가? 많이도 노래 불려지는 비잔틴은
시민들을 위한 궁전만을 가졌던가? 전설의 아틀란티스에도
바다가 그 땅을 삼켜버렸던 그 밤에
물에 빠진 자들이 울부짖으며 노예를 부르다 익사하였다.
(…)
그렇게 많은 보고들
그렇게 많은 의문들

브레히트 역시 테베, 바빌론, 리마, 로마, 비잔틴의 예를 들며 지배계층과 피지배계층을 대비시켜 역사를 발전시킨 주인공이 누구인지를 묻고 있다. 낯익은 사태를 의심의 눈으로 바라봄으로써 새로운 인식에 이른다는 점에서, 이런 기법은 변증법적 토대 위에 놓여 있다.

5. 맺는말을 대신해서

김남주는 현실의 변혁에 도움이 되는 시의 존재방식을 '구체성'에서 찾는다. 자연주의에 대한 반대개념으로 '구체성', 다시 말하면 '다양성의 통일성'이라는 개념을 제시한 셈인데, 이러한 원리는 브레히트가 말하는 반자연주의적 연극론과 매우 유사하다. 브레히트에게 중요한 것은 단순히 현실을 복사하여 재현하는 것이 아니라 "현실을 다스리는 것"(GW19, 413)이었다. 이런 맥락에서 브레히트는 연극에서 진정한 리얼리즘의 판단 기준은 실제의 충실한 재현이 아니라 "관객에게 사회적인 관점에서 유용한 비판을 가능하게 해주는 것"(GW16, 553)임을 강조하였다. 흔히 지적하듯이 "예술이라는 수단을 통해서, 관객들로 하여금 자신의 사회적인 주변세계를 이해하고, 이를 이성과 감성으로 지배할 수 있게 해주는 인간 공동생활의 모델, 즉 세계상을 설계하는 것"(GW15, 295)이야말로 이 작가가 선보였던 서사극의 진정한 목표였다. 브레히트가 시도했던 비유극은 현실을 구체적으로 보여주되 지배관계의 구조가 선명하게 드러나도록 제시하는 것이었다. 김남주가 요청한 '구체적'이라는 말의 의미도 여기에 있다. 시 한편을 보자.

어머니 우리나라에는
두종류의 사람이 살고 있답니다
별로 일도 안하고 아니 일하고는 아예 담을 쌓고
아니 일이라고는 남을 부려먹기 위해
손가락 하나 까딱하는 일밖에는 안하고도
펜대 하나 까딱하는 일밖에는 안하고도
가장 잘 먹고 가장 잘 입고 가장 잘사는 사람들과

어머니처럼 뼈 빠지게 골병들게 일하고도
못 입고 못 먹고 못사는 사람들과
두종류의 사람이 있답니다 대한민국에는

—「어머님에게」 부분

'다양성의 통일성'을 추구하는 까닭에 김남주의 시는 흔히 이분법적인 도식성과 이념에 사로잡혀 있다는 비판을 받는데, 이 시도 현실을 지배자와 피지배자라는 도식적 분류로 파악하고 있다. 이러한 시도는 현실을 지나치게 단순화하여 실재를 왜곡할 위험을 내포할 수도 있는데, 이런 위험성은 브레히트의 서사극에도 존재한다. 브레히트의 비유극이 현실비판을 목표로 삼고 있음은 주지의 사실이지만, 현실을 지나치게 단순화시킨 비유극이 과연 "역사적으로 주어진 모든 상황의 일회성, 특수성"[10]까지도 포괄하여 파악할 수 있을까 하는 문제에 부정적 입장을 드러냈던 카우프만의 지적은 김남주의 문학(론)에도 유효할 것이다.

단순화를 김남주는 '다양성의 통일성' 혹은 '구체성'이라는 개념으로 이해했고, 브레히트는 이를 '비유극'이라는 차원에서 적극 옹호했다. 브레히트는 "비유 화자가 현실을 일정한 관점에 따라 해석·추상화·재구성하는 과정은 서사극 작가의 생소화 과정과 원칙상 동일하다"[11]라는 입장에서, 단순화가 현실에 내재한 모순을 인식하게 하기 위한 문학적 장치임을 분명히 했다. 사정은 김남주에게도 유사할 것이다. 김남주가 현실을 계급적 관점에서 바라보며, 현실의 모순을 드러내기 위해서 유물변증법을 활용하겠다고 했던 의미도 여기에 있을 것이기 때문이다. 문제는 카우프만의 지적처럼, 단순화와 현실의 왜곡의 경계를 어떻게 바라보아야 할 것

10 Hans Kaufmann, *Bertolt Brecht. Geschichtsdrama und Parabelstück*, Berlin 1962, 141면.
11 임한순 「비유극으로서의 서사극」, 송동준 외 『브레히트의 서사극. 유형학적 고찰』, 서울대출판부 1997, 217면.

인지이다. 이 문제를 판단할 때에 분명한 것은 현실을 보는 시각 역시 계급의 관점에 서 있다는 점이다. 적어도 우리 시대의 지적인 지평에서는 그렇다.

김길웅 金吉雄 성신여대 독문과 교수. 저서로 『문화로 읽는 서양문학 이야기』 『독일 문학과 예술』(공저) 『신화와 사랑』(공저), 역서로 『보르헤르트 전집』(전 2권) 『서푼짜리 오페라/남자는 남자다(브레히트 희곡선)』이 있음.

김남주와 러시아문학

이명현

1

러시아문학이 김남주에게 어떠한 의미를 지녔으며 어떠한 영향을 미쳤는지를 살피기 전에 그가 언제 어떤 계기와 경로로 러시아문학을 접했는지 대강의 사실부터 짚어보도록 하자. 강대석은 김남주 평전에서 그가 1969년 전남대 영문과에 입학하기 전 재수를 하는 동안 폭넓게 독서를 하면서 러시아문학에 심취하였다고 적고 있지만,[1] 시인 자신의 진술을 종합해보건대 좀더 나중인 대학 4학년 때 절친한 벗 이강(李剛)과 함께 반유신투쟁을 도모하면서 러시아문학을 본격적으로 접한 것으로 보인다.[2] 그는 반유신 지하신문 『함성』을 제작하면서 거기에 실을 저항시를 쓸 요량으로 본보기가 될 만한 외국 시들을 찾아 읽는다. 그러던 와중에 일본 헤이본샤(平凡社)에서 나온 『세계명시집대성』 중 러시아 편을 손에 넣게

1 강대석 『김남주 평전』, 한얼미디어 2010, 47면.

2 김남주 『불씨 하나가 광야를 태우리라』, 시와사회사 1994, 45~47면. 앞으로 이 책의 인용은 본문에 면수만 밝힌다.

되고, 거기 실린 뿌슈낀(Pushkin), 레르몬또프(Lermontov), 네끄라소프(Nekrasov) 그리고 릴레예프(Ryleyev)를 비롯한 데까브리스뜨(12월당원) 시인들의 시를 읽고 커다란 감명을 받는다. 잠재되어 있던 그의 전투적 시혼을 일깨운 러시아 시들은 당연하게도 현실비판적인 메시지를 담은 저항시로서 러시아의 용어로는 '정치시' 혹은 '시민시'의 계보에 속한다. 러시아의 저항시들을 읽고서 김남주는 "시가 개인의 정서와 성장에 미치는 영향력이 아주 클 것이라는 생각"(46면)을 비로소 갖게 되었고, 시가 현실변혁의 무기가 될 수 있다는 믿음을 굳히게 되었다. "러시아에서처럼 혁명을 이데올로기적으로 준비하는 데 문학이 기여한 나라는 없을"(87면) 것이라는 평에서 그의 문학관이 형성되는 데 러시아의 저항시들이 끼친 영향을 가늠할 수 있다. 요컨대 김남주에게 러시아 시의 독서 체험은 문학과 현실 간의 관계, 그리고 자신의 소명에 대한 일종의 각성이자 개안이었던 것이다.

2

러시아 시에 대한 김남주의 각별한 애정의 산 증거는 그가 남긴 번역시들이다.[3] 김남주는 애초에 번역시집을 세권으로 나누어 펴낼 작정이었는데, 그중에서 2권을 통째로 러시아 시에 할당할 만큼 그의 의식 속에서 러시아 시가 차지하는 비중은 컸다. 그의 두권짜리 번역시집에는 뿌슈낀

---

3 부인 박광숙의 진술에 따르면, 김남주의 시 번역은 1987~88년에 옥중에서 집중적으로 이루어졌다(박광숙 「진실과 순결을 노래한 시인들」, 『아침 저녁으로 읽기 위하여』, 푸른숲 1995, 306면). 그러나 러시아 시를 포함한 외국시의 왕성한 독서가 그보다 10여년 전부터 지속되어왔음을 감안할 때 그의 번역 작업은 단속적이나마 훨씬 전부터 이루어졌으리라고 본다.

(6편), 릴레예프(6편), 오도옙스끼(2편), 그리고 마야꼽스끼(13편)의 작품들이 실려 있다. 이들의 시를 읽고서 거기에 형상화된 러시아의 현실과 시인의 자아상에 한국적 현실과 자신의 정체성을 투사하는 데서 김남주의 시세계가 구축되었다 해도 과언은 아닐 것이다.

김남주는 감옥 안팎에서 수개 국어를 습득하였지만 러시아어는 익히지 못했다. 그가 술회한 대로, 상기한 번역시들은 모두 일역본이나 영역본을 중역한 것이다. 대체로 김남주의 러시아 시 번역은 정확하지만 거칠고 투박한 편이다. 이는 창작시 역시 퇴고하는 법이 거의 없었던 글쓰기 습관의 소산인 듯싶다. 종이도 펜도 없는, 감시가 삼엄한 옥중에서 퇴고 같은 것은 배부르고 사치스러운 소리였을 것이다. 게다가 외국시의 번역이란 그야말로 감옥이라는 환경과 자기 자신을 초극하는 초인적인 작업이었을 것이다. 그러한 맥락에서 "한평도 안되는 감방에 앉아서 하이네와 브레히트와 네루다의 시를 번역하고 있는 한 인간을 상상해보라! 그것은 어떤 점에서 기괴한 풍경이고 다른 점에서는 숭고한 장면이다. (…) 그나마 번역원고를 들키면 빼앗길지 모르고 도대체 펜과 종이조차 제대로 주어져 있지 않은 상황에서 그는 온 정신을 집중하여 온 신경을 곤두세운 채 하이네를, 브레히트를, 네루다를 번역하고 있는 것이다. 아마 이것은 세계 번역사에 남을 참혹하게 위대한, 최악의 고통에서만 솟아오를 수 있는 영광의 한 페이지일 것이다"[4]라는 염무웅(廉武雄)의 지적은 마음속 깊이 와 닿는다.

번역시집에 실린 러시아 시들을 좀더 자세히 살펴보자면, 19세기 시인들의 경우 데까브리스뜨인 릴레예프와 오도옙스끼(Odoevskii)는 말할 것도 없고 뿌슈낀의 작품들 또한 정치시로 분류되는 것들이 주를 이룬다. 그중 「차아다예프에게」(1818)와 「단검」(1821)은 뿌슈낀의 창작 초기에

---

4 염무웅 「순결한 삶, 불꽃 같은 언어」, 『아침 저녁으로 읽기 위하여』 301면.

씌어진 대표적 정치시이다. 그보다 나중에 씌어진 「시베리아에 보낸다」(1827)는 시베리아에서 유형 중인 데까브리스뜨들에게 보내는 시로서 실제로 당시에 유형살이를 하던 어느 데까브리스뜨의 아내에 의해 시베리아로 전달되었다. 김남주가 번역한 오도옙스끼의 시 2편 가운데 「푸슈킨의 시에 답함」은 그렇게 시베리아에 전해진 뿌슈낀의 시에 대한 답변이다. “감옥은 무너질 것이네 그리고 자유가/기꺼이 그대들을 입구에서 맞이하고/동지들도 그대들에게 검을 돌려줄 것이네”라며 희망과 용기, 전의를 북돋우는 뿌슈낀의 시를 받아 읽은 오도옙스끼는 “우리들의 슬픈 노고는 헛되이는 끝나지 않을 것이네/불꽃에서 화염은 타오르는 것이네”라고 화답하였다. 이중 “불꽃에서 화염은 타오르는 것이네”라는 시구는 훗날 레닌이 발간한 지하신문 『이스끄라』의 제사(題詞)가 된다.

릴레예프의 시 6편은 모두 그의 대표적인 저항시들이다. 그중에서도 가장 유명한 것은 「간신에게」로, 여기서 ‘간신’이라는 도발적인 호칭은 짜르 알렉산드르 1세 정부의 군부대신이자 사실상의 총리 노릇을 했던 아락체예프(Arakcheev) 장군을 겨냥한 것이다. 무자비하고 잔혹하기 짝이 없던 이 권력자를 공격하는 시를 공공연하게 활자화하는 것은 자살행위나 다름없었다. 그러나 기적적으로 보복을 면한 릴레예프는 이 시를 통해 러시아 시민시의 역사를 새로 쓰게 된다. 무모할 정도로 호전적이고 용감했던 그는 다음과 같이 ‘간신’의 정체를 가차없이 까발리고 그에 대한 분노를 거침없이 쏟아낸다.

비열하고 간악하고 오만불손한 간신이여
군주의 교활한 아첨자 배은망덕한 친구
제 조국의 광폭한 압제자
교묘하게 잠입하여 고위직에 기어오른 악당!
(…)

덧없는 네 명성의 이 공허한 평판 따위가 무엇에 쓰랴!
무서운 권력과 네 위압적인 관작 따위 무슨 소용이랴!
아, 천박한 정열과 비열한 혼을 가지고
자기 동포의 엄격한 주시를 받으며
수치스럽게노 그늘의 심판에 몸을 드러내기보다는
차라리 초야에 묻히는 편이 나을 것이다
(…)
그때 가서 네놈은 무서워 떨게 될 것이다 오만한 간신이여!
폭정에 격노한 민중은 무서운 것이다!
그러나 만약 사악한 운명이 간신배를 사랑하여
정의의 복수로부터 너를 지켜준다 해도
역시 두려워하라 압제자여! 너의 악과 배신을
후손들이 심판할 것이니![5]

김남주는 러시아 시를 처음 접하고서 받은 인상을 "나는 그때까지 이처럼 증오에 찬 시를 본 적이 없었다"(46면)라고 술회한 바 있는데, 이는 다른 어떤 것보다도 「간신에게」를 비롯한 릴레예프의 시행들이 불러일으킨 감흥이었을 것이다. 이토록 신랄한 릴레예프의 저항시는 「학살」 연작을 비롯한 김남주의 비수처럼 꽂히는 시행들과 그것을 관통하는 분노와 증오의 감정을 곧장 연상시킨다.

번역시집의 목차에서 보다시피, 그리고 시인 자신의 진술들로 미루어보건대, 20세기 러시아 시인들 중에서는 유일하게 마야꼽스끼(Mayakovskii)가 김남주의 독서 및 참조의 대상이었던 것 같다. 20세기 러시아 시의 눈부신 성취를 생각하면 이는 참으로 아쉬운 대목이 아닐 수

5 『은박지에 새긴 사랑』, 푸른숲 1995, 310면.

없다. 마야꼽스끼의 시는 무려 13편이나 번역시집에 실렸는데, 확인 불가능한 1편을 제외하고는 모두가 10월혁명 이후인 1920년대에 씌어진 것으로 사회주의혁명의 위대함과 당위성에 대한 굳건한 믿음, 쏘비에뜨의 미래에 대한 낙관적 전망을 바탕에 깔고 있다. 그럼에도 불구하고 그것들은 주제 면에서 변화무쌍하여 다른 번역시들에 비해 읽는 재미가 더하고, 시의 선정에 세심하게 공을 들인 티가 역력하다. 가령 「가장 좋은 시」는 이른바 '사실문학'이라는 개념으로 압축되는 혁명 이후의 마야꼽스끼의 문학관을, 「붉은 모자 이야기」는 까데뜨(입헌민주당원)의 기회주의적 행보를, 「마천루 단면도」는 미합중국 부르주아들의 추악한 일상을, 「회의에 빠진 사람들」은 쏘비에뜨 관료주의의 폐해를 다루고 있다. 이처럼 다양한 이슈와 쟁점에 기민하게 대응하는 마야꼽스끼의 시들은 가히 괴력의 소유자라고 할 수 있는 그가 상상을 초월할 정도로 강도 높게 밀어붙인 '시 쓰기 노동'의 산물이다.[6] 투쟁의 현장과 단절된 채 기억과 독서에 의지해서 시를 써야만 했던 김남주는 자신의 시에는 '생활이 없다'고 토로하곤 하였는데, 그때마다 그는 현실을 즉각적으로 생생하게 반영하는 마야꼽스끼의 시들을 떠올렸을 거라 짐작해본다. 그러나 마야꼽스끼가 김남주에게 끼친 영향은 온몸으로 육박해오는 '물질'과 '육체'의 언어, 통렬한 풍자, 전복적인 반미학주의, 시행의 계단식 배열로 요약되는 스타일과 형식의 측면에서 주로 살펴야 할 것이다. 가령, "사랑한다는 것은/불면에 시달린 시트에서/벌떡 일어나/마리아 어쩌고저쩌고하며/주예수를 찾는 것이 아니다"(「빠리에서 동지 코스트로프에게 띄우는 편지」)라든가 "하루에/스무개 남짓한 회의에 나가야 한답니다/어쩔 수 없이 두쪽으로 쪼개야지요/허리띠까지는 이쪽으로/나머지는 저쪽으로"(「회의에 빠진 사람들」) 같은 마야꼽

6 마야꼽스끼의 시 쓰기 노동에 관해서는 『좋아: 마야꼬프스끼 전집 2』(열린책들 1993)에 수록된 산문 「어떻게 시를 만들 것인가」를 참조.

스끼의 시구들과 "아 가난한 자는 천국이 그의 것이나니/나는 찢어지게 행복한 똥구녕이 아닌가"(「농민」), "미군이 없으면/삼팔선이 터지나요/삼팔선이 터지면/부자들 배도 터지고요"(「삼팔선」)와 같은 김남주의 시행들은 풍자와 그 형식에 있어서 긴밀하게 상통한다.

김남주의 독서 목록에는 러시아 시뿐만 아니라 고골(Gogol), 똘스또이(Tolstoy), 체르니솁스끼(Chernyshevsky), 고리끼(Gor'kii), 숄로호프(Sholokhov)와 같은 산문 작가들의 소설들 또한 포함된다. 그중에서도 에세이나 인터뷰에서 여러차례 상세하게 언급된 작품은 체르니솁스끼의 『무엇을 할 것인가』이다. 러시아의 저항시가 전사의 정신적 자세를 가르쳐주었다면, 전사로 거듭나는 구체적인 지침을 제시해준 것은 체르니솁스끼의 소설 『무엇을 할 것인가』였다. 실제로 이 소설은 김남주가 남민전 활동에 투신한 중요한 계기가 되었고,[7] 옥중에서도 변함없는 시인의 애독서였다. 잘 알려져 있다시피 석방된 후에 김남주는 소설에 등장하는 혁명가 라흐메또프의 형상을 분석한 글을 발표하기도 했다. 그의 표현대로 평론가인 체르니솁스끼가 영어의 몸이 되어 '본의 아니게' 쓴 소설 『무엇을 할 것인가』는 그에게 스스로를 혁명가로서 단련시키는 실질적인 방법을 알려주었지만, 그것이 시인에게 그토록 설득력을 발휘했던 근본적인 이유는 "개인적 이익과 사회적 이익을 일치시키는 도덕적 원칙"[8]의 실행이라는 점에 있었다. 유감스럽게도 『무엇을 할 것인가』를 제외하고는 러시아 소설들에 대한 김남주의 견해가 피력된 자료는 거의 없다. 시인인 그가 러시아 소설보다는 시에 관하여 더 많이 읽고 생각하고, 더 많은 글을 남긴 것은 어찌 보면 당연한 일이기도 하다.

---

7 김남주는 다음과 같이 술회한다. "내가 '남민전'에 들어간 동기도 이런저런 책에서 얻은 지식 탓이었어요. 특히 체르니셰프키의 『무엇을 할 것인가』 『레닌의 생애』, 스위즈·휴버만 공저인 『쿠바혁명의 해부』 등의 탓이 컸을 거예요."(122면)

8 김규진 편 『러시아 문학과 사상』, 명지출판사 1990, 125면.

3

시 못지않게 김남주의 관심을 끌었던 것은 시인들의 생애였다. 그의 진정한 문학적 관심은 해당 작품의 작가가 몸담았던 시대와 현실, 그리고 그것에 대한 작가의 혁명적인 대응으로서의 문학이었기 때문이다. “정말이지 러시아의 고전적인 시인들은 하나같이 자기 시대의 문제와 싸운 사람들이었”(87면)다는 평가와 “러시아 시인들의 삶과 이러저러한 작품들이 나의 삶과 그리고 나중에 내가 시를 쓰게 되었을 때 지대한 영향을 끼쳤다”(47면)라는 술회에서 알 수 있듯이, 러시아의 시인들은 시인과 전사의 통일이라는 김남주가 추구한 자아상의 원형이었다. 김남주가 보기에 러시아 시인들 중에서 시인과 전사의 통일에 가장 완벽하게 부합하는 이는 릴레예프였다. 김남주는 이를테면 자신의 것과 아주 유사한 정신구조를 그에게서 발견하였던 것이다. 본격적으로 시를 쓰면서부터 유물론적이고 계급적인 관점을 철두철미하게 견지하였던 김남주는 그러한 자신의 ‘과학적’ 관점이 궁극적으로는 도덕적 감각에 의해서 작동되는 것임을 밝힌 바 있다.

> 나는 자본주의를 종교인들이 이단자를 저주하는 것 이상으로 저주합니다만 재산의 불평등의 엄청난 차이 때문만은 아닙니다. 내가 자본주의사회를 저주하는 첫째가는 이유는 이 사회의 본질이 부패와 타락이기 때문입니다. (…) 이 사회는 인간성의 공동묘지이고 도덕과 윤리의 집단 무덤입니다.(86면)

자본은 인간성과는 양립할 수 없다. 자본은 인간의 탈은 쓰되 스스로 인간의 얼굴을 한 적은 없다. 이것은 철칙이다. 이 철칙이 전일적으

로 관철되고 있는 현실에서 시와 시인의 일차적 일은 저항의 몸짓일 터이다.[9]

그러니까 김남주가 꿈꾸던 자주·민주·통일 세상, 노동해방·인간해방의 세상은 정치·사회적 이상일 뿐 아니라, 궁극적으로는 도덕적 이상이었다. 그리고 그러한 도덕적 이상의 지향은 대체로 합리적인 이성보다는 낭만적인 열정과 파토스가 담당하기 마련이다. 이 지점이 시인 김남주가 전사 김남주를 압도하는 자리이며, 또한 전투적 낭만주의자인 릴레예프가 혁명적 리얼리스트인 김남주와 관계 맺는 자리이기도 하다.

러시아 시를 처음 접했을 때의 인상을 회고하는 대목에서 김남주는 시 한편을 인용하고 있는데, 그것은 그의 번역시집에도 실려 있는 릴레예프의 시이다.

사랑하는 이여 그대는
적막한 나의 거처를 찾고 싶다 했소
숙명적인 병고와 싸우느라
영혼이 지칠 대로 지쳐 있는 이때에
(…)
나에게 지금 필요한 것은 사랑이 아니오
나에게 다른 할 일이 있소
나에게 즐거운 것은 오직 싸움
전투의 소용돌이가 있을 뿐이요.

사랑은 결코 이성과는 어울리지 않소

9 김남주 『사상의 거처』 후기, 창작과비평사 1991, 161면.

아 나의 조국은 고통으로 신음하고 있소
혼은 답답한 사색의 격동에 시달리며
오로지 자유만을 갈구하고 있소(47~48면)[10]

릴레예프는 데까브리스뜨 문인들 중에서 가장 전투적이고 목적의식이 뚜렷한 시를 쓴 걸출한 시인이었다. 뿐만 아니라 그는 데까브리스뜨 비밀결사의 수장이기도 했다. 말 그대로 그는 시인이면서 동시에 전사였던 것이다. 정치적으로 데까브리스뜨 운동은 1812년 나뽈레옹전쟁을 계기로 러시아에 급속히 유입된 자유주의와 입헌주의 이념에 기초하고 있지만, 인문적인 측면에서 그것은 시민적 낭만주의를 표방하였다. 이때 시민은 낭만주의 일반이 중시하는 자유롭고 독립적인 개인이되, 또한 사회악에 맞서 투쟁하며 역사의 행보를 제 의지대로 바꾸고자 하는 적극적이고 능동적인 개인이다. 데까브리스뜨들의 낭만주의는 나뽈레옹전쟁 시기에 확산된 애국적 영웅주의를 계승하여 시민적 애국주의와 영웅주의를 실천적 이상으로 삼는다. 그것은 조국애와 민족애, 사회적 불의에 대한 증오와 분노라는 감성적 계기와 개인의 자기헌신과 자기부정이라는 윤리적 계기를 포함하기에 그들의 문예창작, 특히 시 쓰기의 동인이 되었다. 위에서 인용한 릴레예프의 시는 그 대표적인 예로서 사사로운 이익을 희생하고 대의를 위한 싸움에 투신하는 시인-전사의 결의를 단호하게 표명하고 있다.

릴레예프를 비롯하여 데까브리스뜨들이 이상화한 영웅적 개성은 단순히 싸울 태세를 갖춘 시민이 아니라 불공정한 투쟁 속에서 파멸할 각오가 되어 있는 시민이다. 이 점은 김남주가 번역한 릴레예프의 또다른 시가

10 번역시집에서 이 시는 '그대는 방문하려고 하지만'이라는 제목을 달고 있다. 그런데 거기 실린 번역 텍스트와 이 에세이에 인용된 텍스트는 같은 사람의 번역으로 보기가 힘들 정도로 어투나 표현에서 상당한 차이를 보인다. 여기서는 러시아 시의 체험을 회상하던 당시의 맥락을 살리고자 에세이에 인용된 텍스트를 옮겨온다.

예시해준다.

> 나는 알고 있다 — 파멸은
> 민중의 박해자를 향해
> 최초로 봉기하는 자를 기다리고 있다는 것을
> 나의 운명이 이미 결정되어 있다
> 그러나 묻나니 언제 어디에서
> 희생 없이 자유가 쟁취된 적이 있었던가
> 나는 나를 낳아준 조국을 위해 죽는다
> 나는 그것을 느끼고 그것을 알고 있다
> 그러니 기꺼이 성스런 하느님이여
> 나의 운명에 감사한다
>
> —「나리바이코의 참회」 전문[11]

릴레예프는 12월봉기의 발발 직후 체포되어 지하 감방에 수개월 동안 수감되어 있다가 처형된다. 그가 시로써 행한 예언은 적중했던 것이다. 유난 떨지 않고 담담하게 자신의 비극적 운명을 예견하고 결의를 다지는 릴레예프의 저 시행들과 그의 극적인 삶이 이제 막 전사의 길로 발을 내디딘 김남주에게 얼마나 깊게 공명하였을지는 짐작하고도 남음이 있다. 실제로 그는 박광숙에게 보내는 옥중서신에서 "러시아 인텔리겐치아의 사회혁명에 대한 헌신과 자기 희생정신에 감복했습니다. 아, 그들의 혁명에 대한 순결성은 얼마나 나의 가슴을 두근거리게 했던가. 아니 얼마나 나의 낯을 부끄럽게 했던가. 나는 거기에 미치려면 까마득해요."(87면)라고 릴레

---

11 『은박지에 새긴 사랑』 307면. 인용된 시행은 김남주가 밝히고 있듯이 릴레예프의 서사시 「나리바이꼬」의 한 구절이다.

예프의 시에 대한 감회를 털어놓은 적이 있다. 그리고 그의 어이없을 정도로 소탈한 고백이 견지하는 윤리적 자세는 릴레예프의 그것과 빈틈없이 조응한다.

> 솔직하게 말하겠어요. 나는 '남민전'에 들어갈 때에 이름도 없이 죽어가야 한다고 생각했어요. 왜 다른 사람이 죽어주기를 내가 바랄 수 있겠어요. 해방은 죽음 없이 오지 않는다는 것을 인식하면서 그 인식을 왜 내가 실천하지 않고 남이 해주기를 기다려야 되겠어요. 적어도 그때 나는 이렇게 생각했어요.(122~23면)

김남주에 따르면, '용기 있는 사람'은 "결정적인 순간에 결단을 내릴 줄 아는 사람"이다. 그리고 "결단은 여럿 중에서 부차적인 것을 버리는 행위"(74면)이다. 참으로 간명하고 단호하다. 군더더기 하나 없는 이 간결한 언명은 그러나 얼마나 무서운 진실을 담고 있는가. 감옥에 수감된 지 6년째 되던 해, 그가 내린 용기에 대한 이러한 정의는 가슴 서늘해지는 정신적 경지를 엿보게 한다. 자기와의 싸움에서 어떤 분기점에 도달한 그는 이제 자기고백의 틀을 벗어나서 시인-전사의 윤리, 혁명의 도덕을 객관화한다. 그리하여 시인이란 "자기 시대를 열정적으로 노래하고/자기 시대와 격정적으로 싸우고/자기 시대와 더불어 사라지는 데/기꺼이 동의했던 사람들"(「전사 2」)임을 환기시키고 "시인이여/누구보다 먼저 그대 자신이/싸움이 되어서는 안되는가/시인이여/누구보다 먼저 그대 자신이/압제자의 가슴에 꽂히는/창이 되어서는 안되는가"(「시인이여」)라고 요청한다.

4

러시아문학에 비추어 김남주에게 한가지 아쉬운 점이 있다면 말과 시에 대한 다층적이고 정교한 성찰이다. 이 점에 있어서 김남주는 그가 20세기 러시아의 유일한 시인-전사로 꼽았던 마야꼽스끼와 대비된다. 볼셰비끼 혁명 이후 마야꼽스끼는 '생산문학'과 '사실문학'이라는 과격하고 편향된 노선을 주창하였지만, 실제로 그에게는 언제나 "시란 그 전체가 미지의 세계로의 여행"(「재무감독관과의 시에 관한 대화」)이었다. 김남주에게 시는 철저하게 혁명에 종속되는 것이자 그것의 산물이어야만 했다면, 마야꼽스끼에게 시는 혁명만큼 중차대하고 절박하면서도 그보다 더 근본적이고 궁극적인 가치를 보유한 것이었다. 요컨대 그에게 혁명은 사회·정치적 혁명이면서 동시에 예술과 언어의 혁명이었으며, 후자는 전자에 종속되는 것이 아니라 오히려 전자를 선도하는 것이었다. 따라서 혁명투쟁에서의 관건은 "예술의 바리케이드"를 사수하는 것이었고, 예술의 전선에서 행해지는 "시인-혁명가의 맨 처음 공격"은 "시 자원의 병기고를 파괴하는 일이어야 했다."(「누구라도 이 책을 읽자」) 마야꼽스끼가 견지한 이러한 태도는 흔히 모더니즘이나 형식주의로 규정되곤 하였다. 그러나 문제는 모더니즘이냐 리얼리즘이냐, 내용이냐 형식이냐가 아니라 사회혁명을 비롯하여 김남주가 그토록 부르짖었던 인간적 가치의 실현과정에서 말과 시에 주어지는 몫과 위상이다. 말과 시는 그 과정에서 단지 수단이 아니라 그 자체로 실현되어야 할 인간적 가치이자, 그 자체로 자유일 것이다. 혁명 이후 마야꼽스끼의 시는 줄곧 혁명과 사회주의를 예찬하는 이데올로기적인 경직성을 보였으되, 그것을 선전하는 그의 시어의 다채로움과 형식의 분방함은 결국 그의 시의 경직성을 뒤흔들어 다시 역동성으로 견인해내곤 했다. 시는 혁명의 무기가 될 뿐 아니라 혁명 자체도 비판하는 무기가 되어야 하며, 그러기 위해서는 정치혁명과 나란히 언어의 혁명, 시 형식과 창작방법의 혁명이 부단히 자유롭게 모색되어야 함을 러시아문학과 그 역사는 상기시키고 또 상기시킨다.

이명현 李明賢 고려대 노문과 강사. 주요 논문으로 「서정적 주인공에 관하여」 「한국과 러시아 근대시에 나타난 윤리적 실존의 두 양상: 알렉산드르 블로크와 윤동주」 「『카라마조프 가의 형제들』과 『삼대』: 가족서사의 근대성」 등이 있다.

진정한 근대의 인간들

빠블로 네루다와 김남주의 만남

송경동

1

아직 끝나지 않은 근대를 생각한다.

중세 봉건사회를 넘어 근대를 열어간 새로운 인류가 있었다. 새로운 시대의 주인이 되려는 신흥 자본가들이 중세 귀족들을 대신했고, 노예제를 벗어난 수많은 인류가 노동자로 존재이전되어가고 있었다. 신흥 자본주의 국가들을 중심으로 제국주의 시장 쟁탈전이 벌어졌고, 많은 국가와 민족들이 식민화되었다.

그와는 다른 근대를 꿈꾸었던 인류도 있었다. 그들은 새로운 자본가의 왕국과 식민화를 거부하고 다수자이자 사회적 생산력의 주체인 노동자 민중이 모든 착취와 억압으로부터 벗어나 삶의 주인이 되는 세상을 꿈꾸었다. 이 과정에서 스스로를 전사로 규정짓고 전체 인류의 진보를 위해 헌신한 이들이 있었다. 그들은 새로운 인간성의 최대치를 향해 자신을 불사른 진정한 프로메테우스의 자손들이었다.

새로운 근대를 둘러싼 투쟁과 갈등이 여전하다는 점에서 어쩌면 우리는 아직 끝나지 않은 근대를 살고 있는지도 모른다. 어떤 근대인들이 진정한 근대의 주인으로 서야 하는지는 오늘 여기를 살아가는 우리 모두에게 남겨진 숙제이다.

빠블로 네루다와 김남주는 이런 근대의 질문 앞에서 치열하게 살아갔던 대표적인 시인들이다. 그들은 뿌리박은 대지는 달랐지만 진정한 근대의 꿈을 찾는 기나긴 여정의 동반자였고 동지였다. 그들은 노동자계급의 편에 서고자 했던 시인들이었고, 착취하는 인간에 대한 적의야말로 모든 지혜의 시작이고 모든 혁명적 행동의 기초라고 했던 레닌의 의지를 공유한 시인들이었다.

김남주에게 시는 '혁명을 이데올로기적으로 준비하는 문학적 수단'이었으며, 시인은 '민족해방과 민주주의 투쟁에 몸소 뛰어들어야 하는' 존재였다. "투쟁과 운동에 깊이 참가하면 할수록 그가 쓰는 시와 그가 부르는 노래는 그만큼 폭이 넓을 것이고 깊이가 있을 것"(김남주 『불씨 하나가 광야를 태우리라』 88면)이라는 것이 김남주의 확고한 생각이었다.

네루다 역시 그러하였다. "우리는 시인에게 빛 속에 그리고 어둠 속에 있으라고 요구해야 할 뿐만 아니라 거리와 전투 속에서 자기 자리를 지키라고도 요구해야 한다. 어쩌면 시인은 역사가 시작될 때부터 바로 이런 의무를 지니고 있었을 수도 있다. 거리에 나가서 이런저런 전투에 참여하는 것은 시의 영예였다. 시인은 사람들이 자기를 반역자라고 부를 때 겁을 먹지 않는다. 시는 반역이다."(네루다 자서전 『추억』 192면)

그렇기에 그들은 제국주의에 맞선 민족해방투쟁전선에서 하나의 대열이었고, 사회주의사회의 건설이라는 전선에서 하나의 목소리였다. 자본과 제국의 국경을 넘어 만국의 노동자 민중의 단결을 통한 혁명의 세계화를 꿈꾼 진정한 세계시민들이기도 했다. 독재자 비델라에 맞서다 긴 수배와 망명생활을 겪어야 했던 네루다나, 군사 쿠데타로 정권을 잡은 독재자 박정희에 맞서다 몇번의 수배와 긴 투옥생활을 겪어야 했던 김남주는 자본의 근대에서는 어떤 곳에도 깃들일 수 없었던 진정한 디아스포라였다.

김남주가 사랑했고 사숙했던 이들이 모두 그러했다. 히틀러의 파시즘에 저항하여 10여년간 망명생활을 해야 했던 브레히트가 그러했고, 1830년대 독일의 토지귀족과 신흥 부르주아지의 착취와 수탈에 맞서 싸우다 정치적 탄압을 피해 빠리로 망명했던 하이네가 그러하였다. 하이네가 생전에 쓴 자신의 묘비명은 모든 저항하는 시인들의 공통된 말이기도 하다. "나는 알지 못한다. 나의 관이 언젠가 월계수로 장식될 가치가 있을지 어떨지는. 내가 아무리 문학을 사랑한다 하더라도 그것은 항상 신성한 완구라든가 천국에 들어가기 위한 신성한 수단에 불과했다. 지금까지 나는 단 한번도 시인의 명성에 가치를 둔 적이 없었다. 나는 내 시가 칭찬을 받건 비방을 받건 거의 문제가 되지 않는다. 그러니 여러분, 나의 관 위에 꽃다발 대신 검을 놓아주게나. 왜냐하면 나는 언제나 인류 해방을 위한 싸움터에서 두려움을 모르는 병사였으니."(하이네 「인류 해방의 용감한 한 병사」, 1828년)

김남주는 여러 회고에서 자신이 이들로부터 지대한 영향을 받았음을 표명하곤 했다. 하지만 그건 일반적인 지식이나 문학적 기교의 습득이 아니라 동지적 애정과 관심에 기반한 연대의식이었다. 그가 그들로부터 배운 것은 형식적 측면이라기보다는 내용의 측면, 즉 세계와 인간을 '계급적 시각'으로 보는 일이었다. 김남주는 이들의 작품과 생애를 통해서 유물론적이고 계급적인 관점에서 세계와 인간관계를 문학적으로 형상화하는 창작기술을 배웠으며 전투적인 휴머니스트로서 그들의 인간적인 매력에 압도되기도 했다. 또 맑스의 말 가운데 '외국문학을 번역함으로써 자기 민족 문제의 내용을 보다 구체적으로 알고 그 내용을 민족적 형식에 결합시키면 뛰어난 민족문학이 될 수 있다'는 요지의 언급을 들어 자신의 시를 설명하기도 했다.

이런 점에서 이들이 머나먼 지리적 거리와 국경을 넘어 정신적·역사적 만남을 맺게 되는 것은 지극히 자연스러운 일이었을지도 모른다. 빠블로 네루다가 자신의 뿌리를 찾아가다 아메리카의 묻혀진 고대를 만난 것도, 김남주가 자신의 뿌리를 찾아가다 필연적으로 갑오농민전쟁의 전봉준을 만난 것도 마찬가지였을 것이다.

특히나 자주적인 근대를 맞지 못한 채 끊임없는 외세의 침탈에 시달리고 다시 분단구조에 묶여 사상과 표현의 자유가 봉쇄되어 있던 남한사회에서 자란 한 지적인 젊은이에게는 간혹 접하게 되는 외국의 진보적인 사례들은 불모의 사막에서 만난 오아시스처럼 반가운 것이었을 게다. 후일 뒤늦은 사회구성체논쟁에서 그에게 신민지반봉건론에 치우친 민족주의자, 통일지상주의자라는 형해화된 딱지가 붙여지곤 했지만, 사실 그는 젊은 시절부터 한국사회에서는 흔치 않은 국제주의자였고, 아직 오지 않은 진정한 근대의 시민이었다.

2

그러한 그의 면모는 그가 살아온 궤적을 통해서도 알 수 있다. 김남주 시인이 낡은 봉건주의의 울타리와 획일적인 반공주의 교육을 넘어 새로운 사회사상을 접한 것은 아이러니하게도 미문화원 도서실이었다. 광주일고를 자퇴하고 검정고시를 거쳐 전남대 문리대 영문과에 입학한 그는 알려진 대로 3선개헌 반대운동과 교련반대운동 등 반독재민주화운동에 앞장서는 틈틈이 미국문화원에 들러 '불온서적'들을 탐독했다. 이때 접한 책이 『들어라 양키들아』『공산당 선언』 등이었다. 레닌을 알게 된 것도 이곳에서였다.

또 남민전 사건으로 함께 옥고를 치렀던 벗 이강(李剛)이 70년대 중반 강제징집되어 배속된 미군부대에서 보내준 영어책을 통해서도 새로운 지식과 관점을 얻을 수 있었다고 한다. 그가 미제국주의 신식민지 정책의 실상을 처음 알게 된 것도 일본의 '아시아 아프리카 연구소'에서 펴낸 소책자 『아시아 아프리카 연구』라는 책을 통해서였다.

> 이런 책들은 세계역사의 현실의 인간관계에 대한 과학적 인식이 전무했던 나에게 새로이 눈을 뜨게 했고, 미국을 비롯한 제국주의 국가들의 세계전략과 그들이 내세우는 자유·평등·박애의 정체를 제3세계 인민의 입장에서 파악하는 데 도움을 주었다. 뿐만 아니라 그 책들 속에는 시도 가끔 인용되어 있었는데 이들 시는 훗날 나로 하여금 전투적이고 계급적인 구도로 현실의 인간을 시로 쓰는 데 적잖은 영향을 끼치기까지 했다.(『불씨 하나가 광야를 태우리라』 21면)

1972년 10월 유신헌법이 선포된 후 그는 반유신투쟁을 위한 지하신문 『함성』을 제작 배포하고, 다음 해 봄에는 전국적인 반유신투쟁을 호소하는 지하신문 『고발』을 만들다 국가보안법 위반으로 구속되어 8개월간 첫 투옥생활을 겪어야 했다. 학교에서마저 제적당하고 말았지만, 이미 '혁명적 민주주의자'로 살기로 결심한 그를 막을 수 있는 것은 아무것도 없었다. '혁명적 조직 없이 혁명의 성공은 없다'라는 일념으로 이후 한국기독교농민회의 모체가 되는 해남농민회를 만들었고, 다시 광주로 올라와 황석영(黃晳暎), 최권행(崔權幸) 등과 함께 '민중문화연구소'를 개설했다. '카프카'라는 사회과학서점을 열어 학생 의식화의 거점을 만들기도 했고, 이때 대학생들과 『파리 코뮨』 등의 책을 탐독하다 중앙정보부의 급습으로 다시 수배생활에 들어가기도 했다. 그후 서울로 올라와 '남조선인민해방전선'에 가입해 활동하는 동안 쉬지 않고 번역해낸 책이 프란츠 파농의 『자기의 땅에서 유배당한 자들』이다. 남민전 사건으로 체포되던 당시에는 번역 중이던 『스페인 내란』 관련 원고들을 빼앗기기도 했다.

감옥에 갇혀서도 그는 민중들에게 무기가 될 글을 번역하는 일을 멈추지 않았다. 철저히 그를 고립시킨 감옥조차도 그에게서 혁명적 실천을 빼앗을 수는 없었다. 그러한 극한의 작업을 통해 번역된 원고들이 은밀하게 감옥 밖으로 반출되어 출간된 것이 하이네·브레히트·네루다 시선집 『아침 저녁으로 읽기 위하여』였다.

> 한평도 안되는 감방에 앉아서 하이네와 브레히트와 네루다의 시를 번역하고 있는 한 인간을 상상해보라! 그것은 어떤 점에서 기괴한 풍경이고 다른 점에서는 숭고한 장면이다. 독일어나 스페인어 원전을 손에 들고 있는 것도 아니고 미심쩍은 곳을 밝혀주는 참고서적이 곁에 있을 리 없으며 그나마 번역원고를 들키면 빼앗길지 모르고 도대체 펜과 종이조차 제대로 주어져 있지 않은 상황에서 그는 온 정신을 집중하여 온 신경을 곤두세운 채 하이네를, 브레히트를, 네루다를 번역하고 있는 것이다. 아마 이것은 세계 번역사에 남을 참혹하게 위대한, 최악의 고통에서만 솟아오를 수 있는 영광의 한 페이지일 것이다.(염무웅 「순결한 삶, 불꽃같은 언어」, 『아침 저녁으로 읽기 위하여』 301면)

3

그런 그에게 가장 친숙하고, 가까웠으며, 많은 영향을 끼친 시인은 빠블로 네루다였다. 네루다는 김남주가 영향을 받은 여러 시인들 중에서 그가 가장 먼저 만난 시인이기도 하다.

김남주가 네루다 시를 처음 접한 것은 1969년, 그러니까 대입검정고시를 거쳐 전남대 영문과에 입학하던 해였다. 그 무렵 선배 박석무(朴錫武)로부터 잡지 『창작과비평』을 소개받았는데, 그곳에 김수영(金洙暎) 시인의 번역으로 네루다의 시가 실려 있었다. 「다문 입으로 파리가 들어온다」 「유성」 「말(馬)들」 「고양이의 꿈」 등 모더니즘 계통의 시들과 「아아, 얼마나 밑이 빠진 토요일이냐!」 「도시로 돌아오다」 등의 정치적 현실에 대한 시 6편이었는데, 김남주는 이 후자의 시들에 주목하게 되었다. 세월이 흘러서도 "나는 지금도 「아아, 얼마나 밑이 빠진 토요일이냐」를 달달 외울 수 있고 또 도시의 밤길을 걸으면서, 불려간 어떤 집회장이나 강연장 같은 데서 외우고 다니는데, 아마 이는 내가 대학 다닐 당시에 처했던 사회 정치적 상황과 사람 사는 꼬락서니들이 오늘의 그것들을 보아도 별로 변한 게 없기 때문이 아닐까 한다"(『불씨 하나가 광야를 태우리라』 25면)라고 술회했을 정도니 그 영향 정도가 짐작이 간다. 그가 남긴 많지 않은 산문 중에서 유일하게 한 인물에 대한 소평전 형식을 취하고 있는 글도 산문집 『시와 혁명』(나루 1991)에 실린 「사랑과 혁명의 시인 파블로 네루다」란 글이다.

그는 수감생활 중 끊임없이 스페인어 사전을 뒤적였는데, 그 작업이 대부분 네루다를 읽기 위해서, 네루다를 알리기 위해서, 네루다를 통해 중남미 해방운동의 현재에 가 닿기 위해서였다는 사실 또한 범상한 일은 아닐 것이다. 구체적으로 김남주는 1980년 6월 21일자 편지에서 일본어판 『네루다 시집』을 부탁하고 같은 해 10월 27일자 추신에서는 스페인어판 『모든 이의 노래』를, 그리고 1982년 11월 9일 추신에서는 『Spanish-English 사전』을, 1988년 4월 22일자 편지에서는 네루다의 스페인어판 『전집』(*Obrascompletas*)을 부탁하기도 했다.

많은 이들이 얘기하듯 김남주의 많은 시에서 네루다와 브레히트 시의 영향을 찾는 것은 그리 어려운 일이 아니다. 예를 들어 나까무라 후꾸지(中村福治)는 「5·18과 김남주」라는 글에서 「파도는 가고」 「고뇌의 무덤」은 네루다의 『스무편의 사랑의 시와 한편의 절망의 노래』에서, 그리고 「학살」과 「바람에 지는 풀잎으로 오월을 노래하지 말아라」는 스페인 내전을 노래한 네루다의 「그 이유를 말해주지」와 「죽은 의용병의 어머니들에게 바치는 노래」에서 영감을 얻었다고 주장하기도 했다.(김현균 「한국 속의 빠블로 네루다」) 중요한 것은, 그렇다면 김남주는 도대체 네루다의 어떤 점에 그토록 매료되었던 것일까 하는 점일 것이다. 나아가 김남주는 네루다와 어떤 세계관적 기반을 공유하고 있었을까를 돌이켜보는 일일 것이다.

먼저 그것은 앞서 말한 근대의 질곡으로부터 깨어나려는 새로운 인류로서 갖는 역사적 동류의식이지 않았을까 싶다. 그것은 시의 다종다양한 형식과 내용을 넘어 시의 사회적 성격을 규정하는 세계관의 문제일 수 있을 것이다. 그들에게 시라는 정신의 도구와 양식은 낫이나 곡괭이와 쌀과 같은 삶의 도구와 양식과 다른 특별한 가치를 가진 것이 아니었다. 그 도구와 양식이 무엇을 위해, 누구를 위해 쓰이는가가 문제였다. 네루다와 김남주가 시공간을 뛰어넘어 주고받았던 이야기들을 보자.

나는 쓰는 것이다 소박한 사람들을 위해서
변함없는 이 세상의 기본적인 요소들 — 물과 달을
학교와 빵과 포도주를
기타나 연장류 등을 갖고 싶어하는
소박한 사람들을 위해서 쓰는 것이다

— 네루다 「커다란 기쁨」 부분

나는 책상머리에 앉아 시라는 것을 억지로 써본 적이 없다고
내 시의 요람은 안락의자가 아니고 투쟁이라고 그 속이라고
안락의자야말로 내 시의 무덤이라고

— 김남주 「시의 요람, 시의 무덤」 부분

조국과 인민을 배신한 비델라를 고발하고 지명수배되어 지하로 잠적한

상태에서도 「모든 이의 노래」를 써서 내보낸 네루다와, 옥중에서도 혁명을 노래하는 시들을 써서 몰래 세상으로 내보낸 김남주는 서로 거울 속의 얼굴처럼 닮아 있다. 스페인 내전을 겪으면서 불의와 압제에 저항하던 순수한 자유주의적 휴머니스트에서 칠레 공산당원으로 변화해간 네루다와, 군부독재에 항거하는 열혈 민주청년에서 '남조선민족해방전선'의 전사로 변모해간 김남주의 삶의 궤적 역시 닮아 있다.

특히나 그들 앞에 넘어서야 할 시대의 벽으로 다가선 '적'의 성격이 동일했다. 그 적은 자본의 이해에 따라 새로운 근대를 독점하려는 세력들이었고, 그 세력의 구체적인 맹주는 미 제국이었다. 미 제국은 이전과는 다른 방식으로 중남미를 식민화했다. 꼴롬비아의 각종 공익사업체가 미국의 다국적 자본에 의해 장악되어 있었고, 뻬루의 석유 생산의 80%와 광물 생산의 거의 100%를 미국이 소유하고 있었다. 꾸바는 미국의 사탕수수밭이나 마찬가지였다. 네루다의 조국 칠레도 마찬가지였다. 1910년대부터 미국은 칠레에서 영국을 완전히 밀어내고 대부분의 산업을 장악했다. 당시 칠레는 국가 수입의 90% 정도가 구리와 초석 광산에서 나오고 있었는데, 칠레의 3대 광산기업이 이미 미국의 수중에 넘어가 있었다. 미국이 이들 광산에서 나온 수익 중 칠레에 재투자한 것은 20%도 되지 않았다. 칠레는 국내에서 생산되지 않는 모든 생필품들을 미국에서 값비싸게 사와야 했다. 그나마 미국이 투자한 것은 군사원조뿐이었는데, 이 원조금은 정부를 통하지 않고 바로 칠레 군부에 전달되게 되어 있었다. 과거처럼 식민지 총독과 군대를 멀리서 파견할 필요도 없었다. 그들은 현지에 널려 있었다.

1970년 네루다의 칠레 공산당과 아옌데를 중심으로 하는 칠레 사회당, 그리고 이에 동의하는 세력들이 인민연합을 꾸려 근대 최초로 선거혁명을 통해 사회주의 정권을 수립하자 미국은 광산 노동자들을 부추겨 자본파업을 일으키고, 생필품 수출을 중단하고, 삐노체뜨를 앞세운 군부 쿠데

타를 일으켜 끝내 아옌데 정권을 무너뜨리고 말았다. 아옌데는 끝까지 대통령궁을 지키다 쿠데타군에 의해 사살되었고, 전세계 인민의 시인이었던 네루다는 망명을 거부하고 쿠데타군의 철통같은 감시 속에서 쓸쓸히 병사해갔다. 그런 칠레의 운명은, 그리고 중남미 아메리카의 운명은 기실 한반도에 드리운 어두운 그림자와 무척이나 닮아 있었다. 김남주는 그와 같은 시대에 반제민족해방, 민중해방을 통해 사회주의 사회로의 이행을 꿈꾸던 네루다의 삶의 양식을 나눠 가졌다. 그 뜨거운 피를 희석하기 위해 역사적으로 갖은 모략과 비방과 유혹과 왜곡이 진행되어왔지만, 그것은 그들에게는 모욕 이외에 아무것도 아니었다.

더욱 한심스러운 것은 독재의 개념에 대한 무지입니다. 독재라는 개념을 역사적 계급적 범주로 파악하지 못하고 무계급적인 자유주의적 입장에서 그것을 판단하고 있기 때문인 것입니다. 계급사회에서 지배계급은 인간과 역사와 사물을 초인간적이고 초역사적인 개념으로 파악하고 그것을 대중에게 끊임없이 주입시키며 대중이 인간과 역사와 사물에 대해 올바른 이해를 가지는 것을 방해합니다. 이것은 지배계급이 자기들의 이익과 특권을 유지하기 위한 이데올로기적 기만이고 속임수입니다. 이 속임수 이 기만성을 청천백일하에 드러내어 대중에게 보여주는 일 그것이 시인의 일 중 하나입니다.(김남주 『불씨 하나가 광야를 태우리라』 344~35면)

나는 자랑스럽습니다. 나는 탄압받는 사람이며, 또 탄압받아 마땅합니다. 그 탄압이 내 어깨 위에 떨어진 것이 자랑스럽습니다.

전제정치의 초기 단계에서는 자유를 수호하는 사람들은 탄압해야 마땅합니다. 그러나 탄압은 결코 성공을 거두지 못할 것입니다. 나와 나의 동지들은, 그리고 민중들은 분명 고립될 것입니다. 하지만 사방에서 보이지 않는 실처럼 민중과 자유인들의 형제애와 연대가 솟아날 것입니다. 그들은 침묵당하지 않을 것입니다.(네루다 「나는 고발한다」)

이런 김남주와 네루다가 당시 쏘비에뜨공화국을 근대 혁명의 교본으로 삼고 그 교사로 레닌을 선택한 것 또한 자연스러운 일이었다. 하지만 네루다는 생의 마지막에 다시 도래한 제국주의 파시즘의 군대를 목도해야 했고, 김남주 역시 그의 꿈과는 다르게 역사적 사회주의가 스스로 교조화되고, 관료화된 쏘비에뜨가 내적 모순에 의해 해체되고, 레닌의 동상이 참혹하게 허물어지는 반혁명의 시대를 쓸쓸히 목도하며 생을 마감해야 했다. 황지우 시인의 전언에 따르면, 병상에 누운 그가 마지막으로 내뱉은 말은 '개 같은 세상 개같이 살다 개같이 간다'였다고 한다.

하지만 이런 역사의 굴절에도 불구하고 아직 근대는 완결되지 않은 채 여전히 표류 중이다. 패권을 장악한 자본가 집단과 자본의 메커니즘은 모든 인류의 모든 삶의 국면과 생태계 전체를 상품화·게토화하고 무한 착취를 통해 무한 독점을 강화해가고 있지만, 내적으로는 끊임없는 축적의 위기에 봉착해 있다. 세계 전역에서 무산자들의 도전과 투쟁이 끊이지 않고, 인류 대부분이 자본의 시대에 대한 문제의식을 뼈아프게 공유하고 있다. 역사적 사회주의의 공과를 짚고 진정으로 자유로운 개인들의 평등하고 평화로운 연합체가 어떠해야 하는가를 모색하는 작업이 진행되고 있다.

4

한편으로 김남주는 개인적으로 불행한 시인이었을지도 모른다. 그는 "앞으로는 두 발로 뛰어다니며 대중과 더불어 생활하고 사고하여 구체성을 갖는 시를 쓸 결심"(『시와 혁명』 233면)을 했지만 실제 삶에서는 그럴 여유를 한번도 가져볼 수 없었다. 학생운동과 이어진 감옥생활, 다시 수배와 10여년에 걸친 투옥생활이 그의 생의 대부분이었다. 출옥 후 운명하기 전까지의 5년여에 걸친 짧은 사회생활도 어쩔 수 없는 책임과 복무의 연장일 수밖에 없었다. 그것은 우리 모두의 불행이기도 했다.

반면 네루다는 그가 겪은 많은 고난에도 불구하고 참 행복한 시인이었다. 일찍이 『스무편의 사랑의 시와 한편의 절망의 노래』를 통해 보편적인 사랑의 세계에 빠져보았고, 이후 청년기의 많은 시간 동안 미얀마, 스리랑카, 자바, 싱가포르 등 아시아 각국과 스페인, 프랑스 등 유럽의 문화와 생활을 폭넓게 체험할 기회를 가졌다. 이후에도 망명객의 신세이긴 했지만 소련과 중국, 독일, 몽골 등지의 사회주의 국가들, 폴란드와 헝가리, 덴마크, 그리스, 과떼말라, 인도, 체코슬로바키아, 이딸리아, 브라질, 우루과이 등지를 체험할 수 있었다. 그뿐인가, 망명객의 신세를 벗고는 미국, 꾸바, 영국, 헝가리, 유고슬라비아, 핀란드 등지를 다닐 수 있었다. 아마도 근대인들 중 일부 정치인이나 종교인, 자본가 중에서도 소수를 제외하고 그만큼 많은 세계를 경험한 행복한 사람도 없을 것이다.

네루다가 청년기에 경험한 근대 초입의 수많은 아시아인들의 실존적 고독은 초현실주의 문학의 하나의 모델인 『지상의 거처』로 응축되었고, 근대적 자유와 민주주의를 사랑하는 세계의 공화파들과 이를 붕괴시키려는 국내외 파시스트 간의 국제적 대리전이기도 했던 스페인 내전의 경험은 『가슴속의 스페인』이라는 저항예술의 대표적인 작품을 낳았다. 또 그는 아메리카의 고대와 만난 뒤 모든 피압박 아메리카 민중들의 대서사시인 『모든 이들의 노래』를 써냈고, 이후 거대서사를 벗어나 일상생활 속의 하찮은 사물들의 환희에 싸여 생의 활력을 노래하는 『소박한 것들에 바치는 송가』의 진정으로 위대한 시절을 맞았다. 당시 이 시집은 네루다의 정치적 반대자들에게마저 '이 시집을 읽다보면 시인이 지닌 공산주의마저 용서하게 된다'는 평가를 듣기도 했다. 네루다는 그사이 결혼만도 세번씩이나 하며 '성애가 꿀처럼 흐르는' 연애시집인 『대장의 노래』와 『100편의 사랑 쏘네뜨』 등을 집필하기도 했다.

이처럼 행복하게도 네루다에게 사랑과 혁명과 일상은 교조적으로 나뉘지 않고 변증법적으로 통일되어 있었다. 그렇게 경계도 없고 막힘도 없이 자유로운 네루다의 문학세계는 온갖 관습과 금기, 검열과 감시, 절제와 억압의 세계에 놓여 있던 김남주에게는 무척이나 그리운 것이었을 수 있을 것이다.

> 사랑을 주제로 한 네루다의 시는 소위 순수시의 옹호자들이 사랑의 대상으로 또는 비유로 삼고 있는 자연의 현상이나 신화 속의 미남미녀 따위를 인간의 노동과 물질적인 삶에서 떼어내어 노래하지 않는다. 네루다는 하이네가 그랬던 것처럼 궁둥이 없는 비너스, 유방 없는 천사, 관념적인 천상의 여인 등을 노래하지 않는다. 그의 시에는 수없이 많은 꽃의 이름과 이슬, 바람, 별, 달, 태양이 등장하나 노동의 대지와 인간의 투쟁이 없는 자연 따위는 나오지 않는다. 한마디로 말해서 그의 시는 정신과 육체, 물질과 의식이 때로는 싸우고 때로는 합일하는 유물론적인 통일 속에서 하나로 용해되어 있다.(『시와 혁명』 86면)

실제로 네루다의 사상은 하나의 근대에 묶여 있지 않고 고대와 미래의 전역으로 열려 있었다.

> 나는 내가 가진 재료, 나를 이루고 있는 재료로 계속해서 작업할 것이다. 감정, 존재, 책, 사건 그리고 전투에 나는 잡식성이다. 나는 전 지구를 먹어 삼키고 싶다. 나는 온 바다를 마시고 싶다. (…) 현실주의자가 아닌 시인은 죽은 시인이다. 그리고 오직 현실주의적이기만 한 시인도 죽은 시인이다. 단지 비현실적인 시인은 자기와 자기를 사랑하는 사

> 람만이 이해할 수 있으며, 이것은 슬픈 일이다. 모든 것이 이성적인 시인은 모든 얼간이들까지도 다 이해할 수 있지만, 그것 또한 지독히 슬픈 일이다. (…) 오늘날의 사회적 시인은 아직도 초기의 제사장 계열의 일원이다. 옛날에 그는 어둠과 결탁했지만 이제는 그는 빛과 결탁해야 한다.(『추억』 152~54면)

만약 김남주 시인이 우리 곁에 좀더 머물렀다면 어떠했을까. 그랬다면 우리는 높지만 그만큼 핍진한 '사상의 거처'에서 조금은 더 구체적인 실존과 갈등으로 풍요로운 '지상의 거처'로 내려온 김남주를 만날 수 있지 않았을까. 자본과 제국주의에 대한 거대서사와 물러설 틈 없는 긴장과 적대로 가득 찬 『나의 칼 나의 피』를 비롯한 혁명의 시뿐만 아니라, 네루다의 『소박한 것들에 바치는 송가』처럼 나날이 새로워지는 생명의 가치들로 충만한 시의 대지 또한 갖게 되지 않았을까.

물론 이는 쓸데없는 가정이자, 김남주라는 그 자체로 완성된 하나의 사회적 인격을 훼손하는 일일 것이다. 그가 생전에 강변했듯이 80년대는 '피와 학살과 저항의 연대'였고, 그는 그 시기 동안 '인간성의 공동묘지인 파쇼의 감옥'에 있었다. 그는 "오늘의 현실이 어제와 다르다고 해서 어제의 역사적인 실천과 그것의 문학적 대응을 오늘의 잣대로 잰다는 것은 무책임할 뿐만 아니라 어떤 저의마저 감지케 한다"고 말했었다. 때로는 더 솔직하게, 또는 정당하게 "내 시는 역사와 현실을 구체적으로 반영해야 한다는 문학적 요구에 효과적으로 대응하지 못했다. 이것은 내 능력의 부족이 그 주된 탓이겠지만 다른 한편으로는 혁명의 경험이 거의 전무했고 그것의 문학적 실천 또한 전무할 수밖에 없었던 시대에는 불가피하지 않았을까 하는 생각도 든다"고 말하기도 했다.

5

그래서 오늘 다시 네루다와 김남주를 함께 읽는 우리에게 필요한 것은, 그들을 온전하게 그들의 뜻대로 읽어주는 일일 것이다. 자본과 제국의 근대가 아닌 평등과 평화의 근대를 이루려 했던, 모든 인간과 생명에 깃든 선한 의지를 북돋우고 이를 낙관했던, 그것을 막는 야만의 근대에 맞서 싸우고자 했던, 그런 이들로 이루어진 혁명적 당과 쏘비에뜨가 가능하리라 믿었던, 어떤 우상도 교조화도 반대하며 영구혁명의 길을 꿈꿨던, 그 길에서 언제든 한알의 밀알이 되고자 했던, 그럼으로써 어떤 현실 체제의 한계에도 불구하고 자기 안에서 진정한 사회주의자의 삶을, 근대인의 삶을 살아냈던 그들의 진정한 인간애과 그 노래를 되새겨보는 일일 것이다.

나는 바라지 않는다 다시 빵에 피가 묻는 것을
강낭콩에 피가 빨갛게 물들고
음악이 피를 쏟아내는 것을 바라지 않는다
나의 소망은
광부도 처녀도
변호사도 어부도
인형 만드는 사람도 모두
나와 함께 가는 것이다
나는 어떤 문제를 해결하려고 온 것이 아니다
나는 이곳에서 노래하기 위해 왔다.
나와 함께 그대도 노래해주기를 바라면서

— 네루다 「평화 있어라」 중에서

해방을 위한 투쟁에서
많은 사람이 죽어갔다
많은 사람이 실로 많은 사람이 죽어갔다
수천명이 죽어갔다
수만명이 죽어갔다
아니 수백만명이 다시 죽어갈지도 모른다

지금도 죽어가고 있다

세계 도처에서 나라 곳곳에서
거리에서 공장에서 산악에서 감옥에서
압제와 착취가 있는 바로 그곳에서
(…)
그러나 보아다오 동지여!
피의 양분 없이 자유의 나무는 자라지 않는다 했으니
보아다오 이 나무를
민족의 나무 해방의 나무 민족해방투쟁의 나무를 보아다오
이 나무를 키운 것은 이 나무를 이만큼이라도 키워낸 것은
그들이 흘리고 간 피가 아니었던가
자기 시대를 열정적으로 노래하고
자기 시대와 격정적으로 싸우고
자기 시대와 더불어 사라지는 데
기꺼이 동의했던 사람들
바로 그 사람들이 아니었던가

오늘밤

또 하나의 별이
인간의 대지 위에 떨어졌다
그는 알고 있었다 해방투쟁의 과정에서
자기 또한 죽어갈 것이라는 것을
그는 알고 있었다
자기의 죽음이 헛되이 끝나지는 않을 것이라는 것을
그렇다, 그가 흘린 피 한방울 한방울은
어머니인 대지에 스며들어 언젠가
어느날엔가
자유의 나무는 결실을 맺게 될 것이며
해방된 미래의 자식들은 그 열매를 따 먹으면서
그가 흘린 피에 대해서 눈물에 대해서 이야기할 것이다
어떤 사람은 자랑스럽게 이야기할 것이고
어떤 사람은 부끄럽게 쑥스럽게 이야기할 것이다

—김남주 「전사 2」 부분

송경동 宋竟東 시인. 시집으로 『꿀잠』 『사소한 물음들에 답함』, 산문집 『꿈꾸는 자, 잡혀간다』가 있음.

| 저서 및 참고문헌 목록 |

시집·시선집·전집

『진혼가』, 청사 1984.

『나의 칼 나의 피』, 인동 1987. (개정판 실천문학사 1993)

『조국은 하나다』, 남풍 1988. (개정판 실천문학사 1993)

『사랑의 무기』(시선집), 창작과비평사 1989

『솔직히 말하자』, 풀빛 1989.

『학살』(광주항쟁시선집), 한마당 1990.

『사상의 거처』, 창작과비평사 1991.

『함께 가자 우리 이 길을』(시선집), 미래사 1991.

『이 좋은 세상에』, 한길사 1992.

『저 창살에 햇살이 1·2』(옥중시전집), 창작과비평사 1992.

『나와 함께 모든 노래가 사라진다면』(유고시집), 창작과비평사 1995.

『옛 마을을 지나며』(시선집), 문학동네 1999.

『꽃 속에 피가 흐른다』(시선집), 창비 2004.

산문집

『산이라면 넘어주고 강이라면 건너주고』(옥중서한집), 삼천리 1989.

『시와 혁명』(산문집), 나루 1991.

『불씨 하나가 광야를 태우리라』(산문집), 시와사회사 1994.

『편지』(옥중서한집), 이룸 1999.

번역서

프란츠 파농 『자기의 땅에서 유배당한 자들』, 청사 1978.

하이네 외 『아침 저녁으로 읽기 위하여』(번역시집), 남풍 1988.

하이네 『아타 트롤』, 창작과비평사 1991.

호치민 외 『은박지에 새긴 사랑』(번역시집), 푸른숲 1995.

하이네 외 『아침 저녁으로 읽기 위하여』(번역시집), 푸른숲 1995.

참고문헌

김진경 「예언정신과 선언정신」, 『진혼가』 해설, 청사 1984.

염무웅 「사회인식과 시적 표현의 변증법」, 『창작과비평』 1988년 여름호; 『혼돈의 시대에 구상하는 문학의 논리』, 창작과비평사 1995.

김준태 외 『김남주론』, 광주 1988.

이동순 「시와 '구체적 싸움'의 진정성: 김남주의 시에 대하여」, 동아일보 1989년 신춘문예 당선작; 『시정신을 찾아서』, 영남대학교출판부 1998.

윤지관 「풍자정신과 투쟁적 리얼리즘: 『조국은 하나다』와 『사랑의 무기』」, 『실천문학』 1989년 가을호; 『민족현실과 문학비평』, 실천문학사 1990.

임헌영 「김남주의 시세계」, 『솔직히 말하자』 해설, 풀빛 1989.

오승준 「변혁과제와 조국해방투쟁의 문학적 형상화: 김남주·이산하를 중심으로」, 『계명』 21호(1989).

박연순 「민족문학에 대한 일고찰: 김남주의 시를 중심으로」, 『국어과교육』 10호(1990).

김형수 「김남주의 전투적 애국주의를 옹호함」, 『한길문학』 1990년 5월호.

김윤태 「지혜와 열정의 통일」, 『사상의 거처』 해설, 창작과비평사 1991.

류보선 「이상과 현실의 거리, 그리고 그 거리좁힘」, 『함께 가자 우리 이 길을』 해설, 미래사 1991.

오성호 「감춤과 드러냄의 변증법」, 『실천문학』 1992년 봄호.

이광호 「사상의 거처와 시의 길: 김남주 시집 『사상의 거처』」, 『현대문학』 1992년 4월호.

임규찬 「'이 좋은 세상'을 향한 사랑과 증오의 미학: 김남주의 풍자시」, 『이 좋은 세상에』 해설, 한길사 1992; 『왔던 길, 가는 길 사이에서』, 창작과비평사 1997.
윤지관 「일상의 혁명으로서의 시: 김남주의 시를 어떻게 이해할 것인가」, 『실천문학』 1992년 가을호; 『리얼리즘의 옹호』, 실천문학사 1996.
김사인 「김남주 시에 대한 몇가지 생각」, 『창작과비평』 1993년 봄호.
강형철 「대지의 삶 대지의 노래: 김남주의 죽음에 대한 몇가지 생각」, 『실천문학』 1994년 봄호.
정재찬 「닫힌 세계 속의 열린 시」, 『시와사회』 1994년 봄호.
고영직 「전투적 저항에서 새로운 '길' 찾기까지」, 『시와사회』 1994년 봄호.
윤지관 「낡은 옷, 붉은 영혼: 출옥 후 김남주의 시」, 『실천문학』 1994년 여름호; 『리얼리즘의 옹호』, 실천문학사 1996.
시와사회사 편집위원회 엮음 『피여 꽃이여 이름이여: 김남주의 삶과 문학』, 시와사회사 1994.
염무웅 「순결한 삶, 불꽃 같은 언어: 김남주의 번역시에 대하여」, 『아침 저녁으로 읽기 위하여』 해설, 푸른숲 1995; 『혼돈의 시대에 구상하는 문학의 논리』, 창작과비평사 1995.
임형택 「김남주 조로 화한 호치민의 시」, 『은박지에 새긴 사랑』 해설, 푸른숲 1995.
임선영 「김남주 시 연구」, 『대전어문학』 12호(1995).
유성호 「노래로서의 서정시 그리고 계몽적 열정」, 『시와시학』 1995년 겨울호; 『한국 현대시의 형상과 논리』, 국학자료원 1997.
中村福治 「시로 본 한국현대사 1980년대: 김남주, 민중을 향한 시적 투혼」, 『역사비평』 1995년 겨울호.
김영옥 「김남주론」, 『문예시학』 8권(1997).
이은봉 「김남주 시의 정서적 특질에 관한 일고찰: 서정적 정서를 중심으로」, 『현대문학이론연구』 11권(1999).
김승환 「한국근대문학과 절대주의: 단재 신채호와 김남주」, 『한국현대문학연구』 7집(1999).
황석영 외 『내가 만난 김남주』, 이룸 2000.
정지창 「서정시를 쓰기 힘든 시대의 시인들: 김남주의 옥중시와 브레히트의 망명시」, 『독일어문학』 11집(2000); 『시인』 제3권(2005).

한성자 「김남주 시의 상징, 은유, 반어, 풍자, 알레고리」, 『김남주 통신 1』, 일과놀이 2000; 「「진혼가」의 상징구조를 통해 본 시인의 길」, 『시인』 제3권(2005).
최애영 「시적 자아와 영웅적 전사의 이중주」, 『김남주 통신 1』, 일과놀이 2000; 『어디에 있는가, 나의 날개, 나의 노래는』(김남주 헌정시집, 삶이보이는창 2012).
황정산 「칼과 불의 언어: 김남주의 시」, 『작가연구』 15호(2003).
정순진 「인식의 사각지대, 여성문제: 김남주 시를 중심으로」,『여성문학연구』 9권(2003)
남승원 「김남주 시의 시적 화자 연구」, 『경희대학교 논문집』 33집(2003).
강대석 『김남주 평전』, 한얼미디어 2004.
임동확 「'박정희 망령'과 다시 불러내야 할 '김남주': 강대석 『김남주 평전』」, 『실천문학』 2004년 여름호.
윤호병 「서정적 진실의 힘과 울림: 김남주론」, 『시와시학』 2004년 가을호.
임헌영 「김남주 시인의 서정성에 관하여: 김남주론」, 『시와시학』 2004년 가을호.
류찬열 「혁명의 시, 혹은 시의 혁명: 김남주론」, 『우리문학연구』 17집(2004).
이형권 「김남주 시의 탈식민주의적 연구」, 『비평문학』 20호(2005).
노　철 「김남주 시의 담론 고찰」, 『상허학보』 14집(2005).
이　강 「김남주의 삶과 문학」, 『시인』 제3권(2005).
임홍배 「시간의 화살, 사랑의 기술, 그리고 시의 양심」, 『시인』 제3권(2005).
남진우 「혁명의 길 전사의 길」,『시인』 제3권(2005); 『나사로의 시학』, 문학동네 2013.
정명순 「기억의 문학 : 김남주와 파울 첼란」, 『독일언어문학』 30집(2005).
김선기 「김남주 시에 나타난 대지적 상상력」, 『21세기광주·전남』 73호(2006).
박종덕 「김남주 시의 여성 이미지 연구」, 『비평문학』 29호(2008).
장시기 「김남주 시인의 몸 철학과 탈근대성」, 『실천문학』 2012년 가을호.
백무산 외 『어디에 있는가, 나의 날개, 나의 노래는』(김남주 헌정시집), 삶이보이는창 2012.

| 김남주 연보 |

1945년 10월 16일 전남 해남군 삼산면 봉학리 535번지에서 아버지 김봉수, 어머니 문일님 사이에 둘째아들로 태어남. (호적상 생년월일은 1946년 10월 16일)

1960년 15세 삼산초등학교 졸업.

1963년 18세 해남중학교 졸업.

1964년 19세 광주일고 입학. 획일적인 입시 위주의 교육에 반대하여 이듬해 자퇴.

1969년 24세 대입 검정고시를 거쳐 전남대 문리대 영문과 입학. 대학 1학년 때부터 3선개헌 반대운동과 교련 반대운동에 주도적으로 참여, 반독재민주화운동에 앞장섬.

1972년 27세 박정희정권이 유신헌법을 선포하자 전남대 법대에 재학 중이던 친구 이강과 함께 전국 최초의 반유신투쟁 지하신문 『함성』을 제작, 전남대·조선대 및 광주 시내 5개 고등학교에 배포함.

1973년 28세 2월 전국적인 반유신투쟁을 전개하고자 이강과 함께 지하신문 『고발』 제작. 3월에 이 사건으로 박석무·이강 등 15명이 체포, 구속되어 국가보안법·반공법 위반혐의로 징역 2년 집행유예 3년을 선고받고 수감 중 8개월 만인 12월 28일 석방. 전남대에서 제적됨.

1974년 29세 고향에 내려가 농사를 지으며 농민문제에 깊은 관심을 쏟음. 계간 『창작과비평』 여름호에 「진혼가」「잿더미」 등 8편의 시를 발표하면서 작품활동을 시작함.

1975년 30세 광주에 사회과학서점 '카프카'를 개설하여 광주 사회문화운동의 구심점 역할을 수행함.

1977년 32세 재차 귀향하여 농민들과 함께 이후 한국기독교농민회의 모체가 되는 '해남농민회'를 결성. 이해 말경 광주로 나와 황석영·최권행 등 광주 지역 활동가들과 '민중문화연구소'를 개설, 초대회장을 역임함.

1978년 33세 민중문화연구소 활동의 일환으로 일어판「빼리 꼬뮌」강독 중 중앙정보부 급습으로 피신, 상경함. 서울에서 남조선민족해방전선 준비위원회에 가입하여 전위대 전사로 활동. 수배 중 프란츠 파농의 저서『자기의 땅에서 유배당한 자들』(청사) 번역 출간.

1979년 34세 10월 4일 남민전 조직원으로 서울에서 활동 중 약 80명의 동지와 함께 체포, 구속되어 60여일의 구금과 고문수사 끝에 투옥됨.

1980년 35세 12월 23일 남민전 사건으로 대법원에서 징역 15년 실형 확정, 광주교도소에 수감됨.

1984년 39세 첫시집『진혼가』(청사) 출간. 12월 22일 자유실천문인협의회·민중문화운동협의회·민중문화연구회·전남민주청년운동협의회 공동주최로 석방촉구 출판기념회 개최.

1985년 40세 자유실천문인협의회·민주언론운동협의회·민중문화운동협의회·민중문화연구회 공동명의로 석방 촉구 성명서 채택. 4월 27일 '김남주 석방대책위원회' 발기.

1986년 41세 전주교도소로 이감. 독일 함부르크에서 개최된 국제PEN대회에서 '김남주 시인 석방결의문' 채택.

1987년 42세 9월 17일 민족문학작가회의 창립총회에서 석방 촉구 결의문 채택. 제2시집『나의 칼 나의 피』(인동) 출간. 일어판 시집『농부의 밤』출간. 일본PEN클럽 명예회원으로 추대됨.

1988년 43세 문인 502명이 서명한 석방탄원서를 법무부장관 등에게 제출. PEN클럽 세계본부·미국PEN클럽 등이 정부 측에 석방 촉구 공문 발송. 미국 PEN클럽 명예회원으로 추대됨. 광주·서울·부산·전주에서 '김남주 문학의 밤' 개최, 석방 촉구 성명서 및 결의문 채택. 제3시집『조국은 하나다』및 하이네·브레히트·네루다의 혁명시집『아침 저녁으로 읽기 위하여』(남풍) 출간. 12월 21일 형집행정지로 투옥생활 9년 3개월 만에 전주교도소에서 출감.

1989년 44세 1월 29일 광주 문빈정사에서 오랜 동지인 약혼자 박광숙과 결혼.

옥중서한집 『산이라면 넘어주고 강이라면 건너주고』(삼천리), 시선집 『사랑의 무기』(창작과비평사), 제4시집 『솔직히 말하자』(풀빛) 등을 출간.

1990년 45세 광주항쟁시선집 『학살』(한마당) 출간. 92년 12월까지 민족문학작가회의 민족문학연구소장을 역임.

1991년 46세 제5시집 『사상의 거처』(창작과비평사) 출간. 제9회 신동엽창작기금을 받음. 시선집 『함께 가자 우리 이 길을』(미래사), 산문집 『시와 혁명』(나루) 출간. 하이네 정치풍자시집 『아타 트롤』(창작과비평사) 번역 출간.

1992년 47세 제6시집 『이 좋은 세상에』(한길사)와 옥중시전집 『저 창살에 햇살이 1·2』(창작과비평사) 출간. 제6회 단재상 문학부문 수상. 반핵평화운동연합 공동의장.

1993년 48세 사면 복권됨. 제3회 윤상원문화상 수상. 민족문학작가회의 상임이사, 한국민족예술인총연합 이사. 12월 23일 여의도 여성백인회관 강당에서 '김남주 문학의 밤' 개최.

1994년 49세 2월 13일 새벽 2시 30분 고려병원에서 췌장암으로 별세. 광주 망월동 5·18 묘역에 안장. 유족으로 부인 박광숙 여사와 아들 토일(土日)군이 있음. 제4회 민족예술상 수상. 산문집 『불씨 하나가 광야를 태우리라』, 김남주론 『피여 꽃이여 이름이여』(시와사회사) 출간.

1995년 유고시집 『나와 함께 모든 노래가 사라진다면』(창작과비평사) 출간. 번역시집 『은박지에 새긴 사랑』 『아침 저녁으로 읽기 위하여』(푸른숲) 출간.

1999년 시선집 『옛 마을을 지나며』(문학동네) 출간.

2000년 김남주의 시에 곡을 붙인 안치환의 헌정앨범 'Remember' 발매. 5월 20일 광주 중외공원에 김남주 시비 건립.

2004년 2월 서울·광주·해남에서 민족문학작가회의 주최로 10주기 추모문화제 '이 두메는 날라와 더불어' 개최. 시선집 『꽃 속에 피가 흐른다』(창비) 출간. 12월 민족문학작가회의 주최로 10주기 추모 심포지엄 개최.

2006년 3월 민주화운동 관련자로 인정받음.

2010년 6월 전남대학교 명예졸업장 및 동문영예대상 수여.

2012년 김남주 헌정시집 『어디에 있는가, 나의 날개, 나의 노래는』(백무산 외 57인, 삶이보이는창) 출간.

2014년 20주기 기념 심포지엄 '꽃 속에 피가 흐른다'(실천문학사 주최), 기념 행사 '김남주를 생각하는 밤'(한국작가회의 주최) 개최. 『김남주 시전집』(창비) 『김남주 문학의 세계』(창비) 출간.